搜神记

[东晋]干宝 ◎ 著

黄金铎 ◎ 译注

江苏人民出版社

图书在版编目（CIP）数据

搜神记 /（东晋）干宝著；黄金铎译注 . — 南京：
江苏人民出版社，2023.5
ISBN 978-7-214-26994-2

Ⅰ.①搜… Ⅱ.①干… ②黄… Ⅲ.①笔记小说—中
国—东晋时代 Ⅳ.① I242.1

中国版本图书馆 CIP 数据核字 (2022) 第 005937 号

书　　　名	搜神记
著　　　者	［东晋］干宝
译　　　注	黄金铎
责 任 编 辑	胡海弘
装 帧 设 计	凤凰含章
出 版 发 行	江苏人民出版社
地　　　址	南京市湖南路 1 号 A 楼，邮编：210009
印　　　刷	文畅阁印刷有限公司
开　　　本	710 mm × 1 000 mm　1/16
印　　　张	24
插　　　页	4
字　　　数	507 000
版　　　次	2023 年 5 月第 1 版
印　　　次	2023 年 5 月第 1 次印刷
标 准 书 号	ISBN 978-7-214-26994-2
定　　　价	55.00 元

（江苏人民出版社图书凡印装错误可向承印厂调换）

序言

在魏晋南北朝时期，小说这一文学体裁得到了长足的发展。这一时期，受到玄学与神仙思想的影响，小说作品分为志怪、志人两大类，各自都非常具有代表性。刘义庆所著的《世说新语》，是志人小说的代表，而干宝的《搜神记》，就是在当时魏晋玄学与神仙鬼怪崇拜的情况下应运而生，是志怪小说的经典之作。与志人小说重点表现当时士人的生活风尚不同，志怪小说将焦点放在了反映人类生活的精神层面。

据《晋书》记载，干宝，字令升，新蔡（今属河南）人。干宝从小就勤学好问，博览群书，因为有才华，被封为佐著作郎。后来因为参与镇压荆湘流民起义，被赐爵关内侯。再后来王导又提拔他做了司徒右长史，后来又迁为散骑常侍。历史上对于干宝的生年记载不详，但是可以知道他死于咸康二年（336年）。《搜神记》可以说是干宝流传最广的作品，但其实他除了写过这本书，在史学理论、史书撰写和注释方面都有卓著的贡献。只不过论影响与流传度，还是要以《搜神记》为翘楚。

干宝之所以会写《搜神记》，其中一个重要的原因正如上文中提到的，魏晋时期存在鬼神崇拜的文化现象，这其中又以巫术、方术文化最为突出，所以干宝用了大量的篇幅来描写记录巫师、方士们从事的巫术、方术活动。另外，这一时期阴阳五行思想与董仲舒所提出的天人感应思想也影响甚广，在这些思想的影响下，干宝又记录了大量鬼神与人交往的故事。作者的文学创作总会受到其生平经历的影响，干宝也不例外。《晋书》中关于干宝的篇目中，便记录了关于干宝家中婢女和兄长的两段离奇传闻，或许就是这两段神奇的经历，让干宝坚信鬼神之说的确存在，继而为《搜神记》的编撰奠定了基础。

《搜神记》的故事来源，一方面是干宝通过搜集，整理了大量前代流传下来的鬼神故事，另一方面，则是干宝在自己耳闻目见的基础上加以补充而成。原本的《搜神记》共有30卷，现在已经失传了。现在流行的版本并非原版，是后人在流传下来的部分基础上，增益《北堂书钞》《艺文类聚》《太平御览》《法苑珠林》等书中的部分而成，大小故事一共454篇，主角有鬼、妖怪、神仙、巫师、方士等，记载的大多都是神灵怪异的事情，当然也有一小部分民间传说故事。

古代的先民们处在生产力低下、科学技术十分落后的时代，许多神秘的现象都不能得到科学的解释，因此人们坚定地相信万物皆有灵，世间的任何事物都和人一样，具备生与死的能力，而万物的生死，又和人的生死祸福密切相关。所有一切不能被解释的现象都被先民们纳入了神仙鬼怪精灵的"神秘世界"。干宝正是通过小说这种体裁反映社会现实，真实地记载了当时社会上人们的意识形态、宗教崇拜与普遍思想。《搜神记》的确是干宝宗教观念的集中体现，但是其中也不乏儒家的伦理道德观念与入世精神，因此除了展现鬼神崇拜之外，这些传说故事也体现了一定的教育意义，不仅在当时，即使在整个中国古典文化中，都具有非常重要的意义和学术价值。

目录

卷一

中国的神话故事大多都没有聚成专书，《搜神记》中的仙话是依托神话而存在的，收录了先秦以来很多口口相传的神话故事，再经过时代的改造，融入了很多新的因素。本卷所叙述的，主要就是晋以前的仙话故事。总的来说，《搜神记》中仙话、鬼话故事所表现出来的神、鬼都贴近于人们生活，是世间情态的一种反应，表达了人们想要认识神仙、阴阳鬼界的无限期望。

神农鞭百草

原文

神农以赭鞭鞭百草①，尽知其平毒寒温之性，臭味所主②。以播百谷，故天下号"神农"也。

注释

①神农：又称炎帝。我国古代神话传说中人物，相传他教百姓从事农业生产，又亲尝百草，故称神农氏。赭（zhě）鞭：赤色的鞭子，传说中神农氏用来检验百草性味的鞭子。赭，红色。

②臭（xiù）味：气味。

译文

　　神农氏用赤色鞭子鞭打百草，从而一一了解了它们是否有毒、寒热温凉等特性，以及它们的味道。然后根据这些经验播种谷物，因此天下的百姓叫他"神农"。

雨师赤松子

原文

> 　　赤松子者，神农时雨师也①。服冰玉散②，以教神农。能入火不烧。至昆仑山，常入西王母石室中③。随风雨上下。炎帝少女④追之，亦得仙，俱去。至高辛时⑤，复为雨师，游人间。今之雨师本是焉。

注释

①雨师：又称萍翳、玄冥，中国古代传说中的雨神。

②冰玉散：传说中一种能使人长生的药。

③西王母：中国古代传说中掌管罚恶、预警灾厉的长生女神，是长生不老的象征。

④炎帝少女：指炎帝的小女儿女娃。女娃到东海游玩，不幸淹死，死后化为精卫，每天衔西山的木头、石块欲填平东海，典故"精卫填海"即为此事。

⑤高辛：即帝喾（kù），传说中的五帝之一，皇帝子玄嚣后裔。居亳，号高辛氏。卜辞中商人以帝喾为高祖。

译文

　　赤松子，是神农时候的雨师。他服用冰玉散，也让神农服用。（吃了这种药后）跳进火中也不会被烧着。来到昆仑山的时候，他常常会到西王母的石室中去。他能够随着风雨上天下地。炎帝的小女儿追随他，也悟得仙道，一起上天去了。到高辛的时候，赤松子又回来做了雨师，漫游人间。现在的雨师把他当作祖师爷。

赤将子轝

原文

> 　　赤将子轝者①，黄帝时人也。不食五谷②，而啖百草华③。至尧时④，为木工。能随风雨上下。时于市门中卖缴⑤，故亦谓之缴父。

注释

①轝（yú）：古同"舆"字。

②五谷：古时指五种谷物，今泛指粮食作物。《孟子·滕文公上》："树艺五谷。"赵歧注："五谷，谓稻、黍、稷、麦、菽也。"

③啖（dàn）：吃或喂。华：古同"花"字，花朵。

④尧（yáo）：传说中父系氏族社会后期部落联盟领袖。号陶唐氏，名放勋，又称唐尧。他死后由舜继位，史称"禅让"。

⑤缴（zhuó）：系在箭上的生丝绳，用来射鸟。也指系着丝绳的箭。

译文

　　赤将子轝，是黄帝时候的人。他不吃五谷，而吃各种草木的花。到了尧帝的时候，他做了木工。他能够随着风雨上天入地。他时常到集市上去卖缴，所以也被人们称为"缴父"。

宁封子自焚

原文

　　宁封子，黄帝时人也。世传为黄帝陶正①。有异人过之②，为其掌火，能出五色烟。久则以教封子。封子积火自烧，而随烟气上下。视其灰烬，犹有其骨。时人共葬之宁北山中③，故谓之"宁封子"。

注释

①陶正：周代官名，负责制陶的官员，后为陶瓷业所崇拜的行业神。

②过：拜见，访问。

③宁：宁邑，古地名。武王伐纣时勒兵于宁，改称"修武"，汉武帝时更名"获嘉"。其故城在今河南省新乡市获嘉县。

译文

　　宁封子，是黄帝时期的人。后世传说他是为黄帝主掌陶器的陶正。有个神异之人拜访他，为他掌管火候，能在五色的烟火中进出。时间长了，他就将这种法术教给了封子。封子堆积柴火自焚，随着烟气上下飘动。人们在察看灰烬的时候，发现他的骸骨仍在。于是人们将他葬在了宁邑北山中，因此他被人称为"宁封子"。

偓佺采药

原文

偓佺者，槐山采药父也①。好食松实，形体生毛，长七寸，两目更方②。能飞行，逐走马③。以松子遗尧，尧不暇服。松者，简松也。时受服者，皆三百岁。

注释

①槐山：古山名。《山东通志》中记载，槐山在登州府蓬莱县西北一百一十里处。父：古代对老年男子的尊称。

②更方：更改方向。

③走：跑。

译文

偓佺，是槐山上采药的老汉。他喜欢吃松子，身上长有毛，毛长七寸，两只眼睛看东西时能够朝向不同的方向。他可以在天上飞行，追得上飞奔的快马。他把松子送给尧帝，尧帝没有空闲服食。松树，就是简松。当时得到松子并服食的人，都活了三百岁。

彭祖仙室

原文

彭祖者，殷时大夫也①。姓钱，名铿。帝颛顼之孙②，陆终氏之中子③。历夏而至商末，号七百岁，常食桂芝。历阳有彭祖仙室④。前世云：祷请风雨，莫不辄应。常有两虎在祠左右。今日祠之讫，地则有两虎迹。

注释

①殷：商代。大夫：古职官名。

②颛（zhuān）顼（xū）：上古传说中的帝王名，相传为黄帝之孙。

③陆终氏：颛顼后裔。中子：排行居中的儿子。

④历阳：古代地名。

译文

彭祖，商代的大夫。姓钱，名铿。他是古帝颛顼的孙子，陆终氏排行居中的儿子。历经夏朝直到商朝末年，号称活了七百岁，经常服食桂芝。历阳有彭祖的仙室。以前的人说：到那里祈祷请求风雨，没有不立马应验的。经常有两只老虎守在祠的左右。现在祠已经不存在了，地上仍然留着两只老虎的印记。

师门使火

原文

师门者，啸父弟子也[1]。能使火，食桃葩[2]。为孔甲龙师[3]。孔甲不能修其心意，杀而埋之外野。一旦，风雨迎之，山木皆燔[4]。孔甲祠而祷之，未还而死。

注释

①啸父：传说中仙人的名字。
②葩（pā）：花。
③孔甲：夏代君王。
④燔（fán）：烧。

译文

师门，是啸父的弟子。他可以使唤火，服食桃花。他担任孔甲的御龙师。孔甲因为师门无法顺从自己的心意，将他杀死埋在野外。有一天，风雨迎接他升天，山上的树木都焚烧起来。孔甲设立神祠向他祷告，还没回到家中就死去了。

葛由乘木羊

原文

> 前周葛由，蜀羌人也。周成王时①，好刻木作羊卖之。一旦，乘木羊入蜀中，蜀中王侯贵人追之，上绥山②。绥山多桃，在峨眉山西南，高无极③也。随之者不复还，皆得仙道。故里谚曰："得绥山一桃，虽不能仙，亦足以豪。"山下立祠数十处。

注释

①周成王：周代国王，为周武王之子。
②绥山：即今峨眉山市与乐山市沙湾区交界处的二峨山，为道教仙山。
③无极：出自《道德经》："知其白，守其黑，为天下式。为天下式，常德不忒，复归于无极。"指无形无象的宇宙原始状态。

译文

西周的葛由，是蜀地的羌人。周成王时，喜欢把木头刻成羊拿出去卖。有一天，他骑着一只木羊来到蜀中，蜀中王侯贵人都跟着他，登上绥山。绥山有很多桃子，在峨眉山的西南，高得无法想象。跟随他的人不再返回，都得道成仙了。因此民间谚语说："得到绥山一只桃，不能成仙也自豪。"绥山下葛由的神祠有几十处。

崔文子学仙

原文

> 崔文子者，泰山人也。学仙于王子乔①。子乔化为白蜺②，而持药与文子。文子惊怪，引戈击蜺，中之，因堕其药。俯而视之，王子乔之履也③。置之室中，覆以敝筐。须臾，化为大鸟。开而视之，翻然飞去。

注释

①王子乔：周灵王的太子。

②霓（ní）：副虹，又称雌虹、雌霓。

③履：原作"尸"字。

译文

　　崔文子，是泰山人。他跟随王子乔学修仙之道。王子乔化身为白霓，带着仙药送给崔文子。崔文子感到惊奇，引戈投向白霓，击中了它，于是带来的仙药都掉了下来。崔文子俯身一看，是王子乔的鞋子。他将鞋子放到屋子里，用破筐将它盖住。不一会儿，鞋子变成了一只大鸟。崔文子打开筐子瞧它，大鸟振翅高飞而去。

冠先踞宋

原文

　　冠先，宋人也，钓鱼为业，居睢水旁百余年①。得鱼，或放，或卖，或自食之②。常冠带③。好种荔④，食其葩实焉。宋景公问其道⑤，不告，即杀之。后数十年，踞宋城门上鼓琴⑥，数十日乃去。宋人家家奉祠之。

注释

①睢（suī）水：河名。本为古河渠蒗荡渠支流，自河南杞县流经睢县北，东流经宁陵与商丘南，过夏邑北，向东南流去。今仅余睢县附近一支入惠济河。

②食（sì）：喂养。

③冠带：戴帽子束腰带。

④荔：植物名，薜荔的省称。薜荔又称木莲，常绿藤本蔓生植物，果实多汁，可解暑。

⑤宋景公：春秋后期宋国的国君。

⑥踞：坐。

译文

　　冠先，宋国人，以钓鱼为职业，住在睢水边上有一百多年了。他钓到鱼之后，有的放生，有的卖掉，有的自己喂养。他经常戴着帽子束着腰带。他喜欢种植薜荔，吃它的花和果实。宋景公向他请教道术，他不肯说，就被杀害了。几十年以后，他坐在宋国的城门上弹琴，几十天才离开。于是宋国每家每户都祭祀他。

琴高取龙子

原文

琴高，赵人也，能鼓琴。为宋康王舍人①，行涓、彭之术②，浮游冀州、涿郡间二百余年③。后辞入涿水中④，取龙子。与诸弟子期之，曰："明日皆洁斋，候于水旁，设祠屋。"果乘赤鲤鱼出，来坐祠中，且有万人观之。留一月，乃复入水去。

注释

①宋康王：战国时宋国国君，又称宋王偃。舍人：古代官名。
②涓、彭之术：神仙之术。涓，涓子。彭，彭祖。
③冀州：古九州之一。自汉至清为行政区划名。汉武帝时为十三刺史部之一，辖境大致为河北中南部、山东西端和河南北端。后代辖境渐小，治所亦迁移不一。涿郡：郡名。汉高祖时分广阳郡南部、巨鹿郡北部及恒山郡一部，置涿郡，直隶于汉朝廷，治所在涿县（今河北省涿州市）。
④涿水：河名。发源于河北省涿鹿县涿鹿山。

译文

琴高，赵国人，擅长鼓琴。他曾经担任宋康王的舍人，修炼涓子、彭祖的仙术，在冀州和涿郡之间漫游了二百多年。他后来辞世进入涿水中获取龙子。他和他的弟子们约定说："明天你们都沐浴斋戒，在河边等候，设置神祠祭祀。"（第二天）琴高果然骑着红鲤鱼从河中出来，坐在神祠之内，大约有一万人来看他。他在那里停留了一个月，就再次潜入水中去了。

陶安公通天

原文

陶安公者，六安铸冶师也①，数行火。火一朝散上，紫色冲天。公伏冶下求哀。须臾，朱雀止冶上②，曰："安公！安公！冶与天通。七月七日，迎汝以赤龙。"至时，安公骑之，从东南去。城邑数万人，豫祖安送之③，皆辞诀。

注释

①六安：古代郡国名。汉武帝元狩二年（前121年）淮南王、衡山王之乱被平之后，武帝取衡山国六县、安丰等县首字，别置衡山国为六安国，有"六地平安，永不反叛"之意。
②朱雀：古代传说中的祥瑞动物，与青龙、白虎、玄武一起被称为"四灵"。
③豫：事先。祖：祭祀路神。

译文

　　陶安公，是六安的铸冶师，多次生火冶铸。火燃烧起来，紫色的火焰直冲天空。陶安公跪伏在炉下祈祷。一会儿，一只朱雀停在冶炉上，说："安公！安公！冶铸与天通。七月七日，赤龙迎接你飞上天空。"到了约定的日子，陶安公骑着赤龙，向东南飞去。城中几万人，预先祭祀路神为陶安公送行，陶安公都一一辞别。

焦山老君

原文

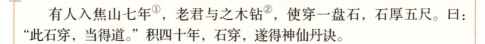

　　有人入焦山七年①，老君与之木钻②，使穿一盘石，石厚五尺。曰："此石穿，当得道。"积四十年，石穿，遂得神仙丹诀。

注释

①焦山：山名。在今江苏省镇江市东北长江中，与金山对峙。相传因东汉处士焦先隐居于此而得名。
②老君：太上老君。

译文

　　曾经有个人在焦山学道学了七年，太上老君给他一个木头制成的钻子，让他钻穿一块磐石，磐石厚五尺。太上老君说："将这块磐石钻穿，你就可以得道成仙。"这个人一共钻了四十年，磐石被钻穿了，于是他得到了修炼神仙丹药的口诀。

鲁少千应门

原文

　　鲁少千者，山阳人也①。汉文帝尝微服怀金过之②，欲问其道。少千挂金杖，执象牙扇，出应门。

注释

①山阳：汉代县名。

②汉文帝：刘恒（前202—前157年），汉高祖刘邦第四子，汉惠帝刘盈弟，母薄姬。公元前180—前157年在位。刘邦时被立为代王，建都晋阳。吕后死后，刘恒在周勃、陈平等人支持下诛灭了诸吕势力，登上帝位。文帝在位二十三年，躬行节俭，励精图治，最终迎来了"文景之治"的承平之世。微服：古代指君王为隐藏身份改换常服。

译文

鲁少千，是山阳县人。汉文帝曾经穿上老百姓的衣服，带着黄金去拜访他，想向他学习道术。鲁少千拄着金杖，手里执着象牙扇，出门迎接他。

淮南八老公

原文

> 淮南王安好道术，设厨宰以候宾客。正月上辛①，有八老公诣门求见②。门吏白王，王使吏自以意难之。曰："吾王好长生，先生无驻衰之术，未敢以闻。"公知不见，乃更形为八童子，色如桃花，王便见之，盛礼设乐，以享八公。援琴而弦歌曰："明明上天，照四海兮。知我好道，公来下兮。公将与余，生羽毛兮。升腾青云，蹈梁甫兮。观见三光③，遇北斗兮。驱乘风云，使玉女兮。"今所谓《淮南操》是也④。

注释

①上辛：农历每月上旬的辛日。

②诣（yì）门：登门。

③三光：指日、月、星。

④《淮南操》：古代曲名，又称《八公操》。

译文

淮南王刘安喜好道术，专门设置厨宰来迎接宾客。正月的第一个辛日，有八个老人登门求见他。门吏报告给淮南王，淮南王让门吏随意刁难他们。门吏说："我们大王喜欢长生不老，先生没有停止衰老的道术，不敢帮你们去报信。"八位老人明白是淮南王不愿接见，于是就变化成八个小童，面如桃花，于是淮南王接见了他们，以隆重的礼乐来招待八位老人。淮南王抚琴而歌唱道："英明睿智的上天，俯照四海。知道我喜好仙道，让八公降临。八公将赐福我，让我羽化而登仙。驾着青云，在梁甫山上漫游。看到日、月、星，又遇到了北斗七星。驾着清风彩云，使唤天上玉女。"这就是今天所说的《淮南操》。

刘根召鬼

原文

刘根，字君安，京兆长安人也。汉成帝时[①]，入嵩山学道。遇异人，授以秘诀，遂得仙，能召鬼。颍川太守史祈以为妖[②]，遣人召根，欲戮之。至府，语曰："君能使人见鬼，可使形见；不者，加戮。"根曰："甚易。借府君前笔砚书符。"因以叩几，须臾，忽见五六鬼，缚二囚于祈前。祈熟视，乃父母也。向根叩头曰："小儿无状，分当万死。"叱祈曰："汝子孙不能光荣先祖，何得罪神仙，乃累亲如此！"祈哀惊悲泣，顿首请罪。根默然忽去，不知所之。

注释

①汉成帝：刘骜（前51—前7年），汉元帝刘奭之子，母为王政君。

②颍川：古代郡名，秦代始设，治所在今河南省禹州市一带。

译文

刘根，字君安，是京兆长安人。汉成帝时，刘根来到嵩山学习道术。他遇到一个神人，神人将神仙秘诀传授给他，于是刘根得道成仙，可以召唤鬼魂。颍川太守史祈认为他是妖怪，让人将他叫来，想要杀死他。到了太守府，史祈对他说："你能让人看见鬼，就让鬼显形出来；如果不能，就将你杀死。"刘根说："这很容易。借府君面前的笔砚写一道符。"于是他用符敲打案几，不一会儿，忽然就看到五六个鬼，绑着两个囚犯来到史祈跟前。史祈仔细一看，竟是自己的父母。他们向刘根叩头说："我的儿子不知礼节，理当万死。"责骂史祈说："你做子孙的不能光耀先祖，为什么要得罪神仙，竟然连累父母成这个样子！"史祈伤心震惊地哭了起来，向刘根磕头请罪。刘根默不作声迅速地离去，不知去哪儿了。

王乔飞舄

原文

汉明帝时①，尚书郎河东王乔为邺令②。乔有神术，每月朔③，尝自县诣台。帝怪其来数而不见车骑，密令太史候望之。言其临至时，辄有双凫④从东南飞来。因伏伺，见凫，举罗张之，但得一双舄⑤。使尚方识视⑥，四年中所赐尚书官属履也。

注释

①汉明帝：刘庄（28—75年），东汉光武帝刘秀第四子。汉明帝时吏治清明，境内安宁，后世将其与章帝统治时期并称为"明章之治"。

②尚书郎：古代官名。邺：古代地名，位于今河北省邯郸市临漳县以西。

③朔：指农历每月初一。

④凫：野鸭子。《尔雅·释鸟》云："似鸭而小，长尾，背上有文。"

⑤舄（xì）：鞋。

⑥尚方：古代制造君王使用的器物的官署。

译文

汉明帝的时候，尚书郎河东人王乔任邺县令。王乔通神仙法术，每月初一，经常从县里来到朝廷。皇帝对他来得频繁而不见车骑感到十分奇怪，秘密地命令太史去守候观望。太史报告说王乔来的时候，就有一对野鸭从东南方飞来。于是派人埋伏等候，看到野鸭，就举起罗网去捕捉它，可是捕到的只是一双鞋子。让尚方来查看，原来是永平四年时赐予尚书官属的鞋子。

蓟子训长寿

原文

蓟子训，不知所从来。东汉时，到洛阳，见公卿数十处，皆持斗酒片脯候之，曰："远来无所有，示致微意。"坐上数百人，饮啖终日不尽。去后，皆见白云起，从旦至暮。时有百岁公说："小儿时，见训卖药会稽市①，颜色如此。"训不乐住洛，遂遁去②。正始中③，有人于长安东霸城见与一老公共摩挲铜人，相谓曰："适见铸此，已近五百岁矣。"见者呼之曰："蓟先生小住。"并行应之，视若迟徐，而走马不及。

注释

①会（kuài）稽：古代郡名。秦代所设，故地在今江苏东部及浙江西部。

②遁（dùn）：隐避，离开。

③正始：魏齐王曹芳的年号，时间为240—249年。

译文

蓟子训，不知道是从什么地方来的人。东汉的时候，他来到洛阳，在几十个地方接待朝廷官员，总是只拿着一斗酒和一块干肉招待他们，说："从远处而来没有带什么东西，只是表示一点点心意。"在座的有几百人，吃喝了整整一天都没有吃完。蓟子训走后，大家都看到白云升起，从清晨时分直到夜晚时分。当时有一个百岁的老人说："我小时候，在会稽的市场上看到他卖药，容颜就是这个样子。"蓟子训不喜欢住在洛阳，于是就离开了。到魏明帝正始年间，有人在长安东面的霸城看到蓟子训和一个老人在一起抚摸一个铜人，他们说："从看到这个铜人开始铸造到现在，已经有近五百年了。"看到的人呼道："蓟先生稍等一下。"他们并立而行边走边说，看起来似乎走得极慢，但是疾驰的马也追赶不上。

汉阴生乞市

原文

> 汉阴生者，长安渭桥下乞小儿也。常于市中丐①，市中厌苦，以粪洒之。旋复在市中乞，衣不见污如故。长吏知之，械收系，着桎梏②。而续在市乞。又械，欲杀之，乃去。洒之者家，屋室自坏，杀十数人。长安中谣言曰："见乞儿与美酒，以免破屋之咎③。"

注释

①丐（gài）：乞讨。

②桎（zhì）梏（gù）：束缚手脚的刑具。

③咎：灾祸。

译文

汉阴生，是一个在长安渭桥下乞讨的小孩子。他常常在市场里行乞，市场里的人讨厌他，用粪水浇他。很快他又来到市场上乞讨，衣服上却没有污物，和被浇之前一样。县吏知道此事后，将他逮捕入狱，戴上束缚手脚的枷锁。可是没过多久他又继续在市场里乞讨。县吏又一次逮捕了他，想要杀他，他才离去。往他身上洒粪水的人家，房屋自行倒塌了，压死的人有十几个。长安城流传的歌谣唱道："见到小乞丐要给他美酒，免得遭受房倒屋塌之灾。"

常生复生

原文

谷城乡卒常生①，不知何所人也。数死而复生，时人为不然。后大水出，所害非一。而卒辄在缺门山上大呼②，言："卒常生在此！"云："复雨③，水五日必止。"止，则上山求祠之，但见卒衣杖革带。后数十年，复为华阴市门卒④。

注释

①谷城：古代地名，在今河南省洛阳市西北，因谷水得名。

②缺门山：山名，在今河南省洛阳市新安县以西三十里，因有龙凤二山相对，涧水从中流过，故称缺门山，也称铁门山。

③复：消除。文中指雨停了。

④华阴：古代县名，汉时属弘农郡管辖。在今陕西省华阴市东南附近。

译文

谷城的乡卒常生，不知道是什么地方的人。他死而复生很多次，当时的人却不以为然。后来发生水灾，造成许多危害。于是乡卒常生在缺门山上大喊，说道："乡卒常生在这里！"他又说："停止下雨，大水五天之内必须退去。"雨停水退后，人们上山要建立祠堂祭祀他，只看到乡卒的衣服、手杖和皮带。过了几十年，常生又成为华阴县市场的门卒。

左慈显神通

原文

左慈，字元放，庐江人也[1]。少有神通。尝在曹公座，公笑顾众宾曰："今日高会，珍羞略备。所少者，吴松江鲈鱼为脍[2]。"放云："此易得耳。"因求铜盘贮水，以竹竿饵钓于盘中。须臾，引一鲈鱼出。公大拊掌，会者皆惊。公曰："一鱼不周坐客，得两为佳。"放乃复饵钓之。须臾，引出。皆三尺余，生鲜可爱。公便自前脍之，周赐座席。公曰："今既得鲈，恨无蜀中生姜耳。"放曰："亦可得也。"公恐其近道买，因曰："吾昔使人至蜀买锦，可敕人告吾使，使增市二端[3]。"人去，须臾还，得生姜，又云："于锦肆下见公使，已敕增市二端。"后经岁余，公使还，果增二端。问之，云："昔某月某日，见人于肆下，以公敕敕之。"后公出近郊，士人从者百数。放乃赍酒一罂[4]，脯一片，手自倾罂，行酒百官，百官莫不醉饱。公怪，使寻其故。行视沽酒家，昨悉亡其酒脯矣。公怒，阴欲杀放。放在公座，将收之，却入壁中，霍然不见。乃募取之。或见于市，欲捕之，而市人皆放同形，莫知谁是。后人遇放于阳城山头[5]，因复逐之，遂走入羊群。公知不可得，乃令就羊中告之，曰："曹公不复相杀，本试君术耳。今既验，但欲与相见。"忽有一老羝[6]，屈前两膝，人立而言曰："遽如许[7]。"人即云："此羊是。"竞往赴之。而群羊数百，皆变为羝，并屈前膝，人立，云："遽如许。"于是遂莫知所取焉。老子曰："吾之所以为大患者，以吾有身也；及吾无身，吾有何患哉？"若老子之俦[8]，可谓能无身矣，岂不远哉也？

注释

①庐江：古代郡名，汉代所设，故城在今安徽省合肥市庐江县以西二十里。

②吴松江：即苏州河，黄浦江支流。脍（kuài）：细切的鱼肉。

③端：古代计量布帛的长度单位。一端约合二丈。

④赍（jī）：持，带。罂（yīng）：小口大腹的容器。

⑤阳城山：俗名车岭山，又名马岭山。秦汉至魏晋时期，指称坐落在今河南巩义东南、荥阳西南、登封东北、新密西北接界处之五指岭为阳城山，以处于古阳城县之北境而得名。

⑥羝（dī）：公羊。

⑦遽（jù）：惶恐，惧怕。

⑧俦（chóu）：辈，同类。

译文

左慈，字元放，庐江人。他年轻的时候就有神通。左慈曾是曹操的座上宾，曹操笑着对众宾客说："今天高朋满座，山珍海味都略略齐全了。所缺少的，只是用吴松江的鲈鱼所做的鱼脍。"元放说："这很容易就能得到。"于是要了一个铜盘来盛水，用竹竿挂上鱼饵在盘中垂钓。没过多久，拉上来一条鲈鱼。曹操拍手称好，参加宴会的人都感到十分惊讶。曹操说："一条鱼不够在座的宾客吃，能够钓到两条最好。"于是左慈再次加鱼饵钓鱼。过了一会儿，又钓出鱼来。两条鱼都有三尺多长，既鲜活又可爱。曹操准备自行脍鱼，遍赐在座的客人。曹操说："现在已经有了鲈鱼，可惜没有蜀地的生姜。"元放说："这也能得到。"曹操担心他在附近的路上买来，于是说："先前我派人到蜀地买彩锦，你让人告诉我的使臣，让他们多买四丈。"元放离开后，一会儿就回来了，带来了生姜，还说："在蜀锦市场看到了您的使者，我已经告诉他多买四丈彩锦了。"后来过了一年多，曹操的使者回来，果然多买了四丈。曹操问使者，使者回答："去年的某月某日，在市场上遇到一个人，将您的命令传达给我。"后来曹操来到近郊出游，随从的官员有上百人。元放抱着一坛酒，拿着一片肉，亲自给百官倒酒，百官个个都酒足饭饱。曹操觉得奇怪，派人查找原因。巡查到卖酒的店家，获悉酒肉昨天晚上全部都丢失了。曹操十分生气，想在暗地里杀了元放。元放在曹操的府上，曹操准备逮捕他，他却钻进了墙壁里，突然不见了。于是曹操发布悬赏捉拿元放。有人在市场上看到了他，想抓他，市场上的人都变成了元放的样子，不知道哪一个是他。后来又有人在阳城山头遇到元放，于是又去追赶他，他跑进羊群不见了。曹操知道抓不住他，就叫人对羊群说："曹公不再杀你，本来只是试试你的法术而已。现在既然已经灵验，只是想和你见面。"忽然有一只老公羊弯曲着两条前腿，像人一样站着说："慌张成这样。"那人立马说道："这只羊就是。"大家都争着扑向那只羊。然而那群羊有几百只，都变成了公羊，并弯曲着两条前腿，像人一样站着，说道："慌张成这样。"于是就不知道应该抓哪一只了。老子说："我之所以有忧患，是因为我有肉体凡胎；假如我不是肉体凡胎，我又有什么可担忧的呢？"像老子这样的人，可以说能不拘泥于肉身了，我们和他难道不是差太远了吗？

于吉请雨

原文

孙策欲渡江袭许[①]，与于吉俱行。时大旱，所在熇厉[②]。策催诸将士，使速引船，或身自早出督切。见将吏多在吉许，策因此激怒，言："我为不如吉耶？而先趋附之。"便使收吉。至，呵问之曰："天旱不雨，道路艰涩，不时得过，故自早出。而卿不同忧戚，安坐船中，作鬼物态，败吾部伍。今当相除。"令人缚置地上，暴之[③]，使请雨。若能感天，日中雨者，当原赦；不尔，行诛。俄而云气上蒸，肤寸而合[④]。比至日中，大雨总至，溪涧盈溢。将士喜悦，以为吉必见原，并往庆慰，策遂杀之。将士哀惜，藏其尸。天夜，忽更兴云覆之。明旦往视，不知所在。策既杀吉，每独坐，仿

佛见吉在左右。意深恶之，颇有失常。后治疮方差⑤，而引镜自照，见吉在镜中，顾而弗见，如是再三。扑镜大叫，疮皆崩裂，须臾而死。吉，琅邪人，道士。

注释

①孙策：三国东吴政权创立者，孙权之兄，后追尊为长沙桓王。

②熇（xiāo）厉：天气热。

③暴（pù）：晒。

④肤寸而合：云气逐渐集合。

⑤差（chài）：病好了。

译文

孙策打算渡江攻打许昌，和于吉一起行军。那时正值大旱，所到之处都极为炎热。孙策催促众将士，叫他们赶快牵引船只，常常亲自早起去督促。他看到将吏大都在于吉那里。孙策对此感到十分生气，说："我的号令不如于吉吗？你们却先趋承依附于他。"于是派人将于吉抓来。抓到了，孙策责问道："天气大旱不下雨，道路艰辛，无法按时过江，因此我自己每天都要早早地起来。而你却不为我分忧，安坐船中，装神弄鬼，涣散军心。今天就要除掉你。"孙策让人绑了于吉放在地上，暴晒他，让他祈雨。如果可以感动上天，中午下雨，就宽恕赦免他；否则，就要杀了他。没过多久，云气上升，逐渐聚合。大约到了中午时分，下起了大雨，小溪、河沟里都涨满了水。众将士都感到非常高兴，以为于吉肯定会被宽恕，一起去庆贺慰问他，孙策却杀了他。众将士悲痛惋惜，藏匿了于吉的尸体。那天晚上，忽然之间升起一团云盖住了尸体。第二天早晨去看，尸体不知道去哪里了。孙策杀了于吉以后，每当他独自一人的时候，仿佛看到于吉就在自己的身边。孙策心里感到非常烦恶，神经有些失常。后来他受伤了，伤口刚刚治愈，他拿镜子照着看，看到于吉在镜中，回头时却又找不到，像这样反复多次。孙策摔掉镜子大声喊叫，伤口崩裂开来，没过多久就死去了。于吉，琅邪人，是一个道士。

介琰隐形

原文

介琰者，不知何许人也。住建安方山①，从其师白羊公杜受玄一无为之道②，能变化隐形。尝往来东海③，暂过秣陵④，与吴主相闻。吴主留琰，乃为琰架宫庙。一日之中，数遣人往问起居。琰或为童子，或为老翁，无所食啖，不受饷遗。吴主欲学其术，琰以吴主多内御，积月不教。吴主怒，敕缚琰，着甲士引弩射之。弩发，而绳缚犹存，不知琰之所之。

注释

①建安：古代郡名。郡治在今福建省建瓯市。方山：山名，因山顶方平而得名。

②白羊公杜：未知其名，因其常乘白羊，被称为白羊公。玄一无为之道：即道家法术。

③东海：古代郡名。秦代所设。楚汉之际称郯郡。治所在郯（今山东省临沂市郯城县以北）。西汉辖境相当于今山东费县、临沂和江苏赣榆以南，山东枣庄、江苏邳州以东和江苏宿迁、灌南以北地区。

④秣（mò）陵：古代县名，在今江苏省南京市附近。

译文

　　介琰，不知道究竟是何方人士。他住在建安郡方山，跟从他的老师杜氏白羊公学习玄一无为的道家法术，可以变化和隐身。他曾经去过东海郡，回来的时候在秣陵暂时停留，和吴国君主孙权认识了。孙权留介琰住了下来，于是给介琰修建了宫庙。一天多次派人询问介琰的起居情况。介琰有时候变成小孩子，有时候变成老人，不吃也不喝，不接受馈赠。孙权想学他的法术，介琰因为孙权宫中有很多妃嫔，好几个月时间都没有教他。孙权很生气，下令将介琰捆绑了起来，让甲士拿弓箭去射他。箭射出去后，绑介琰的绳子还在，他人却不知道到什么地方去了。

徐光种瓜

原文

　　吴时有徐光者，尝行术于市里。从人乞瓜，其主勿与，便从索瓣①，杖地种之。俄而瓜生蔓延，生花成实，乃取食之，因赐观者。鬻者反视所出卖②，皆亡耗矣。凡言水旱甚验。过大将军孙綝门③，褰衣而趋④，左右

唾践。或问其故，答曰："流血臭腥不可耐。"綝闻，恶而杀之。斩其首，无血。及綝废幼帝⑤，更立景帝⑥。将拜陵，上车，有大风荡綝车，车为之倾。见光在松树上拊手指挥，嗤笑之。綝问侍从，皆无见者。俄而景帝诛綝。

注释

①瓣：植物的种子、果实或球茎可以分开的小块儿。这里指要了一块瓜，得到瓜的籽。

②鬻（yù）：卖。

③孙綝：三国东吴政权贵戚，字子通。把持朝政的权臣，后被景帝诛杀。

④褰（qiān）：用手提起。

⑤幼帝：即孙权少子孙亮，在位七年，被孙綝废黜为会稽王，后自杀。

⑥景帝：孙权第六子孙休，在位六年。

译文

三国时期东吴有个人叫徐光，曾经在市场上施行法术。他向人讨要瓜，卖瓜人不给，他就要了一颗瓜籽，用手杖挖地种了下去。一会儿瓜籽就发芽生蔓，开花结果，徐光就摘下来吃，又把瓜送给围观的人吃。卖瓜的人回去看自己要卖的瓜，都找不到了。徐光预言水旱灾情十分灵验。他经过大将军孙綝的门口时，提起衣服快跑过去，向左右吐唾沫并用脚践踏。有人问他原因，他回答说："流血的腥气让人不能忍受。"孙綝听见了这话，憎恨他，要把他杀了。砍他头的时候，却没有流血。后来，孙綝废黜幼帝孙亮，改立孙休为景帝。准备去拜祭祖陵的时候，孙綝刚上车，就有大风猛然吹向他的车，把车吹倒了。孙綝看见徐光在松树上拍掌指点，讥笑他。孙綝问侍从，却都说没看见徐光。不久，孙綝就被景帝杀了。

葛玄使法术

原文

葛玄，字孝先，从左元放受《九丹液仙经》①。与客对食，言及变化之事。客曰："事毕，先生作一事特戏者。"玄曰："君得无即欲有所见乎？"乃嗽口中饭，尽变大蜂数百，皆集客身，亦不螫人②。久之，玄乃张口，蜂皆飞入，玄嚼食之，是故饭也。又指虾蟆及诸行虫燕雀之属，使舞，应节如人。冬为客设生瓜枣，夏致冰雪。又以数十钱使人散投井中，玄以一器于井上呼之，钱一一飞从井出。为客设酒，无人传杯，杯自至前；如或不尽，杯不去也。尝与吴主坐楼上，见作请雨土人。帝曰："百姓思雨，宁可得乎？"玄曰："雨易得耳。"乃书符着社中，顷刻间，天地晦冥，大雨流淹。帝曰："水中有鱼乎？"玄复书符掷水中，须臾，有大鱼数百头，使人治之。

注释

①《九丹液仙经》：相传是道家炼金丹的秘籍。

②螫（shì）：旧读"zhē"。蜂、蝎等刺人。

译文

葛玄，字孝先，跟左元放学习《九丹液仙经》。有一次，他跟客人一起吃饭，谈到法术变化的事情。客人说："吃完饭，先生变个法术表演一下。"葛玄说："你难道不想马上就看见什么吗？"于是他喷出嘴里的饭粒，饭粒变成了几百只大蜂，全飞到客人身上，也不螫人。过了好久，葛玄才张开嘴，大蜂都飞进他口中，葛玄嚼着吃，还是饭粒。他又指挥蛤蟆及各种爬虫、燕雀之类，让它们跳舞，像人一样响应节拍。葛玄冬天给客人备好鲜瓜鲜枣，夏天又带去冰块雪花。他还曾叫人把几十个铜钱投进井中，自己拿着一个器皿在井口边呼唤，铜钱就一一从井里飞出来。他为客人摆酒，没有人传递杯子，杯子自己来到客人面前；如果酒杯里的酒没有喝尽，酒杯就不离开。葛玄曾经和吴王坐在楼上，看到有人在做祈雨用的土人。吴王说："老百姓祈求下雨，能求来雨吗？"葛玄说："雨是很容易得到的。"于是画了一道符放在神社中，顷刻之间，天昏地暗，大雨瓢泼而下，雨水四处奔流。吴王问："水里面有鱼吗？"葛玄又画符扔进水里，不一会儿，就有了几百条大鱼，吴王便派人去捉鱼来研究。

吴猛止风

原文

> 　　吴猛，濮阳人①。仕吴，为西安令②，因家分宁③。性至孝。遇至人丁义，授以神方；又得秘法神符，道术大行。尝见大风，书符掷屋上，有青鸟衔去，风即止。或问其故，曰："南湖有舟，遇此风，道士求救。"验之果然。武宁令干庆，死已三日，猛曰："数未尽，当诉之于天。"遂卧尸旁。数日，与令俱起。后将弟子回豫章④，江水大急，人不得渡。猛乃以手中白羽扇画江水，横流，遂成陆路，徐行而过。过讫，水复。观者骇异。尝守浔阳⑤，参军周家有狂风暴起⑥，猛即书符掷屋上，须臾风静。

注释

①濮阳：郡、国名。西晋咸宁三年（277年）改东郡置国。治濮阳（今县西南）。西晋末改为郡。

②西安：三国时东吴县名，在今江西省九江市武宁县以西。

③分宁：古代地名，曾属武宁县，唐贞元十五年（799年）从武宁县析出置县。所辖范围在今江西省九江市修水县附近。

④豫章：古代郡名。在今江西省南昌市附近。

⑤浔阳：古代县名。在今江西省九江市附近。
⑥参军：古代官名。

译文

吴猛，是濮阳人。他在东吴做官，在西安县当县令，在分宁安家。他天性非常孝顺。他曾遇到至德之人丁义，授予他成仙秘诀；又得到秘法神符，道术非常厉害。曾经遇到大风，他画一道符投到屋顶上，有青鸟衔去，风立刻停止了。有人问他其中缘由，他说："南湖里有一条船，遭遇这种风，有道士求救。"验证情况果然如此。武宁令干庆，已经死了三天，吴猛说："他气数未尽，应当告诉上天这件事。"于是睡在尸体旁。过了几天，他与县令都坐了起来。后来他带着弟子回豫章，江水非常湍急，人不能渡河。吴猛用手中的白羽扇在江水上一划，江水横流，出现一条陆路，他们就慢慢走了过去。走过去后，江水又恢复原状。看到的人感到十分惊异。吴猛曾经驻守浔阳，参军周家有狂风突然吹起，他立刻画一道符扔到屋顶上，一会儿风就停止了。

园客养蚕

原文

园客者，济阴人也①。貌美，邑人多欲妻之，客终不娶。尝种五色香草，积数十年，服食其实。忽有五色神蛾止香草之上，客收而荐之以布②，生桑蚕焉。至蚕时，有神女夜至，助客养蚕，亦以香草食蚕。得茧百二十头，大如瓮，每一茧缲六七日乃尽③。缲讫，女与客俱仙去，莫知所如。

注释

①济阴：古代郡名，郡治在今山东省菏泽市定陶县一带。
②荐：铺陈。
③缲（sāo）：抽茧出丝。

译文

园客，是济阴人。他长得英俊，当地人都想将女儿嫁给他，但园客一直都没有娶妻。他曾经种植五色香草，一连几十年，吃它的果实。忽然之间有一只五色的神蛾停在香草上，园客将神蛾收养下来，给它铺上布，神蛾在布上生下了许多蚕卵。到了养蚕季节，有神女晚上来，帮助园客养蚕，也用香草喂蚕。蚕做了一百二十个大蚕茧，每个蚕茧都像瓮一样大，缲丝要有六七天才能抽完。蚕丝缲完以后，神女和园客一起升仙而去，没有人知道他们到哪里去了。

董永与织女

原文

汉董永，千乘人①。少偏孤②，与父居。肆力田亩，鹿车载自随③。父亡，无以葬，乃自卖为奴，以供丧事。主人知其贤，与钱一万，遣之。永行三年丧毕，欲还主人，供其奴职。道逢一妇人，曰："愿为子妻。"遂与之俱。主人谓永曰："以钱与君矣。"永曰："蒙君之惠，父丧收藏。永虽小人，必欲服勤致力，以报厚德。"主曰："妇人何能？"永曰："能织。"主曰："必尔者，但令君妇为我织缣百匹④。"于是永妻为主人家织，十日而毕。女出门，谓永曰："我，天之织女也。缘君至孝，天帝令我助君偿债耳。"语毕，凌空而去，不知所在。

注释

①千乘：古代地名，在今山东省滨州市博兴县到淄博市高青县一带。博兴县陈户镇有董家村，相传为董永家乡。

②偏孤：指早年丧父或丧母。

③鹿车：古代的一种小车，因车身狭小仅可容一鹿，故名鹿车。

④缣（jiān）：双丝织的浅黄色细绢。匹（pǐ）：计量纺织品或骡马的量词。

译文

汉代的董永，是千乘人。他很小的时候就没了母亲，和父亲一起生活。董永在田地里干活很卖力，也会用小车拉着父亲，让父亲跟着自己。父亲去世了，董永没有钱安葬他，于是卖身为奴，来安葬父亲。主人知道他是个好人，交给他一万文钱，让他回家。董永守丧期满三年，打算回到主人家，尽到做奴仆的职责。在半路上遇到一个女子，女子说："我愿意当你的妻子。"于是董永带着她来到了主人家。主人对董永说："那钱我送给你了。"董永说："承蒙您的恩惠，得以将父亲埋葬。董永虽然是一个卑贱的人，也一定会尽心尽力地干活，来报答您的大恩大德。"主人说："你的妻子能做些什么呢？"董永回答说："会织布。"主人说："如果你一定要报答我的话，就请让你的妻子给我织一百匹双丝细绢。"于是董永的妻子给主人家织绢，十天就织完了。女子和董永离开主人家，对董永说："我，是天上的织女。因为你十分孝顺，天帝让我帮助你偿还欠债。"话说完，凌空飞去，不知道飞向什么地方去了。

钩弋夫人

原文

　　初，钩弋夫人有罪[1]，以谴死。既殡，尸不臭，而香闻十余里。因葬云陵[2]。上哀悼之，又疑其非常人，乃发冢开视，棺空无尸，惟双履存。一云，昭帝即位，改葬之，棺空无尸，独丝履存焉。

注释

①钩弋（yì）夫人：汉武帝的婕妤（jié yú，宫中女官名）赵氏，汉昭帝刘弗陵之母。汉武帝在立刘弗陵为太子前，出于"子幼母壮"的担忧而处死了钩弋夫人。汉昭帝继位后追封钩弋夫人为皇太后。

②云陵：为钩弋夫人陵。因钩弋夫人葬云阳得名。在今陕西省咸阳市淳化县以北。

译文

起初，钩弋夫人有罪过，被责令处死。出殡以后，尸体没有发出臭气，反而香气飘出十多里地。于是被葬在云陵。汉武帝哀悼她，又怀疑她不是凡人，就掘开坟墓来查验，发现棺材是空的，里面没尸体，只留有一双鞋。还有一种说法是，汉昭帝继位以后，重新安葬了钩弋夫人，所以棺材是空的，没有尸体，仅有一双丝织的鞋子在里面。

杜兰香与张传

原文

汉时有杜兰香者，自称南康人氏。以建兴四年春①，数诣张传。传年十七，望见其车在门外，婢通言："阿母所生，遣授配君，可不敬从？"传，先改名硕，硕呼女前，视，可十六七，说事邈然久远。有婢子二人，大者萱支，小者松支。钿车青牛②，上饮食皆备。作诗曰："阿母处灵岳，时游云霄际。众女侍羽仪，不出墉宫外③。飘轮送我来，岂复耻尘秽。从我与福俱，嫌我与祸会。"至其年八月旦，复来，作诗曰："逍遥云汉间，呼吸发九嶷④。流汝不稽路，弱水何不之⑤？"出薯蓣子三枚⑥，大如鸡子，云："食此，令君不畏风波，辟寒温。"硕食二枚，欲留一，不肯，令硕食尽。言："本为君作妻，情无旷远。以年命未合，其小乖。太岁东方卯，当还求君。"兰香降时，硕问："祷祀何如？"香曰："消魔自可愈疾，淫祀无益⑦。"香以药为消魔。

注释

①建兴四年：公元226年。

②钿（diàn）车：用金玉宝石嵌饰的车子。

③墉宫：即墉城，相传为西王母的居处。

④九嶷（yí）：古代山名，在今湖南省永州市宁远省以南。相传舜葬于此。

⑤弱水：古水名。相传弱水环绕昆仑仙境，水弱不能载舟，只有得道之人才能过去。

⑥薯蓣（yù）：山药。

⑦淫祀：不合礼制的祭祀；不正当的祭祀。

译文

汉朝时期有个名叫杜兰香的人，自称是南康人氏。在蜀后主建兴四年的春天，他多次来到张传家中。那个时候张传十七岁，看到她的车子在大门外，婢女过来代为禀告说：

"母亲生下我，派我来到这里嫁给你，怎么能够不遵从她的命令呢？"张传，曾经改名字为张硕，张硕让杜兰香走上前来，观察她，她只有十六七岁，说的事情却仿佛都非常久远。她有两个婢女，大的叫萱支，小的叫松支。她乘坐的是青牛拉的金车，上面饮食都齐备。她写诗道："母亲居住在灵山，时时漫游云霄间。众位仕女举羽仪，不到仙境墉城外。飘飘轮车送我来，难道嫌弃人世秽。与我共处福分多，如若嫌我灾祸降。"那一年八月的一天早晨，她又来了，写了首诗道："本来在天河逍遥自在，呼吸之间又来到九嶷山。你流连于飘忽不定的人间，为什么不渡弱水而成仙？"她拿出三个山药，都像鸡蛋一般大小，说："吃了它们，就可以让你不怕风波，免除寒凉热病。"张硕吃了两个，想留下一个，她不同意，让张硕全部都吃掉了。说："本来我是给你做妻子的，感情不会疏远。由于年命并不相合，怕会出现小小的不和谐。太岁在东方卯星的时候，我一定会回来找你。"杜兰香再降临时，张硕问道："祷告祭祀怎么样了？"杜兰香说："消魔就可以治好疾病，不合礼制的祭祀不会有益处。"杜兰香所说的"消魔"指的是药。

弦超与玉女

原文

　　魏济北郡从事掾弦超①，字义起。以嘉平中夜独宿②，梦有神女来从之。自称天上玉女，东郡人③，姓成公，字知琼，早失父母，天帝哀其孤苦，遣令下嫁从夫。超当其梦也，精爽感悟，嘉其美异，非常人之容。觉寤钦想，若存若亡。如此三四夕。一旦，显然来游，驾辎軿车④，从八婢，服绫罗绮绣之衣，姿颜容体状若飞仙。自言年七十，视之如十五六女。车上有壶、榼、青白琉璃五具⑤，食啖奇异。馔具醴酒，与超共饮食。谓超曰："我，天上玉女，见遣下嫁，故来从君。不谓君德，宿时感运，宜为夫妇。不能有益，亦不能为损。然往来常可得驾轻车，乘肥马，饮食常可得远味异膳，缯素常可得充用不乏。然我神人，不为君生子，亦无妒忌之性，不害君婚姻之义。"遂为夫妇。赠诗一篇，其文曰："飘飘浮勃逢⑥，敖曹云石滋⑦。芝英不须润，至德与时期。神仙岂虚感，应运来相之。纳我荣五族，逆我致祸菑⑧。"此其诗之大较，其文二百余言，不能尽录。兼注《易》七卷，有卦有象，以象为属。故其文言既有义理，又可以占吉凶，犹扬子⑨之《太玄》、薛氏之《中经》也。超皆能通其旨意，用之占候。

　　作夫妇经七八年，父母为超娶妇之后，分日而燕，分夕而寝，夜来晨去，倏忽若飞，唯超见之，他人不见。虽居暗室⑩，辄闻人声，常见踪迹，然不睹其形。后人怪问，漏泄其事。玉女遂求去，云："我，神人也。虽与君交，不愿人知。而君性疏漏，我今本末已露，不复与君通接。积年交结，恩义不轻，一旦分别，岂不怅恨？势不得不尔，各自努力！"又呼侍御下酒饮啖。发簏⑪，取织成裙衫两副遗超。又赠诗一首，把臂告辞，涕泣流离，肃然升车，去若飞迅。超忧感积日，殆至委顿。

去后五年，超奉郡使至洛，到济北鱼山下陌上。西行，遥望曲道头有一马车，似知琼。驱驰至前，果是也。遂披帷相见，悲喜交切。控左援绥⑫，同乘至洛。遂为室家，克复旧好。至太康中，犹在。但不日日往来，每于三月三日、五月五日、七月七日、九月九日、旦、十五日辄下，往来经宿而去。张茂先为之作《神女赋》⑬。

注释

①济北郡：古代郡名，在今山东省济南市长清区以南。从事掾：古代官名，郡守的僚属。

②嘉平：魏齐王年号。

③东郡：郡名。战国秦王政五年（前242年）置。治濮阳（今河南濮阳县西南），辖境位于今河南北部和山东西部。西晋改为濮阳国。

④辎（zī）：古代有帷盖的大车。軿（píng）：古代一种有帷幕的车。

⑤榼（kē）：古代盛酒或盛水的器皿。亦泛指盒类容器。

⑥飘飖（yáo）：随风飘动。勃逢：指渤海的蓬莱仙境。勃，通"渤"。逢，通"蓬"。

⑦敖曹：声音嘈杂的样子。云石：云板、石磬等乐器。滋：发出。

⑧菑（zāi）：同"灾"，灾祸，祸患。

⑨扬子：指扬雄，汉代著名的辞赋家与经学家，有《甘泉赋》《羽猎赋》《法言》《太玄》《方言》等作品传世。

⑩暗室：避光的房间，也可指别人看不见的处所。

⑪簏（lù）：一种用竹子编的容器。

⑫左：左骖，一车三马，左边的边马叫左骖。绥：登车时手拉的绳子。

⑬张茂先：即张华，字茂先，晋代文学家，著有《博物志》等。

译文

三国曹魏时济北郡的从事掾弦超，字义起。在魏齐王嘉平年间的一天半夜，他独自睡觉时，梦到有神女下凡来陪伴他。她自称是天上的玉女，东郡人，姓成公，字知琼，早年间父母死了，天帝可怜她孤苦无依，派她下凡出嫁跟随丈夫生活。弦超做梦的时候，神志清醒，感觉清楚，赞赏知琼美貌异常，不是一般人可比。但醒来后再回想，像真的又像假的。这样过了三四个晚上。有一天，知琼现身了，她乘坐着有帷帐的车子，随从有八个婢女，穿着绫罗锦绣的衣服，姿态、容貌、身材就像天仙一样。她说自己已经七十岁了，可她看上去就像十五六岁的女子。车子上有壶、榼、青白色的琉璃器具，吃的喝的东西都很奇特。她准备了美酒，与弦超一起享用。她对弦超说："我，是天上的玉女，天帝让我下凡出嫁，所以来跟随您。不是因为您有什么特别的德行，而是前世的缘分，使我们结为夫妇。不能说能给您带来什么好处，但也不会有坏处。不过，以后您往来就可以坐轻车、骑肥马，饮食上可以有山珍海味和特别的佳肴，丝绸、绢帛等衣服布

料也不会缺乏。但我是神人，不能为你生育后代，也没有妒忌之心，不妨碍你的婚姻之事。"于是他们结为夫妻。知琼送给弦超一首诗，诗文说："我在蓬莱仙境游逛，云板石磬奏出乐音。灵芝不用雨水滋润，至高德行等待时机。神仙岂是凭空感应，顺应天意前来帮你。容我纳我荣耀五族，违我逆我致降祸灾。"这是诗的大意，诗文有两百多个字，不能完全记录下来。她还注释了《易经》，共七卷，有卦辞，有象辞，用象辞来统属。所以其中的文字既有意义道理，又可以占卜吉凶，像扬雄的《太玄》和薛氏的《中经》一样。弦超都能理解其中的意思，能够用它来预测吉凶以及天气的变化。

做夫妻七八年后，弦超的父母为弦超娶了妻子。之后，知琼和弦超隔一天在一起吃饭，隔一晚一起睡觉。知琼晚上来早上去，快得像飞一样，只有弦超一个人能看得见她，别人都看不见。虽然住在别人看不见的地方，但人们常常能听到她的声音，常常能见到她的踪迹，只是看不见她的样子。后来有人奇怪，问弦超，弦超泄露了他们的事。玉女于是要求离去，说："我是神人，虽然与你交往，却不愿被别人知道。而你性格粗心大意，我现在已经彻底暴露身份，就不能再与你交往。这么多年的往来，情义不轻；一旦分别，怎能不伤心？情势所迫，我们各自珍重吧！"她又叫婢女来准备好酒食来吃。打开竹箱子，取出两套彩丝金缕的衣服留给弦超。又赠诗一首，挽着胳膊告别，眼泪汪汪。最后，她神情凄然地登上车，飞一样离去了。弦超忧伤了很多天，几乎到了颓丧的地步。

知琼走后五年，弦超受郡守派遣出使洛阳，来到济北鱼山下小道上。往西走，远远望见弯道尽头有一驾马车，像是知琼的那辆。弦超快马赶上前去，果然是她。于是揭开帷幕相见，悲喜交集。知琼牵住左边的马，让弦超拉绳上车，一同乘车来到洛阳。于是又结为夫妻，重归于好。至晋武帝太康年间，他们仍然生活在一起，只是不每天都往来了，而是每逢三月初三、五月初五、七月初七、九月初九、每月初一、十五，知琼总会来临，过一夜就离去。张茂先为她写了《神女赋》。

卷 二

题解

　　在巫风炽盛的两汉之后，六朝志怪吸纳巫术思维、收录巫术现象，出现了大批有关巫人与术士降伏鬼魅、沟通人鬼的奇异故事。《搜神记》中记载的巫人术士功能大致分为三类，即"通神事鬼""占卜筮兆""医疗厌劾"。"通神事鬼"彰显了巫觋扮演人神、人鬼之间沟通者的角色；"占卜筮兆"则承先秦两汉，为巫觋预知吉凶之重要功能；"医疗厌劾"则为巫觋在交通鬼神的基础之下，衍生出来的职能。本卷记录的就是汉晋以来兴盛的有关巫术、方术的故事。

寿光侯劾鬼

原文

寿光侯者，汉章帝时人也①。能劾百鬼众魅，令自缚见形。其乡人有妇为魅所病，侯为劾之，得大蛇数丈，死于门外，妇因以安。又有大树，树有精，人止其下者死，鸟过之亦坠。侯劾之，树盛夏枯落，有大蛇，长七八丈，悬死树间。章帝闻之，征问，对曰："有之。"帝曰："殿下有怪，夜半后，常有数人，绛衣，披发，持火相随。岂能劾之？"侯曰："此小怪，易消耳。"帝伪使三人为之。侯乃设法，三人登时仆地，无气。帝惊曰："非魅也，朕相试耳。"即使解之。或云，汉武帝时，殿下有怪，常见朱衣披发，相随持烛而走。帝谓刘凭曰："卿可除此否？"凭曰："可。"乃以青符掷之，见数鬼倾地。帝惊曰："以相试耳。"解之而苏。

注释

①汉章帝：东汉明帝之子刘炟。汉章帝在位十三年（76—88年），共用过建初、元和、章和三个年号。

译文

寿光侯，是东汉章帝时的人。他可以降服各种各样的鬼魅精怪，命令它们自己捆绑自己显出原形。他同乡的妻子被鬼魅伤害，寿光侯为她施法，抓住了一条数丈长的大蛇，将它弄死在门外，妻子也就因此得以平安。又有一棵大树，树上有精怪，人如果在树下停留就会死掉，鸟飞过也会掉下来。寿光侯降服了它，树叶在盛夏时节枯落，有条大蛇，长有七八丈，吊死在树杈之间。汉章帝听说了这件事情，把寿光侯召来询问，寿光侯回答说："确有此事。"章帝说："我的宫殿里有鬼怪，半夜以后，经常会有几个人，穿着大红色的衣服，披散着头发，打着火把一个跟着一个。怎么才可以降服它们呢？"寿光侯说："这是小妖怪，容易消灭。"章帝悄悄地派了三个人伪装成鬼怪。寿光侯设坛行法，三个人立马倒在地上，没了声气。章帝吃惊地说："他们不是鬼怪，我试一试你的法术罢了。"赶紧让寿光侯解救了他们。也有人说，汉武帝的时候，宫殿里有鬼怪，经常看到它们身着红色的衣服，披着头发，一个跟着一个打着火把跑。汉武帝对刘凭说："你可以除掉这些鬼怪吗？"刘凭说："能。"于是拿起青符扔向它们，只见那几个鬼怪倒在地上。皇帝吃惊地说："这只是来试试你的法术而已。"解除法术后那几个鬼怪很快就醒过来了。

樊英灭火

原文

樊英隐于壶山①。尝有暴风从西南起，英谓学者曰："成都市火甚盛。"因含水嗽之，乃命计其时日。后有从蜀来者，云："是日大火，有云从东起，须臾大雨，火遂灭。"

注释

①樊英：东汉南阳鲁阳（今河南鲁山）人。习京氏《易经》，通五经，善推灾异。壶山：因山形如壶而得名，在今河南省鲁山县以南。

译文

樊英隐居在壶山。曾经有暴风从西南方刮起，樊英对跟他学习的人说："成都街市上的火势极为猛烈。"于是他含了一口水喷了出去，又让人记下当时的日期。后来有人从蜀郡回来，说："有一天发生了大火灾，有云从东方升了起来，一会儿降下大雨，火就灭了。"

徐登与赵昞

原文

闽中有徐登者①，女子化为丈夫。与东阳赵昞②，并善方术。时遭兵乱，相遇于溪，各矜其所能。登先禁溪水为不流，昞次令禁杨柳为生稊③。二人相视而笑。登年长，昞师事之。后登身故，昞东入章安④，百姓未知。昞乃升茅屋，据鼎而爨⑤。主人惊怪，昞笑而不应，屋亦不损。

注释

①闽中：古代郡名。秦代所设，管辖东冶，即今福建省福州市附近。秦末废郡，后"闽中"泛指福建一带。

②东阳：古代郡名。三国东吴所置，因在瀫水（即衢江）之东、长山之阳而得名。管辖长山，即今浙江省金华市婺城区。昞（bǐng）：人名。

③禁：施禁咒术。稊（tí）：植物的嫩芽。特指杨柳新生的枝叶。

④章安：县名，故城在今浙江省台州市椒江区。

⑤爨（cuàn）：烧火煮饭。

译文

闽中郡有一个叫徐登的人，原本是个女人，后变成男人。他和东阳郡的赵昺都擅长方术。那个时候正逢战乱，他们在一条小溪边相遇，各自夸耀着他们的本领。徐登先施法让溪水断流，赵昺接着施法让杨柳生出新芽。两人相视而笑。徐登年纪大，赵昺将他当作老师来侍奉。后来徐登死了，赵昺往东来到章安县，老百姓都不了解他。赵昺于是升上茅屋屋顶，用大鼎生火做饭。主人感到惊讶奇怪，赵昺只是笑了笑没有回应，茅屋也没损坏。

赵昺临水求渡

原文

赵昺尝临水求渡，船人不许。昺乃张帷盖①，坐其中，长啸呼风，乱流而济②。于是百姓敬服，从者如归。章安令恶其惑众，收杀之。民为立祠于永康③，至今蚋蚋不能入④。

注释

①帷盖：古代马车的帷幕和篷盖。

②乱流：横渡江河。

③永康：地名，在今浙江省金华市东南。永康古称丽州，相传，三国吴赤乌八年（245年）孙权之母因病到此进香，感叹这里山川秀美，祈求人间"永葆安康"，后病愈，孙权大喜，遂赐名为"永康"，并置县，至1992年撤县设市。

④蚋（ruì）：蚊类小虫。体形似蝇而小，吸人畜血。

译文

赵昺曾经来到河边请求过河，驾船的人并没有同意。赵昺于是张起帷幕和篷盖，坐在里面，发出长长的啸声唤来大风，横渡过河。于是老百姓都很敬重信服他，信从他的人有很多。章安县令厌恶他迷惑百姓，将他抓起来杀了。老百姓在永康这个地方给他修建了祠庙，直到今天蚊虫都不能飞进去。

徐赵清俭

原文

徐登、赵昞，贵尚清俭^①，祀神以东流水，削桑皮以为脯。

注释

①清俭：清贫，俭朴。

译文

徐登、赵昞，他们十分崇尚清贫俭朴，用东流的河水来祭祀神仙，将削下的桑树皮当成干肉。

搜神记

东海君遗襦

原文

陈节访诸神，东海君以织成青襦一领遗之^①。

注释

①东海君：指东海神。汉代纬书《龙鱼河图》中说："东海君姓冯名修。"而《唐开元占经》中说："南海神曰祝融，东海神曰勾芒，北海神曰玄冥，西海神曰蓐收。"襦（rú）：短衣。领：古代量词，用于衣物等。

译文

陈节拜访各路神仙，东海神君送给他一件青丝织成的短袄。

边洪发狂

原文

宣城边洪①，为广阳领校②，母丧归家。韩友往投之③。时日已暮，出告从者："速装束，吾当夜去。"从者曰："今日已暝④，数十里草行，何急复去？"友曰："此间血覆地，宁可复住。"苦留之，不得。其夜，洪欻发狂⑤，绞杀两子，并杀妇，又斫父婢二人⑥，皆被创。因走亡。数日，乃于宅前林中得之，已自经死⑦。

注释

①宣城：古代郡名，郡治在今安徽省宣城市。

②广阳：是汉朝至西晋期间幽州刺史部下的郡国，其地在今北京市。领校：郡的军事长官。

③韩友：字景先，晋庐江舒人，曾任广武将军。《晋书》载其"善占卜，能图宅相冢"。

④暝（míng）：夜晚。

⑤欻（xū）：忽然。

⑥斫（zhuó）：用刀斧等砍或削。

⑦经：系缢，悬吊。

译文

宣城人边洪，担任广阳领校，母亲去世后回到家中。韩友去拜访他。那个时候天色已经很晚，韩友从边洪家出来告诉随行的人："赶紧收拾行李，我们要连夜离开这个地方。"随从说："今天已经晚了，走了几十里的草地，为什么要匆忙离开呢？"韩友说："这里鲜血流满地，不可能再住得下去。"边洪苦苦挽留，韩友并没有同意。这天夜里，边洪忽然发疯，绞杀了两个儿子，还杀害了妻子，又砍父亲的两个婢女，两人都被砍伤。然后他就逃跑了。几天后，才在宅院前面的树林中找到了他，已经自己上吊死了。

鞠道龙说黄公事

原文

鞠道龙善为幻术①。尝云："东海人黄公，善为幻，制蛇，御虎。常佩赤金刀。及衰老，饮酒过度。秦末，有白虎见于东海，诏遣黄公以赤刀往厌之②。术既不行，遂为虎所杀。"

注释

①幻术：方士、术士用来炫惑人的法术，也指魔术。

②厌：用迷信的方法驱避可能出现的灾祸，或致灾祸于人。

译文

鞠道龙擅长变幻法术。他曾经说："东海人黄公，善于变幻法术，可以制服大蛇、驾驭猛虎。他常常佩戴着赤金刀。到了老年的时候，饮酒过度。秦朝末年，有一只白虎出现在东海地区，皇帝命令黄公用赤金刀去镇服它。黄公的法术不灵验，于是被老虎杀死了。"

谢糺作脍

原文

谢糺尝食客，以朱书符投井中，有一双鲤鱼跳出。即命作脍①，一坐皆得遍。

注释

①脍（kuài）：细切的肉或鱼。

译文

谢糺曾经招待客人，将朱砂画成的符投入井中，就会有一对鲤鱼跳了出来。他马上让人做成鱼脍，所有在座的客人都吃到了。

天竺胡人法术

原文

晋永嘉中①，有天竺胡人来渡江南②。其人有数术：能断舌复续、吐火。所在人士聚观。将断时，先以舌吐示宾客，然后刀截，血流覆地，乃取置器中，传以示人。视之，舌头半舌犹在。既而还取含续之。坐有顷，坐人见舌则如故，不知其实断否。其续断，取绢布，与人合执一头，对剪中断之。已而取两断合，视绢布还连续，无异故体。时人多疑以为幻，阴乃试之，真断绢也。其吐火，先有药在器中，取火一片，与黍饧合之③，再三吹

呼，已而张口，火满口中，因就爇取以炊④，则火也。又取书纸及绳缕之属投火中，众共视之，见其烧爇了尽。乃拨灰中，举而出之，故向物也。

注释

①永嘉：晋怀帝司马炽年号。

②天竺：古代对印度的称呼。江南：本指长江以南地区。南北朝时因南朝与北朝隔江对峙，因称南朝及其统治下的地区为江南。

③黍糒：用黍米制成的糖。

④爇（ruò）：火。

译文

西晋怀帝永嘉年间，有一个天竺国的人来到江南。这个人会多种法术：能够把舌头截断再接上、能够吐出火焰。他所到之处都有很多人围观。他准备截断舌头时，先将舌头吐出来给观众看，然后再用刀截断，血流满地，于是将断舌放到器皿中，传给大家看。看他的嘴里，还有半截舌头仍在。然后取出器皿中的半截舌头，放入口中连接。坐了一会儿，大家看到他的舌头完好如初，搞不清楚它是否真的断过。他表演断物续接，先取了一匹绢布，然后和人各执一头，从中间剪断。旋即将两截断绢合在一起，看绢布仍然连在一起，和刚开始没有区别。当时的人怀疑是假的，悄悄一试，真的剪断了绢布。他表演吐火，先将火药放在器皿中，取出一片，和黍糒混合，反复地吹气，一会儿张开嘴巴，满嘴都是火，接着就取他口中的火引火做饭，他嘴里的火确实是真的火。他又取来书纸以及绳线之类的投入他嘴里的火中，大家一起察看，发现都烧光了。于是拔开灰烬，拿出来的，还是原来的东西。

范寻养虎

原文

扶南王范寻养虎于山①，有犯罪者，投与虎，不噬②，乃宥之③。故山名大虫，亦名大灵。又养鳄鱼十头，若犯罪者，投与鳄鱼，不噬，乃赦之。无罪者皆不噬，故有鳄鱼池。又尝煮水令沸，以金指环投汤中，然后以手探汤。其直者，手不烂；有罪者，入汤即焦。

注释

①扶南：中南半岛古国名，也称夫南、跋南。位于今柬埔寨、老挝、越南的南部和泰国东南部。

②噬（shì）：撕咬。

③宥（yòu）：宽恕。

译文

　　扶南王范寻在山中喂养老虎，有犯罪的人，就将其丢到山上给老虎吃，老虎不咬，就宽恕他。因此这座山被命名为大虫山，又叫大灵山。他又养了十只鳄鱼，假如有犯罪的人，将他们扔给鳄鱼吃，鳄鱼不咬，就赦免他。没有罪过的人鳄鱼都不会咬，所以有鳄鱼池。范寻还曾经将水烧开，将金戒指扔到开水之中，然后让人用手去热水里取金戒指。那些正直的人，手不会烫烂；有罪的人，手一伸进去就烫焦了。

贾佩兰说宫内事

原文

　　戚夫人侍儿贾佩兰①，后出为扶风人段儒妻②。说："在宫内时，尝以弦管歌舞相欢娱，竞为妖服以趋良时。十月十五日，共入灵女庙，以豚黍乐神，吹笛击筑③，歌《上灵之曲》。既而相与连臂，踏地为节，歌《赤凤皇来》，乃巫俗也。至七月七日，临百子池，作于阗乐④。乐毕，以五色缕相羁，谓之'相连绶'。八月四日，出雕房北户⑤，竹下围棋。胜者，终年有福；负者，终年疾病。取丝缕，就北辰星求长命，乃免。九月，佩茱萸，食蓬饵⑥，饮菊花酒，令人长命。菊花舒时，并采茎叶，杂黍米馈之，至来年九月九日始熟，就饮焉，故谓之'菊花酒'。正月上辰，出池边盥濯⑦，食蓬饵，以被妖邪⑧。三月上巳⑨，张乐于流水。如此终岁焉。"

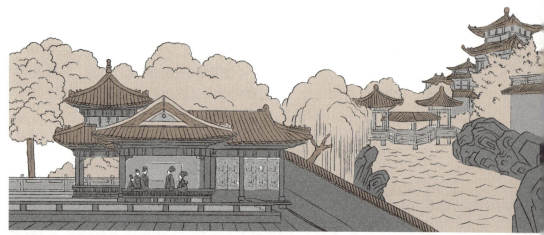

注释

①戚夫人：汉高祖刘邦的宠妃。汉高祖死后，她被吕后挖去眼睛，砍断手足，投入厕所，称为"人彘"。

②扶风：郡名。所辖范围相当于今陕西永寿、礼泉、西安鄠邑区以西，秦岭以北地区。三国魏以右扶风改名。隋开皇初废。

③筑：古代一种弦乐器。有五弦、十三弦、二十一弦等说法，形似筝，颈细而肩圆，弦下设柱。演奏时，左手按弦的一端，右手执竹尺击弦发音。

④于阗（tián）：古代西域国名，位于今新疆维吾尔自治区和田市一带。

⑤雕房：华美的内室。文中指闺房。

⑥蓬饵：一种在重阳节时吃的用米粉做成的糕。

⑦盥（guàn）濯（zhuó）：洗涤。

⑧祓（fú）：古代为除灾去邪而举行的祭礼。

⑨上巳：即农历三月三日的上巳节。《后汉书·礼仪志上》："是月上巳，官民皆洁于东流水上，曰洗濯祓除去宿垢疢为大洁。"

译文

戚夫人的侍女贾佩兰，后来嫁给扶风人段儒为妻。她说："在皇宫里时，曾经用弦管伴奏歌舞来娱乐，大家争先恐后地穿上妖冶的服装来度过美好的日子。十月十五下元节，大家一起来到灵女庙，用猪肉、黍酒来取悦神灵，吹笛击筑，唱《上灵之曲》。接下来大家相互拉着手臂，用脚踏着节拍，唱《赤凤皇来》，这是那个时候的巫俗。到了七月七日，来到百子池，演奏于阗国的乐曲。乐曲结束后，用五色丝绳互相扎着头发，称它为'相连绶'。八月四日，走出闺房北门，来到竹林下围棋。胜的人，一整年都有福气；输的人，一整年都会生病。要拿着丝线，向北极星祈求长命，才可以免除疾病。九月，戴着茱萸，吃着蓬饵，喝着菊花酒，可以使人长寿。菊花开的时候，茎叶一起采集，掺入黍米酿酒，到第二年九月九日重阳节的时候才可以酿造好，取来饮用，因此称之为'菊花酒'。正月上辰日，出门来到池边洗手，吃着蓬饵，以除妖去邪。三月三日上巳节，在流水边设置歌舞。就这样度过一整年。"

李少翁致神

原文

汉武帝时，幸李夫人①。夫人卒后，帝思念不已。方士齐人李少翁言能致其神。乃夜施帷帐，明灯烛，而令帝居他帐遥望之。见美女居帐中，如李夫人之状，还幄坐而步，又不得就视。帝愈益悲感，为作诗曰："是耶？非耶？立而望之，偏娜娜②，何冉冉其来迟？"令乐府诸音家弦歌之③。

注释

①李夫人：汉武帝的宠妃，据说"北方有佳人，绝世而独立。一顾倾人城，再顾倾人国。宁不知倾国与倾城，佳人难再得"一诗说的即是李夫人。
②偏：通"翩"字，飘扬。娜娜：纤长柔美。
③乐府：古代主管音乐的机构。弦歌：依琴瑟而咏歌。

译文

　　汉武帝在位的时候，宠幸李夫人。李夫人离世后，汉武帝思念不已。齐地的方士李少翁自称可以招来她的鬼魂。于是在夜里搭起帷帐，点上灯烛，让汉武帝坐在其他帷帐中远远地看着。只看到一个美女坐在帷帐中，像李夫人的样子，环绕着帷帐坐下或行走，却不能够走近去看。汉武帝更加感到悲伤，为此写了首诗，说："是她吗？不是她吗？站在那里望过去，飘飘然轻盈柔美，为何慢慢地走，来得这么迟？"传令乐府中的乐人配乐歌咏她。

营陵道人令见死人

原文

　　汉北海营陵有道人①，能令人与已死人相见。其同郡人妇死已数年，闻而往见之，曰："愿令我一见亡妇，死不恨矣。"道人曰："卿可往见之。若闻鼓声，即出勿留。"乃语其相见之术。俄而得见之，于是与妇言语，悲喜恩情如生。良久，闻鼓声恨恨②，不能得住。当出户时，忽掩其衣裾户间，掣绝而去③。至后岁余，此人身亡。家葬之，开冢，见妇棺盖下有衣裾。

注释

①北海：古代郡名。汉景帝时分齐郡所置，郡治在营陵，即今山东省乐昌市。
②恨恨（liàng）：象声词。
③掣（chè）：牵曳，牵拉。

译文

　　汉代北海郡营陵县有个道人，可以让人和已经死去的人见面。他同郡的一个人的妻子已经死了好几年了，听说后去见他，说："希望您能让我见见死去的妻子，那么我就死而无憾了。"道人说："你可以去见你的妻子。如果听到鼓声就立马出来，不要停留。"于是告诉他相见的法术。一会儿那个人看到了妻子，就和妻子说话，感情恩爱得就如同妻子活着的时候一般。过了好一会儿，听到恨恨的鼓声，不能够停留。正在他出门的时候，他的衣襟忽然夹在门缝里，他扯断衣襟离开了。过了一年多，这个人死去了。家人埋葬了他，打开坟墓时，发现妻子的棺盖下有那片扯断的衣襟。

白头鹅试觋

原文

> 吴孙休有疾①，求觋视者②。得一人，欲试之。乃杀鹅而埋于苑中，架小屋，施床几，以妇人屐履服物着其上。使觋视之，告曰："若能说此冢中鬼妇人形状者，当加厚赏，而即信矣。"竟日无言。帝推问之急，乃曰："实不见有鬼，但见一白头鹅立墓上。所以不即白之，疑是鬼神变化作此相，当候其真形而定。不复移易，不知何故，敢以实上。"

注释

①孙休：吴景帝孙休，十八岁时受封为琅琊王。太平三年（258年）孙綝政变废黜孙亮为会稽王，迎立孙休为帝，在位七年，年号为永安。

②觋（xí）：为人祷祝鬼神的男巫，后世泛指巫师。

译文

吴国景帝孙休生病了，招求男巫治病。找到了一个人，想先试一下他。于是杀了一只鹅埋在园子里，架设了一间小屋，摆上坐具和桌几，将女人的鞋子、衣服放在上面。让男巫看了看这些东西，跟他说："倘若你能说出这座坟墓中死了的女子的样子，就会重重地赏赐你，而且就信任你了。"男巫一整天没有说话。景帝追问急了，男巫才说："的确没有看到鬼，只看到一个白头鹅站在坟墓上。之所以没有立马说明，我怀疑那是鬼神变化成鹅的样子，应该等到它显出真形才能够确定。但是它没有改变，不知道是什么原因，冒昧以实情相告。"

石子冈朱主墓

原文

> 吴孙峻杀朱主①，埋于石子冈②。归命即位③，将欲改葬之。冢墓相亚④，不可识别，而宫人颇识主亡时所着衣服。乃使两巫各住一处，以伺其灵。使察战监之⑤，不得相近。久时，二人俱白见一女人，年可三十余，上着青锦束头，紫白裌裳⑥，丹绨丝履⑦，从石子冈上，半冈而以手抑膝，长太息，小住须臾，更进一冢上，便止，徘徊良久，奄然不见⑧。二人之言，不谋而合。于是开冢，衣服如之。

注释

①孙峻：三国时东吴将军，封为富春侯。朱主：孙权女儿，公主鲁育，左将军朱据之妻。

②石子冈：古代地名，在今江苏省南京市江宁区以南。

③归命：东吴政权末帝孙皓。后降晋称臣，封为归命侯。

④亚：并排。

⑤察战：三国东吴政权设的负责监视吏民的官员。

⑥袷（jiá）：夹衣。

⑦绨（tí）：厚实平滑而有光泽的丝织物。

⑧奄（yǎn）然：忽然。

译文

　　吴国的孙峻杀死了朱主，埋在石子冈。吴末帝继位后，准备重新安葬她。由于许多坟墓并列，不能够识别朱主墓，但宫人还记得朱主死的时候所穿的衣服。于是派两个女巫各待在一个地方，等候她的灵魂。派察战监督她们，不允许两个人接近。过了一段时间，两个女巫都报告说看到一个女人，有三十来岁，头上戴着青锦头巾，穿着紫白色的夹衣，朱红色的厚丝鞋，从石子冈上山，到半山冈时用手扶膝，长长地叹气，稍微停了一会儿，又走到其中一座坟墓前停了下来，徘徊了很长时间，忽然之间就不见了。两个人的话，不谋而合。于是打开坟墓，棺材里的衣服正如说的那样。

夏侯弘见鬼

原文

　　夏侯弘自云见鬼，与其言语。镇西谢尚所乘马忽死①，忧恼甚至。谢曰："卿若能令此马生者，卿真为见鬼也。"弘去良久，还曰："庙神乐君马，故取之。今当活。"尚对死马坐。须臾，马忽自门外走还，至马尸间，便灭，应时能动，起行。谢曰："我无嗣，是我一身之罚。"弘经时无所告。曰："顷所见，小鬼耳，必不能辨此源由。"后忽逢一鬼，乘新车，从十许人，着青丝布袍。弘前提牛鼻，车中人谓弘曰："何以见阻？"弘曰："欲有所问。镇西将军谢尚无儿。此君风流令望，不可使之绝祀。"车中人动容曰："君所道正是仆儿。年少时，与家中婢通，誓约不再婚，而违约。今此婢死，在天诉之，是故无儿。"弘具以告。谢曰："吾少时诚有此事。"弘于江陵见一大鬼，提矛戟，有随从小鬼数人。弘畏惧，下路避之。大鬼过后，捉得一小鬼，问："此何物？"曰："杀人以此矛戟，若中心腹者，无不辄死。"弘曰："治此病有方否？"鬼曰："以乌鸡薄之②，即差③。"弘曰："今欲何行？"鬼曰："当至荆、扬二州。"尔时比日行心腹病，无有不死者。弘乃教人杀乌鸡以薄之，十不失八九。今治中恶辄用乌鸡薄之者④，弘之由也。

注释

①谢尚：字仁祖，东晋阳夏（今河南太康）人。先后任尚书仆射、豫州刺史、镇西将军等职。

②薄：通"敷"字，涂抹。

③差（chài）：病愈。

④中恶：中医病名。因冒犯不正之气所引起，俗称中邪。

译文

　　夏侯弘自称见过鬼，和鬼说过话。镇西将军谢尚的坐骑突然死去了，谢尚十分忧愁烦恼。谢尚说："你能够让我的马复活，你算是真的见过鬼了。"夏侯弘去了很长时间，回来后说："庙神喜欢您的马，所以要去了。现在会活过来了。"谢尚对着死马坐下。一会儿，马忽然从门外跑了回来，到死马的地方，就消失了，死马随即能动了，并站起来走动。谢尚说："我没有儿子，这是对我一辈子的惩罚。"夏侯弘过了好长一段时间都没有说什么。他说："最近看到的，都是小鬼，一定不能弄清楚这件事情的缘由。"后来忽然碰到一个鬼，乘坐着一辆新车，跟随的人有十多个人，穿着青丝布袍。夏侯弘走上前提起牛鼻绳，车中人问夏侯弘："为什么要阻拦我？"夏侯弘说："想问你一件事情。镇西将军谢尚没有儿子。他风雅潇洒，声望很好，不能够让他断绝后代。"车中人感动地说："你所说的谢尚正是我的儿子。年轻时，他和家中婢女私通，发誓说不再结婚，后来违背了誓约。现在婢女死了，在阴间指控他，所以他就没有儿子了。"夏侯弘将这些情况告诉给谢尚。谢尚说："我年轻时确实做过这事情。"夏侯弘在江陵看到一个大鬼，提着矛戟，有几个小鬼跟从。夏侯弘感到害怕，走下路边去躲避他。大鬼走了以后，他捉到一个小鬼，问："这是什么东西？"小鬼说："用这个矛戟杀人，如果刺中心腹，没有不马上死去的。"夏侯弘说："有没有方法治这病呢？"小鬼说："用乌鸡制药涂抹心腹，立刻痊愈。"夏侯弘问："现在打算到什么地方去？"小鬼说："要到荆州、扬州去。"那时候正在流行心腹病，得病的人没有不死的。夏侯弘于是教人杀了乌鸡来涂抹，十有八九都好了。现在治疗中邪总是用乌鸡涂抹的方法，就是由夏侯弘传下来的。

卷三

题解

在科学技术不发达的时代，先民们出于对未知的恐惧，希望能够借助方术之士获取信息，解答疑惑。有汉一代，方术盛行，如管辂、淳于智、郭璞等方术之士通过研究各种征兆来做出凶吉预测，去除邪祟。本卷记录的就是这些借占卜推断征兆、预言人事、预测鬼神旨意的方术之士。

钟离意修孔庙

原文

汉永平中①，会稽钟离意，字子阿，为鲁相。到官，出私钱万三千文，付户曹孔䜣②，修夫子车③。身入庙，拭几席剑履。男子张伯除堂下草，土中得玉璧七枚。伯怀其一，以六枚白意。意令主簿安置几前。孔子教授堂下床首有悬瓮，意召孔䜣问："此何瓮也？"对曰："夫子瓮也。背有丹书④，人莫敢发也。"意曰："夫子，圣人。所以遗瓮，欲以悬示后贤。"因发之，中得素书，文曰："后世修吾书，董仲舒；护吾车，拭吾履，发吾笥⑤，会稽钟离意。璧有七，张伯藏其一。"意即召问："璧有七，何藏一耶？"伯叩头出之。

注释

①永平：东汉明帝刘庄年号。

②户曹：古代官名，负责掌管民户、祠祀、农桑等。

③夫子：指孔子，为尊称。

④丹书：用朱笔书写的字。

⑤笥（sì）：盛衣物或饭食等的方形竹器。文中指悬瓮。

译文

东汉明帝永平年间，会稽人钟离意，字子阿，担任鲁相。上任后，拿出自己的一万三千文钱，交给户曹孔䜣，用来修理孔子的车。钟离意亲自进入寺庙之中，擦拭桌几、坐席、佩剑和鞋子。有个叫张伯的男子清除掉厅堂阶下的杂草，从土中得到七枚玉璧。张伯将一枚玉璧藏在怀中，把六枚交给了钟离意。钟离意命令主簿将玉璧安置在桌子上。孔子讲学的房子里，坐床床头悬挂着一个坛子，钟离意招来孔䜣询问："这是什么坛子？"孔䜣回答道："是孔子的坛子。背后有丹书，大家都不敢打开。"钟离意说："孔子，是圣人。他之所以留下这个坛子，是想用来启示后代的贤人。"于是打开，里面放着一本用素绢书写的文书，上面写着："后世修习我的著作的人，是董仲舒；保护我的车乘，擦拭我的鞋子，打开我的坛子的人，是会稽人钟离意。玉璧一共有七枚，张伯暗藏其中一枚。"钟离意立刻召来张伯询问："玉璧有七枚，你为什么私藏一枚呢？"张伯连忙叩头，交出了那枚玉璧。

段翳封简书

原文

段翳，字元章，广汉新都人也①。习《易经》，明风角②。有一生来学，积年，自谓略究要术③，辞归乡里。翳为合膏药，并以简书封于筒中④，告生曰："有急，发视之。"生到葭萌⑤，与吏争度。津吏挝破从者头⑥。生开筒得书，言："到葭萌，与吏斗，头破者，以此膏裹之。"生用其言，创者即愈。

注释

①广汉新都：广汉郡新都县，位于今四川省广汉市一带。

②风角：古代的一种占卜之法。

③要术：指方术、学术的基本内容。

④简书：用于告诫、策命、盟誓、征召等事的文书，也指一般文牍。

⑤葭萌：先秦时代为苴侯国，汉代改为葭萌县，其地位于今四川省广元市昭化区东南一带。

⑥挝（zhuā）：敲打。

译文

段翳，字元章，是广汉郡新都县人。精通《易经》，擅长风角占卜。有一个学生来求学，过了几年，自认为掌握了道术的要诀，就要告辞回归故乡。段翳给他配制一贴膏药，并且写了文书一起封在竹筒里，告诉学生说："遇到紧急的事情，打开来看看它。"学生到了葭萌县，和官吏抢着过河，管理渡口的官吏打破了他随从的头。学生打开竹筒看到文书，上面写着："到葭萌县，和官吏进行斗争，被打破头的人，用这贴膏药包裹。"学生照着他的话做，受伤的人立刻就痊愈了。

臧仲英遇怪

原文

右扶风臧仲英①，为侍御史②。家人作食，设案，有不清尘土投污之③。炊临熟，不知釜处。兵弩自行。火从箧篨中起④，衣物尽烧，而箧篨故完。妇女婢使，一旦尽失其镜。数日，从堂下掷庭中，有人声言："还汝镜。"女孙年三四岁，亡之，求，不知处。两三日，乃于圊中粪下啼⑤。若此非一。汝南许季山者，素善卜卦，卜之，曰："家当有老青狗物，内中侍御者名益喜，与共为之。诚欲绝，杀此狗，遣益喜归乡里。"仲英从之，怪遂绝。后徙为太尉长史⑥，迁鲁相。

注释

①右扶风：古代官名，亦指其所辖政区名。汉太初元年（前104年）更名主爵都尉为右扶风。其地在今陕西省西安市长安区以西，为拱卫首都长安的三辅之一。
②侍御史：古代官名。在御史大夫下，掌举劾、督察等职。
③污：弄脏。
④箧（qiè）篨（lù）：竹箱。
⑤圊（qīng）：厕所。
⑥太尉长史：古代官名，太尉的属官。

译文

右扶风的臧仲英，担任侍御史。家仆做好饭，摆在案台上，有不干净的泥土扔到上面将饭菜弄脏了。饭要做熟的时候，不知道锅在哪里。兵器弓箭自己会移动。火从竹箱中着起，装在里面的衣物都烧光了，而竹箱却没有任何损坏。有一天清晨，妻子、女儿、婢女的镜子全部都不见了。几天后，镜子从堂屋里被扔到了院子里，有个声音在说道："还你们的镜子。"他的孙女三四岁，失踪了，到处找，不知在何处。两三天后，孙女却在厕所的粪坑里哭泣。像这样的怪事不止一次。汝南人许季山，平常擅长卜卦，他占卜以后说："你家里应该有一条老黑狗，内庭有一个仆人名叫益喜，是他们一起在作怪。倘若真的要消除怪事，就杀了这只狗，打发益喜回老家去。"臧仲英照办，怪事就没有再发

搜神记

生过。后来藏仲英迁职为太尉长史，又升职为鲁国宰相。

乔玄见白光

原文

太尉乔玄[1]，字公祖，梁国人也。初为司徒长史[2]，五月末，于中门卧。夜半后，见东壁正白，如开门明。呼问左右，左右莫见。因起自往手扪摸之，壁自如故。还床，复见。心大怖恐。其友应劭[3]适往候之，语次相告。劭曰："乡人有董彦兴者，即许季山外孙也。其探赜索隐[4]，穷神知化，虽眭孟、京房[5]无以过也。然天性褊狭[6]，羞于卜筮者。"间来候师王叔茂[7]，请往迎之。须臾，便与俱来。公祖虚礼盛馔，下席行觞。彦兴自陈："下土诸生，无他异分。币重言甘，诚有踧踖[8]。颇能别者，愿得从事。"公祖辞让再三，尔乃听之，曰："府君当有怪，白光如门明者，然不为害也。六月上旬，鸡鸣时，闻南家哭，即吉。到秋节，迁北行，郡以金为名。位至将军三公。"公祖曰："怪异如此，救族不暇，何能致望于所不图？此相饶耳。"至六月九日未明，太尉杨秉暴薨。七月七日，拜钜鹿太守。"钜"边有"金"。后为度辽将军，历登三事[9]。

注释

①太尉：官名。秦至西汉时的全国军政首脑，与丞相、御史大夫并称"三公"。

②司徒长史：司徒的属官。

③应劭：东汉学者，曾任泰山太守，著作有《风俗通义》。

④赜（zé）：幽深奥妙。

⑤睢（suī）孟：字弘，西汉人，精通《公羊春秋》，可预知后事。京房：字君明，西汉人，习《易经》，善说灾变，创京氏易学，著作有《周易传》《周易章句》《周易错卦》《周易妖占》《周易占事》《周易守林》等，今唯《周易传》存，其余各书均佚。

⑥褊（biǎn）狭：指心胸、气量、见识等狭隘。

⑦王叔茂：名畅，王粲的祖父。

⑧踧（cù）踖（jí）：恭敬而不安的样子。

⑨三事：即三公。东汉时不设丞相，以司徒、太尉、司空为"三公"。

译文

太尉乔玄，字公祖，梁国人。起初任司徒长史，五月底，在门中间睡觉。半夜过后，看到东面的墙壁很白，如同开了门一般明亮。叫左右的人来询问，没有人看到。于是起来自己上前用手探摸，墙壁还是原来的样子。回到床上，又看到了。他心里十分害怕。他的朋友应劭正好去看望他，交谈之间就将此事告诉了他。应劭说："我的同乡董彦兴，是许季山的外孙。他善于探索幽深隐微的事理，了解神通变化，即使睢孟、京房也不会超过他。但是他天性褊狭，认为卜筮是羞耻的事情。"不久董彦兴的老师王叔茂来，乔玄请他去接董彦兴。一会儿，就和他一起来了。乔玄态度谦虚，安排了丰盛的食物，亲自下席敬酒。董彦兴自己表示："我只是乡间的儒生，没有特殊的本事。您的礼节周到，说话客气，这让我十分不安。我稍稍能够判别吉凶，愿意为您效劳。"乔玄再三谦让，然后才将这件事情讲给他听。董彦兴说："您府上正有怪事，因此看到白光像开门一样明亮，但是这不会有害处。到了六月上旬，鸡叫的时候，听到南边人家在哭泣，就吉利了。到了秋天，您将调迁到北边去任职，郡城的名字中有"金"字。之后您会升职到将军、三公。"乔玄说："像这么怪异，挽救家族恐怕都来不及，哪里会指望这想都不敢想的事情？这是你安慰我罢了。"到了六月九日天还没亮，太尉杨秉突然间死去了。七月七日，乔玄升钜鹿太守。"钜"字边有"金"字。后来乔玄做了度辽将军，又登上了三公之位。

管辂论怪

原文

管辂，字公明，平原人也①。善《易》卜。安平太守东莱王基②，字伯舆，家数有怪，使辂筮之。卦成，辂曰："君之卦，当有贱妇人，生一男，堕地便走，入灶中死。又，床上当有一大蛇，衔笔，大小共视，须臾便去。又，乌来入室中，与燕共斗，燕死，乌去。有此三卦。"基大惊，曰："精义之致，乃至于此，幸为占其吉凶。"辂曰："非有他祸，直官舍久远③，魑魅罔两④，共为怪耳。儿生便走，非能自走，直宋无忌之妖将其入灶也⑤。大蛇衔笔者，直老书佐耳⑥。乌与燕斗者，直老铃下耳⑦。夫神明之正，非妖能害也。万物之变，非道所止也。久远之浮精，必能之定数也。今卦中见象，而不见其凶，故知假托之数，非妖咎之征，自无所忧也。昔高宗之鼎，非雉所雊⑧；太戊之阶，非桑所生⑨。然而野鸟一雊，武丁为高宗；桑穀暂生⑩，太戊以兴。焉知三事不为吉祥？愿府君安身养德，从容光大，勿以神奸污累天真。"后卒无他。迁安南将军。

后辂乡里刘原问辂："君往者为王府君论怪，云：'老书佐为蛇，老铃下为乌。'此本皆人，何化之微贱乎？为见于爻象，出君意乎？"辂言："苟非性与天道，何由背爻象而任心胸者乎？夫万物之化，无有常形；人之变异，无有定体。或大为小，或小为大，固无优劣。万物之化，一例之道也。是以夏鲧⑪，天子之父，赵王如意⑫，汉高之子。而鲧为黄能⑬，意为苍狗，斯亦至尊之位，而为黔喙之类也⑭。况蛇者协辰巳之位⑮，乌者栖太阳之精，此乃腾黑之明象⑯，白日之流景⑰。如书佐、铃下，各以微躯，化为蛇乌，不亦过乎？"

注释

①平原：古代郡名，郡治在今山东平原。

②安平：古代郡名，在今山东省益都市西北一带。东莱：古代地名，在今山东省北胶河以东一带。

③官：原文为"客"字，有小字注"一作官"。《三国志·魏志》载此事作"官舍"，据此改。

④魑（chī）魅（mèi）罔两：同今"魑魅魍魉"。

⑤宋无忌：传说中火精名叫宋无忌。

⑥书佐：主办文书的佐吏。

⑦铃下：指侍卫、门卒或仆役。

⑧高宗之鼎，非雉所雊（gòu）：据《尚书·高宗肜日》载，在殷高宗武丁祭祀先祖成汤时，有只野鸡飞到祭祀成汤的鼎耳上鸣叫，武丁感到恐惧，他的贤臣祖己进言劝武丁修政行德，最终使殷道复兴，史称"武丁中兴"。高宗，殷高宗武丁，殷商的第二十三代君主。雊，野鸡鸣叫。

⑨太戊之阶，非桑所生：据《尚书·咸乂序》载，在殷中宗太戊时，有桑穀共生于朝，伊陟把此事告诉巫咸，作《咸乂》四篇，俱亡。《史记·殷本纪》载此事云："亳有祥桑穀共生于朝，一暮大拱。帝太戊惧，问伊陟。伊陟曰：'臣闻妖不胜德，帝之政其有阙与？帝其修德。'太戊从之，而祥桑枯死而去。"

⑩穀（gǔ）：落叶乔木。

⑪鲧（gǔn）：传说中夏禹的父亲。曾奉尧命治水，窃"息壤"筑堤堵水，九年无功，被尧杀死在羽山。

⑫如意：汉高祖刘邦之子，戚夫人所生，封为赵王，几次险被刘邦立为太子。刘邦死后，戚夫人及

其子如意均为吕后所杀。据《汉书·五行志》记载，吕后杀如意的借口是："有物如仓狗橶高后掖，忽而不见，卜之，赵王如意为祟。"故后文说"意为苍狗"。

⑬能：一种传说中的生物。任昉《述异记》卷上云："陆居曰熊，水居曰能。"

⑭黔喙（huì）：黑嘴。借指牲畜野兽之类。

⑮辰巳之位：以十二地支配十二生肖，蛇为辰巳之位，用以指代方位，指东南方。

⑯腾黑：黑暗。

⑰流景：闪耀的光彩。

译文

　　管辂，字公明，是平原人。他擅长用《易经》占卜。安平太守是东莱的王基，字伯舆，家里多次发生怪事，让管辂来卜筮。卜出卦，管辂说："你的卦，应该是有一个卑贱的妇人，生下一个男孩，落地就跑，掉到灶坑死了。又有一条大蛇在座榻上，衔着笔，大家都能够看得到，一会儿就离开了。又有一只乌鸦飞进屋子，和燕子争斗，乌鸦飞走了。有这样三个卦象。"王基十分惊讶，说："卦象精确到了这个程度，请给我占卜它的吉凶。"管辂说："没有其他的灾祸，只是由于官舍时代极为久远，那些精怪一起作怪罢了。小孩子生下来就能够走路，不是他自己能走，只是被火精宋无忌引进了灶里。大蛇衔笔，只是老书佐而已。乌鸦和燕子争斗，只不过是去世的老年门丁而已。精神纯正，不是妖怪可以伤害的。万物变化，不是人的道术可以阻止的。久远的妖怪，一定会出现这种情况。现在卦中看到的征象，而不见有何吉凶，所以知道是妖怪依托，而不是妖怪造成灾祸的征兆，自然没有什么可忧虑的。从前的殷高宗武丁祭祀的大鼎，不是野鸡鸣叫的地方；殷中宗太戊朝堂的庭阶，不是桑穀生长的地方。然而野鸡一叫，武丁变成了贤明的高宗；桑穀一生长，太戊就兴盛了。怎么就知道这三件事情不是吉祥的征兆呢？希望您安身养德，从容光大，不要因为神怪干扰而玷污了天然的本性。"后来就再也没有发生其他的事情了。王基升任为安南将军。

　　后来管辂的同乡人刘原这样问管辂说："您过去给王基谈论妖怪，说'老书佐变成大蛇，老铃下变成乌鸦'，他们本来都是人，为什么会变成卑贱的动物了呢？是从爻象显示出来的，还是您想象出来的？"管辂说："倘若不是本性和天道，怎么能够违背爻象而随心所欲呢？万物的变化，没有固定的形状；人的变化，没有固定的身体。或者大的变小，小的变大，本来就没有好坏之分。万物的变化，是有一定的规律的。所以，夏鲧是天子的父亲，赵王如意，是汉高祖的儿子。可是夏鲧变成了黄熊，如意变成了苍狗，这是从最高贵的地位，变成野兽一类。何况蛇配辰巳之位，乌鸦是栖于太阳的精灵，这种现象就像黑暗中的光明，白日下的亮彩一样明白。像书佐、门丁，各自以卑微的身躯，化身为蛇、乌鸦，不也是过得去的吗？"

管辂助颜超增寿

原文

　　管辂至平原，见颜超貌主夭亡[1]。颜父乃求辂延命。辂曰："子归，觅清酒一榼[2]，鹿脯一斤。卯日，刈麦地南大桑树下[3]，有二人围棋次。但酌酒置脯，饮尽更斟，以尽为度。若问汝，汝但拜之，勿言。必合有人救汝。"颜依言而往，果见二人围棋。颜置脯，斟酒于前。其人贪戏，但饮酒食脯，不顾。数巡，北边坐者忽见颜在，叱曰："何故在此？"颜唯拜之。南边坐者语曰："适来饮他酒脯[4]，宁无情乎？"北坐者曰："文书已定。"南坐者曰："借文书看之。"见超寿止可十九岁，乃取笔挑上，语曰："救汝至九十年活。"颜拜而回。管语颜曰："大助子，且喜得增寿。北边坐人是北斗，南边坐人是南斗。南斗注生，北斗注死。凡人受胎，皆从南斗过北斗；所有祈求，皆向北斗。"

卷三

注释

①主：预兆。夭亡：未成年而死。
②清酒：酒醇的酒。榼（kē）：古代盛酒或贮水的器具。

③刈（yì）：割草。

④适来：刚才。

译文

　　管辂到平原郡，看到颜超的面相预示他将未成年而死去。颜父于是请求管辂为他延长寿命。管辂说："你的儿子颜超回到家后，找醇酒一榼，鹿肉干一斤。卯日那一天，在割过的麦地南边的大桑树下，有两个人在那里下围棋。颜超只管斟上酒，摆上鹿肉干，酒喝干了就再倒上，喝完吃尽为止。假如问颜超话，颜超只是叩头作揖，不要说话。一定会有人救颜超。"颜超听从他的话去了，果然看见有两个人在下围棋。颜超上前摆肉干，斟酒。那两个人痴迷于下棋，只管喝酒吃肉干，没有回头看。喝了几巡酒，坐在北边的人忽然看到颜超在场，呵斥道："你为什么在这个地方？"颜超只是叩头作揖。坐在南面的人说："刚才喝他的酒，吃他的肉干，难道就没有一点点人情吗？"坐在北面的人说："文书已经写定了。"坐在南面的人说："借文书给我看看。"看到颜超的寿命只有十九年，于是拿起笔挑了一下，说："我救你活到九十岁了。"颜超拜谢后回家。管辂对颜超说："他们极大地帮助了你，很高兴你能够增加寿命。坐在北面的人是北斗，坐在南边的是南斗。南斗主掌人的生，北斗主掌人的死。凡人受胎成人，都要从南斗到北斗；人所有祈求，都应该向北斗提出来。"

管辂筮信都令家

原文

　　信都令家妇女惊恐①，更互疾病，使辂筮之。辂曰："君北堂西头有两死男子：一男持矛，一男持弓箭；头在壁内，脚在壁外。持矛者主刺头，故头重痛不得举也；持弓箭者主射胸腹，故心中悬痛不得饮食也。昼则浮游，夜来病人，故使惊恐也。"于是掘其室中，入地八尺，果得二棺。一棺中有矛，一棺中有角弓及箭②。箭久远，木皆消烂，但有铁及角完耳。乃徙骸骨去城二十里埋之，无复疾病。

注释

①信都：古代县名，汉代所设，位于今河北省衡水市冀州区一带。

②角弓：以兽角为饰的硬弓。

译文

　　信都县令家中的妇女感到惊恐，一个接一个地轮着生病，让管辂占卜。管辂说："你家北屋西头有两个死男人：一个男人拿着矛，一个男人拿着弓箭；头在墙壁里面，脚在墙壁

搜神记

50

外面。拿矛的人专门刺人的头，因此人的头沉重疼痛得无法抬起来；拿弓箭的专门射人的胸口和肚子，因此人心慌疼痛不能吃东西。两个死男人白天到处漂荡，晚上就来害人，因此使人感到惊恐。"于是县令在房子里挖，挖到地下八尺，果然挖到两副棺材。一副棺材中有矛，另一副棺材中有装饰有兽角的硬弓和箭。弓箭的时间久远，木头都腐烂了，只有铁和兽角是完整的。县令于是迁移骸骨到离县城二十里的地方埋葬了，家里不再有人生病了。

管辂筮躄疾

原文

利漕民郭恩[①]，字义博。兄弟三人皆得躄疾[②]。使辂筮其所由[③]。辂曰："卦中有君本墓，墓中有女鬼，非君伯母，当叔母也。昔饥荒之世，当有利其数升米者，排着井中，啧啧有声，推一大石下，破其头。孤魂冤痛，自诉于天耳。"

注释

①利漕：运河名。东汉末由曹操所筑。渠水自今河北曲周县南，东南至大名县西北、馆陶县西南注入白沟，以沟通邺都和四方漕运，故名。《水经注·浊漳水》注引应劭语云："汉献帝建安十八年，魏太祖凿渠，引漳水，东入清洹，以通河漕，名曰利漕渠。"

②躄（bì）：同"躃"字，瘸腿。

③筮（shì）：占卦。

译文

利漕渠人郭恩，字义博。兄弟三人都患有瘸腿病。请管辂占卜得病的原因。管辂说："卦中有你们家族的坟墓，坟墓里有一个女鬼，不是你的伯母，就应该是叔母。从前饥荒的年代，有个贪图她几升米的人，将她推到井里了，她发出啧啧的声音，那人又推下一块石头，砸破了她的头。孤魂含冤悲痛，自己向天帝申诉罢了。"

淳于智杀鼠

原文

淳于智，字叔平，济北卢人也[①]。性深沉，有思义[②]。少为书生，能《易》筮，善厌胜之术[③]。高平刘柔，夜卧，鼠啮其左手中指，意甚恶之。

以问智，智为筮之，曰："鼠本欲杀君而不能，当为使其反死。"乃以朱书手腕横文后三寸，为田字，可方一寸二分，使夜露手以卧。有大鼠伏死于前。

注释

①济北：古代郡名，郡治在今山东省济南市长清区以东。卢：古代县名，属济北郡，治所在今山东省济南市长清区西南。

②思义：想着道义。

③厌胜之术：以诅咒制胜，压服人或物。为古代巫术。

译文

淳于智，字叔平，是济北郡卢县人。他本性深沉，讲道义。他年少读书的时候，能够用《易经》来占卜，擅长厌胜的法术。高平人刘柔，晚上睡觉，老鼠咬了他的左手中指，他心里十分气愤。他就这件事去问淳于智，淳于智给他占卜，说："老鼠本来想咬死你，可是没有做到，应该反过来让它死。"于是他用朱砂在刘柔手腕横纹后三寸的地方，写了一个"田"字，大约一寸二分见方。他让刘柔晚上将手露在外面睡觉。有一只大老鼠趴着死在了手跟前。

淳于智卜居宅

原文

上党鲍瑗①，家多丧病，贫苦。淳于智卜之，曰："君居宅不利，故令君困尔。君舍东北有大桑树。君径至市，入门数十步，当有一人卖新鞭者，便就买还，以悬此树。三年，当暴得财。"瑗承言诣市②，果得马鞭。悬之三年，浚井③，得钱数十万，铜铁器复二万余。于是业用既展，病者亦无恙。

注释

①上党：郡名，位于今山西省长治市到晋城市一带，因地势高而得名。狄子奇在《战国策地名考》中说："地极高，与天为党，故曰上党。"

②诣（yì）：前往，到。

③浚（jùn）：深挖疏通水道。

译文

上党人鲍瑗，家人经常死亡或生病，日子贫苦。淳于智给他占卜，说："你住的房子不吉利，因此让你贫困如此。你家房屋东北有一棵大桑树。你直接到市场去，走进市场几十步，应该会有一个卖新鞭子的人，把鞭子买回来，将鞭子挂在这棵树上。三年之后，你会突然发财。"鲍瑗听了他的话到市场上去，果然买到了马鞭。悬挂马鞭三年，有一天

深挖水井的时候，挖到了钱币几十万，还有铜铁器二万多件。如此家业器用都扩展之后，家里的病人也痊愈了。

淳于智卜祸

原文

谯人夏侯藻[1]，母病困，将诣智卜。忽有一狐当门向之嗥叫[2]，藻大愕惧，遂驰诣智。智曰："其祸甚急。君速归，在狐嗥处，拊心啼哭[3]，令家人惊怪，大小毕出。一人不出，啼哭勿休。然其祸仅可免也。"藻还，如其言，母亦扶病而出。家人既集，堂屋五间拉然而崩[4]。

注释

①谯：古代县名，位于今安徽省亳州市一带。

②嗥（háo）：大吼。

③拊（fǔ）心：本意为拍胸，文中用来形容哀痛。

④拉然：房屋倒塌。

译文

谯县人夏侯藻，他的母亲病得厉害，他准备去拜访淳于智请他占卜。忽然有一只狐狸对着大门向他吼叫，夏侯藻十分惊恐害怕，于是跑去找淳于智。淳于智说："这个灾祸很紧急。你赶快回去，在狐狸吼叫的地方，拍着胸口悲痛地放声大哭，让家人感到惊讶奇怪，大大小小都出来。有一个人没有出来，大哭就不能停。这样灾祸才能够免除。"夏侯藻回去以后，照着他的话去做，他的母亲也支撑着病体出来了。一家人都集中在一起后，五间堂屋就像被拉扯着一样垮塌了。

淳于智筮病

原文

护军张劭母病笃[1]。智筮之，使西出市沐猴[2]，系母臂，令傍人捶拍[3]，恒使作声，三日放去。劭从之。其猴出门，即为犬所咋死[4]，母病遂差[5]。

注释

①护军：古代官名。秦汉时临时设置护军都尉或中尉，以调节各将领间的关系。魏晋以后，设护军将军或中护军，掌军职的选用，亦与领军将军或中领军同掌中央军队。张劭是太尉杨骏（晋武帝杨皇后之父）的外甥，由杨骏荐举为中护军。在晋惠帝皇后贾后发动政变时，与杨骏一同被杀。笃：病重。

②沐猴：猕猴。

③搥（chuí）：敲，击。

④咋（zé）：啃咬。

⑤差（chài）：病除。

译文

护军张劭的母亲病得很重。淳于智为她占卜，让张劭到西边去买只猕猴，拴在他母亲的手臂上，叫旁边的人搥打猕猴，一直让它发出叫声，三天之后将猕猴放出去。张劭照着他的话做了。那只猕猴一出大门，就被狗咬死，张劭母亲的病于是痊愈了。

郭璞撒豆成兵

原文

　　郭璞，字景纯①，行至庐江②，劝太守胡孟康急回南渡。康不从。璞将促装去之③，爱其婢，无由得，乃取小豆三斗，绕主人宅散之。主人晨起，见赤衣人数千围其家，就视则灭。甚恶之，请璞为卦。璞曰："君家不宜畜此婢，可于东南二十里卖之，慎勿争价，则此妖可除也。"璞阴令人贱买此婢，复为投符于井中，数千赤衣人一一自投于井。主人大悦。璞携婢去。后数旬而庐江陷。

注释

①郭璞：字景纯，河东闻喜（今山西闻喜）人，西晋建平太守郭瑗之子。他精通天文数术，同时又是东晋著名的学者、诗人，所注《尔雅》《山海经》等流传至今。同时，在晋元帝时任著作佐郎，迁尚书郎，后被王敦杀害。《晋书》有传。

②庐江：古代郡名，汉代所设，故城在今安徽省合肥市庐江县以西二十里。

③促装：急忙整理行装。

译文

　　郭璞，字景纯，走到庐江郡，规劝太守胡孟康赶快渡江回到南方去。胡孟康不听劝告。郭璞急忙收拾行装准备离开，喜欢上主人家的婢女，没有办法得到，于是找来三斗小豆子，绕着主人家的宅院散了下去。主人早晨起床，看到有几千个穿着红衣服的人包围他家，走近一看就立刻消失了。主人心里非常厌恶，请郭璞来卜卦。郭璞说："您家不适合收养这个婢女，可以到东南二十里远的地方卖掉她，注意不要争价钱，那么这些妖怪就能够消除了。"郭璞暗中派人用低价买下了这个婢女，又为主人家往井里投了一道符，几千个红衣人一个个自己跳到井中去了。主人极为高兴，郭璞带着这个婢女离去了。几十天后庐江就沦陷了。

郭璞救死马

原文

　　赵固所乘马忽死①，甚悲惜之，以问郭璞。璞曰："可遣数十人持竹竿，东行三十里，有山林陵树②，便搅打之。当有一物出，急宜持归。"于是如言，果得一物，似猿。持归，入门，见死马，跳梁走往死马头③，嘘吸其鼻④。顷之，马即能起，奋迅嘶鸣⑤，饮食如常，亦不复见向物。固奇之，厚加资给。

注释

①赵固：十六国时汉国的将军。

②陵树：植于陵园的树。

③跳梁：跳。

④嘘：吐气。

⑤奋迅：有精神，行动快。

译文

　　赵固所骑的马忽然死去了，赵固非常悲伤惋惜，就去问郭璞。郭璞说："可以派几十人拿着竹竿，往东走三十里，山林中有棵种在陵园中的树，就搅动拍打这树。应该会有一个怪物出来，最好赶紧将它捉回家。"于是赵固就按照他所说的做了，果然抓到了一个怪物，像猿猴。将怪物捉回家，进了大门，怪物看到死马，跳跃着跑到死马头旁边，对着马鼻子吐气吸气。过了一会儿，马就能够站起来了，行动敏捷，引声长鸣，饮水吃草就跟平常一样，也没再看到先前的那只怪物。赵固感到非常神奇，给了郭璞极为丰厚的资财给养。

郭璞筮病

原文

扬州别驾顾球姊^①，生十年便病。至年五十余，令郭璞筮，得"大过"之"升"^②。其辞曰："'大过'卦者义不嘉，冢墓枯杨无英华。振动游魂见龙车，身被重累婴妖邪^③。法由斩祀杀灵蛇，非己之咎先人瑕^④。案卦论之可奈何？"球乃迹访其家事。先世曾伐大树，得大蛇，杀之，女便病。病后，有群鸟数千，回翔屋上。人皆怪之，不知何故。有县农行过舍边，仰视，见龙牵车，五色晃烂，其大非常，有顷遂灭。

注释

①别驾：古代官名，为刺史的佐吏。顾球：晋代人，曾任扬州别驾。
②"大过"之"升"："大过""升"均是卦名。指卜卦时因变爻由"大过"卦变成"升"卦。
③婴：遭遇。
④咎：罪过。瑕：过失，毛病。

译文

扬州别驾顾球的姐姐，生下来十年就生病了。到五十多岁的时候，让郭璞来占卜，得到"大过"卦变"升"卦。那卦辞是这么说："'大过'卦的意思不好，坟墓上的枯杨树没有开花。振动了游魂让龙车出现，身受多重忧患又遭遇妖邪。妖法的根源是断了祭祀杀了灵蛇，这不是自己的罪过而是先人的过失。根据卦象的情况来可有什么办法呢？"顾球于是寻访他家先辈的事。先辈曾经砍伐大树，捉到了一条大蛇，杀了它以后，女儿就生病了。生病以后，有一群几千只的鸟儿在屋上环绕飞翔。大家都感到奇怪，不知道是什么缘故。有个当地的农民从屋旁经过，抬头观望，望见龙拉着车，五彩斑斓，明亮耀眼，车子大得非同寻常，过了一会儿就消失了。

郭璞致白牛

原文

義兴方叔保得伤寒①，垂死，令璞占之，不吉，令求白牛厌之。求之不得，唯羊子玄有一白牛，不肯借。璞为致之。即日有大白牛从西来，径往。临，叔保惊惶，病即愈。

注释

①义兴：古县名，治今江苏宜兴市。伤寒：中医泛指热性病，也指由风寒侵入人体而引起的病。

译文

义兴郡人方叔保患了伤寒，快要死了，让郭璞给他占卜，结果不吉利，郭璞让他找一头白牛来制服妖怪。方叔保找不到白牛，只有羊子玄有一头白牛，但是不肯出借。郭璞就为他招引白牛。当天有一头大白牛从西边而来，径直往方叔保家里走。白牛到了跟前，方叔保感到惊惶，病立马就痊愈了。

隗炤书板

原文

隗炤，汝阴鸿寿亭民也①，善《易》。临终书板，授其妻曰："吾亡后，当大荒。虽尔，而慎莫卖宅也。到后五年春，当有诏使来顿此亭②，姓龚。此人负吾金③，即以此板往责之。勿负言也。"亡后，果大困，欲卖宅者数矣，忆夫言，辄止。至期，有龚使者，果止亭中，妻遂赍板责之。使者执板，不知所言，曰："我平生不负钱，此何缘尔邪？"妻曰："夫临亡，手书板见命如此，不敢妄也。"使者沉吟良久而悟，乃命取蓍筮之④。卦成，抵掌叹曰："妙哉隗生！含明隐迹而莫之闻，可谓镜穷达而洞吉凶者也。"于是告其妻曰："吾不负金，贤夫自有金。乃知亡后当暂穷，故藏金以待太平。所以不告儿妇者，恐金尽而困无已也。知吾善《易》，故书板以寄意耳。金五百斤，盛以青罂⑤，覆以铜柈⑥，埋在堂屋东头，去壁一丈，入地九尺。"妻还掘之，果得金，皆如所卜。

卷三

注释

①汝阴：古代郡名，郡治在今安徽省阜阳市。亭：秦汉时期乡以下、里以上的行政机构。

②诏使：皇帝派出的特使。顿：停留。

③负：拖欠。

④蓍（shī）：蓍草，多年生草本植物，茎有棱，我国古代用它的茎占卜。

⑤罂（yīng）：古代盛酒或水的容器，小口大腹，比缶略大。罂通常为瓦器，也有木制的。

⑥柈（pán）：盘子。

译文

　　隗炤，是汝阴郡鸿寿亭的人，精通《易经》。临死的时候在一块木板上写了些东西，交给他的妻子，说："我死去以后，会有大灾荒。即使那样，千万不要卖掉宅院。五年过后的春天，会有一位使者来到我们这个亭停留，他姓龚。这个人欠我的钱，你就拿着这块木板去向他讨债。不要违背了我的话。"他死去以后，果然遇到了大灾荒。他的妻子好几次想卖掉宅院，想起丈夫的话，就没有卖。到了隗炤说的那个时间，有一个姓龚的使者，果然来到鸿寿亭，隗炤妻子于是拿着木板去索债。使者拿着木板，不明白是怎么回事，他说："我一辈子不欠人钱，这究竟是怎么一回事呢？"隗炤妻子说："我丈夫临死的时候，亲手在木板上写下这些，让我这么做，我是不敢乱来的。"使者认真地想了很长时间终于明白了，于是让人取来蓍草卜卦。卦占成功后，他拍手感叹道："隗炤真是聪明啊！心中明亮却隐藏行迹没有人能知道，真可说得上是明察穷达之理而洞悉吉凶之事啊。"于是告诉他的妻子说："我不欠钱，是你的贤丈夫自己有钱。他知道自己死后你家将暂时穷困，所以埋藏了金钱来等待太平。他之所以不告诉妻儿，是害怕钱花光了穷困的日子还没到头。他知道我擅长《易经》占卜，因此在木板上写下来寄托自己的心意。金子有五百斤，装在青罂中，盖着铜盘子，埋在堂屋的东头，离墙壁一丈，挖地九尺深。"隗炤的妻子回家去挖，果然挖到了金子，与卜卦所说的一样。

搜神记

韩友驱魅

原文

韩友，字景先，庐江舒人也[1]。善占卜，亦行京房厌胜之术。刘世则女病魅积年[2]，巫为攻祷[3]，伐空冢故城间，得狸鼍数十[4]，病犹不差[5]。友筮之，命作布囊，俟女发时，张囊着窗牖间[6]。友闭户作气，若有所驱。须臾间，见囊大胀，如吹，因决败之。女仍大发。友乃更作皮囊二枚沓张之[7]，施张如前，囊复胀满。因急缚囊口，悬着树。二十许日，渐消。开视，有二斤狐毛。女病遂差。

注释

①庐江：郡名，汉代所设，故城在今安徽省合肥市庐江县以西二十里。
②病魅：因妖魅作祟而得病。
③攻祷：举行某种祷祝仪式以驱邪除怪。
④鼍（tuó）：扬子鳄。
⑤差：病愈。
⑥窗牖（yǒu）：窗户。
⑦沓：重叠。

译文

韩友，字景先，是庐江郡舒县人。他擅长占卜，也施行京房的厌胜之术。刘世则的女儿因妖魅作祟生病多年，巫医给她祷祝，到旧城荒冢里去讨伐，捉到狐狸、鼍几十只，病还是没好。韩友占卜，让人做了一个布袋，等女孩发病的时候，把布袋张设在窗户上。韩友关了门使气，似乎在驱赶着什么。一会儿工夫，只见布袋胀得很大，好像在吹气，最后胀破了。女孩仍然病得厉害。韩友于是做了两只皮袋叠到一起，张设在窗户上，像先前一样，皮袋又胀得鼓鼓的。于是他急忙捆紧了袋口，悬挂在树上。二十多天，袋子渐渐瘪了下去。打开来看，有两斤狐狸毛。于是女孩的病就好了。

严卿禳灾

原文

会稽严卿善卜筮。乡人魏序欲东行，荒年多抄盗，令卿筮之。卿曰："君慎，不可东行，必遭暴害，而非劫也。"序不信。卿曰："既必不停，宜有以禳之①。可索西郭外独母家白雄狗，系着船前。"求索，止得驳狗，无白者。卿曰："驳者亦足，然犹恨其色不纯，当余小毒，止及六畜辈耳，无所复忧。"序行半路，狗忽然作声，甚急，有如人打之者。比视，已死，吐黑血斗余。其夕，序墅上白鹅数头，无故自死。序家无恙。

注释

①禳（ráng）：祭名。古代除邪消灾的祭祀仪式。

译文

会稽人严卿擅长占卜。同乡人魏序准备到东边去，灾荒之年常常会有人抢劫，魏序让严卿卜卦。严卿说："你要小心，别到东边去，一定会遇到灾难，但不是抢劫。"魏序不相信。严卿说："既然一定要去，最好要想办法除邪消灾。可以求取西城外孤老太太家的白公狗，绑在船头。"魏序去找狗，只是找到了杂色的狗，没有纯白的。严卿说："杂色的也就足够了，不过还是可惜它毛色不纯，会留下一点点毒，只会伤及家畜之类，不必再担心了。"魏序走到半路，那条狗突然叫起来，叫得非常急，仿佛有人打它一样。等走过去看，狗已经死了，吐了一斗多的黑血。那天晚上，魏序田庄里的几只白鹅无缘无故地死了。魏序家平安无事。

华佗治疮

原文

沛国华佗①，字元化，一名旉。琅邪刘勋为河内太守②，有女年几二十，苦脚左膝里有疮，痒而不痛，疮愈数十日复发，如此七八年。迎佗使视。佗曰："是易治之。当得稻糠黄色犬一头，好马二匹。"以绳系犬颈，使走马牵犬，马极辄易。计马走三十余里，犬不能行，复令步人拖曳，计向五十里。乃以药饮女，女即安卧不知人。因取大刀断犬腹近后脚之前，以所断之处向疮口，令去二三寸停之。须臾，有若蛇者从疮中出。便以铁椎横贯蛇头，蛇在皮中动摇良久，须臾不动，乃牵出。长三尺许，纯是蛇，但有眼处而无瞳子，又逆鳞耳。以膏散着疮中，七日愈。

注释

①沛国：古代郡国名。刘邦建立汉朝后，将家乡泗水郡改为沛郡，东汉时改郡为国。华佗：东汉末年名医。

搜神记

②琅邪：也作"琅琊"，古代郡名，秦代所设，唐后废。河内：古代郡名，管辖范围在今河南黄河以北一带，郡治在怀县（今河南武涉）。

译文

沛国人华佗，字元化，又名旉。琅邪郡人刘勋担任河内太守，他有个年近二十岁的女儿，苦于左腿膝关节生疮，疮痒而不痛，疮疖好了几十天又复发，像这样七八年了。刘勋接华佗来诊视。华佗说："这种疮好治。要准备稻糠色黄毛狗一条，好马两匹。"华佗用绳子系住狗脖子，让马拉着狗跑，马疲惫了就换另一匹。估计马跑了三十里，狗跑不动了，又叫人步行拖着狗走，一共走了大约五十里。于是华佗拿药给刘勋的女儿喝，刘勋的女儿就安安静静地躺了下来失去了知觉。华佗拿大刀切开狗肚子靠后脚的前面部分，将切开的地方对着疮口，让在距离疮口两三寸的地方停下。过了一会儿，有条像蛇一样的东西从疮里出来。于是华佗用铁锥横穿蛇头，蛇在肉皮中摇动了很久，突然不动了，这才将它拉了出来。那蛇长三尺多，纯粹是蛇，只是有眼窝但没有眼珠，鳞片也是逆着生的。然后将膏药涂抹在疮上，七天就痊愈了。

华佗治咽病

原文

> 佗尝行道，见一人病咽，嗜食不得下。家人车载，欲往就医。佗闻其呻吟声，驻车往视，语之曰："向来道边，有卖饼家蒜齑大酢①。从取三升饮之，病自当去。"即如佗言，立吐蛇一枚。

注释

①齑（jī）：同"齑"字。作调味用的姜、蒜、葱、韭等菜的碎末。酢（cù）：同"醋"字。

译文

华佗曾经走在路上，看到一个人喉咙疼，想吃东西却无法咽下去。家里的人用车子拉着他，想去看医生。华佗听到他的呻吟声，停下车子去看，对他说："刚才经过的路边，有个卖饼的人家有蒜末、酸醋。到那里取三升喝了，病自然就好了。"这个人立刻照着华佗说的话去做，马上就吐出一条蛇。

卷 四

题解

　　两晋时期，民众信奉万物有灵，它们可以通过种种方式影响、预示人们生活中的祸福、灾异。这一时期的自然物信仰主要有植物信仰、动物信仰、星辰信仰等。本卷辑录的是与星宿、河岳、诸神有关的奇异故事。例如箕星、毕星；祭祀时斋戒不洁，女宿就会出现；具有人形的石头给人治病等。总之，两晋时期民众对于自然物的信仰，主要因为它可以满足人们现实的愿望，比如祛病消灾和预示灾异、祸福，当然，这只是科学时代之前民众的朴素信仰。

风伯雨师

原文

风伯、雨师①，星也。风伯者，箕星也②。雨师者，毕星也③。郑玄谓司中、司命④，文昌第五、第四星也⑤。雨师一曰屏翳，一曰屏号，一曰玄冥。

注释

①风伯：风神。雨师：雨神。

②箕（jī）星：星宿名。二十八宿之一，为东方苍龙七宿的第七宿。有星四颗。古人认为此星主风。

③毕星：星宿名。二十八宿之一，为西方白虎七宿的第五宿。有星八颗，以其分布之状像古代田猎用的毕网，故名。古人认为此星主兵、主雨。

④郑玄：东汉经学家，为汉代经学集大成者。司中、司命：均为星名。

⑤文昌：星座名，共六星，在斗魁前，形成半月形状。又称文昌宫。

译文

风伯、雨师，是星宿。风伯，是箕星。雨师，是毕星。郑玄说的司中、司命，是文昌第五、第四星。雨师又叫屏翳，又叫屏号，又叫玄冥。

张宽说女宿

原文

蜀郡张宽①，字叔文。汉武帝时为侍中，从祀甘泉②。至渭桥，有女子浴于渭水，乳长七尺。上怪其异，遣问之。女曰："帝后第七车者知我所来。"时宽在第七车。对曰："天星，主祭祀者。斋戒不洁，则女人见③。"

注释

①蜀郡：古代郡名。秦代所设，治所在今四川省成都市一带。

②甘泉：古代宫殿，故址在今陕西省咸阳市淳化县西北甘泉山一带。秦代始建，汉武帝时扩建。

③女人：女宿，也称须女、婺女，为二十八宿中北方玄武七星之第三宿。

译文

蜀郡的张宽，字叔文。汉武帝时为侍中，跟随汉武帝到甘泉祭祀。走到渭桥，有一个女子在渭河之中洗澡，乳房有七尺长。汉武帝感到奇怪，派人问她。女子说："皇帝后面第七辆车上坐的人知道我是从什么地方而来的。"那个时候张宽坐在第七辆车子上。张宽回答说："是天上掌管祭祀的星宿。祭祀时斋戒不洁，女宿就会出现。"

灌坛令当道

原文

文王以太公望为灌坛令①。期年，风不鸣条②。文王梦一妇人，甚丽，当道而哭。问其故，曰："吾泰山之女，嫁为东海妇。欲归③，今为灌坛令当道有德，废我行；我行必有大风疾雨，大风疾雨是毁其德也。"文王觉，召太公问之。是日果有疾雨暴风，从太公邑外而过。文王乃拜太公为大司马④。

注释

①太公望：即姜太公。灌坛：周国邑名。

②风不鸣条：和风轻拂，树枝不发出声响。古人认为这是贤王在位，天下大治时才有的景象。

③归：女子出嫁。

④大司马：古代官名。周代六卿之一，主管军事的官员。

译文

周文王任命太公望担任灌坛县令。一年以来，风调雨顺。周文王梦到一个女人，非常美丽，在路中间哭泣。周文王问她为什么会哭泣，她说："我是泰山神的女儿，嫁给东海神做妻子。要出嫁，现在因为灌坛邑令治理政务而有德行，使我不能够过去；因为我出行肯定会有急风暴雨，急风暴雨会损坏他的德政。"文王醒来，召太公询问这件事情。这一天果然有急风暴雨从太公望的灌坛邑外经过。周文王于是拜太公望为大司马。

胡母班致书

原文

胡母班，字季友，泰山人也。曾至泰山之侧，忽于树间逢一绛衣驺①，呼班云："泰山府君②召。"班惊愕，逡巡未答③。复有一驺出，呼之。遂随行数十步，驺请班暂瞑④。少顷，便见宫室，威仪甚严。班乃入阁拜谒。主

为设食，语班曰："欲见君，无他，欲附书与女婿耳。"班问："女郎何在?"曰："女为河伯妇。"班曰："辄当奉书，不知缘何得达?"答曰："今适河中流，便扣舟呼'青衣'⑤，当自有取书者。"班乃辞出。昔驺复令闭目，有顷，忽如故道。遂西行，如神言而呼"青衣"。须臾，果有一女仆出，取书而没。少顷，复出，云："河伯欲暂见君。"婢亦请瞑目。遂拜谒河伯。河伯乃大设酒食，词旨殷勤。临去，谓班曰："感君远为致书，无物相奉。"于是命左右："取吾青丝履来。"以贻班。班出，瞑然，忽得还舟。

遂于长安，经年而还。至泰山侧，不敢潜过，遂扣树自称姓名，从长安还，欲启消息。须臾，昔驺出，引班如向法而进，因致书焉。府君请曰："当别再报。"班语讫，如厕，忽见其父着械徒作⑥，此辈数百人。班进拜，流涕问："大人何因及此?"父云："吾死不幸，见谴三年，今已二年矣。困苦不可处。知汝今为明府所识，可为吾陈之，乞免此役，便欲得社公耳⑦。"班乃依教，叩头陈乞。府君曰："生死异路，不可相近，身无所惜。"班苦请，方许之。于是辞出，还家。

岁余，儿子死亡略尽。班惶惧，复诣泰山，扣树求见。昔驺遂迎之而见。班乃自说："昔辞旷拙，及还家，儿死亡至尽。今恐祸故未已，辄来启白，幸蒙哀救。"府君拊掌大笑，曰："昔语君'死生异路，不可相近'故也。"即敕外召班父。须臾，至庭中。问之："昔求还里社，当为门户作福，而孙息死亡至尽，何也?"答云："久别乡里，自忻得还⑧，又遇酒食充足，实念诸孙，召之。"于是代之。父涕泣而出。班遂还，后有儿皆无恙。

注释

①驺（zōu）：骑马驾车的随从。

②泰山府君：传说中的神，天帝之孙，被封为东岳大帝，掌管人间生死，可召人魂魄。

③逡（qūn）巡：迟疑，犹豫。

④瞑（míng）：闭眼。

⑤青衣：本意为穿青衣或黑衣的人，后多指侍女。

⑥徒：即徒刑，五刑之一。将罪犯拘禁于一定场所，剥夺其自由，并强制劳动的刑罚。其名始于北周。

⑦社公：土地神。

⑧忻（xīn）：高兴。

译文

　　胡母班，字季友，是泰山人。他曾经到泰山边上，忽然在树林中遇到一个身着深红衣的随从，招呼胡母班道："泰山府君召见您。"胡母班惊愕不已，迟疑着没有回答。又有一个随从出来，呼唤他。他就跟着走了几十步，随从请胡母班暂时闭上眼睛。没过多久，就看到一座宫殿，威仪庄严。于是胡母班进宫拜见。泰山府君摆上宴席，对胡母班说："想看到你，没有其他的意思，只是想给女婿捎一封信而已。"胡母班问："您的女儿在什么地方？"泰山府君说："女儿是河伯的妻子。"胡母班说："我赶紧就去给她送信，不知怎么才可以送到？"泰山府君回答说："今天你乘船来到河中央，就敲着船喊'青衣'，自然会有人来取信。"于是胡母班告辞出来。先前的那个随从又让他闭上眼睛，没过多久，他又忽然回到原路上。于是他往西走，像泰山府君说的那样喊"青衣"。很快，果然有个女仆出来，取了信就没入水中。没过多久，她又出来，说："河伯想见一见您。"女仆也请胡母班闭上眼睛。胡母班就去拜见了河伯。于是河伯大设酒席来款待他，说话十分热情周到。临别的时候，对胡母班说："感谢您远道来送信，没有什么东西可以赠给您。"于是命令左右侍者说："拿我的青丝鞋来。"将鞋子送给了胡母班。胡母班出来，闭上眼睛，忽然就回到了船上。

胡母班来到长安，一年后才回去。到泰山边上，不敢悄悄地过去，于是敲着树木自报姓名，说从长安回来，想通报消息。没过多久，原先的那个随从出来，按原来的方法领着胡母班进去，胡母班叙述了送信的经过。泰山府君说："我会另外再报答你的。"胡母班说完话，去上厕所，忽然看到他的父亲戴着刑具服劳役，这样的人有几百个。胡母班上前叩拜，流着眼泪问："你老人家为什么到这里来了？"他父亲说："我死去以后遭遇不幸，被罚罪三年，现在已经两年了。这里困苦不可忍受。知道你与泰山府君结识，可以替我陈述，请他免掉这项劳役，并且我想回到乡里去做土地神。"于是胡母班照着父亲说的，向泰山府君叩头陈述请求。泰山府君说："生死不同路，不能互相接近，我不能同情他。"胡母班苦苦地请求，泰山府君这才答应了他。于是胡母班告辞出来，回家了。

一年多，胡母班的儿子一个个都死去了。胡母班惊慌害怕，又一次来到泰山，扣树求见。原先的随从迎接他去见泰山府君。胡母班说："过去我言辞粗疏失当，等回到家中，儿子全部都死去了。现在担心灾祸还没有结束，就前来禀报，希望得到您的哀怜和帮助。"泰山府君拍手大笑，道："这就是先前我告诉你'生死不同路，不能互相接近'的缘故。"立即传令外边召胡母班的父亲。一会儿，胡母班的父亲来到庭院。泰山府君问他："过去你请求回到社里，就应该为家中造福，但是你的孙子全都死光了，是什么原因呢？"胡母班的父亲说："离开家乡已经很久了，很高兴可以回去，又碰上酒食充足，实在想念孙子们，就将他们都召来了。"于是泰山府君派人去代替他。胡母班的父亲哭着出去了。胡母班回到了家中，后来再有了儿子都平安无事。

河伯冯夷

原文

宋时，弘农冯夷[①]，华阴潼乡堤首人也[②]。以八月上庚日渡河[③]，溺死。天帝署为河伯[④]。又《五行书》曰[⑤]："河伯以庚辰日死，不可治船远行，溺没不返。"

注释

①弘农：古代郡名，治所在今河南省灵宝市东北。

②华阴：古代县名，治所在今陕西省华阴市东南，其名沿用至今。

③上庚日：阴历每月上旬的庚日。

④署：任命。

⑤《五行书》：书名，已失传。据各书所引佚文观之，当是一部记述五行吉凶、阴阳祸福、神仙方术的书。

译文

宋朝时候，弘农郡冯夷，是华阴县潼乡堤首的人。他在八月上旬的庚日乘船过河，淹死了。天帝任命他为河伯。另外《五行书》中说："河伯死在庚辰日，这一天不能够乘船远行，否则就会淹死而不归返。"

华山使

原文

秦始皇三十六年，使者郑容从关东来，将入函关[①]。西至华阴[②]，望见素车白马[③]从华山上下。疑其非人，道住止而待之。遂至，问郑容曰："安之？"答曰："之咸阳。"车上人曰："吾华山使也。愿托一牍书，致镐池君所[④]。子之咸阳，道过镐池，见一大梓，下有文石，取款梓[⑤]，当有应者，即以书与之。"容如其言，以石款梓树，果有人来取书。明年，祖龙死[⑥]。

注释

①函关：函谷关。

②华阴：华山之北。

③素车白马：白车白马，用于凶丧之事。

④镐池：古代池名。

⑤款：敲击。

⑥祖龙：秦始皇。

译文

秦始皇三十六年，使者郑容从关东过来，准备进入函谷关。往西走到华山北面，看到白车和白马从华山上下来。郑容怀疑那不是人，就在路边停下来等待。白车和白马就过来了，马车上的人问郑容："到什么地方去呢？"郑容回答说："到咸阳。"马车上的人说："我是华山使君。希望托付一封信，送到镐池君那里。你去咸阳，路过镐池，看到一棵大梓树，树下有一块带有花纹的石头，拿起来敲梓树，就会有人答应，你就把信交给他。"郑容按照他说的话，用石头敲树，果然有人来取信。第二年，秦始皇死去了。

搜神记

张璞投女

原文

张璞，字公直，不知何许人也。为吴郡太守①，征还，道由庐山。子女观于祠室，婢使指像人以戏曰："以此配汝。"其夜，璞妻梦庐君致聘曰："鄙男不肖②，感垂采择③，用致微意。"妻觉，怪之。婢言其情，于是妻惧，催璞速发。中流，舟不为行。阖船震恐，乃皆投物于水，船犹不行。或曰："投女。"则船为进。皆曰："神意已可知也。以一女而灭一门，奈何？"璞曰："吾不忍见之。"乃上飞庐卧④，使妻沉女于水。妻因以璞亡兄孤女代之。置席水中，女坐其上，船乃得去。璞见女之在也，怒曰："吾何面目于当世也！"乃复投己女。及得渡，遥见二女在下。有吏立于岸侧，曰："吾庐君主簿也⑤。庐君谢君。知鬼神非匹，又敬君之义，故悉还二女。"后问女，言："但见好屋吏卒，不觉在水中也。"

注释

①吴郡：古代郡名，郡治在今江苏省苏州市一带。

②鄙男：我的儿子，谦辞。不肖：不成材，谦辞。

③垂：多用于上级、长辈对下级、小辈的动作，敬辞。采择：选取，选择。

④飞庐：船上的楼阁。

⑤主簿：古代官名。汉代中央及郡县官署多置之。其职责为主管文书，办理事务。至魏晋时渐为将帅重臣的主要僚属，参与机要，总领府事。此后各中央官署及州县虽仍置主簿，但任职渐轻。

译文

张璞，字公直，不知道是哪里人。他担任吴郡太守，朝廷征召他回来，经过庐山。他的女儿到庐山神庙游览，婢女指着一个神像开玩笑道："拿这个做你的丈夫。"那天晚上，张璞的妻子梦见庐山神送来聘礼说："我的儿子不成才，感谢你们选他做女婿，送上礼物表达微薄的心意。"张璞的妻子醒来，感到十分奇怪。婢女将情况告诉给她，她于是十分害怕，催着张璞赶快出发。到了河中间，船走不动了。全船的人都很害怕，于是都向水里投东西，船还是不能前行。有人说："将女儿投入水里吧。"船因此前行了一些。众人都说："神意已经很清楚了。因为一个女儿而害死全家人，为什么？"张璞说："我不忍心看着女儿被投入水中。"于是爬到船上的小楼里躺下，让他的妻子将女儿推入水中。他的妻子于是让张璞死去的哥哥家的女儿代替自己的女儿。在水面上放一张席，让女孩坐在上面，船这才离开了。张璞看到自己的女儿还在，生气地说："我还有什么脸面活在世上！"于是又把自己的女儿投入水中。等到过了河，远远看到两个女孩站在渡口下面。有个官员站在岸边，说："我是庐山神的主簿。庐山神向你道谢。他知道了鬼神与人无法婚配，又敬重你的大仁大义，因此将两个女孩送还。"后来询问女儿，她们说："只看到漂亮的房子和官吏士卒，不觉得是在水里。"

建康小吏曹著

原文

建康小吏曹著①，为庐山使所迎，配以女婉。著形意不安，屡屡求请退。婉潸然垂涕②，赋诗序别③，并赠织成裤衫④。

注释

①建康：古代都名，位于今江苏省南京市。
②潸（shān）：流泪。
③序别：话别。
④裤（kūn）：满裆裤（相对于无裆套裤而言）。

译文

建康城有个小官吏叫曹著，被庐山使君接去，把女儿婉嫁给了他。曹著心神不安，多次请求退婚。婉流着眼泪，写了一首诗来道别，并赠给曹著用丝线织成的裤子衣衫。

宫亭湖孤石庙二女

原文

宫亭湖孤石庙①，尝有估客至都②，经其庙下，见二女子，云："可为买两量丝履③，自相厚报。"估客至都，市好丝履，并箱盛之。自市书刀④，亦内箱中。既还，以箱及香置庙中而去，忘取书刀。至河中流，忽有鲤鱼跳入船内，破鱼腹，得书刀焉。

注释

①宫亭湖：鄱阳湖古名。

②估客：行商。

③量：古代用以计算鞋的量词，相当于今天的"双"。

④书刀：在竹木简上刻字或削改的刀。

译文

宫亭湖有座孤石庙，曾经有一个商人到都城去，经过那座庙下，看到了两个女子，女子说："请给我们买两双丝鞋，自然会重重报答。"商人来到都城，买了好看的丝鞋，并用箱子装着。他自己买了一把书刀，也放在了箱子里。回到孤石庙后，他将箱子和香放在庙中就离开了，忘了要取走书刀。到河中间，忽然有条鲤鱼跳进他的船里，划破鱼肚子，得到了那把书刀。

宫亭庙神

原文

南州人有遣吏献犀簪于孙权者①，舟过宫亭庙而乞灵焉。神忽下教，曰："须汝犀簪。"吏惶遽不敢应。俄而犀簪已前列矣。神复下教曰："俟汝至石头城②，返汝簪。"吏不得已，遂行。自分失簪③且得死罪。比达石头，忽有大鲤鱼，长三尺，跃入舟。剖之，得簪。

注释

①南州：文中指今广东、广西地区。犀簪：用犀牛的角制成的发簪。

②石头城：古代城名，又名石首城。故址位于今江苏省南京市清凉山一带。本为楚金陵城，汉建安

十七年（212年）孙权重筑改名。

③分（fèn）：料想。

译文

　　南州有人派一个官吏给孙权进贡犀簪，船经过宫亭庙，他去那里祈祷神灵。神灵忽然降下指令，说："要你的犀牛角簪子。"官吏惊慌不敢答应。很快犀牛角簪子已经摆在供桌之上。神灵又降下指令说："等你到了石头城，送还你的犀牛角簪子。"官吏没有办法，只好离去了。他自思失去了犀牛角簪子，将会获得死罪。等到石头城，忽然有一条大鲤鱼，长三尺，跳进船上。他划开鱼肚子，立刻得到了犀牛角簪子。

郭璞卜驴鼠

原文

　　郭璞过江，宣城太守殷祐引为参军①。时有一物，大如水牛，灰色，卑脚，脚类象，胸前尾上皆白，大力而迟钝。来到城下，众咸怪焉。祐使人伏而取之。令璞作卦，遇"遁"之"蛊"②，名曰"驴鼠"。卜适了，伏者以戟刺，深尺余。郡纲纪上祠请杀之③。巫云："庙神不悦。此是郴亭庐山君使④，至荆山，暂来过我。不须触之。"遂去，不复见。

注释

①参军：古代官名。

②"遯（dùn）"之"蛊（gǔ）"："遯""蛊"为《周易》卦名。

③纲纪：古代公府及州郡的主簿。

④郴亭：即宫亭湖。

译文

郭璞过江后，宣城太守殷祐任用他担任参军。当时有个怪物，大概有水牛那么大，灰色，矮脚，脚的样子像大象，胸前和尾巴上都呈白色，力气大却反应迟钝。怪物来到宣城城下，众人都感到奇怪。殷祐派人埋伏将它捉住。让郭璞算卦，得到了"遯"卦变"蛊"卦，叫它"驴鼠"。卦才卜完，埋伏的人用戟刺它，刺进去一尺多深。宣城郡的主簿到神祠请求杀了它。神巫说："庙神不高兴了。这怪物是宫亭湖庐山君的使者，要到荆山去，临时经过我们这个地方。不要侵扰它。"于是就让怪物离开了，从此没有再出现。

欧明求如愿

原文

庐陵欧明①，从贾客，道经彭泽湖，每以舟中所有，多少投湖中，云："以为礼。"积数年。后复过，忽见湖中有大道，上多风尘②。有数吏乘车马来候明，云："是青洪君使要③。"须臾达，见有府舍，门下吏卒。明甚怖。吏曰："无可怖。青洪君感君前后有礼，故要君。必有重遗君者④，君勿取，独求'如愿'耳。"明既见青洪君，乃求"如愿"，使逐明去。如愿者，青洪君婢也。明将归，所愿辄得。数年，大富。

注释

①庐陵：古代郡名，故治在今江西省泰和县一带。

②风尘：意同今语"尘世"。

③青洪君：彭泽湖的湖神。要：邀请。

④遗（wèi）：赠送。

译文

庐陵人欧明，跟随商人做生意，经过彭泽湖，每次都会拿船上有的东西，或多或少地丢一点到湖里，说："这是礼物。"这样过了好几年。后来又一次经过，忽然看到湖中间有一条大路，上面有许多人世间的景象。有几个官吏驾着马车来等候欧明，说："是青洪君派来邀请的。"很快就到了，看到有官舍房屋，门口有官员士卒。欧明非常害怕。官吏说："没什么害怕的。青洪君感谢您前前后后送的礼物，因此邀请您来。肯定会有贵重

的物品送给您，您别拿礼物，只要'如愿'就行了。"欧明见到青洪君后，于是要"如愿"，青洪君就让她跟着欧明去了。如愿，是青洪君的婢女。欧明带着她回到家中，所有的愿望都能实现。几年以后，欧明就十分富有了。

黄石公祠

原文

益州之西①，云南之东，有神祠，克山石为室②，下有神，奉祠之，自称黄公。因言此神，张良所受黄石公之灵也③。清净，不宰杀。诸祈祷者，持一百钱，一双笔，一丸墨，置石室中，前请乞，先闻石室中有声，须臾，问："来人何欲？"既言，便具语吉凶，不见其形。至今如此。

注释

①益州：古代州名，辖地包括今四川盆地、汉中盆地一带。三国时为蜀汉代称。
②克：砍削，开凿。
③张良：汉初杰出谋略家、政治家，助刘邦建立汉朝。黄石公：秦末汉初的隐士，传说得道成仙，被道教纳入神谱。

译文

益州的西边，云南的东边，有一座神祠，开凿山石成为庙室，室内有神，百姓供奉它，神自称是黄公。因而人们说，这神灵是指点张良的黄石公的神灵。神祠清洁纯净，不杀生。凡是祈祷的人，拿一百文钱，一双笔，一块墨，放在石室之中，上前进行祈祷，先听到石室中有声音，过一会儿，神问道："来的人想要什么呢？"祈祷的人说完之后，神就一一说明吉凶，不显现他的形体。到现在还是这个样子。

樊道基

原文

永嘉中，有神见兖州，自称樊道基。有妪，号成夫人。夫人好音乐，能弹箜篌①。闻人弦歌，辄便起舞。

注释

①箜（kōng）篌（hóu）：一种古代的拨弦乐器。有竖式和卧式两种。

译文

　　永嘉年间，有神人在兖州出现，自称樊道基。有一个老妇人，大家称其为成夫人。成夫人喜好音乐，会弹奏箜篌。听到有人弹琴唱歌，立马跳起舞来。

戴文谋疑神

原文

> 　　沛国戴文谋①，隐居阳城山中②。曾于客堂食际，忽闻有神呼，曰："我天帝使者，欲下凭君③，可乎？"文闻甚惊。又曰："君疑我也？"文乃跪曰："居贫，恐不足降下耳。"既而洒扫，设位，朝夕进食，甚谨。后于室内窃言之。妇曰："此恐是妖魅凭依耳。"文曰："我亦疑之。"及祠飨之时④，神乃言曰："吾相从，方欲相利，不意有疑心异议。"文辞谢之际，忽堂上如数十人呼声，出视之，见一大鸟五色，白鸠数十随之，东北入云而去，遂不见。

注释

①沛国：古代郡国名。刘邦建立汉朝后把家乡泗水郡改名为沛郡，东汉改郡为国。
②阳城山：俗名车岭山，又名马岭山，秦汉至魏晋时期，指称坐落在今河南巩义东南、荥阳西南、登封东北、新密西北接界处之五指岭为阳城山，以处于古阳城县之北境而得名。
③凭：依凭。文中指鬼神附在人身上。
④祠飨（xiǎng）：祭祀时向神明敬献的祭品。

译文

　　沛国的戴文谋，在阳城山中隐居。有一次在客堂吃饭时，忽然听到有神呼唤，神说："我是天帝的使者，想降下来依附你，可以吗？"戴文谋听了很惊异。神又说："你怀疑我吗？"戴文谋于是跪下说："我家境贫寒，担心不值得让你降临。"然后洒扫屋子，设立神位，早晚进献祭品，十分恭敬。后来他和妻子在里屋悄悄说这件事情。妻子说："这恐怕是妖怪来依附吧。"戴文谋说："我也怀疑他。"等到祭献食物时，神就说："我依附你，正要让你受益，不料你们有疑心，非议我。"戴文谋谢罪的时候，忽然堂屋上好像有几十个人的呼喊声，他出来看，只看到一只五彩大鸟，有几十只白鸠紧紧地跟随着，往东北方向飞去，钻进云之中，转眼就看不见了。

搜神记

糜竺逢天使

原文

糜竺，字子仲，东海朐人也①。祖世货殖，家赀巨万②。常从洛归③，未至家数十里，见路次有一好新妇，从竺求寄载。行可二十余里，新妇谢去，谓竺曰："我天使也，当往烧东海糜竺家。感君见载，故以相语。"竺因私请之。妇曰："不可得不烧。如此，君可快去，我当缓行。日中必火发。"竺乃急行归，达家，便移出财物。日中而火大发。

注释

①朐（qú）：古代县名，位于今江苏省连云港市西南一带。
②赀（zī）：通"资"，指财物。
③常：通"尝"，曾经。

译文

糜竺，字子仲，东海郡朐县人。他家祖祖辈辈做生意，家产数以万计。他曾经从洛阳回来，离家还有几十里，看到路边有一个漂亮妇人，向他请求搭车。走了大约二十里，妇人道谢告辞，对糜竺说："我是天帝的使者，要去烧掉东海糜竺的家。感谢你让我搭车，因此才告诉你。"于是糜竺私下里向她求情。妇人说："不能不烧。既然是你家，你赶快回家，我会慢慢地走。中午一定要起火。"糜竺于是急驰回去，到家后，将财物都搬了出来。正午时候火就猛烈地燃烧起来了。

阴子方祀灶

原文

汉宣帝时①，南阳阴子方者②，性至孝，积恩好施，喜祀灶。腊日晨炊③，而灶神形见。子方再拜受庆。家有黄羊④，因以祀之。自是已后，暴至巨富，田七百余顷，舆马仆隶，比于邦君。子方尝言："我子孙必将强大。"至识三世⑤，而遂繁昌。家凡四侯，牧守数十⑥。故后子孙尝以腊日祀灶，而荐黄羊焉⑦。

注释

①汉宣帝：汉武帝刘彻曾孙，名刘询。
②南阳：古代郡名。秦代所设，汉代沿置，属荆州部，郡治宛县（今河南省南阳市）。
③腊日：古时行腊祭之日，即农历十二月初八。
④黄羊：黄犬。
⑤识：指阴识。光烈皇后之兄。
⑥家凡四侯，牧守数十：据《后汉书·阴识传》，阴识及其弟阴兴，阴兴子阴庆、阴博四人皆封侯。牧守，州郡长官。州官称牧，郡官称守。
⑦荐：献；进。

译文

汉宣帝的时候，南阳人阴子方，本性十分孝顺，积善行德，乐于施舍，喜欢祭祀灶神。腊日早上做饭，灶神显形相见。阴子方再三拜谢灶神的福泽。他家里有只黄狗，于是拿来祭祀灶神。从此以后，他家很快变得非常富有。有田七百多顷，有车马奴仆，比得上地方长官。阴子方曾说："我的子孙必定会发达。"到阴识时过了三代，阴家的家业就已经繁荣昌盛了。阴家有四个人封侯，做到州牧郡守的有几十位。因此阴家后世子孙经常在腊日祭祀灶神，供奉黄狗。

张成见蚕神

原文

吴县张成①，夜起，忽见一妇人立于宅南角，举手招成，曰："此是君家之蚕室，我即此地之神。明年正月十五，宜作白粥②，泛膏于上。"以后年年大得蚕。今之作膏糜像此③。

注释

①吴县：古代县名，秦代始设，为会稽郡治所。

②白粥：用白米煮的稀饭。

③膏糜：也称"膏粥"，指上浮油脂的白粥，古人于农历正月十五日用以祭祀蚕神。

译文

吴县的张成，半夜里起床，忽然看到有一个妇人站在房屋南面的角落里，举起手招呼张成，说："这是你家的蚕房，我就是这里的神。明年正月十五，最好煮一些白粥，让油脂浮在上面。"从此以后，张成家每年养很多的蚕。现在人们用来祭祀蚕神的膏粥就是这样来的。

戴侯祠

原文

豫章有戴氏女①，久病不差②。见一小石，形像偶人③。女谓曰："尔有人形，岂神？能差我宿疾者④，吾将重汝⑤。"其夜，梦有人告之："吾将佑汝。"自后疾渐差。遂为立祠山下，戴氏为巫，故名戴侯祠。

注释

①豫章：古代郡名，郡治在今江西省南昌市。

②差（chài）：病愈。

③偶人：用土、木、陶瓷等制成的人形物。

④宿疾：拖延不愈的病。

⑤重：尊重。文中指当作神来奉祀。

译文

豫章有一个戴姓人家的女子，病了很长时间都没有好。她看到一个小石头，形状像人。她对着石头说："你有人的形状，难道是神仙吗？如果能治好我这久拖不愈的病，我将会将你当作神来供奉。"那天晚上，她梦到有人告诉她说："我将会保佑你。"从此之后她的病慢慢地好了起来。于是她在山下为石人建造了祠庙，戴姓的女子成了神祠之中的女巫，因此这神祠被称为戴侯祠。

刘玘成神

原文

汉阳羡长刘玘尝言[1]："我死当为神。"一夕，饮醉，无病而卒。风雨，失其枢。夜闻荆山有数千人噭声[2]，乡民往视之，则棺已成冢。遂改为君山，因立祠祀之。

注释

①阳羡：古县名。秦置。治今江苏宜兴市南。
②噭（hǎn）：大喊。

译文

汉代时阳羡县令刘玘曾经说："我死了后会成为神仙。"有一天晚上，他喝醉了酒，没生病就离世了。刮风下雨，他的灵枢不见了。夜里听见荆山上有几千个人的喊声，乡里的老百姓去看，棺材已经变成坟墓。于是人们就将荆山改称为君山，并建造神祠来祭祀他。

卷 五

题解

　　魏晋时期，人们思想、信仰深受迷信影响，淫祀存在并拥有广阔市场；奇闻轶事愈传愈烈，其中以南京蒋山神、丁姑等的故事流传最广。《搜神记》就是在这样的时代背景下诞生的。本卷便记载了与之相关的一系列感应故事，真实地反映了当时的社会生活和汉晋迷信的泛滥、劾鬼术的盛行，此外也从侧面反映了道教之所以在魏晋时期得到长足发展的原因。

蒋子文成神

原文

　　蒋子文者，广陵人也①。嗜酒好色，挑达无度②。常自谓己骨清，死当为神。汉末，为秣陵尉③，逐贼至钟山下④，贼击伤额，因解绶缚之⑤，有顷遂死。及吴先主之初⑥，其故吏见文于道，乘白马，执白羽扇，侍从，如平生。见者惊走。文追之，谓曰：“我当为此土地神，以福尔下民。尔可宣告百姓，为我立祠，不尔，将有大咎。”是岁夏，大疫，百姓窃相恐动，颇有窃祠之者矣。文又下巫祝：“吾将大启祐孙氏，宜为我立祠，不尔，将使虫入人耳为灾。”俄而小虫如尘虻⑦，入耳皆死，医不能治。百姓愈恐，孙主未之信也。又下巫祝：“若不祀我，将又以大火为灾。”是岁，火灾大发，一日数十处。火及公宫。议者以为鬼有所归，乃不为厉⑧，宜有以抚之。于是使使者封子文为中都侯，次弟子绪为长水校尉，皆加印绶⑨，为立庙堂。转号钟山为蒋山，今建康东北蒋山是也。自是灾厉止息，百姓遂大事之。

注释

①广陵：古代郡名，治所在今江苏省扬州市一带。

②挑达：轻薄，放荡。

③秣陵：古代县名，位于今江苏省南京市附近。

④钟山：即今紫金山，位于南京。

⑤绶（shòu）：衣带。

⑥吴先主：指孙权。

⑦尘虻（méng）：一种小飞虫。

⑧厉：恶。

⑨印绶：印信和系印信的丝带。古人印信上系有丝带，随身佩带。

译文

　　蒋子文是广陵人。他喜欢喝酒，喜好美色，轻薄放荡没有节制。他经常会说自己的骨骼清俊，死后会成为神仙。汉朝末年，他担任秣陵县尉，追赶贼寇到了钟山之下，贼寇打伤了他的额头，就解下衣带绑住伤口，没过多久就死了。等到吴国先主孙权继位之初，蒋子文以前的属下在路上看到蒋子文，他骑白马，拿着白羽扇，有随从跟着，和他以前活着时一样。看到的人吓得跑了起来。蒋子文追上他以前的属下，对他说："我要做这个地方的土地神，福佑你们这里的老百姓。你可以向周围的百姓宣告，给我建立祠，否则，将有大灾难。"这一年夏天，发生了大瘟疫，老百姓私下里都十分恐慌，于是便有了悄悄为他立祠供奉的人。蒋子文又降旨给巫祝说："我将要大大地保佑孙氏，应该给我建立神祠，不然，我就让虫子钻入人的耳朵造成灾难。"不久就有像虻一样的小虫子钻入人的耳朵，人就死去了，没有医药可治。老百姓更加恐慌，孙氏国君还是不相信这种事情。蒋子文又下旨给巫祝："如果不祭祀我，将会引起大火灾。"这一年，火灾经常发生，一天烧几十处。大火烧到了国君的宫殿。议论的人认为鬼有归宿，才会不作恶害人，应该有办法来抚慰它。于是派使者封蒋子

文为中都侯，封他的二弟蒋子绪为长水校尉，都加赐印章绶带，为他们建立庙堂。改称钟山为蒋山，就是现在建康东北的蒋山。自此之后，灾害不再发生，老百姓就大规模祭祀蒋侯了。

蒋侯召刘赤父

原文

刘赤父者，梦蒋侯召为主簿。期日促①，乃往庙陈请②："母老，子弱，情事过切③，乞蒙放恕。会稽魏过，多材艺，善事神。请举过自代。"因叩头流血。庙祝曰④："特愿相屈。魏过何人，而有斯举？"赤父固请，终不许。寻而赤父死焉。

注释

①期日：约定或预测的时间。
②陈请：陈述理由以请求。
③情事：事实。切：急切。
④庙祝：庙里管香火的人。

译文

有一个名叫刘赤父的人，梦到蒋侯召他去做主簿。约定的日期很紧，于是他到蒋侯庙陈述请求："母亲年老，子女幼弱，这件事情又十分急迫，乞求得到您的宽恕。会稽人魏过，多才多艺，善于供奉神灵。我请求举荐魏过代替我。"于是他叩头流出血来。庙里管香火的人说："这是希望你屈就。魏过是什么人，你竟然这么举荐他？"刘赤父再三请求，最终没有被答应。不久刘赤父就死去了。

蒋山庙戏婚

原文

咸、宁中①，太常卿韩伯子某②、会稽内史王蕴子某③、光禄大夫刘耽子某④，同游蒋山庙。庙有数妇人像，甚端正。某等醉，各指像以戏，自相配匹。即以其夕，三人同梦蒋侯遣传教相闻，曰："家子女并丑陋，而猥垂荣顾。辄刻某日⑤，悉相奉迎。"某等以其梦指适异常⑥，试往相问，而果各得此梦，符协如一。于是大惧，备三牲⑦，诣庙谢罪乞哀⑧。又俱梦蒋侯亲来降己，曰："君等既已顾之，实贪会对。克期垂及，岂容方更中悔？"经少时并亡。

注释

①咸、宁中：咸安、宁康年间。咸安为东晋简文帝司马昱年号。咸安二年（372年）七月，晋孝武帝司马曜即位，沿用咸安年号，次年改元宁康。

②太常卿：古代官名。秦置奉常，汉景帝时改称太常，掌宗庙礼仪，兼掌选试博士。魏晋以后改名为太常卿，成为专掌宗庙礼仪的职官。

③内史：古代官名。周代始设，又称作册内史、作命内史，负责协助天子管理爵、禄、废、置等政务。春秋时沿置。西汉初，诸侯王国置内史，掌民政。历代沿置，隋代废。

④光禄大夫：古代官名。

⑤刻：限定。

⑥指适：指归，意向。

⑦三牲：指祭祀所用牛、羊、猪。

⑧诣：到。

译文

晋武帝咸安、宁康年间，太常卿韩伯的儿子韩某、会稽郡内史王蕴的儿子王某、光禄大夫刘耽的儿子刘某，一起游览蒋山庙。庙中有好几个妇人的神像，非常端庄。他们三人喝醉了，各指着一个神像开玩笑，说和自己结成夫妻。当天晚上，三个人都梦见蒋侯派人传达旨意，说："我家的女儿都很丑陋，承蒙你们看得起而眷顾。就定个日子，一起来迎接你们。"三人都因为自己的梦意向怪异反常，试探着互相询问，内容果然完全相同。他们十分恐惧，备下了牛、羊、猪，到蒋山庙谢罪，乞求原谅。晚上又都梦见蒋侯亲自降临自己家中，说："你们既然已经眷顾我的女儿们，实际上是很贪恋马上见面的。定好的日期将至，怎么能再做更改，中途反悔呢？"过了不久这三个人都死了。

蒋侯与吴望子

原文

会稽鄮县东野有女子①，姓吴，字望子，年十六，姿容可爱。其乡里有解鼓舞神者，要之，便往。缘塘行，半路忽见一贵人，端正非常。贵人乘船，挺力十余②，皆整顿。令人问望子："欲何之？"具以事对。贵人云："今正欲往彼，便可入船共去。"望子辞不敢。忽然不见。望子既拜神座，见向船中贵人，俨然端坐③，即蒋侯像也。问望子："来何迟？"因掷两橘与之。数数形见，遂隆情好。心有所欲，辄空中下之。尝思噉鲤④，一双鲜鲤随心而至。望子芳香④，流闻数里，颇有神验，一邑共事奉。经三年，望子忽生外意，神便绝往来。

注释

①鄮（mào）：古代县名。秦代始设，汉属会稽郡，在今浙江省宁波市鄞州区以东。因在鄮山之北而得名。至隋代废。

②挺力：出力、用力。这里指用力划船的人。

③俨然：形容庄重端正。

④啖（dàn）：食，吃。

⑤芳香：这里指望子神异的名声。

译文

　　会稽郡鄮县东郊里有个女子，姓吴，字望子，十六岁，体态容貌可爱。她乡里有要去击鼓跳舞娱神的人，邀请她，她就去了。沿着河堤岸走，半路上忽然遇见一个贵人，相貌非常端正。贵人乘船，出力划船的人有十多个，都穿戴得十分整齐。贵人派人去问望子："要到什么地方去？"望子一一回答了。贵人说："我现在正要往那里去，你可以上船一起去。"望子推辞不敢上船。那船忽然不见了。望子后来到庙里拜神，看见刚才那船里的贵人，庄重端正地坐在庙里，就是蒋侯的神像。他问望子："为什么来得这么晚？"于是扔下两只橘子给望子。因蒋侯屡次现出原形见她，于是和望子感情深厚十分相爱。望子心里想要什么，想要的东西就会从空中掉下来。望子曾经想吃鲤鱼，一对新鲜的鲤鱼就跟着出现了。望子神异的名声，在周围数里的范围内流传，她经常十分灵验，整个县邑的人都来供奉她。过了三年，望子忽然起了外心，蒋侯就断绝了和她的往来。

卷五

蒋侯助杀虎

原文

　　陈郡谢玉为琅邪内史①，在京城。所在虎暴，杀人甚众。有一人以小船载年少妇，以大刀插着船，挟暮来至逻所②。将出语云："此间顷来甚多草秽③，君载细小，作此轻行，大为不易。可止逻宿也。"相问讯既毕，逻将适还去。其妇上岸，便为虎将去。其夫拔刀大唤，欲逐之。先奉事蒋侯，乃唤求助。如此当行十里，忽如有一黑衣为之导，其人随之，当复二十里，见大树。既至一穴，虎子闻行声，谓其母至，皆走出，其人即其所杀之。便拔刀隐树侧，住良久，虎方至④，便下妇着地，倒牵入穴。其人以刀当腰斫断之⑤。虎既死，其妇故活。向晓⑥，能语。问之，云："虎初取，便负着背上，临至而后下之。四体无他，止为草木伤耳。"扶归还船。明夜，梦一人语之曰："蒋侯使助汝，知否？"至家，杀猪祠焉。

注释

①陈郡：古代郡名，秦代始设。汉初属楚，后高祖时置淮阳国，后屡除为郡，汉宣帝复置淮阳国，郡治陈县，即今河南省周口市淮阳区。

②挟暮：傍晚。逻所：巡逻的哨所。

③顷来：近来。草秽：文中指老虎。

④方：才。

⑤斫（zhuó）：用刀斧等砍或削。

⑥向晓：拂晓。

译文

　　陈郡人谢玉任琅邪郡内史，住在京城。那地方老虎很厉害，咬死了很多人。有一个人用小船载着他年轻的妻子，把大刀插在船上，傍晚时候来到巡逻哨所。巡逻的将官出来告诉他说："这里近来常有老虎，您带着家小，就这样轻率而行，是非常不容易的。您应该在巡逻哨所过夜。"相互询问结束，巡逻的将官刚刚回去。他妻子上岸，便被老虎抓走了。她丈夫拔刀大喊，想去追赶。他过去曾供奉过蒋侯，所以就呼唤着蒋侯求助。像这样大约跑了十里，忽然有一个身穿黑衣服的人给他引路，他跟着黑衣人，大概又跑了二十里，看见一棵大树。然后来到一个洞穴口，虎崽听到声音，以为是母亲来了，都跑了出来，那人便在洞口把它们都杀了。于是他拔刀隐蔽在树旁，等了好长一段时间，老虎才到，便把他妻子放在地上，倒拖着往虎穴里拉。那人用刀砍虎腰，砍断了老虎。老虎已经死了，他的妻子活了下来。到拂晓的时候，能讲话了。他问妻子，妻子说："老虎刚一抓住我，便将我背在背上，到了这儿后将我放下来。我的四肢没什么其他的伤害，

只是被草木刮伤了而已。"他扶着妻子回到船上。第二天晚上,梦见一个人说:"蒋侯派我来帮助你,知道吗?"他回到家里,杀了猪祭祀蒋侯。

丁姑祠

原文

淮南全椒县有丁新妇者①,本丹阳丁氏女②,年十六,适全椒谢家。其姑严酷③,使役有程,不如限者,仍便笞捶不可堪④。九月九日,乃自经死。遂有灵响⑤,闻于民间。发言于巫祝曰:"念人家妇女,作息不倦,使避九月九日,勿用作事。"见形,着缥衣⑥,戴青盖,从一婢,至牛渚津⑦,求渡。有两男子共乘船捕鱼,仍呼求载。两男子笑共调弄之,言:"听我为妇,当相渡也。"丁姬曰:"谓汝是佳人,而无所知。汝是人,当使汝入泥死;是鬼,使汝入水。"便却入草中。须臾,有一老翁乘船载苇。姬从索渡。翁曰:"船上无装,岂可露渡?恐不中载耳。"姬言:"无苦。"翁因出苇半许,安处着船中,径渡之。至南岸,临去,语翁曰:"吾是鬼神,非人也,自能得过。然宜使民间粗相闻知。翁之厚意,出苇相渡,深有惭感,当有以相谢者。若翁速还去,必有所见,亦当有所得也。"翁曰:"恐燥湿不至⑧,何敢蒙谢。"翁还西岸,见两男子覆水中。进前数里,有鱼千数跳跃水边,风吹至岸上。翁遂弃苇,载鱼以归。于是丁姬遂还丹阳。江南人皆呼为丁姑。九月九日,不用作事,咸以为息日也。今所在祠之。

注释

①全椒:古代县名,魏晋时属淮南郡,沿用至今,即今安徽省滁州市全椒县。新妇:泛指妇女。

②丹阳:古代郡名,汉武帝建元二年(前141年),更秦鄣郡为丹阳郡,郡治宛陵,即今安徽省宣城市宣州区。

③姑:丈夫的母亲。

④笞(chī)捶:用竹木之类的棍条抽打。

⑤灵响:灵应。

⑥缥(piǎo)衣:淡青色的衣服。

⑦牛渚津:长江一处渡口名。在安徽省马鞍山市当涂县西北牛渚山下。

⑧燥湿不至:"燥湿"应是当时习语,相当于今语中的"冷暖"。文中指照顾不周。

译文

淮南郡全椒县有个姓丁的妇人,原本是丹阳县丁家的女儿,十六岁时,嫁给了全椒县谢家。她的婆婆严厉凶狠,役使劳作有规定,不完成规定限额,就用鞭子抽打她,她忍受不了。九月九日那天，她就上吊死了。于是便有了灵应，在民间流传。丁妇借巫祝之口说："念及给人家做媳妇的，整天劳动得不到休息，让她们免掉九月九日这一天，不用干活。"丁氏现出了原形，穿着淡青色的衣服，戴着青黑色的头巾，带着一个婢女，来到牛渚津，找船家摆渡。有两个男人一同乘船捕鱼，丁氏就招呼他们请求搭船。两个男人一齐嬉笑调戏她，说："顺从我做我的老婆，就把你渡过去。"丁氏说："以为你们是好人，却什么道理都不懂。你们是人，会让你们死在泥土里；是鬼，就让你们葬身水中。"说完就退到草丛中去了。一会儿，有一个老人划着船装运芦苇来了。丁氏向他请求搭船渡河。老人说："船上没有船篷，哪能让您露天渡过河去呢？恐怕你们坐着不舒服呀。"丁氏说："不要紧。"老人于是就把芦苇卸去了一半，把她们安顿在船中，直接送她们渡江。到了南岸，丁氏临别时对老人说："我是鬼神，不是凡人，自己也能过河的。但应该让民间百姓稍微听说我的事迹。老人家的厚意，卸去芦苇来渡我过河，我十分感动，我会有办法来感谢您的。如果您马上返回去，必定能够看到什么，也会得到什么的。"老人说："恐怕照顾不周，哪敢接受您的感谢。"老人回到西岸，看见两个男人淹死在水里。再向前行了几里，有几千条鱼在水边跳跃，风把它们都吹到了岸上。老人于是就扔掉芦苇，装上鱼回家去了。于是丁氏就回到丹阳县去了。江南的人都称呼她为丁姑。九月九日，妇女不再干活，大家都把这一天当作休息的日子。现在到处都还在祭祀她。

王祐与赵公明府参佐

原文

散骑侍郎王祐①，疾困，与母辞诀。既而闻有通宾者，曰："某郡某里某人，尝为别驾②。"祐亦雅闻其姓字。有顷，奄然来至，曰："与卿士类，有自然之分，又州里，情便款然。今年国家有大事，出三将军，分布征发。吾等十余人，为赵公明府参佐③。至此仓卒，见卿有高门大屋，故来投。与卿相得，大不可言。"祐知其鬼神，曰："不幸疾笃，死在旦夕。遭卿，以性命相托。"答曰："人生有死，此必然之事。死者不系生时贵贱。吾今见领兵三千，须卿，得度簿相付。如此地难得，不宜辞之。"祐曰："老母年高，兄弟无有，一旦死亡，前无供养。"遂歔欷不能自胜④。其人怆然曰⑤："卿位为常伯⑥，而家无余财。向闻与尊夫人辞诀，言辞哀苦。然则卿国士也，如何可令死？吾当相为。"因起去："明日更来。"其明日又来。祐曰："卿许活吾，当卒恩否？"答曰："大老子业已许卿⑦，当复相欺耶？"见其从者数百人，皆长二尺许，乌衣军服，赤油为志。祐家击鼓祷祀，诸鬼闻鼓声，皆应节起舞，振袖，飒飒有声⑧。祐将为设酒食，辞曰："不须。"因复起去，谓祐曰："病在人体中，如火，当以水解之。"因取一杯水，发被

86

灌之。又曰："为卿留赤笔十余枝，在荐下⑨，可与人，使簪之。出入辟恶灾，举事皆无恙。"因道曰："王甲、李乙，吾皆与之。"遂执祐手与辞。时祐得安眠，夜中忽觉，乃呼左右，令开被："神以水灌我，将大沾濡⑩。"开被而信有水，在上被之下，下被之上，不浸，如露之在荷。量之，得三升七合⑪。于是疾三分愈二，数日大除。凡其所道当取者，皆死亡，唯王文英半年后乃亡。所道与赤笔人，皆经疾病及兵乱，皆亦无恙。初有妖书云⑫："上帝以三将军赵公明、钟士季各督数鬼下取人。"莫知所在。祐病差，见此书，与所道赵公明合。

注释

①散骑侍郎：古代官名，即散骑常侍。在皇帝左右规谏过失，以备顾问。

②别驾：别驾从事史，亦称别驾从事。汉代设，为州刺史的佐吏。因地位较高，刺史出巡辖境时，别乘驿车随行，故名。

③赵公明：魏晋时代是勾人鬼魂的瘟神，后世为财神。参佐：部下。

④欷（xī）歔（xū）：悲泣，抽噎。

⑤怆（chuàng）然：悲伤的样子。

⑥常伯：周代官名。君主身边主管民事的大臣。以从诸伯中选拔，故名。后世用来称呼皇帝身边的近臣。

⑦大老子：魏晋时老年男子的自称，是一种自傲的称呼。

⑧飒（sà）飒：象声词。

⑨荐：垫褥。

⑩沾濡（rú）：浸湿。

⑪合（gě）：量词。一升的十分之一。

⑫妖书：奇怪的文书。

译文

　　散骑侍郎王祐，病得很严重了，与母亲诀别。不久听见通报有客人来，说："某郡某里的某人，曾做过别驾从事史。"王祐平时也曾听见过这个人的姓名。一会儿，客人忽然来临，说："我与您都是读书人，有天然的缘分，又是同乡，感情就融洽了。今年国家有大事，现在派出三位将军，分布全国去征发。我们一批十几个人，是赵公明的部下。仓促来到这里，看见您有高门大屋，所以来投奔您。与您关系融洽，实在太好了。"王祐知道他是鬼神，就说："我不幸病重，死日就在眼前。碰上您，求您救我一命。"那人回答说："人生下来就有一死，这是必然的事。死人不依靠在世时的贵贱。我现在带兵三千，需要您，就把档案簿册之类的事交给您。这样的事情也实在难得，不该推辞。"王祐说："老母亲年寿已高，又没有兄弟，一旦我死了，母亲身边无人侍奉了。"说到这儿他就情不自禁地哭了起来。那人悲哀地说："你官为常伯，而家中却没有多余的财产。先前听你与老母亲诀别，言辞悲哀凄苦。不过你是国士，怎么能让你死呢？我会想办法。"于是便起身离去，说："我明天再来。"第二天那人又来了。王祐说："您答应让我活下去，最后会不会施恩？"那人回答说："我既然已经答应了您，难道还会欺骗您？"王祐只见他的随从几百个，都身高二尺多，穿着黑色的军装，用红油做标志。王祐家里击鼓祈祷祭祀，那些鬼听见鼓声，都随着鼓点翩翩起舞，挥动着衣袖，发出飒飒的声响。王祐准备给他摆设酒宴，那人推辞说："不必了。"便又起身，对王祐说："病在身体中，像火一样，要用水来消除它。"于是就拿了一杯水，掀开被褥浇在上面。又说："我给您留下红笔十几支，在席子底下，可以送给人，让他们插在头上。进出避过灾祸，做事平安无恙。"随后说道："王甲、李乙，我都给过他们了。"于是拉起王祐的手和他告别。当时王祐正安然睡着，夜里忽然醒来，呼唤左右使者，让他们掀开被头说："神用水来浇我，会湿透被子。"掀开被子，里头果真有水，在上层被子的底下，在下面被子的上面，没有浸湿，就像露水在荷叶上。量一量这些水，共三升七合。于是王祐的病好了三分之二，几天之后就痊愈了。凡是那人说过要捉取的人，都死了，只有王文英半年以后才死去。那人说过给红笔的人，都经历了疾病和战乱，也都太平无事。起初有怪异的文书说："上天派出赵公明、钟士季等三个将军各自统领几只鬼下来捉人。"没有人知道他们在哪里。王祐病愈，看见这妖书，与那人所说的赵公明之事吻合。

周式逢鬼吏

原文

汉下邳周式尝至东海①，道逢一吏，持一卷书，求寄载。行十余里，谓式曰："吾暂有所过，留书寄君船中，慎勿发之。"去后②，式盗发视书③，皆诸死人录，下条有式名。须臾，吏还，式犹视书。吏怒曰："故以相告，而忽视之。"式叩头流血。良久，吏曰："感卿远相载，此书不可除卿名。今日已去，还家，三年勿出门，可得度也④。勿道见吾书。"式还，不出。已二年余，家皆怪之。邻人卒亡，父怒，使往吊之。式不得已，适出门⑤，便见此吏。吏曰："吾令汝三年勿出，而今出门，知复奈何？吾求不见，连累为鞭杖。今已见汝，无可奈何。后三日日中，当相取也。"式还，涕泣具道如此。父故不信，母昼夜与相守。至三日日中时，果见来取，便死。

注释

①下邳：古代地名。秦代设县，东汉时改县为国，南朝改国为郡。郡治在今江苏省徐州市睢宁县西北。

②去：离开。

③盗发：私自拆开。

④度：度过劫难。文中指免于一死。

⑤适：恰逢，正好。

搜神记

译文

汉代下邳县的周式曾经到东海郡去，在路上碰上一个小吏，拿着一卷书，请求搭船。船行了十多里，他对周式说："我暂时有个人要去拜访，这书就留下寄存在你的船里，您千万别打开看。"这小吏离开了以后，周式偷偷地翻阅那书，上面都是一个个要死的人的姓名，下面一条有周式的名字。一会儿，这小吏就回来了，周式还在看文书。这小吏生气地说："特别交代过，你竟然不当一回事。"周式连忙磕头，磕得血都流出来了。过了很久，这小吏说："我感激您让我搭船这么远，但这书上您的名字却不可以除去。今天你快回家去，三年别出门，这样就可以免于一死。别对人说您看见了我的书。"周式回家后闭门不出，已经两年多了，家里的人都感到奇怪。他的邻居家忽然死去，父亲发脾气，让他到去吊丧。周式没有办法，刚出家门，就看到那个小吏。小吏说："我叫你三年别出门，你今天却出门了，我知道了又有什么办法呢？我找不到你，被连累挨鞭子抽打。今天既然已经看见你了，我也无可奈何了。到第三天的中午，我会来取你的命。"周式回家，痛哭流涕地把这些话都告诉了家里人。他父亲不相信，他母亲日日夜夜守着他。到第三天中午，果然看见那个官吏来捉周式，周式就死了。

张助种李

原文

　　南顿张助于田中种禾①，见李核，欲持去，顾见空桑，中有土，因植种，以余浆溉灌。后人见桑中反复生李，转相告语。有病目痛者，息阴下，言："李君令我目愈，谢以一豚②。"目痛小疾，亦行自愈。众犬吠声③，盲者得视，远近翕赫④。其下车骑常数千百，酒肉滂沱⑤。间一岁余，张助远出来还，见之，惊云："此有何神，乃我所种耳。"因就斫之⑥。

注释

①南顿：古代县名，位于今河南省项城市以西。

②豚：猪。

③众犬吠声：随声附和，人云亦云。

④翕（xī）赫：盛大，显赫。

⑤滂沱：形容丰盛。

⑥斫（zhuó）：用刀斧等砍或削。

译文

南顿县人张助在田地里种庄稼，发现了一棵李子核，想拿起来扔掉，一回头看到一株空心的桑树，中间有土，于是把李子核种植下去，用喝剩的水浇灌。后来有人看见桑树中又长出李子树来，就互相告诉这件事。有一个闹眼病的人，来到树下休息，说："李子树神君，让我眼病痊愈，我用一头猪来谢你。"那人眼疼的小病，也慢慢好了。大家随声附和，说是瞎子都能看见东西，远近流传得很广。这株李子树下常有成百上千的车马来祭祀，酒肉多极了。过了一年多，张助出远门回来，看见了这情形，吃惊地说："这里有什么神啊，不过是我种下的李子树而已。"于是把树砍了。

新井

原文

> 王莽居摄①，刘京上言②："齐郡临淄县亭长辛当③，数梦人谓曰：'吾天使也，摄皇帝当为真。即不信我④，此亭中当有新井出。'亭长起视，亭中果有新井，入地百尺。"

注释

①王莽：西汉孝元皇后侄子，汉平帝皇后父亲。居摄：因皇帝年幼不能亲政，由大臣代居其位处理政务。

②刘京：据《汉书·王莽传》载，刘京为广饶侯。

③亭长：战国时在邻接他国处设亭，置亭长，掌治安警卫。秦、汉沿用，东汉后渐废。

④即：如果，假若。

译文

王莽摄政时，刘京进奏说："齐郡临淄县亭长辛当，几次梦见有个人对他说：'我是天上的使者，摄政皇帝会成为真皇帝。如果不相信我，这亭屋中会有口新井出现。'亭长起来察看，亭屋中果然有口新井，深入地下一百尺。"

卷六

中国古代一向就有较浓厚的阴阳五行思想传统。到了西汉时期，董仲舒构建出了一套神学唯心主义体系，即天人感应学说，这种阴阳五行学说在当时的社会便广泛地流传开了。干宝本人"性好阴阳术数"，在他看来，世界万物都是由阴阳五行之气变化构成的，即使鬼神妖怪等也是这样，许多灾异之事就是由阴阳二气和水、火、木、金、土五气混乱导致的。在天人感应这一命题之下，干宝从谴告论、祥瑞说和五德终始说三个方面阐述自己的阴阳五行思想。本卷辑录的正是自夏朝到三国时期的妖孽灵怪之事。

论妖怪

原文

　　妖怪者，盖精气之依物者也。气乱于中，物变于外。形神气质，表里之用也，本于五行①，通于五事②。虽消息升降③，化动万端，其于休咎之征④，皆可得域而论矣⑤。

注释

①五行：指金、木、水、火、土。古人认为这是构成物质的五种元素。

②五事：指貌、言、视、听、思。

③消息：消长。

④休咎：祸福。

⑤域：范围。

译文

　　妖怪，大概是阴阳精气依附到物体上形成的。精气充斥弥漫于物体内部，物体在外形上就会发生变化。物体的形神和气质，是物体外表和内在的体现，它们源于金、木、水、火、土，通行于容貌、言谈、观察、聆听、思考。即使是消灭、增长，上升、下降，变化万端，它们在凶吉祸福方面的征兆上，都可以找到范围加以论定。

论山徙

原文

　　夏桀之时厉山亡①，秦始皇之时三山亡②，周显王三十二年宋大丘社亡③，汉昭帝之末，陈留、昌邑社亡④。京房《易传》曰："山嘿然自移，天下兵乱，社稷亡也。"故会稽山阴琅邪中有怪山，世传本琅邪东武海中山也。时天夜，风雨晦冥，旦而见武山在焉。百姓怪之，因名曰怪山。时东武县山，亦一夕自亡去。识其形者，乃知其移来。今怪山下见有东武里，盖记山所自来，以为名也。又交州山移至青州朐县⑤。凡山徙，皆不极之异也⑥。此二事未详其世。《尚书·金縢》⑦："山徙者，人君不用道士，贤者不兴；或禄去公室，赏罚不由君，私门成群。不救，当为易世变号。"说曰："善言天者，必质于人；善言人者，必本于天。故天有四时，日月相推，寒暑迭代。其转运也，和而为雨，怒而为风，散而为露，乱而为雾，凝而为霜雪，张而为虹霓⑧，此天之常数也。人有四肢五脏，一觉一寐，呼吸吐纳，精气往来，流而为荣卫⑨，彰而为气色，发而为声音，此亦人之常数也。若四时失运，寒暑乖违，则五纬盈缩⑩，星辰错行，日月薄蚀，彗孛流飞⑪，此天地之危诊也。寒暑不时，此天地之蒸否也。石立土踊，此天地之瘤赘也。山崩地陷，此天地之痈疽也。冲风，暴雨，此天地之奔气也。雨泽不降，川渎涸竭，此天地之焦枯也。"

注释

①厉山：山名，位于湖北省随州市以北。

②三山：即蓬莱、方丈、瀛洲。传说中的海上三神山。

③周显王三十二年：即公元前337年。大丘：古地名，亦作"太丘""泰丘"。位于今河南永城西北。

④社：古代把土地神和祭土地神的地方、日子、祭礼都叫"社"，这里指祭祀的地方。

⑤交州、青州、朐（qú）县：都是古代地区名。

⑥不极：不符合中正准则。

⑦《尚书·金縢》：《尚书》又称《书经》，为儒家经典，分虞、夏、商、周四个部分，收录当时

的誓词以及政府的文告等。《金縢》为《周书》中一篇。但下文所引文字，并非出自《金縢》篇，而是《洪范》。

⑧虹霓：彩虹。

⑨荣卫：中医学名词。荣指血的循环，卫指气的周流。荣卫二气散布全身，内外相贯，运行不已，对人体起着滋养和保卫作用。

⑩五纬：金、木、水、火、土。

⑪彗孛（bèi）：彗星和孛星。孛，古人指光芒四射的一种彗星。古人认为彗孛出现是灾祸或战争的预兆。

译文

夏桀的时候历山消失了，秦始皇的时候三座山消失了，周显王三十二年宋国的大丘土地庙消失了，汉昭帝末年，陈留郡、昌邑县的土地庙消失了。京房撰写的《易传》中说："山悄悄地自己迁移，天下就有战乱，国家就会灭亡。"过去会稽郡山阴县琅邪乡中有座怪山，相传原是琅邪郡东武县海中的山。一天夜里，风雨交加，天色阴暗，天亮时便看见东武县的山在这里了。百姓感到奇怪，就称呼它为怪山。当时东武县的山，也在一天晚上自己消失了。了解那座山形状的人，才知道它移到这里来了。现在怪山下有个东武里，大概是记录这山的来历，所以把东武作为地名了。还有，交州的山迁移到了青州、朐县。凡是山丘迁移，都是不正常的怪事。不清楚这两件事发生的时代了。《尚书·金縢》中说："山丘迁移，是因为君主不任用有道德的人，贤能的人不能被提拔；或者是官职的任命权脱离了皇室，赏罚的施行已经由不得君主，权贵之家门客成群。不加救治，应当要改朝换代变更年号。"有人议论说："善于说天道的，一定以人为本体；善于评判人事的，一定以大自然为基础。所以大自然有四季的变化，太阳、月亮相互推移，寒冬酷暑轮流交替。大自然循环运行，调和起来就成为雨，愤怒起来就成为风，发散下去就成为露，迷乱起来就成为雾，凝固起来就成为霜和雪，伸张起来就成为虹霓，这是天道运行的常规。人有四肢五脏，或醒或睡，呼气吸气，吐故纳新，精气往复，流动起

来就成为血气，显现出来就成为气色，发作出来就成为声音，这也是人的常规。假如四时不按正常运行，冬夏的变换违背了常规，那就会五行消长，星辰运行错乱，日食、月食紧接不断，彗孛流飞，这是天地的不祥征兆。冬夏不按时到来，这是天地的气息闭塞。山石耸立，土地翻起，这是天地所生的瘤子赘疣。山陵崩塌，土地下陷，这是天地所生的毒疮。狂风暴雨，这是大自然中奔腾的精气。雨露不降，河沟干涸，这是大自然枯焦的象征。"

龟毛兔角

原文

商纣之时，大龟生毛，兔生角，兵甲将兴之象也①。

注释

①兵甲：代战争。将：即将。

译文

商纣王的时候，一只大乌龟身上长毛，一只兔子头上长角，这都是战争即将发生的征兆。

马化狐

原文

周宣王三十三年①，幽王生②。是岁，有马化为狐。

注释

①周宣王三十三年：即公元前795年。
②幽王：周幽王，西周最后一位天子。

译文

周宣王三十三年，周幽王诞生。这一年，有马变成狐狸。

人化蚘

原文

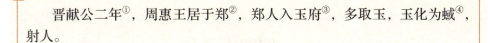

晋献公二年①，周惠王居于郑②，郑人入玉府③，多取玉，玉化为蚘④，射人。

注释

①晋献公二年：即公元前675年。

②周惠王：东周的第五代君主，谥号惠王。

③玉府：古代官府名。负责掌管天子之金玉玩好、兵器等。

④蚘（yù）：短狐。传说中的一种能含沙射人的动物。

译文

晋献公二年，周惠王住在郑国，郑人进入周惠王的玉府，拿了很多玉，玉全都变成了短狐，含沙射人。

地暴长

原文

周隐王二年四月①，齐地暴长，长丈余，高一尺五寸。京房《易妖》曰②："地四时暴长，占：春、夏多吉，秋、冬多凶。"历阳之郡③，一夕沦入地中而为水泽，今麻湖是也④。不知何时。《运斗枢》曰⑤："邑之沦，阴吞阳，下相屠焉。"

注释

①周隐王二年：即公元前313年。

②《易妖》：即《周易妖占》，古代书名，汉代京房撰，现已失传。

③历阳：古代地名，秦代始设县，晋代以历阳为治所，置历阳郡，北齐时置和州。即今安徽省马鞍山市和县。

④麻湖：湖泊名。跨安徽和县、含山两县。在和县境称历湖，在含山县境称麻湖。

⑤《运斗枢》：书名，《春秋纬》的一种，现已失传。

译文

　　周隐王二年四月，齐国有个地方猛长，有一丈多长，高一尺五寸。京房在《易妖》中说："土地在四季中猛长，占卜：春、夏季多吉利，秋、冬季多凶险。"历阳郡，在一个晚上陷入地下而成为湖泊，就是现在的麻湖。但不知道这事发生在什么时候。《运斗枢》中说："城镇的下沉，是阴气吞没阳气，天下人将互相残杀。"

一妇四十子

原文

　　周哀王八年①，郑有一妇人，生四十子。其二十人为人，二十人死。其九年，晋有豕生人。吴赤乌七年②，有妇人一生三子。

注释

①周哀王：姬姓，名去疾，周贞定王长子。于公元前441年周贞定王死后即位，即位后三个月被弟姬叔袭杀。文中"八年"当属误传。

②赤乌七年：即公元244年。赤乌为东吴孙权年号。

译文

　　周哀王八年，郑国有一个妇女，生了四十个孩子。其中二十个长大成人，二十个死了。周哀王九年，晋国有头猪生了一个人。三国吴大帝赤乌七年，有个妇女一胎生了三个孩子。

御人产龙

原文

　　周烈王六年①，林碧阳君之御人产二龙②。

注释

①周烈王六年：即公元前370年。

②御人：侍女。

译文

　　周烈王六年，林碧阳君的侍女生下两条龙。

彭生为豕祸

原文

鲁严公八年^①，齐襄公田于贝丘^②，见豕，从者曰："公子彭生也^③。"公怒，射之，豕人立而啼。公惧，坠车，伤足，丧屦^④。刘向以为近豕祸也^⑤。

注释

①鲁严公八年：即公元前686年。

②齐襄公：姜姓，吕氏，名诸儿，齐僖公长子，齐桓公异母兄，春秋时齐国第十四位君主。田：打猎。贝丘：齐国地名，位于今山东省滨州市博兴县东南。

③彭生：春秋初期齐国大夫。据《左传》载，鲁桓公因为夫人文姜与齐襄公私通而谴责文姜，文姜向齐襄公告状，齐襄公乃使公子彭生杀鲁桓公，后又担心被诸侯憎恶，于是又杀了彭生。

④屦（jù）：单底鞋。多以麻、葛、皮等制成。后亦泛指鞋。

⑤刘向：原名刘更生，字子政，沛郡丰邑（今江苏省徐州市）人。汉朝宗室大臣、文学家，楚元王刘交玄孙，阳城侯刘德的儿子，经学家刘歆的父亲，中国目录学鼻祖。今存《新序》《说苑》《列女传》《战国策》《五经通义》。

译文

鲁庄公八年，齐襄公在贝丘打猎，看见一头猪，随从说："这是公子彭生。"齐襄公很生气，拿箭射它，猪像人一样站起来啼叫。齐襄公恐惧，从车上摔下来，跌伤了脚，丢了鞋子。刘向认为这是猪作孽生祸。

蛇斗

原文

　　鲁严公时，有内蛇与外蛇斗郑南门中，内蛇死。刘向以为近蛇孽也。京房《易传》曰："立嗣子疑，厥妖蛇居国门斗①。"

注释

①立嗣：立继承人。十二生肖中"巳蛇"的"巳"与"嗣"同音，所以蛇孽预示与立继承人有关的灾祸。

译文

　　鲁严公的时候，在郑国的南门口有城内的蛇与城外的蛇搏斗，城内的蛇死了。刘向认为这是蛇作孽。京房在《易传》中说："立嗣子时疑虑不定，妖兆就是蛇在国都城门内搏斗。"

龙斗

原文

　　鲁昭公十九年①，龙斗于郑时门之外洧渊②。刘向以为近龙孽也。京房《易传》曰："众心不安，厥妖龙斗其邑中也。"

注释

①鲁昭公十九年：即公元前523年。
②时门：郑国的城门名。洧（wěi）：古代地名。

译文

　　鲁昭公十九年，龙在郑国时门之外的洧渊中搏斗。刘向认为这是龙在作孽。京房在《易传》中说："人心不安定，妖兆就是龙在他们的城中搏斗。"

九蛇绕柱

原文

　　鲁定公元年①，有九蛇绕柱，占以为九世庙不祀，乃立炀宫②。

注释

①鲁定公元年：即公元前509年。

②炀宫：祭祀鲁炀公的庙。鲁炀公是鲁国第二代君主，周公之孙，伯禽之子。

译文

鲁定公元年，有九条蛇盘绕在柱子之上，占卜之后认为是九世祖庙里没有人祭祀，于是就建立了炀宫。

马生人

原文

秦孝公二十一年①，有马生人。昭王二十年②，牡马生子而死③。刘向以为皆马祸也。京房《易传》曰："方伯分威④，厥妖牡马生子。上无天子，诸侯相伐，厥妖马生人。"

注释

①秦孝公二十一年：即公元前341年。

②昭王二十年：即公元前287年。昭王即秦昭襄王。

③牡马：公马。

④方伯：泛指地方长官。汉以来的刺史，唐代的采访使、观察使，明、清两代的布政使均称"方伯"。

译文

秦孝公二十一年，有匹马产下一个人来。秦昭王二十年，有匹公马生小马死了。刘向认为这都是马生的灾祸。京房在《易传》中说："诸侯侵犯天子的权威，那妖兆就是公马产小马。上面没有天子，诸侯互相征讨，妖兆就是马匹生人。"

女子化为丈夫

原文

魏襄王十三年①，有女子化为丈夫，与妻生子。京房《易传》曰："女子化为丈夫，兹谓阴昌，贱人为王。丈夫化为女子，兹谓阴胜阳，厥咎亡②。"一曰："男化为女，宫刑滥；女化为男，妇政行也。"

注释

①魏襄王十三年：即公元前306年。

②厥：代词。其，他的，他们的。

译文

　　魏襄王十三年，有个女人变成了男人，他娶妻生子。京房在《易传》中说："女人变成了男人，这叫作阴昌盛，下贱的人要做君主。男人变成了女人，这就是阴气胜过阳气，那灾祸就是灭亡。"另一种说法是："男人变成了女人，是因为没有节制地施行宫刑；女人变成了男人，是因为妇女执政。"

五足牛

原文

　　秦惠文王五年①，游朐衍②，有献五足牛。时秦世大用民力，天下叛之。京房《易传》曰："兴繇役③，夺民时，厥妖牛生五足。"

注释

①秦惠文王五年：即公元前333年。

②朐（xū）衍：战国时北方少数民族，也指其生活的地区。

③繇（yáo）役：徭役。繇，通"徭"字。

译文

　　秦惠文王五年，到朐衍巡视，有人向他进献五只脚的牛。当时秦国大量征用民力，天下的人都反对它。京房在《易传》中说："大兴徭役，抢夺民时，妖兆就是牛生五只脚。"

临洮大人

原文

　　秦始皇二十六年①，有大人长五丈，足履六尺，皆夷狄服。凡十二人，见于临洮②，乃作金人十二以象之。

注释

①秦始皇二十六年：即公元前221年。

②临洮：古代县名，位于今甘肃省定西市岷县一带。

译文

秦始皇二十六年，有身高五丈的巨人，脚上的鞋子长六尺，都穿着外族的衣服。共有十二个人，出现在临洮县，于是就照着他们的样子铸造了十二个金人。

龙现井中

原文

汉惠帝二年正月癸酉旦①，有两龙现于兰陵廷东里温陵井中②，至乙亥夜去。京房《易传》曰："有德遭害，厥妖龙见井中。"又曰："行刑暴恶，黑龙从井出。"

注释

①汉惠帝二年：即公元前193年。汉惠帝，西汉第二位皇帝刘盈，汉高祖刘邦之子，在位七年。

②兰陵：古代县名，县治在今山东省临沂市兰陵县西南兰陵镇。

译文

汉惠帝二年正月癸酉那天早上，有两条龙出现在兰陵县廷东里温陵的井中，到乙亥那天夜里离去。京房在《易传》中说："有德的人遭到迫害，那妖兆就是龙出现在井中。"又说："施行刑罚残酷暴虐，黑龙从井中出来。"

马生角

原文

汉文帝十二年①，吴地有马生角，在耳前，上向，右角长三寸，左角长二寸，皆大二寸。刘向以为马不当生角，犹吴不当举兵向上也，吴将反之变云。京房《易传》曰："臣易上，政不顺，厥妖马生角。兹谓贤士不足。"又曰："天子亲伐，马生角。"

注释

①汉文帝十二年：即公元前168年。

译文

　　汉文帝十二年，吴国有马长角，长在耳朵的前面，向上竖起，右边的角长三寸，左边的角长二寸，两只角都大于二寸。刘向认为马不应该长角，犹如吴王不应该发兵背叛朝廷，这是吴王将要叛乱的征兆。京房在《易传》中说："臣下藐视君主，政令不顺畅，妖兆就是马长角。这就是说贤臣智士太少了。"另一种说法是："天子亲自征伐，马就会长角。"

狗生角

原文

　　文帝后元五年六月①，齐雍城门外有狗生角②。京房《易传》曰："执政失，下将害之，厥妖狗生角。"

注释

①文帝后元五年：即公元前159年。

②雍城：古代地名，故城在今山东省滕州市西北。

译文

　　汉文帝后元五年六月，齐国雍城门外有一条狗长出了角。京房在《易传》中说："执政的人失去力量，臣下将要危害他，妖兆就是狗长出了角来。"

人生角

原文

> 汉景帝元年九月^①，胶东下密人年七十余^②，生角，角有毛。京房《易传》曰："冢宰专政^③，厥妖人生角。"《五行志》以为人不当生角^④，犹诸侯不敢举兵以向京师也。其后遂有七国之难。至晋武帝泰始五年，元城人^⑤，年七十，生角。殆赵王伦篡乱之应也^⑥。

注释

①汉景帝元年：即公元前156年。

②胶东：汉代封国，后为汉景帝时参加叛乱的七国之一。下密：胶东属县，在今山东昌邑东南。

③冢宰：周代官名。又称太宰。后世也用来指宰相。商代所设，位次三公，为六卿之首。太宰原为掌管王家财务及宫内事务的官。周武王死时，成王年少，周公曾以冢宰之职摄政。

④《五行志》：应指《汉书·五行志》。

⑤元城：古代县名，在今河北省邯郸市大名县以东。

⑥赵王伦：司马伦，司马懿第九子，封为赵王。永康元年（300年）起兵杀贾后，又废惠帝自立，后被齐王司马冏、成都王司马颖所杀。

译文

汉景帝元年九月，胶东国下密县有一个七十多岁的人，头上长角，角上有毛。京房在《易传》中说："宰相把持朝政，妖兆就是人头上长角。"《五行志》中认为人不应当长角，犹如诸侯不敢发兵去讨伐京城一样。然后就发生了七国的叛乱。到晋武帝泰始五年，元城县有个七十岁的人头上长角。大概就是赵王司马伦篡权变乱的征兆。

狗与彘交

原文

> 汉景帝三年^①，邯郸有狗与彘交^②。是时赵王悖乱^③，遂与六国反，外结匈奴以为援。《五行志》以为，犬兵革失众之占，彘北方匈奴之象。逆言失听，交于异类，以生害也。京房《易传》曰："夫妇不严，厥妖狗与豕交。兹谓反德，国有兵革。"

注释

①汉景帝三年：即公元前154年。

②彘：猪。

③赵王：名刘遂，汉景帝时参与七国之乱，兵败后自杀。

译文

汉景帝三年，邯郸有狗和猪交配。这时赵王叛乱，与六国一起造反，对外勾结匈奴作为后援。《五行志》中认为，狗是战争失去民心的征兆，猪是北方匈奴的象征。逆耳的话没有人听，勾结异族，这是残害生灵。京房在《易传》中说："夫妻之间不尊敬，妖兆就是狗和猪交配。这叫作违反道德，国家将有战争。"

白黑乌斗

原文

景帝三年十一月①，有白颈乌与黑乌群斗楚国吕县②。白颈不胜，堕泗水中，死者数千③。刘向以为近白黑祥也④。时楚王戊暴逆无道⑤，刑辱申公⑥，与吴谋反。乌群斗者，师战之象也；白颈者小，明小者败也；堕于水者，将死水地。王戊不悟，遂举兵应吴，与汉大战，兵败而走，至于丹徒⑦为越人所斩，堕泗水之效也。京房《易传》曰："逆亲亲，厥妖白黑乌斗于国中。"燕王旦之谋反也⑧，又有一乌一鹊斗于燕宫中池上，乌堕池死。《五行志》以为楚、燕皆骨肉藩臣，骄恣而谋不义⑨，俱有乌鹊斗死之祥。行同而占合，此天人之明表也。燕阴谋未发，独王自杀于宫，故一乌而水色者死⑩；楚炕阳举兵⑪，军师大败于野，故乌众而金色者死⑫。天道精微之效也。京房《易传》曰："颛征劫杀⑬，厥妖乌鹊斗。"

注释

①景帝三年：即公元前154年。

②吕县：古代县名，汉时属楚，故城在今江苏省徐州市铜山区。

③泗水：河名。源于今山东泗水县东，四源并发，故名。

④祥：变异之气，好或坏的征兆。

⑤楚王戊：刘戊，汉高祖刘邦的孙子，封楚王。后与吴王等反，兵败而死。

⑥申公：鲁（郡治今山东曲阜）人，名培，汉文帝时博士。其为《诗经》作的传称为"鲁诗"。

⑦丹徒：位于今江苏西南部，镇江市区周围。

⑧燕王旦：刘旦，汉武帝第四子。与上官桀等谋杀霍光废昭帝，谋败自杀。

⑨骄恣：骄傲放纵。

⑩水色：黑色。

⑪炕阳：干涸。也指阳气极盛，用来比喻统治者残暴专横。

⑫金色：白色。

⑬颛：通"专"字。文中有专门之意。

译文

汉景帝三年十一月，有白颈乌鸦和黑乌鸦在楚国吕县群斗。白颈乌鸦斗败，坠落在泗水中，死了几千只。刘向认为这些白鸟和黑鸟是某种征兆。当时楚王刘戊暴虐无道，用刑罚侮辱申公，与吴王谋反。乌鸦群斗，是军队作战的象征；白颈乌鸦体形小，说明小的要失败；坠落在水里，说明将死在有水的地方。楚王刘戊不明白，于是起兵响应吴王，与汉朝廷大战，兵败逃跑，到丹徒县被越人杀死，这是乌鸦坠入泗水的效验。京房在《易传》中说："背叛亲戚，妖兆是白乌鸦和黑乌鸦在国中争斗。"燕王刘旦谋反的时候，又有一只乌鸦和一只喜鹊在燕王宫中水池边争斗，乌鸦坠入水池死亡。《五行志》中认为楚王、燕王都是朝廷的骨肉、拱卫王室的大臣，却骄横放纵，图谋不轨，都有乌鸦喜鹊争斗而死的象征。他们行为相同而且与占卜相合，这是天道和人事之间的明显表现。燕国阴谋未发动起来，只有燕王在宫中自杀，所以一只水色的乌鸦死亡；楚国残暴专横而起兵作乱，军队在野外大败，所以一群金色的乌鸦死亡。这是天道精微的效应。京房在《易传》中说："专擅征战劫杀，妖兆是乌鹊相斗。"

牛足出背

原文

景帝十六年①，梁孝王田北山②，有献牛，足上出背上者。刘向以为近牛祸。内则思虑霿乱③，外则土功过制，故牛祸作。足而出于背，下奸上之象也。

注释

①景帝十六年：即公元前141年。

②梁孝王：即刘武，西汉梁国诸侯王，汉文帝刘恒嫡次子，汉景帝刘启同母弟，母亲为窦太后。

③霿（méng）乱：黑暗纷乱。

译文

汉景帝十六年，梁孝王在北山打猎，有人献上一头牛，牛脚向上伸出牛背。刘向认为这是牛生祸。在内部思想蒙昧昏乱，在外部大兴土木超过了规定，所以牛作孽生祸。牛脚从背脊上伸出来，是下级犯上级的征兆。

内外蛇斗

原文

汉武帝太始四年七月①，赵有蛇从郭外入，与邑中蛇斗孝文庙下。邑中蛇死。后二年秋，有卫太子事②，自赵人江充起。

注释

①汉武帝太始四年：即公元前93年。
②卫太子：汉武帝长子刘据。赵人江充诬告卫太子宫中埋木人以巫蛊武帝，太子惧，杀江充。武帝追捕太子，太子兵败自杀，史称"巫蛊之祸"。

译文

汉武帝太始四年七月，赵国有蛇从城外进来，与城内的蛇在孝文帝庙下搏斗。城内的蛇死了。过后两年的秋天，发生了卫太子巫蛊之祸，由赵国人江充引起的。

鼠舞门

原文

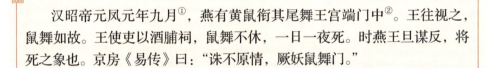

汉昭帝元凤元年九月①，燕有黄鼠衔其尾舞王宫端门中②。王往视之，鼠舞如故。王使吏以酒脯祠，鼠舞不休，一日一夜死。时燕王旦谋反，将死之象也。京房《易传》曰："诛不原情，厥妖鼠舞门。"

注释

①汉昭帝元凤元年：即公元前80年。汉昭帝，西汉皇帝刘弗陵，汉武帝之子，在位十四年，共使用过始元、元凤、元平三个年号。

②端门：宫殿的正南门。

译文

汉昭帝元凤元年九月，燕国有黄鼠衔着自己的尾巴在王宫南面的正门跳舞。燕王到那个地方去看它，黄鼠仍然在跳舞不停。燕王派官吏用酒肉来祭它，黄鼠仍是跳个不停，一天一夜后死了。当时燕王刘旦谋反，这是他即将死亡的象征。京房在《易传》中说："杀人不追究事情的真相，妖兆是老鼠在门内跳舞。"

石自立

原文

昭帝元凤三年正月①，泰山芜莱山南，汹汹有数千人声②。民往视之，有大石自立，高丈五尺，大四十八围，入地深八尺，三石为足。石立后，有白鸟数千集其旁。宣帝中兴之瑞也。

注释

①元凤三年：即公元前78年。

②泰山：古代郡名，郡治在今山东省泰安市东北。

译文

汉昭帝元凤三年正月，泰山郡芜莱山南麓，闹哄哄的像有几千个人的声音。人们去那里看，有一块大石头自己耸立起来，高一丈五尺，大四十八围，埋入地下八尺，有三只石头脚。石头立起来后，有白羽乌鸦几千只聚集在它的旁边。这是汉宣帝中兴的吉兆。

食叶成文

原文

昭帝时，上林苑^①中大柳树断，仆地。一朝起立，生枝叶。有虫食其叶，成文字，曰"公孙病已立"^②。

注释

①上林苑：汉代宫苑。故址在今西安。
②公孙：诸侯王的孙子。病已：汉宣帝刘询的原名。据颜师古注，盖因幼时遭屯难而多病苦，故名病已，后改名为询。

译文

汉昭帝的时候，上林苑中一棵大柳树折断，倒在地上。有一天它又立了起来，长出了新的枝叶。有虫子吃它的叶子，咬出文字，是："公孙病已立。"

狗冠出朝门

原文

昭帝时，昌邑王贺见大白狗冠方山冠而无尾^①。至熹平中^②，省内冠狗，带绶以为笑乐。有一狗突出，走入司空府门^③。或见之者，莫不惊怪。京房《易传》曰："君不正，臣欲篡，厥妖狗冠出朝门。"

注释

①昌邑王：汉武帝之孙刘贺。方山冠：汉代宗庙祭祀时乐人戴的帽子。
②熹平：汉灵帝刘宏年号。
③司空：古代官名。周代为六卿之一；汉代改御史大夫为大司空，与大司马、大司徒并列为三公，后改为司空，历代沿用；明代废除。

译文

汉昭帝的时候，昌邑王刘贺看见大白狗戴着方山冠却没有尾巴。到熹平年间，宫禁

搜神记

之内给狗戴帽子，系上印绶带来娱乐。有一条狗突然跑出朝门，跑进司空衙门。看见这条狗的人，都觉得十分惊奇。京房在《易传》中说："国君不端正，臣子想要篡权，妖兆就是狗戴了帽子跑出朝门。"

雌鸡化雄

原文

汉宣帝黄龙元年①，未央殿辂軨中雌鸡化为雄②，毛衣变化，而不鸣，不将，无距③。元帝初元元年④，丞相府史家雌鸡伏子，渐化为雄，冠距鸣将。至永光中有献雄鸡生角者⑤。《五行志》以为王氏之应。京房《易传》曰："贤者居明夷之世⑥，知时而伤，或众在位，厥妖鸡生角。"又曰："妇人专政，国不静。牝鸡雄鸣⑦，主不荣。"

注释

①汉宣帝黄龙元年：即公元前49年。黄龙，汉宣帝刘询年号。

②未央殿：未央宫。故址在今陕西省西安市西北长安故城内西南隅。汉高帝七年建。

③距：雄鸡、雉等的腿的后面突出像脚趾的部分。

④元帝初元元年：即公元前48年。

⑤永光：汉元帝刘奭年号。

⑥明夷：《周易》卦名，即离下坤上。离为火，是光明之象，坤为地。古人认为日出地上才有光明，如果到了地下，其光明就会受到损伤，故称明夷。后来比喻昏君在上，贤人遭受艰难或不得志。

⑦牝（pìn）鸡：本意为母鸡，文中指专权的女人。

译文

汉宣帝黄龙元年，未央宫辂軨厩内的雌鸡变成了雄鸡，羽毛变了，却不啼叫，不率领鸡群，没有鸡距。汉元帝初元元年，丞相府史家有一只母鸡孵蛋，渐渐变成了公鸡，长出了鸡冠、鸡距，率领鸡群。到永光年间，有人献上一只长角的雄鸡。《五行志》中认为这是外戚王氏执政的预兆。京房在《易传》中说："贤能的人处在昏乱之世，忧时伤世，或平庸的人占据了要位，妖兆就是鸡长角。"又说："妇女独擅政权，国家不得安宁。雌鸡啼鸣，主人不兴旺。"

范延寿断讼

原文

宣帝之世，燕、岱之间^①，有三男共取一妇，生四子。及至将分，妻子而不可均，乃致争讼。廷尉范延寿断之曰^②："此非人类，当以禽兽，从母不从父也。请戮三男，以儿还母。"宣帝嗟叹曰："事何必古？若此，则可谓当于理而厌人情也。"延寿盖见人事而知用刑矣，未知论人妖将来之验也。

注释

①燕：旧时河北别称，也指河北北部地区。岱：古代国名。
②廷尉：古代官名，为九卿之一，主管刑狱。

译文

汉宣帝的时候，在燕岱两地之间，有三个男人合娶一个妻子，生了四个孩子。等到要分家的时候，妻子和孩子不能平均分了，竟打起官司来。廷尉范延寿断案说："这不是人类，和禽兽一样，可以跟着母亲，不跟父亲。请求杀掉这三个男人，把孩子还给母亲。"汉宣帝叹息说："事情为什么一定要依照古人呢？如果那样，就可以说是符合道理却压抑了人的感情。"范延寿大概是看到了人与事就知道施用刑罚，却不知道考虑人与妖在将来的应验。

天雨草

原文

汉元帝永光二年八月^①，天雨草，而叶相樛结^②，大如弹丸。至平帝元始三年正月^③，天雨草，状如永光时。京房《易传》曰："君吝于禄，信衰，贤去，厥妖天雨草。"

注释

①汉元帝永光二年：即公元前42年。
②樛（jiū）结：纠结。樛，盘缠。
③平帝元始三年：即公元3年。汉平帝，西汉皇帝刘衎，汉元帝之孙，汉成帝侄子，在位六年。元始为汉平帝刘衎年号。

译文

汉元帝永光二年八月，天上落草，草叶子互相缠绕，像弹丸一样大。到汉平帝元始三年正月，天上又落草，就像永光年间那样。京房在《易传》中说："君主各啬俸禄，信用衰微，贤人离去，妖兆就是天上落草。"

断槐复立

原文

元帝建昭五年，兖州刺史浩赏禁民私所自立社。山阳橐茅乡社有大槐树①，吏伐断之，其夜，树复立故处。说曰："凡枯断复起，皆废而复兴之象也。"是世祖之应耳。

注释

①山阳：古代县名，隶属河南郡管辖。故城在今河南省焦作市修武县一带。

译文

汉元帝建昭五年，兖州刺史浩赏禁止老百姓私自设立神社。山阳县橐茅乡的神社内有一棵大槐树，官吏砍断了它，那天夜里，槐树又立在原来的地方。解释说："凡是枯断的树再立起来，都是衰败的事情又兴盛的征兆。"这是世祖兴起的吉兆。

鼠巢

原文

汉成帝建始四年九月①，长安城南，有鼠衔黄藁、柏叶，上民冢柏及榆树上为巢，桐柏为多②。巢中无子，皆有干鼠矢数升。时议臣以为恐有水灾。鼠盗窃小虫，夜出昼匿。今正昼去穴而登木，象贱人将居贵显之占。桐柏，卫思后园所在也③。其后赵后自微贱登至尊④，与卫后同类。赵后终无子而为害。明年，有鸢焚巢杀子之象云⑤。京房《易传》曰："臣私禄罔干，厥妖鼠巢。"

注释

①汉成帝建始四年：即公元前29年。
②桐柏：古代地名。
③卫思后：汉武帝的皇后。巫蛊之祸后卫皇后被废自杀。
④赵后：赵飞燕，汉成帝时入宫，初为歌女，后被立为皇后。平帝即位后被废为庶人，后自杀。
⑤鸢（yuān）：指鹞鹰、老鹰之类的凶猛的鸟。

译文

汉成帝建始四年九月，在长安城南边，有老鼠衔了黄色的禾秆、柏树叶爬上老百姓坟墓边的柏树和榆树上做巢，多数在桐柏那个地方。窝中都没有幼鼠，却有几升干硬的老鼠屎。当时议事的大臣认为恐怕会发生水灾。老鼠是偷东西的小虫，夜里出来，白天隐藏。现在恰恰在白天离开洞穴鼠穴而爬上树木，象征着地位卑贱的人将要占据高贵显赫的位置。桐柏，是卫思后的花园所在地。从那以后，赵皇后从低下的地位登上了最高的地位，跟卫皇后一样。赵皇后最终没有子女而被害。第二年，说有老鹰烧掉了巢、杀死了小鹰的现象。京房在《易传》中说："臣下把俸禄视为私有，妄自侵占，妖兆就是老鼠在树上做巢。"

犬祸

原文

成帝河平元年①，长安男子石良、刘音相与同居。有如人状在其室中，击之，为狗，走出。去后，有数人披甲持弓弩至良家。良等格击②，或死或伤，皆狗也。自二月至六月乃止。其于《洪范》③，皆犬祸，言不从之咎也。

注释

①成帝河平元年：即公元前28年。河平是汉成帝刘骜的第二个年号。

②格击：格斗。

③《洪范》：指《洪范五行传》，以阴阳五行的变化及其占应来附会人事，说解吉凶。

译文

汉成帝河平元年，长安的男子石良、刘音同住在一起。有个长得像人一样的东西出现在他们的房间里，击打它，变成狗跑出去了。狗出去以后，有好几个人身披盔甲拿着弓弩来到石良家。石良等与他们搏斗，有的死，有的伤，都变成了狗。从二月一直到六月才结束。这在《洪范五行传》一书中，都说是狗作孽生祸，说的是不听从意见带来的祸殃啊。

鸟焚巢

原文

成帝河平元年二月庚子①，泰山山桑谷有䴔焚其巢②。男子孙通等闻山中群鸟䴔鹊声，往视之。见巢燃，尽堕池中，有三䴔鷇烧死③。树大四围，巢去地五丈五尺。《易》曰："鸟焚其巢，旅人先笑后号咷④。"后卒成易世之祸云。

注释

①河平元年：即公元前28年。

②山桑谷：山谷名，位于泰山中。䴔（yuān）：多写作"鸢"。俗称鹞鹰、老鹰。

③鷇（kòu）：由成年的鸟哺食的幼鸟。

④号咷（táo）：大哭。咷，哭。

译文

汉成帝河平元年二月庚子，泰山的山桑谷有老鹰焚烧自己的巢，男子孙通等人听见山里有成群的老鹰、喜鹊的声音，前去查看。看见鸟巢全部燃烧，落到水池里，有三只小鹰被烧死。树粗有四围，鸟巢离地面五丈五尺。《易经》中说："鸟烧掉了它的巢，旅客先笑，而后号啕大哭。"后来终于出现了改朝换代的灾祸。

雨鱼

原文

成帝鸿嘉四年秋①，雨鱼于信都②，长五寸以下。至永始元年春③，北海出大鱼④，长六丈，高一丈，四枚。哀帝建平三年⑤，东莱平度出大鱼，长八丈，高一丈一尺，七枚，皆死。灵帝熹平二年⑥，东莱海出大鱼二枚⑦，长八九丈，高二丈余。京房《易传》曰："海数见巨鱼，邪人进，贤人疏。"

注释

①成帝鸿嘉四年：即公元前17年。

②信都：古代县名，在今河北冀州市。

③永始元年：即公元前16年。

④北海：秦汉时对北方大海的统称。

⑤哀帝建平三年：即公元前4年。汉哀帝在位七年，共使用过建元、元寿两个年号。

⑥灵帝熹平二年：即公元173年。汉灵帝在位二十二年，共使用过建宁、熹平、兴和、中平四个年号。

⑦东莱海：今渤海莱州湾。

译文

汉成帝鸿嘉四年秋，信都天上下起了鱼来，鱼长不到五寸。到永始元年春天，北海出现大鱼，长六丈，高一丈，有四条。汉哀帝建平三年，东莱郡平度县出现大鱼，长八丈，高一丈一尺，有七条，都死了。汉灵帝熹平二年，东莱海中出现两条大鱼，长八九丈，高两丈多。京房在《易传》中说："海中屡次出现大鱼，邪恶的人被提拔，贤能的人被疏远。"

木生人状

原文

成帝永始元年二月①，河南街邮樗树生枝如人头②，眉目须皆具，亡发耳。至哀帝建平三年十月③，汝南西平遂阳乡有材仆地，生枝如人形，身青黄色，面白，头有髭发④，稍长大，凡长六寸一分。京房《易传》曰："王德衰，下人将起，则有木生为人状。"其后有王莽之篡。

卷六

注释

①成帝永始元年：即公元前16年。永始为汉成帝的年号。

②街邮：古亭名。樗（chū）树：木名，即臭椿。

③建平三年：即公元前4年。

④髭（zī）发：须发。

译文

汉成帝永始元年二月，河南街邮一棵樗树长出的树枝像人头，眉毛、眼睛、胡须都有，只是没有头发。到汉哀帝建平三年十月，汝南郡西平县遂阳乡有树倒在地上，长出的树枝像人的样子，身体青黄色，脸白色，头上有胡须、头发，渐渐长大，共长六寸一分。京房在《易传》中说："君王道德衰败，地位卑贱的人将兴起，就会有树木长成人的样子。"那以后就有了王莽篡权的事情。

马出角

原文

成帝绥和二年二月^①，大厩马生角^②，在左耳前，围长各二寸。是时王莽为大司马，害上之萌，自此始矣。

注释

①成帝绥和二年：即公元前7年。

②大厩：天子的马厩。

译文

汉成帝绥和二年二月，天子马厩中的马长出了角，在左耳的前面，周长各有两寸。这时候王莽担任大司马，谋害皇帝之心就是从这个时候开始的。

燕生雀

原文

> 成帝绥和二年三月，天水平襄有燕生雀①，哺食至大，俱飞去。京房《易传》曰："贼臣在国，厥咎燕生雀，诸侯销②。"又曰："生非其类，子不嗣世。"

注释

①天水：古代郡名，汉武帝所设，郡治在今甘肃省定西市通渭县西北一带。
②销：衰败。

译文

汉成帝绥和二年三月，天水郡平襄有只燕子生下麻雀，哺育到大，一起飞走了。京房在《易传》中说："奸臣执掌国政，妖兆就是燕子生下麻雀，诸侯衰败。"又说："生的不是自己的同类，子孙不能继承君位。"

三足驹

原文

> 汉哀帝建平三年①，定襄有牡马生驹②，三足，随群饮食。《五行志》以为：马，国之武用；三足，不任用之象也。

注释

①哀帝建平三年：即公元前4年。
②定襄：古代郡名。汉代所设，郡治在今内蒙古自治区和林格尔北县。

译文

汉哀帝建平三年，定襄有一匹公马生下马驹，有三只脚，跟着马群饮食。《五行志》认为：马，是国家的军用物资；出现三只脚的马，这是国家不任用人才的象征。

僵树自立

原文

哀帝建平三年①，零陵有树僵地②，围一丈六尺，长十丈七尺。民断其本，长九尺余，皆枯。三月，树卒自立故处。京房《易传》曰："弃正作淫，厥妖木断自属。妃后有颛③，木仆反立，断枯复生。"

注释

①建平：汉哀帝刘欣的年号。刘欣在位七年，共使用过建平、元寿两个年号。

②零陵：古代郡名。汉武帝元鼎六年（前111年），为加强对南越地区的统治设零陵郡，郡治零陵县，故城在今广西壮族自治区全州县西南。

③颛：通"专"字。文中有专权的意思。

译文

汉哀帝建平三年，零陵有棵树倒在地上，粗一丈六尺，长十丈七尺。老百姓砍断它的根，长九尺多，都枯干了。三月，这棵树自己立到了原来的地方。京房在《易传》中说："抛弃正道而实行淫乱，妖兆是树木断了自己连接起来。嫔妃、皇后专权，树倒了又再立了起来，砍断的枯树重新生长。"

儿啼腹中

原文

哀帝建平四年四月，山阳方与女子田无啬生子①。未生二月前，儿啼腹中，及生，不举②，葬之陌上。后三日，有人过，闻儿啼声，母因掘收养之。

注释

①山阳：古代郡名、国名。汉景帝封梁王武之子刘定为山阳王，分梁国东部数县置山阳国，国都为

昌邑县（县治在今山东巨野南）。刘定死后，国除为郡。汉武帝天汉四年（前97年），封皇子刘髆为昌邑王，以山阳郡置昌邑国。汉昭帝元平元年（前74年），昌邑国除为山阳郡。后屡次改制，至隋乃废。方与：古县名。县治在今山东省济宁市鱼台县以北。

②举：养育。

译文

汉哀帝建平四年四月，山阳郡方与县的女子田无啬生了儿子。在产前两个月，孩子就在腹中啼哭，等生下来后，田无啬不养育他，把他埋葬在田野里。过了三天，有个人经过，听见孩子的哭声。母亲于是掘开土收养了他。

西王母传书

原文

哀帝建平四年夏，京师郡国民聚会里巷阡陌，设张博具歌舞①，祠西王母。又传书曰："母告百姓，佩此书者不死。不信我言，视门枢下②，当有白发。"至秋乃止。

注释

①博具：六博等博戏用具。

②门枢：门扇上的转轴。

译文

汉哀帝建平四年夏天，京师郡的百姓在里巷田野上聚会，设置博戏用具，歌舞，祭祀西王母。又传布文书，说："西王母告示百姓，佩带这个文书的人不死。如果不相信我的话，去看门扇的转轴下面，会有白头发。"到了秋天才停止。

男子化女

原文

哀帝建平中①，豫章有男子化为女子②，嫁为人妇，生一子。长安陈凤曰："阳变为阴，将亡继嗣，自相生之象。"一曰："嫁为人妇，生一子者，将复一世乃绝。"故后哀帝崩，平帝没，而王莽篡焉③。

注释

①哀帝建平：汉哀帝建平年间，即从公元前6年到公元前3年。

②豫章：古代郡名。郡治在今江西省南昌市。

③王莽：字巨君，魏郡元城县（今河北省大名县）人。新朝开国皇帝，政治家、改革家。统治期间，复古改制，引发天下大乱。地皇四年，绿林军攻破长安，王莽死于乱军之中，享年67岁。

译文

汉哀帝建平年间，豫章郡有男人变成了女人，嫁给人家做媳妇，生了一个孩子。长安人陈凤说："男人变成女人，将没有子孙，是自行相生的兆象。"另一种说法是："嫁给人家当媳妇，生了一个孩子，将再过一世就绝后了。"所以后来汉哀帝逝世，汉平帝身故，王莽篡夺了帝位。

人死复生

原文

汉平帝元始元年二月①，朔方广牧女子赵春病死②。既棺殓，积七日，出在棺外，自言见夫死父，曰："年二十七，汝不当死。"太守谭以闻③。说曰："至阴为阳，下人为上，厥妖人死复生。"其后王莽篡位。

注释

①元始元年：即公元1年。

②朔方：古代郡名。西汉所设，治所在朔方（今内蒙古自治区杭锦旗北）。广牧：古代县名，故治在今内蒙古自治区巴彦淖尔市五原县西南。

③谭：通"谈"。

译文

汉平帝元始元年二月，朔方郡广牧县女子赵春病死。已经殓入棺材，过了七天，她走到棺材外，说自己见到了死去的父亲，父亲对她说："年纪二十七岁，你不应当死。"这是朔方太守谈话说的。解释说："极盛的阴气转变为阳气，地位低下的人变成高贵的人，妖兆是人死而复生。"在这之后王莽篡夺皇位。

人生两头

原文

汉平帝元始元年六月，长安有女子生儿，两头两颈，面俱相向，四臂共胸，俱前向，尻上有目①，长二寸所。京房《易传》曰："'暌孤②，见豕负涂。'厥妖人生两头。下相攘善，妖亦同。人若六畜首目在下，兹谓亡上，政将变更。厥妖之作，以谴失正，各象其类。两颈，下不一也；手多，所任邪也；足少，下不胜任，或不任下也。凡下体生于上，不敬也；上体生于下，媟渎也③。生非其类，淫乱也；人生而大，上速成也；生而能言，好虚也。群妖推此类。不改，乃成凶也。"

注释

①尻（kāo）：臀部。

②暌（kuí）孤：离家在外的孤子。

③媟（xiè）渎：亵狎，轻慢。

译文

汉平帝元始元年六月，长安有个女人生儿子，两个头两个脖子，面孔互相对着，四条手臂共在一个胸腔上，都向前伸，臀部长着眼睛，长二寸左右。京房在《易传》中说："'孤儿在外，看见猪爬在泥涂中。'妖兆是人长两个头。臣下互相侵夺功绩，妖兆与此相同。人或六畜的头和眼睛长在身体下，这意味着国君要死亡，政权将会变动。妖兆的出现，是谴责国家丧失了正道，这些反常现象分别象征君主相应的失误。两个脖子，是臣下不齐心；手多，是被任用的人邪恶；脚少，是臣下不能胜任官职，或君主没有任用臣下。凡是身体的下部长在上部的，是不恭敬；身体的上部长在下部的，是轻慢亵狎。生下的不是同类，是淫乱；人生下来就长得大，是君上急于求成；生下来就会说话，是喜欢虚浮。各种妖兆依此类推。不改正，就会酿成灾祸了。"

三足乌

原文

汉章帝元和元年^①，代郡高柳乌生子^②，三足，大如鸡，色赤，头有角，长寸余。

注释

①汉章帝元和元年：即公元84年。元和为汉章帝刘炟年号。
②代郡：古代郡名。为战国时赵国所设，故城在今河北省张家口市蔚县西南一带。

译文

汉章帝元和元年，代郡高柳县有只乌鸦生下小乌鸦，有三只脚，像鸡一样大，红色，头上长着角，角长有一寸多。

德阳殿蛇

原文

汉桓帝即位，有大蛇见德阳殿上^①。洛阳市令淳于翼曰^②："蛇有鳞，甲兵之象也。见于省中，将有椒房大臣受甲兵之象也^③。"乃弃官遁去。到延熹二年^④，诛大将军梁冀^⑤，捕治家属，扬兵京师也。

注释

①德阳殿：为东汉皇宫中的一座大殿。
②市令：古代官名，负责管理市场的官员。
③椒房：皇后居住的宫殿。后来为后妃代称。
④延熹二年：即公元159年。
⑤梁冀（？—159年）：字伯卓，安定郡乌氏县（今宁夏固原东南）人。东汉时期的外戚、奸臣。

译文

汉桓帝即位的时候，有大蛇出现在德阳殿上。洛阳市令淳于翼说："蛇有鳞，这是铠甲和兵器的象征。出现在禁宫之内，是椒房大臣将有人受到兵甲之祸的象征。"于是丢弃官职隐遁而去。到延熹二年，诛杀大将军梁冀，逮捕惩治他的亲属，在京城中动用了兵力。

雨肉

原文

汉桓帝建和三年秋七月[1]，北地廉雨肉[2]，似羊肋，或大如手。是时梁太后摄政[3]，梁冀专权，擅杀诛太尉李固、杜乔[4]，天下冤之。其后，梁氏诛灭。

注释

①建和三年：即公元149年。

②北地：古代郡名，秦代所设，汉代沿置。管辖范围大约在今陕西、甘肃、宁夏一带。廉：古代县名。

③梁太后：汉顺帝皇后，梁冀之妹。顺帝崩，立冲帝，梁太后临朝摄政。

④李固（94—147年）：字子坚，汉中南郑（今陕西汉中）人。东汉中期名臣，司徒李郃之子。年轻时便博览群书、学识渊博，屡次不受辟命。后被大将军梁商任命为从事中郎，后任荆州刺史、泰山太守，成功平息两地的叛乱，之后对朝廷屡有谏言，颇有裨益。历任将作大匠、大司农、太尉，汉顺帝驾崩后为梁皇后所倚重，但受到梁冀的忌恨。质帝驾崩后，与梁冀争辩，不肯立刘志（即汉桓帝）为帝，最后遭梁冀诬告杀害。

译文

汉桓帝建和三年秋季七月，北地郡廉县下肉雨，像羊的肋肉，有的像手掌那么大。当时梁太后摄政，梁冀独掌大权，擅自诛杀太尉李固、杜乔，天下的人都认为他们是冤屈的。从那以后，梁家被诛灭了。

梁冀妻妆

原文

汉桓帝元嘉中[1]，京都妇女作愁眉、啼妆、堕马髻、折腰步、龋齿笑[2]。愁眉者，细而曲折。啼妆者，薄拭目下，若啼处。堕马髻者，作一边。折

腰步者，足不任下体。龋齿笑者，若齿痛，乐不欣欣。始自大将军梁冀妻孙寿所为，京都翕然③，诸夏效之④。天戒若曰："兵马将往收捕。妇女忧愁，蹙眉啼哭⑤；吏卒挚顿，折其腰脊，令髻邪倾；虽强语笑，无复气味也。"到延熹二年⑥，冀举宗合诛。

注释

①元嘉：汉桓帝年号，公元151—153年。

②龋（qǔ）齿笑：女子做作的笑容。

③翕（xī）然：一致的样子。

④诸夏：古代中原地区华夏族的自称，这里指各诸侯国。《论论·八佾》："夷狄之有君，不如诸夏之亡也。"

⑤蹙（cù）眉：皱眉。

⑥延熹二年：即公元159年。延熹是汉桓帝的年号。

译文

汉桓帝元嘉年间，京城的妇女流行愁眉、啼妆、堕马髻、折腰步、龋齿笑。所谓愁眉，就是眉毛画得细而且曲折。所谓啼妆，就是眼睛下薄薄涂脂粉，好像哭过了一样。所谓堕马髻，就是把发髻偏在一边。所谓折腰步，就是走路的时候双脚承受不了身体。所谓龋齿笑，就是好像牙齿痛，不是高兴的笑。从大将军梁翼的妻子孙寿梳妆开始，京城风行，各诸侯国也都仿效她。上天这样告诫说："军队将前来收捕。妇女忧愁，皱眉啼哭；官吏强夺，折断她们的腰脊骨，使发髻倾斜；即使勉强说笑，不再有那份情调。"到了延熹二年，梁冀全族都被诛杀。

牛生鸡

原文

桓帝延熹五年①，临沅县有牛生鸡②，两头四足。

注释

①延熹五年：即公元162年。

②临沅：古代县名，故城在今湖南省常德市以西一带。

译文

汉桓帝延熹五年，临沅县有一头牛生出一只鸡，鸡有两个头和四只脚。

赤厄三七

原文

　　汉灵帝数游戏于西园中①，令后宫采女为客舍主人，身为估服②，行至舍间，采女下酒食，因共饮食，以为戏乐。是天子将欲失位，降在皂隶之谣也③。其后天下大乱。古志有曰："赤厄三七④。""三七"者，经二百一十载，当有外戚之篡，丹眉之妖。篡盗短祚⑤，极于三六，当有飞龙之秀，兴复祖宗。又历"三七"，当复有黄首之妖，天下大乱矣。自高祖建业，至于平帝之末，二百一十年，而王莽篡，盖因母后之亲。十八年而山东贼樊子都等起⑥，实丹其眉，故天下号曰"赤眉"。于是光武以兴祚，其名曰秀。至于灵帝中平元年⑦，而张角起⑧，置三十六方，徒众数十万，皆是黄巾，故天下号曰"黄巾贼"。至今道服由此而兴。初起于邺⑨，会于真定⑩，诳惑百姓曰："苍天已死，黄天立。岁名甲子年，天下大吉。"起于邺者，天下始业也，会于真定也，小民相向跪拜趋信，荆、扬尤甚。乃弃财产，流沉道路，死者无数。角等初以二月起兵，其冬十二月悉破。自光武中兴至黄巾之起，未盈二百一十年，而天下大乱，汉祚废绝，实应"三七"之运。

注释

①西园：汉代上林苑别名。
②估服：商贩的服装。
③皂隶：差役。
④赤厄：指汉朝国运将衰。汉为火德，火色赤，故称。

⑤短祚（zuò）：皇帝在位年限短。祚：福。

⑥樊子都：樊崇（？—27年），字细君，琅邪（今山东诸城）人。西汉末年农民起义军"赤眉军"领袖。

⑦中平元年：即公元184年。

⑧张角（？—184年）：中国东汉末年农民起义军"黄巾军"领袖。

⑨邺：古代县名。故城在今河北省邯郸市临漳县城西南。

⑩真定：汉代国名。汉武帝元鼎四年（前113年），封常山宪王之子刘平为真定王，割常山郡治所真定县及附近数县置真定国。真定县故城在今河北省石家庄市正定县以南。

译文

汉灵帝多次在西园里游戏，叫后宫宫女充当旅舍主人，他身穿商贩的服装，走到旅舍里，宫女摆下酒菜，于是一起喝酒吃菜，以此作为游戏取乐。这是天子将要失去帝位，降身为差役的流言。那以后天下大乱。古代志书有这种说法："赤色厄运三七。""三七"，是指经过二百一十年，会有外戚篡位，赤眉的妖祸。篡位盗贼福短，限于三六之数，会有飞龙之秀，来兴复祖业。又经过"三七"，会有黄首的灾祸，天下就大乱了。从汉高祖建立帝业，到汉平帝末年，历经二百一十年，之后王莽篡位，都是因为皇太后的亲戚。十八年后山东盗贼樊崇、刁子都等人起义，确实染红了眉毛，所以天下称为"赤眉"。这时候光武帝复兴皇位，他名叫刘秀。到了汉灵帝中平元年，张角起义，设三十六方，有信徒几十万，都是头裹黄巾，所以天下称为"黄巾贼"。至今的道教服装从此兴起。起初黄巾军在邺起事，在真定会合，欺骗百姓说："苍天已死，黄天当立。岁在甲子，天下大吉。"在邺起事，是天下开始行事，在真定聚集，老百姓都向他们跪拜，相信跟随，在荆州、扬州尤其盛行。于是人们抛弃财产，在道路上流落，死了无数的人。张角等人在二月起义，那年冬季十二月都被攻破。从光武帝中兴到黄巾军起义，未满二百一十年，天下大乱，汉朝皇位被废止，正应验"三七"的运数。

长短衣裾

原文

灵帝建宁中①，男子之衣好为长服，而下甚短；女子好为长裾②，而上甚短。是阳无下而阴无上，天下未欲平也。后遂大乱。

注释

①建宁：东汉灵帝刘宏年号。

②裾（jū）：衣服前后襟。泛指衣服的前后部分。

译文

汉灵帝建宁年间，男人穿衣服喜欢上衣长，而下衣很短；女人喜欢穿长裙子，而上衣很短。这是阳气没有下而阴气没有上，天下不会太平。后来终于天下大乱了。

夫妇相食

原文

灵帝建宁三年春①，河内有妇食夫②，河南有夫食妇。夫妇阴阳二仪，有情之深者也，今反相食。阴阳相侵，岂特日月之眚哉③！灵帝既没，天下大乱，君有妄诛之暴，臣有劫弑之逆④，兵革相残，骨肉为仇，生民之祸极矣。故人妖为之先作。而恨不遭辛有、屠黍之论⑤，以测其情也。

注释

①建宁三年：即公元170年。
②河内：黄河以北地区。
③眚（shěng）：本意为日蚀、月蚀，文中指灾祸。
④弑（shì）：卑幼者杀死尊长者为弑。
⑤辛有：周朝大夫。屠黍：晋国太史。

译文

汉灵帝建宁三年春天，河内地区有妻子吃丈夫，河南地区有丈夫吃妻子。夫妻阴阳相配，是有深厚感情的人，如今反而相互吃掉。阴阳互相侵犯，岂止是日月的灾祸呢！汉灵帝死了以后，天下大乱，君上有随意诛杀的暴虐，臣下有劫持杀君上的叛逆，以武力相残杀，亲骨肉成为仇敌，老百姓的灾祸达到极点了。所以人为的灾祸就首先出现了。遗憾的是，没有遇到辛有、屠黍那样的人来议论，以测定它的情由。

寺壁黄人

原文

灵帝熹平二年六月①，洛阳民讹言②：虎贲寺东壁中③有黄人，形容须眉良是。观者数万，省内悉出，道路断绝。到中平元年二月④，张角兄弟起兵冀州，自号"黄天"。三十六方，四面出和。将帅星布，吏士外属。因其疲瘘⑤牵而胜之。

注释

①熹平二年：即公元173年。

②讹言：谣传。

③虎贲寺：洛阳寺院名。

④中平元年：即公元184年。

⑤馁：同"馁"字，饥饿之意。

译文

汉灵帝熹平二年六月，洛阳的百姓谣传：虎贲寺东面墙壁中有黄人，模样、胡须、眉毛确实很像人。观看的人有好几万，皇宫里的人都去了，路上交通阻塞。到灵帝中平元年二月，张角兄弟在冀州起义，自称"黄天"。设立三十六方，四方的人都响应。黄巾军将帅众多，朝廷的官吏、士卒做他们的内应。乘他们疲倦而又饥饿时，才牵制住他们，把他们打败。

木不曲直

原文

灵帝熹平三年①，右校别作中有两樗树②，皆高四尺许。其一株宿昔暴长③，长一丈余，粗大一围④，作胡人状，头目鬓须发俱具。其五年十月壬午，正殿侧有槐树，皆六七围，自拔，倒竖，根上枝下。又中平中，长安城西北六七里，空树中有人面，生鬓。其于《洪范》，皆为木不曲直⑤。

注释

①熹平三年：即公元174年。

②右校：古代官名，负责管理工徒。别作：附属的作坊。樗（chū）树：臭椿。

③宿昔：很短的时间内。

④围：古代用于计量周长的单位，具体尺寸无从考据。

⑤木不曲直：树木本是或曲或直，因生长不畅，多折槁而失其本性。

译文

汉灵帝熹平三年，右校官署附属的作坊中有两株樗树，都高四尺多。其中一株短时间内突然长高，高一丈多，树干粗大有一围，长成胡人的模样，头、眼睛、鬓角、胡须、头发都具备。熹平五年十月壬午那天，正殿的侧边有槐树，都有六七围粗，自行拔根，倒立，树根在上，树枝在下。另外中平年间，长安城西北六七里的地方，在一棵空树中有人脸的模样，长有鬓发。这在《洪范》一书中，都是树木失其本性的灾变。

雌鸡欲化雄

原文

灵帝光和元年①，南宫侍中寺雌鸡欲化为雄②，一身毛皆似雄，但头冠尚未变。

注释

①光和元年：即公元178年。

②南宫：宫殿名。侍中：古代官名。秦汉时侍中为供皇帝指派的散职，西汉时为正规官职外的加官。汉武帝后侍中地位渐高，等级超过侍郎。魏晋后侍中往往成为事实上的宰相。唐宋该职得以沿置以至元。元后废止。

译文

汉灵帝光和元年，南宫的侍中衙署里有一只雌鸡将要变成雄鸡，全身羽毛都变得如同雄鸡一般，只有头上鸡冠还没有改变。

儿生两头

原文

灵帝光和二年①，洛阳上西门外女子生儿。两头，异肩，共胸，俱前向。以为不祥，堕地，弃之。自是之后，朝廷霿乱②，政在私门③，上下无别，二头之象。后董卓戮太后④，被以不孝之名，放废天子，后复害之。汉元以来⑤，祸莫逾此⑥。

注释

①光和二年：即公元179年。

②霿（méng）乱：黑暗纷乱。

③私门：有权势的人。

④董卓（？—192年）：字仲颖，陇西临洮（今甘肃省定西市岷县）人。东汉末年权臣，因废汉少帝立汉献帝并挟持号令，东汉政权从此名存实亡。董卓原本屯兵凉州，汉少帝刘辩继位时，受辅政大将军何进（汉灵帝何皇后的哥哥）之召率军进京，旋即掌控朝中大权。后董卓废少帝刘辩而立献帝刘协，又以何太后不孝敬婆母永乐皇太后（汉灵帝刘宏的母亲）致其忧死为名，迁何太后于永乐

宫。不久又借故杀了刘辩，毒死了何太后。后董卓为其亲信吕布所杀。戮：杀。

⑤元：开端。文中指建国。

⑥逾：经过。

译文

汉灵帝光和二年，洛阳上西门外有一个妇女生下儿子。此子有两个头，各有肩，共用一个胸，都朝着前面。她认为不吉利，生下就把他扔掉了。从此以后，朝廷昏乱，国家政权由权臣把持，国君和臣下没有分别，这是人有两个头的兆象。后来董卓杀太后，背上不孝的罪名，放逐被废黜的天子，后来又害死他。

自汉朝建立以来，灾祸没有比这更严重的了。

梁伯夏后

原文

光和四年①，南宫中黄门寺有一男子②，长九尺，服白衣。中黄门解步呵问："汝何等人？白衣妄入宫掖③！"曰："我，梁伯夏后。天使我为天子。"步欲前收之，因忽不见。

注释

①光和四年：即公元181年。

②中黄门寺：中黄门官舍。中黄门，宫廷里的太监。寺，官署，官舍。

③宫掖：皇宫。掖，掖庭，宫中旁舍，也指嫔妃居住的地方。

译文

光和四年，南宫的中黄门官署内有一个男人，身长九尺，穿白色的衣服。中黄门解步责问道："你是什么人？穿了白衣服乱闯宫廷！"那人说："我，是梁伯夏的后代。天帝派我来做天子。"解步想上前逮住他，那人忽然就不见了。

草作人状

原文

光和七年①，陈留济阳、长垣，济阴，东郡，冤句，离狐界中②，路边生草，悉作人状，操持兵弩；牛马龙蛇鸟兽之形，白黑各如其色，羽毛、头、目、足、翅皆备，非但彷彿③，像之尤纯。旧说曰："近草妖也。"是岁有黄巾贼起，汉遂微弱。

注释

①光和七年：即公元184年。
②陈留：古代郡名，汉武帝时所设，治所在陈留。济阳、长垣：为陈留郡属地。济阴：古代郡名，汉代所设。东郡：古代郡名，秦代所设，治所在濮阳。冤句：古代县名，因黄河水患，故址无存。离狐：古代县名，故城在今山东省菏泽市牡丹区西北。
③彷（fǎng）彿（fú）：大体相似。

译文

汉灵帝光和七年，陈留郡济阳县、长桓县，济阴郡，东郡，冤句县，离狐县境内，路边长草，都长成人的模样，拿着兵器弓箭；长成牛、马、龙、蛇、鸟、兽的形状，白的黑的各是各的颜色，羽毛、头、眼睛、脚、翅膀都很齐备，不仅仅是大体相似，而是特别相像。过去的说法是："是草作怪。"这一年有黄巾军起义，汉朝于是衰弱了。

两头共身

原文

灵帝中平元年六月壬申①，洛阳男子刘仓，居上西门外，妻生男，两头共身。至建安中②，女子生男，亦两头共身。

注释

①中平元年：即公元184年。

②建安：汉献帝刘协年号。

译文

汉灵帝中平元年六月壬申，洛阳男子刘仓，居住在上西门之外，他的妻子生了个男孩，两个头同长在一个身子上。到了建安年间，有一个妇女生下个男孩，同样是两个头同长在一个身子上。

怀陵雀

原文

中平三年八月中①，怀陵上有万余雀②，先极悲鸣，已因乱斗，相杀，皆断头，悬着树枝枳棘③。到六年，灵帝崩。夫陵者，高大之象也；雀者，爵也。天戒若曰："诸怀爵禄而尊厚者，还自相害，至灭亡也。"

注释

①中平三年：即公元186年。

②怀陵：汉冲帝刘昺的陵墓。

③枳（zhǐ）棘：本意为枳木和棘木。后常用来比喻恶人或小人。

译文

中平三年八月中，怀陵上有一万多只麻雀，开始极其悲哀地鸣叫，后来便乱斗，自相残杀，头都断了，悬挂在树枝与荆棘丛上。到中平六年，汉灵帝驾崩。陵，是高大的象征；雀，就是爵。上天这样警诫说："那些拥有爵位、俸禄而尊贵的人，如果自相残害，是自取灭亡。"

魁檑挽歌

原文

汉时，京师宾婚嘉会，皆作魁檑①，酒酣之后，续以挽歌。魁檑，丧家之乐；挽歌，执绋相偶和之者②。天戒若曰："国家当急殄悴③，诸贵乐皆

卷六

死亡也。"自灵帝崩后，京师坏灭，户有兼尸虫而相食者，"魁櫑""挽歌"，斯之效乎？

注释

①魁櫑（lěi）：即"傀儡"，本为丧家之乐，后演变成木偶戏。
②绋（fú）：牵引棺材的绳子。
③殄（tiǎn）悴（cuì）：又作"殄瘁"。困穷之意。

译文

汉朝时期，京师的宴会、婚嫁喜事，都会表演傀儡戏，喝酒尽兴时，接着唱挽歌。傀儡戏，是丧家之乐；挽歌，是引棺入穴的人相互应和的哀歌。上天这样告诫说："国家很快就会陷入困苦，那些欢乐的贵人都要死去了。"自从汉灵帝驾崩后，京师毁坏，每户人家都有兼尸虫相互啃食的事情。"傀儡戏""挽歌"，这就是它的效应吗？

京师童谣

原文

灵帝之末，京师谣言曰："侯非侯，王非王，千乘万骑上北邙①。"到中平六年②，史侯登蹑至尊③。献帝未有爵号，为中常侍段珪等所执，公卿百僚，皆随其后，到河上，乃得还。

注释

①北邙：即邙山，因在洛阳之北，故名。
②中平六年：即公元189年。
③史侯：汉少帝刘辩。至尊：指天子。

译文

汉灵帝末年，京城有歌谣说："侯非侯，王非王，千乘万骑上北邙。"到中平六年，史侯刘辩登上天子位。当时汉献帝还没有爵号，被中常侍段珪等人所劫持，公卿百官，都跟在他的后面，一直走到黄河边上，才得以返回。

桓氏复生

原文

汉献帝初平中[①]，长沙有人姓桓氏，死，棺敛月余。其母闻棺中有声，发之，遂生。占曰："至阴为阳，下人为上。"其后曹公由庶士起[②]。

注释

①初平：汉献帝刘协年号。
②庶士：小吏。

译文

汉献帝初平年间，长沙有个人姓桓，死了，用棺材装殓一个多月了。他母亲听见棺材中有声音，打开棺材，（这个人）就活了。占卦说："阴气极盛转变为阳气，卑下的人占据上位。"后来曹操便从官府小吏的身份发达起来。

建安人妖

原文

献帝建安七年①，越巂有男子化为女子②。时周群上言③："哀帝时亦有此变，将有易代之事。"至二十五年，献帝封山阳公④。

注释

①建安七年：即公元202年。建安为汉献帝年号。

②越巂（xī）：古代郡名，汉代所设，管辖范围在今四川省西昌市一带。

③周群：蜀臣，初仕刘璋，刘备定蜀后任命为儒林校尉。长于望云测天，还继承了西汉天文学家落下闳的天文历算之术，被蜀人尊称为"后贤"。

④献帝封山阳公：汉献帝建安二十五年（220年），曹丕篡位，废汉献帝为山阳公。

译文

汉献帝建安七年，越巂郡有个男人变成了女人。当时周群上书说："哀帝时也有这种变化，将要有改朝换代的事。"到建安二十五年，汉献帝被废，封为山阳公。

荆州童谣

原文

建安初，荆州童谣曰："八九年间始欲衰，至十三年无孑遗。"言自中兴以来①，荆州独全；及刘表为牧②，民又丰乐，至建安九年当始衰。始衰者，谓刘表妻死，诸将并零落也。十三年无孑遗者，表又当死，因以丧败也。是时华容有女子③，忽啼呼曰："将有大丧。"言语过差，县以为妖言，系狱。月余，忽于狱中哭曰："刘荆州今日死。"华容去州数百里，即遣马里验视，而刘表果死。县乃出之。续又歌吟曰："不意李立为贵人。"后无几，曹公平荆州，以涿郡李立，字建贤为荆州刺史。

注释

①中兴：文中指光武帝刘秀重建刘汉政权。

②刘表：汉末群雄之一，为汉室宗亲，任荆州牧，故称"刘荆州"。牧：国君或州郡长官。

③华容：古代县名。西汉始设，治所在今湖北潜江市西南，南朝梁国废止，东汉建安十三年（208

年）赤壁战败后曹操北归曾取道于此。

译文

汉献帝建安初年，荆州地区流传有童谣说："建安八九年间开始衰落，到十三年就没有遗留了。"这是说汉代从汉光帝中兴以来，荆州能独自保全，等到刘表任荆州牧，老百姓丰收欢乐，到建安九年便要开始衰落了。所谓开始衰落，是指刘表的妻子死去，许多将领也都衰亡。所谓十三年没有什么遗留，是指刘表又要死了，荆州于是就衰败了。这时候华容县有个女子，忽然啼哭着说："将会有大的丧事。"言语太过荒谬了，县官认为这是妖言，把她逮捕入狱。一个多月后，她忽然在狱中哭着说："刘荆州今天死了。"华容县距离荆州治所有几百里，县里就马上派人骑快马去验看，刘表果然死了。县里这才把她放了出来。她接着又吟唱道："想不到李立成了地位显赫的人物。"后来没过多久，曹操平定荆州，任命涿郡叫李立，字建贤的人当了荆州刺史。

树出血

原文

> 建安二十五年正月①，魏武在洛阳起建始殿②，伐濯龙树而血出③。又掘徙梨，根伤而血出。魏武恶之，遂寝疾，是月崩。是岁，为魏文黄初元年④。

注释

①建安二十五年：即公元220年。
②魏武：指曹操。曹丕，即魏文帝，称帝后尊其父曹操为魏武帝。建始殿：古代洛阳宫殿名。
③濯龙：汉代宫苑名，位于今河南省洛阳市西南。
④魏文黄初元年：即公元220年。魏文指魏文帝曹丕。黄初为魏文帝年号。

译文

建安二十五年正月，魏武帝曹操在洛阳修筑建始殿，砍伐濯龙宫中的树木，树木流出血来。又挖掘迁移梨树，梨树根被碰伤而流出血来。曹操很厌恶这件事，于是就卧病不起，当月就去世了。这一年，是魏文帝黄初元年。

燕巢生鹰

原文

> 魏黄初元年，未央宫中有鹰生燕巢中①，口爪俱赤。至青龙中②，明帝为凌霄阁。始搆③，有鹊巢其上。帝以问高堂隆④，对曰："《诗》云：'惟鹊有巢，惟鸠居之。'今兴起宫室，而鹊来巢，此宫室未成，身不得居之象也。"

注释

①未央宫：西汉宫殿，位于西汉都城长安西南。因在长乐宫以西，也称西宫。

②青龙：魏明帝曹叡年号。曹叡在位十四年共用过三个年号，分别为太和、青龙、景初。

③搆（gòu）：架屋，营建。

④高堂隆：字昇平，平阳人。魏明帝时任散骑常侍。

译文

魏黄初元年，未央宫中有一只老鹰出生在喜鹊的巢穴中，嘴和爪都呈红色。到青龙年间，魏明帝建造凌霄阁。刚开始造起，就有喜鹊在那上面做巢。魏明帝拿这件事去问高堂隆，说："《诗经》中说：'喜鹊筑成巢，鸤鸠来居住。'现在兴建宫室，就有喜鹊来做巢，这是宫殿还没有落成，而您不能去居住的象征。"

妖马

原文

> 魏齐王嘉平初①，白马河出妖马②，夜过官牧边鸣呼，众马皆应。明日，见其迹，大如斛③，行数里，还入河。

注释

①嘉平：魏齐王曹芳年号。魏齐王曹芳是魏明帝曹叡的养子，明帝无子，死后由八岁的曹芳即位。嘉平元年（249年），司马懿以谋反罪诛曹爽及其党羽，独揽曹魏军政大权。嘉平五年（254年），曹芳被司马懿之子司马师所废。

②白马河：位于今河北省衡水市饶阳县以南一带。

③斛（hú）：古代量器，一斛为十斗。

译文

魏齐王嘉平初年，白马河出现怪马，夜间经过官府牧场旁嘶叫，牧场里的群马都跟着应和嘶叫。第二天，看见妖马的脚印像斗斛一样大，它走了好几里，回到了河里。

燕生巨鷇

原文

魏景初元年，有燕生巨鷇于卫国李盖家[1]，形若鹰，吻似燕。高堂隆曰："此魏室之大异，宜防鹰扬之臣于萧墙之内[2]。"其后宣帝起[3]，诛曹爽，遂有魏室。

注释

①鷇（kòu）：雏鸟。

②鹰扬：威武的样子。后成为武官名号。萧墙：古代宫室内作为屏障的矮墙。后指内部。

③宣帝：晋宣帝司马懿。其孙司马炎被封晋王后，追封司马懿为宣王。司马炎称帝后，追尊司马懿为晋宣帝。

译文

魏景初元年，卫国县李盖家有只燕子孵出只巨大的雏鸟，形状像老鹰，喙像燕子。高堂隆说："这是魏王朝的大怪事，应该防范朝廷里勇武的大臣。"后来司马懿发动了政变，诛杀了曹爽，就掌握了魏国的政权。

谯周书柱

原文

蜀景耀五年[1]，宫中大树无故自折。谯周深忧之，无所与言，乃书柱曰："众而大，期之会。具而授，若何复？"言曹者，众也；魏者，大也。众而大，天下其当会也。具而授，如何复有立者乎？蜀既亡，咸以周言为验。

注释

①景耀五年：即公元262年。景耀为三国蜀汉后主刘禅年号。

译文

蜀景耀五年，宫中的大树没有缘由地自己折断了。谯周深深地为此担忧，没有地方可以说话，于是在屋柱子上写道："众而大，期之会。具而授，若何复？"这是说曹氏一族是众多的，魏国是强大的，众多而强大，天下应当被统一。完全授予他人，怎么能再有立为君主的人呢？蜀汉灭亡以后，都认为谯周的话很灵验。

孙权死征

原文

吴孙权太元元年八月朔[1]，大风，江海涌溢，平地水深八尺。拔高陵树二千株[2]，石碑差动，吴城两门飞落。明年，权死。

注释

①太元元年：即公元251年。太元为三国东吴国主孙权年号。朔：指旧历每月初一。
②高陵：孙权父孙坚的陵墓。在今江苏省丹阳市以西。

译文

吴国孙权太元元年八月初一，刮起大风，江海里的水翻涌上来，平地的积水有八尺深。大风刮倒了两千棵高陵上的树，石碑有些摇动，吴国国都建业城的两扇大门被刮飞后落下。第二年，孙权死了。

孙亮草妖

原文

> 吴孙亮五凤元年六月①，交阯稗草化为稻②。昔三苗将亡③，五谷变种。此草妖也。其后亮废。

注释

①孙亮五凤元年：即公元254年。孙亮是三国时期东吴政权的第二位皇帝，五凤为孙亮的年号。

②交阯：原为古地区名，泛指五岭以南。汉武帝时为所置十三刺史部之一，管辖范围相当于今广东、广西大部和越南的北部、中部。东汉末改为交州。另外，越南于10世纪建国后，宋朝也称其为交阯。稗（bài）草：植物名。叶子像稻，叶鞘无毛。实如黍米，可食用，或作饲料。杂生稻田中，对稻子生长有害。

③三苗：古代国名，在今江淮、荆州一带。

译文

吴国孙亮五凤元年六月，交阯郡有稗草变成了稻子。从前三苗将要灭亡的时候，五谷变了种。这是草变异作孽。后来孙亮被废除帝位了。

大石自立

原文

> 吴孙亮五凤二年五月①，阳羡县离里山大石自立②。是时孙晧承废故之家③，得复其位之应也。

注释

①五凤二年：即公元255年。

②阳羡：古县名，故城在今江苏省宜兴市以南。

③孙晧：三国时期东吴末代皇帝，公元264年—280年在位。孙权之孙，孙和之子。在位初期施明政，不久沉溺酒色，昏庸暴虐。280年吴国被西晋灭，孙晧投降，被封为归命侯。

译文

吴国孙亮五凤二年五月，阳羡县离里山的大石头自己立了起来。这是当时孙晧继承衰落的家业、能够恢复其帝位的预兆。

卷六

陈焦复生

原文

> 吴孙休永安四年①，安吴民陈焦死七日②，复生，穿冢出。乌程孙皓承废故之家得位之祥也③。

注释
①孙休永安四年：即公元261年。孙休，吴景帝，孙权第六子，十八岁时受封为琅琊王。孙亮太平三年（258年），孙綝政变，贬孙亮为会稽王，迎立孙休为帝。
②安吴：古代县名。东汉建安十三年（208年）孙权所设。
③乌程：吴景帝孙休永安元年，封孙皓为乌程侯。

译文
吴国孙休永安四年，安吴县的百姓陈焦死了七天，又活了，钻出坟墓。这是乌程侯孙皓继承衰落的家业，获得帝位的征兆。

孙休服制

原文

> 孙休后，衣服之制，上长下短，又积领五六①，而裳居一二②。盖上饶奢，下俭逼，上有余，下不足之象也。

注释
①领：形容衣服、铠甲的量词。
②裳：古代对下身衣物的统称。

译文
孙休以后，衣服的规格，上衣长下衣短，而且上衣有五六件，而下身只穿一两件。这大概是上面富饶奢侈，下面贫穷拮据，上面有余，下面不足的表象。

搜神记

卷 七

题解

    从汉末衰微、三国纷争到魏晋短暂统一，百姓一直处于水深火热之中，他们渴求精神上的慰藉，佛、道等宗教顺势发展起来。这些宗教为了更好地发展壮大，吸纳了很多预示吉凶的思想。在两汉时期，迷信风气愈演愈烈，灾异符瑞、精鬼神怪等传说流行起来。这种思想的内核是，天主宰着世间万物，是无所不能的存在；上天除了感受人间疾苦、帮助人类解决各种困难，还对人类进行监督。灾异符瑞就是这种监督的表现形式，无论贵族还是庶民，都受制于此。本卷辑录的正是这些灾异符瑞的内容。

开石文字

原文

    初，汉元、成之世，先识之士有言曰："魏年有和①，当有开石于西三千余里，系五马，文曰'大讨曹'。"及魏之初兴也，张掖之柳谷有开石焉。始见于建安②，形成于黄初③，文备于太和④。周围七寻⑤，中高一仞⑥，苍质素章，龙马、麟鹿、凤皇、仙人之象⑦，粲然咸著。此一事者，魏、晋代兴之符也。至晋泰始三年⑧，张掖太守焦胜上言："以留郡本国图校今石文⑨，文字多少不同。谨具图上。"案其文有五马象：其一，有人平上帻⑩，执戟而乘之；其一有若马形而不成。其字有"金"，有"中"，有"大司马"，有"王"，有"大吉"，有"正"，有"开寿"；其一成行，曰"金当取之"。

注释

①和：这里指魏明帝曹叡的年号太和。

②建安：东汉末年汉献帝年号。

③黄初：三国时期魏文帝曹丕年号。

④太和：魏明帝曹叡年号。

⑤寻：古代长度单位。八尺为一寻。

⑥仞：古代长度单位。七尺为一仞。一说，八尺为一仞。

⑦麟鹿：本意为大的鹿，这里指麒麟。

⑧泰始：晋武帝司马炎年号。司马炎共使用过泰始、咸宁、太康、太熙四个年号。

⑨留郡本国图：应指高堂隆的《张掖郡玄石图》。

⑩帻（zé）：古代包扎发髻的头巾。

译文

　　当初，在汉元帝、汉成帝年间，有远见的人曾说："魏朝的年号有'和'时，将会在西边三千多里的地方有裂开的石头，石纹形成五匹马，文字说'大讨曹'。"等到魏国刚兴起的时候，张掖郡的柳谷出现了裂开的石头。最早在建安年间出现，在黄初年间形成，到太和年间，文字都齐备了。这块石头宽有七寻，中间高一仞。青色质地，白色花纹，龙马、麒麟、凤凰、仙人的形象，都清楚地显现。这一件事，是魏晋代兴的符命。到晋朝泰始三年，张掖郡太守焦胜上奏说："拿留郡的玄石图校对现在的开石文字，文字略有不同。现在绘成图呈上。"查看图文，有五匹马的形象：其中一匹，有一个人戴着平头巾、拿着戟骑在马上；其中一匹，像马，但又没成型。上面的字里有"金"，有"中"，有"大司马"，有"王"，有"大吉"，有"正"，有"开寿"；其中有一组成行的文字，写的是"金当取之"。

142

西晋祸征

原文

晋武帝泰始初，衣服上俭下丰，着衣者皆厌腰①。此君衰弱，臣放纵之象也。至元康末②，妇人出两裆，加乎交领之上③。此内出外也。为车乘者，苟贵轻细，又数变易其形，皆以白篾为纯④。盖古丧车之遗象，晋之祸征也。

注释

①厌腰：束腰。
②元康：晋惠帝年号。
③交领：古代交叠于胸前的衣领。
④纯（zhǔn）：镶边。

译文

晋武帝泰始初，衣服上身简单、下身复杂，穿衣服的人都把上衣束在腰里。这是君主衰弱，臣子放纵的征兆。到元康末，女人的衣服做出两个裤裆，附着在交领上。这是内超出外的征兆。制作车辆的人，草率地以轻便细巧为贵，又多次改变车的形制，都用白色的薄竹片来镶边。这大概是古代出丧用的车留下来的形制，是晋朝遭受灾难的征兆。

翟器翟食

原文

胡床、貊盘①，翟之器也②。羌煮、貊炙③，翟之食也。自晋武帝泰始以来④，中国尚之⑤。贵人富室，必畜其器；吉享嘉宾，皆以为先。戎翟侵中国之前兆也。

注释

①胡床：可折叠的轻便坐具。又称交床。貊（mò）盘：古代貊族装食物的盛器。貊，古代中国北方部族。
②翟：通"狄"字，秦汉后为对北方少数民族的统称。
③羌煮：古代西北少数民族的一种食品，用鹿头、猪肉等煮成。

⑤尚：爱好，盛行。

译文

胡床、貊盘，是翟族的器具。羌煮、貊炙，这是翟族的食物。从晋武帝泰始年以后，这些在中原地区都很盛行。贵族豪富人家必储藏这些器具，宴享嘉宾都先摆上这些食物。这是西戎、北狄袭扰中原的先兆。

蟛蚑化鼠

原文

> 晋太康四年①，会稽郡蟛蚑及蟹②，皆化为鼠。其众覆野，大食稻，为灾。始成，有毛肉，而无骨，其行不能过田塍③。数日之后，则皆为牝④。

注释

①太康四年：即公元283年。太康为晋武帝年号。
②蟛（péng）蚑（qí）：又作"蟛蜞"。节肢动物，甲壳纲。似蟹，体小。螯足无毛，红色；步足有毛。穴居近海地区江河沼泽的泥岸中。
③塍（chéng）：田埂。
④牝（pìn）：雌性鸟兽。

译文

晋太康四年，会稽郡的蟛蚑和蟹都变成了老鼠。这些老鼠遍布田野，大量啃食稻谷，造成灾害。它们刚变为老鼠的时候，有毛和肉，没有骨头，行走不能越过田埂。几天以后，就都变成了雌老鼠。

太康二龙

原文

> 太康五年正月①，二龙见武库井中②。武库者，帝王威御之器所宝藏也。屋宇邃密③，非龙所处。是后七年，藩王相害。二十八年，果有二胡僭窃神器，皆字曰"龙"。

注释

①太康五年：即公元284年。

②武库：储藏兵器的仓库。

③邃（suì）密：幽深。

译文

太康五年正月，两条龙出现在武库的井中。武库，那是帝王用来珍藏震慑和防御之用的兵器的地方。房屋幽深，不是龙住的地方。这之后七年，诸侯王相互残害。二十八年后，果然有两个胡人僭据帝位，他们的表字中都有"龙"。

两足虎

原文

晋武帝太康六年①，南阳获两足虎②。虎者，阴精而居乎阳，金兽也。南阳，火名也。金精入火，而失其形，王室乱之妖也。其七年十一月丙辰，四角兽见于河间③。天戒若曰："角，兵象也。四者，四方之象。当有兵革起于四方。"后河间王遂连四方之兵，作为乱阶。

注释

①太康六年：即公元285年。

②南阳：古代郡名。秦代所设。

③河间：古代郡名、国名，战国时赵国设郡。

译文

晋武帝太康六年，南阳郡捕获了一只两脚的老虎。老虎，是阴间的精灵而处在阳间，是五行中金行的兽。南阳，是五行中火的名。金的精气进入火中，就会丧失它的形状，这是王室祸乱的凶兆。太康七年十一月丙辰，一只四角野兽出现在河间。上天告诫人们说："角，是战争的象征；四，是四方的象征。会有战乱从四方兴起。"后来河间王马遂勾结四方的军队，成为祸乱。

死牛头语

原文

注释

①太康九年：即公元288年。

②幽州：古九州及汉十三刺史部之一。先秦时幽州包括今河北北部及辽宁一带。到东汉时，幽州辖郡、国十一，县九十。辖境相当于今北京、河北北部、辽宁南部及朝鲜西北部。魏晋以后，辖境日渐缩小，至北魏时仅领燕、范阳、渔阳三郡。

③瞀（mào）乱：昏乱。

译文

　　太康九年，幽州长城以北地区有死牛的脑袋说话。当时晋皇帝经常生病，非常担忧自己的后事，但是所托付的大臣不是非常公正。这是思虑昏乱的应验。

武库飞鱼

原文

太康中，有鲤鱼二枚，现武库屋上。武库，兵府；鱼有鳞甲，亦是兵之类也。鱼既极阴，屋上太阳，鱼现屋上，象至阴以兵革之祸干太阳也。及惠帝初，诛皇后父杨骏[1]，矢交宫阙，废后为庶人，死于幽宫。元康之末，而贾后专制[2]，谤杀太子，寻亦诛废。十年之间，母后之难再兴，是其应也。自是祸乱搆矣[3]。京房《易妖》曰："鱼去水，飞入道路，兵且作。"

注释

①皇后父杨骏：杨骏，字文长，其女为晋武帝的皇后。晋惠帝时，杨骏为太傅、大都督，总揽朝政，后被杀。

②贾后：晋惠帝皇后，晋初大臣贾充女儿。她设计诛杀了杨骏、汝南王司马亮、楚王司马玮等人，专擅朝政，后赵王司马伦率兵入宫，矫诏持节以金屑酒赐死。

③搆（gòu）：造成。

译文

太康年间，有两条鲤鱼出现在武库的屋顶上。武库，是存放兵器的地方；鱼有鳞甲，也是兵甲一类的东西。鱼是阴气极盛的东西，屋顶是极阳的地方，鱼出现在屋顶上，象征极阴之物用兵革灾祸冲撞了极阳的地方。到了晋惠帝初年，诛杀皇后的父亲杨骏，在宫殿兵箭相交，皇后被废黜为平民，死在了幽禁的宫中。元康末年，贾后专擅朝政，她杀害了太子，不久贾后也被废黜诛杀。十年之间，皇后的祸乱出现了两次，这是鲤鱼出现在武库屋顶的兆应。从此晋王朝的祸乱便形成了。京房在《易妖》中说："鱼离开了水，飞到道路，战争就会发生。"

方头屐

原文

初作屐者[1]，妇人圆头，男子方头。盖作意欲别男女也。至太康中，妇人皆方头屐，与男无异。此贾后专妒之征也。

注释

①屐（jī）：木制的鞋，底大多有二齿，便于在泥地上行走。

译文

　　刚开始做的木屐，妇人的是圆头，男子的是方头。大概是有意要区别男女的。到了太康年间，妇人都穿方头的木屐，跟男人没有什么两样。这是贾皇后专制、嫉妒的征兆。

撷子髻

原文

　　晋时，妇人结发者，既成，以缯急束其环，名曰"撷子髻"①。始自宫中，天下翕然化之也。其末年，遂有怀、愍之事②。

注释

①撷（xié）：摘取。

②怀、愍之事：晋怀帝、晋愍帝被前赵刘曜俘杀。

译文

　　晋朝时，妇人束结头发，束好后，用丝绳紧紧扎发环，叫作"撷子髻"。最开始在皇宫内兴起，天下人都仿效。晋朝末年，就有了怀、愍二帝被俘杀的事。

晋世宁舞

原文

　　太康中，天下为《晋世宁》之舞。其舞抑手以执杯盘而反覆之。歌曰："晋世宁，舞杯盘。"反覆，至危也。杯盘，酒器也。而名曰"晋世宁"者，言时人苟且饮食之间，而其智不可及远，如器在手也。

译文

　　太康年间，天下流行《晋世宁》的舞蹈。这种舞蹈压低手拿着杯盘再把它反扣下去。歌词唱道："晋世宁，舞杯盘。"翻来覆去，是极危险的。杯盘，是喝酒的器具。这种舞

搜神记

叫《晋世宁》，是说当时的人只吃喝享乐，得过且过，他们的思虑不可能长远，就像酒器拿在手中那样。

毡紒头

原文

太康中，天下以毡为紒头及络带袴口①。于是百姓咸相戏曰："中国其必为胡所破也。"夫毡，胡之所产者也，而天下以为头、带身、裤口，胡既三制之矣，能无败乎？

注释

①紒（mò）头：男子束发的头巾。络带：腰带。袴（kù）：古代指左右各一，分裹两胫的套裤，以别于满裆的"裈（kūn）"。

译文

太康年间，全国都用毡做头巾和腰带、裤脚口。于是老百姓都互相开玩笑说："中原恐怕一定会被胡人占领了。"毡，是胡地出产的东西，可是全国百姓拿它来做头巾、腰带、裤脚口，已经三处受制于胡了，能不败吗？

折杨柳歌

原文

太康末，京洛为《折杨柳》之歌①。其曲始有兵革苦辛之辞，终以擒获斩截之事。自后杨骏被诛，太后幽死，《杨柳》之应也。

注释

①《折杨柳》：乐府歌名。

译文

太康末年，京城洛阳唱《折杨柳》的歌曲。这首曲子中开始有描写战乱之苦的唱词，最后说擒获斩杀的事。从这以后，杨骏被诛杀，太后被幽禁致死，这是《折杨柳》的应验。

辽东马

原文

晋武帝太熙元年①，辽东有马生角，在两耳下，长三寸。及帝晏驾②，王室毒于兵祸。

注释

①晋武帝太熙元年：即公元290年。

②晏驾：帝王死亡的讳辞。

译文

晋武帝太熙元年，辽东有马长了角，在两耳下面，长三寸。等到晋武帝驾崩，王室饱受战乱的毒害。

妇人兵饰

原文

晋惠帝元康中①，妇人之饰有五佩兵。又以金、银、象角、玳瑁之属，为斧、钺、戈、戟而载之，以当笄②。男女之别，国之大节，故服食异等。今妇人而以兵器为饰，盖妖之甚者也。于是遂有贾后之事。

注释

①元康：晋惠帝司马衷年号。

②笄（jī）：簪。古时用以贯发或固定弁、冕。

译文

晋惠帝元康年间，妇女的服饰上有五种兵器。又用金、银、象牙、玳瑁之类，做成斧、钺、戈、戟样子的装饰物，把它当成发簪。男女的区别，是国家的重大法则，所以穿衣吃饭都不同。现在妇女却把兵器当成饰品，大概是妖孽为祸太厉害了。于是就有了贾后的事发生。

钟出涕

原文

晋元康三年闰二月^①，殿前六钟皆出涕^②，五刻乃止^③。前年贾后杀杨太后于金墉城^④，而贾后为恶不悛^⑤，故钟出涕，犹伤之也。

注释

①元康三年：即公元293年。

②六钟：据《北堂书钞》等所引《西征记》载，在洛阳太极殿前有六口铜钟，左右各三。

③刻：古代计时单位。以漏壶计时，一昼夜分百刻。

④金墉城：古代城名。三国魏明帝时所筑，为当时洛阳城西北角上一小城。魏晋时被废的帝、后都安置于此。

⑤悛（quān）：悔改。

译文

晋元康三年闰二月，宫殿前的六口铜钟都流出了泪水，流了五刻才停下。前年贾后在金墉城把杨太后杀了，而且贾后作恶却不悔改，因此铜钟流泪，尚且为此而悲伤。

一身二体

原文

惠帝之世，京洛有人一身而男女二体，亦能两用人道①，而性尤好淫。天下兵乱，由男女气乱，而妖形作也。

注释

①人道：性交。

译文

晋惠帝时，洛阳城有一个人，一个身体兼有男人和女人的两种性器官，也能用两种性器官与人交合，而本性特别淫乱。天下兵荒马乱，由于男女精气错乱，才使妖形显现。

安丰女子

原文

惠帝元康中，安丰有女子曰周世宁①，年八岁，渐化为男。至十七八，而气性成，女体化而不尽，男体成而不彻，畜妻而无子。

注释

①安丰：古代郡名。

译文

晋惠帝元康年间，安丰郡有一个叫周世宁的女孩，八岁那年，渐渐变成了男人。到十七八岁，男性的气质、性情长成，女性的器官退化却没有完全消失，男性的器官长成了却不彻底，娶了妻子而没有子女。

临淄大蛇

原文

元康五年三月①，临淄有大蛇②，长十许丈，负二小蛇，入城北门，径从市入汉城阳景王祠中③，不见。

注释

①元康五年：即公元295年。

②临淄：周代齐国故都，汉代时为齐王治所，故城在今山东省淄博市东北。

③汉城阳景王祠：汉城阳王刘章的祠庙。刘章因诛灭吕氏有功，被封为城阳王。刘章死后，自琅琊、青州六郡及渤海都邑，乡亭聚落，皆为其立祠。

译文

元康五年三月，临淄出现一条大蛇，长十多丈，背着两条小蛇，从城北门爬入，径直从街市爬入汉城阳王刘章的祠庙中，就不见了。

吕县流血

原文

元康五年三月，吕县有流血，东西百余步。其后八载，而封云乱徐州①，杀伤数万人。

注释

①封云：西晋末年张昌起义军将领。

译文

晋惠帝元康五年三月，吕县有个地方流出血来，东西长一百多步。之后八年，封云祸乱徐州，杀伤了几万人。

卷七

雷破高禖石

原文

元康七年①，霹雳破城南高禖石②。高禖，宫中求子祠也。贾后妒忌，将杀怀、愍，故天怒贾后，将诛之应也。

注释

①元康七年：即公元297年。

②高禖（méi）：媒神。高，通"郊"字。

译文

晋惠帝元康七年，疾雷击破了城南祭祀禖神的坛石。高禖，是皇宫中祈求生儿子的祠庙。贾后妒忌，将要谋杀怀帝、愍帝，因此上天谴责贾后，这是贾后将要被诛杀的征兆。

乌杖柱掖

原文

元康中，天下始相效为乌杖，以柱掖①。其后稍施其镦②，住则植之。及怀、愍之世，王室多故，而中都丧败③。元帝以藩臣树德东方④，维持天下，柱掖之应也。

注释

①柱掖：支撑，扶助。

②镦（duì）：矛戟柄末的平底金属套。

③中都：西晋故都洛阳。

④元帝：东晋开国皇帝司马睿。藩臣：拱卫王室的大臣。

译文

元康年间，天下的人开始争相仿效做乌杖，用来支撑身体。这之后逐渐给它加上了平底的金属套，立住时就把乌杖插在里面。等到怀、愍二帝的时候，王朝多灾乱，中都洛阳破败。晋元帝以藩臣的身份，在东方施行德政，维持天下，这是乌杖支撑身体的兆验。

贵游倮身

原文

元康中，贵游子弟相与为散发倮身之饮①，对弄婢妾。逆之者伤好，非之者负讥，希世之士②，耻不与焉。胡狄侵中国之萌也。其后遂有二胡之乱③。

注释

①贵游：指无官职的贵族。也指显贵者。倮（luǒ）：赤身。

②希世：迎合世俗。

③二胡之乱：永嘉之乱。晋惠帝死后，晋怀帝司马炽继位，改元永嘉。自称汉王的匈奴刘渊遣石勒等大举南侵，屡破晋军，势力日益强大。永嘉五年（311年），刘渊之子刘聪遣石勒、王弥、刘曜等率军攻入京师洛阳，掳走怀帝，杀王公士民三万余人。永嘉之乱后，北方陷入五胡乱华的混乱局面长达一百三十多年。

译文

元康年间，王公贵族的子弟相与聚集，披头散发、赤身裸体一起喝酒，互相玩弄婢女、小妾。违逆不从的人伤和气，批评责难的人被嘲笑，迎合世俗的人，以不参与其中为耻。这是胡狄入侵中原的开始。那以后就发生了二胡之乱。

浮石登岸

原文

惠帝太安元年①，丹阳湖熟县夏架湖②，有大石浮二百步而登岸。百姓惊叹，相告曰："石来！"寻而石冰入建邺③。

注释

①太安元年：即公元302年。

②丹阳：古代郡名。秦代为鄣郡，汉武帝更名为丹阳郡，郡治宛陵（今安徽宣城宣州区）。湖熟县：古代县名，故治在今江苏省南京市江宁区东南湖熟镇。

③寻：不久，接着。石冰：西晋末年张昌起义军将领。建邺：即今南京。

译文

晋惠帝太安元年，在丹阳郡湖熟县夏架湖，有块大石头漂浮了两百步登上了堤岸。百姓吃惊大叹，相互转告说："石来！"不久石冰率兵攻入建邺。

贱人入禁

原文

太安元年四月，有人自云龙门入殿前①，北面再拜②，曰："我当作中书监③。"即收斩之。禁庭尊秘之处，今贱人竟入，而门卫不觉者，宫室将虚，下人逾上之妖也。是后帝迁长安④，宫阙遂空焉。

注释

①云龙门：晋都洛阳宫殿门名。

②再拜：古代礼节，指拜了又拜，表示恭敬。

③中书监：古代官名。三国曹魏始设，与中书令职务相等而位次略高。

④帝迁长安：永嘉之乱晋怀帝被掳走后，晋国群臣拥立居于长安的司马邺为太子。晋怀帝被毒死之后，司马邺在长安被立为帝，是为晋愍帝，改年号建兴。建兴五年（317年），匈奴刘曜围攻长安，晋愍帝出降，西晋灭亡。

译文

太安元年四月，有人从云龙门来到大殿前，朝北面拜了两拜，说："我将任中书监。"

他马上被收监，斩了。宫廷是尊贵神秘的地方，现在地位低下的人竟能进入，而守门卫士却没发觉，这是宫廷将空虚、卑下的人逾越高贵之人的妖兆。这之后皇帝迁到长安，洛阳宫廷就空虚了。

牛能言

原文

太安中，江夏功曹张骋所乘牛忽言曰①："天下方乱，吾甚极为，乘我何之？"骋及从者数人皆惊怖，因绐之曰②："令汝还，勿复言。"乃中道还。至家，未释驾，又言曰："归何早也？"骋益忧惧，秘而不言。安陆县有善卜者③，骋从之卜。卜者曰："大凶。非一家之祸，天下将有兵起。一郡之内，皆破亡乎！"骋还家，牛又人立而行，百姓聚观。其秋张昌贼起④。先略江夏，诳曜百姓以汉祚复兴⑤，有凤凰之瑞，圣人当世。从军者皆绛抹头⑥，以彰火德之祥。百姓波荡，从乱如归。骋兄弟并为将军都尉，未几而败。于是一郡破残，死伤过半，而骋家族矣。京房《易妖》曰："牛能言，如其言占吉凶。"

注释

①江夏：古代郡名，晋时改称武昌郡。功曹：古代官名。汉代郡守有功曹史，简称功曹，除掌人事外，得以参与一郡的政务。北齐后称功曹参军。唐时，在府的称为功曹参军，在州的称为司功。

②绐（dài）：欺骗。

③安陆：古代县名，三国时东吴所设，属江夏郡。

④张昌：西晋时农民起义军首领。

⑤诳曜：欺骗迷惑。

⑥绛（jiàng）：深红色。

译文

太安年间，给江夏郡功曹张骋拉车的牛忽然说："天下将要大乱，我已经非常疲惫了，乘着我要到哪里去呢？"张骋和几个随从都感到惊恐，就骗这头牛说："让你回去，别再说话了。"于是就半路而回。回到家，还没有卸下车驾，牛又说道："为什么要回来这么早呢？"张骋更加担忧恐惧了，保守秘密没有说给别人听。安陆县有个擅长卜卦的人，张骋去他那里占卜。卜卦的人说："大凶。这不是一户人家的灾难，天下将有战乱发生。整个郡内，都要破落灭亡啊！"张骋回到家里，牛又像人一样站着行走，百姓聚过来看。那年秋天张昌起兵造反。先攻略了江夏，欺骗迷惑老百姓说汉朝的正统要复兴了，有凤凰的祥瑞，圣人将要降世。参加张昌军队的人都用深红色抹额头，用来彰显火德的祥瑞。老百姓人心动荡，都积极地参加造反。张骄兄弟两人都担任了将军都尉，不久就失败了。于是整个郡都被攻破摧毁，死伤过半，而张骄一家被灭族了。京房在《易妖》中说："牛能说话，根据它的话占卜吉凶。"

败屩聚道

原文

元康、太安之间，江、淮之域，有败屩自聚于道①，多者至四五十量②。人或散去之，投林草中，明日视之，悉复如故。或云："见猫衔而聚之。"世之所说："屩者，人之贱服，而当劳辱，下民之象也。败者，疲弊之象也。道者，地理，四方所以交通，王命所由往来也。今败屩聚于道者，象下民疲病，将相聚为乱，绝四方而壅王命也。"

注释

①屩（juē）：草鞋。
②量：量词，双。

译文

元康、太安年间，长江、淮河流域，有破烂草鞋自行聚在道路上，多的时候达四五十双。人们有时候把它们丢散，扔进树林草丛中，第二天去看，又恢复原样。有人说："看见是猫把它们衔来才聚到一起的。"社会上流传说："草鞋，是地位低下的人穿的，穿的人劳苦受辱，是平民百姓的象征。破，是疲劳困乏的象征。道路，是大地的纹路，四方之所以能交通的凭借，帝王的命令要通过这里来传达。现在破草鞋积聚在道路上，象征着百姓疲乏困病，将要聚集起来叛乱，断绝四方交通从而堵塞王命的传达。"

戟锋火光

原文

晋惠帝永兴元年①，成都王之攻长沙也②，反军于邺③，内外陈兵。是夜，戟锋皆有火光，遥望如悬烛，就视则亡焉。其后终以败亡。

注释

①永兴元年：即公元304年。永兴为晋惠帝年号之一。

②成都王：晋武帝第十六子司马颖。攻长沙：攻打长沙王司马乂。

③邺：古代县名。

译文

晋惠帝永兴元年，成都王司马颖攻打长沙王司马乂，回师到邺城，在城池内外都驻扎了军队。这一天夜里，兵士矛戟的锋刃上都有火光，从远处看就像悬着的烛火一样，走近看则消失了。那之后司马颖最终兵败被杀。

万详婢生怪子

原文

晋怀帝永嘉元年①，吴郡吴县万详婢生一子②，鸟头，两足马蹄，一手无毛，尾黄色，大如碗。

注释

①永嘉元年：即公元307年。永嘉为晋怀帝司马炽年号。

②吴郡：古代郡名，郡治在今江苏省苏州市。

译文

晋怀帝永嘉元年，吴郡吴县万详的婢女生了一个孩子，长着鸟的头，马蹄一样的两脚，一只手没有汗毛，尾巴是黄色的，有碗那么大。

严根婢生他物

原文

永嘉五年①，枹罕令严根婢②，产一龙、一女、一鹅。京房《易传》曰："人生他物，非人所见者，皆为天下大兵。"时帝承惠帝之后，四海沸腾③，寻而陷于平阳④，为逆胡所害⑤。

注释

①永嘉五年：即公元311年。永嘉为晋怀帝司马炽年号。

②枹（fú）罕：古代县名。

③沸腾：社会动乱。

④平阳：古代县名。

⑤逆胡：袭扰中原地区的北方少数民族。

译文

永嘉五年，枹罕县令严根的婢女，生了一条龙、一个女孩、一只鹅。京房在《易传》中说："人生下别的东西，这是人所没有见过的，都是天下要发生大的战争的征兆。"当时晋怀帝承袭晋惠帝位后，天下动乱，不久怀帝被俘到平阳，被胡人杀害了。

狗作人言

原文

永嘉五年，吴郡嘉兴张林家，有狗忽作人言，曰："天下人俱饿死。"于是果有二胡之乱，天下饥荒焉。

译文

永嘉五年，吴郡嘉兴张林家，有一条狗忽然说人话，说："天下人都饿死。"于是果

然发生了二胡之乱，天下都闹起了饥荒。

延陵鼹鼠

原文

永嘉五年十一月，有鼹鼠出延陵^①。郭璞筮之，遇"临"之"益"。曰："此郡之东县，当有妖人欲称制者^②，寻亦自死矣。"

注释

①鼹（yǎn）鼠：即鼹鼠。延陵：古代县名，位于今江苏省丹阳市西南。

②称制：即位执政。

译文

永嘉五年十一月，有鼹鼠出现在延陵。郭璞占卜，得到了"临"卦变"益"卦。说："这郡东边有一个县，将会有妖人想要称帝，不久他就自取灭亡了。"

辛螫之木

原文

永嘉六年正月^①，无锡县欻有四枝茱萸树相樛而生^②，状若连理^③。先是，郭璞筮延陵鼹鼠，遇"临"之"益"，曰："后当复有妖树生，若瑞而非，辛螫之木也^④。傥有此^⑤，东西数百里，必有作逆者。"及此生木，其后吴兴徐馥作乱^⑥，杀太守袁琇。

注释

①永嘉六年：即公元312年。

②无锡：秦代县名，沿用至今。欻（xū）：忽然。樛（jiū）：盘缠。

③连理：异根草木，枝干连生。旧时以为吉祥之兆。

④辛螫：毒虫刺螫人。后用以比喻毒害，残害。

⑤傥（tǎng）：假如。

⑥吴兴：古代郡名，郡治今浙江湖州。徐馥：吴兴郡功曹，聚众作乱，杀太守袁琇，后被其部下所杀。

译文

　　永嘉六年正月，无锡忽然有四棵茱萸树盘缠在一起生长，形状像连理枝一样。在这之前，郭璞占卜延陵的鼹鼠，得到"临"卦变"益"卦，说："以后会再有妖树长出来，像是吉兆却又不是的，就是茶毒之木。假如有这种树，那东西几百里之内，一定会出现作乱的人。"等到长出了这棵树，以后就有了吴国兴郡徐馥作乱，杀了吴兴太守袁琇。

豕生人两头

原文

　　永嘉中，寿春城内有豕生人[①]，两头而不活。周馥取而观之[②]。识者云："豕，北方畜，胡狄象。两头者，无上也。生而死，不遂也。天戒若曰，易生专利之谋，将自致倾覆也。"俄为元帝所败。

注释

①寿春：古代邑名。
②周馥：字祖实。因不受东海王司马越征召，被晋元帝遣兵击溃，后被新蔡王司马确所拘，忧愤而死。

译文

　　永嘉年间，寿春城内有头猪生下人，有两个头，但没存活下来。周馥取来观看。有见识的人说："猪，是北方的牲畜，是胡、狄的象征。生两个头，是没有皇上。生下来就死，是办事不成。这是上天告诫说，轻易地生出专权谋私的计划，将会自取灭亡。"不久，周馥就被晋元帝的军队打败了。

生笺单衣

原文

　　永嘉中，士大夫竞服生笺单衣[①]。识者怪之，曰："此古缌衰之布[②]，诸侯所以服天子也。今无故服之，殆有应乎？"其后怀、愍晏驾。

注释

①士大夫：士族中的人。生笺单衣：用细且稀疏的麻做成的衣服。

②繐（suì）衰（cuī）：丧服。

译文

　　永嘉年间，士大夫们争相穿用稀疏的麻布缝制的单衣。有见识的人感到很奇怪，说："这是古代做丧服用的布，是诸侯为天子服丧时穿的啊。现在无缘无故穿它，难道有什么预兆吗？"随后怀帝、愍帝先后驾崩了。

无颜帢

原文

　　昔魏武军中无故作白帢①。此缟素凶丧之征也②。初，横缝其前以别后，名之曰"颜帢"，传行之。至永嘉之间，稍去其缝，名"无颜帢"。而妇人束发，其缓弥甚，紒之坚不能自立③，发被于额，目出而已。无颜者，愧之言也。覆额者，惭之貌也。其缓弥甚者，言天下亡礼与义，放纵情性，及其终极，至于大耻也。其后二年，永嘉之乱，四海分崩，下人悲难，无颜以生焉。

注释

①帢（qià）：便帽。如弁而缺四角，一般用缣帛缝制。

②缟（gǎo）素：白色的丧服。

③紒（jì）：束发。

译文

　　往日魏武帝的军中没有缘由地缝制起白色帽子来。这白色丧服是凶险的预兆。开始的时候，在帽子的前面缝一块布以区别后面，称作"颜帢"，传令在民间实行。到永嘉年间，渐渐去掉了前面缝的布，称作"无颜帢"。妇女扎头发，越来越松弛，发髻不能自己立起来，头发披散在前额，只有眼睛露出来。所谓"无颜"，是说惭愧。头发覆盖额头，这是愧疚的样子。那头发越束越松，是说天下没有了礼和义，人们放纵性情到了极点，造成最大的耻辱。从那以后两年，发生了永嘉之乱，国家分崩离析，平民百姓悲痛困苦，没有脸再活下去了。

任乔妻生女连体

原文

晋愍帝建兴四年①，西都倾覆，元皇帝始为晋王，四海宅心②。其年十月二十二日，新蔡县吏任乔妻胡氏年二十五③，产二女，相向，腹心合，自腰以上，脐以下，各分。此盖天下未一之妖也。时内史吕会上言④："按《瑞应图》云⑤：'异根同体，谓之连理。异亩同颖⑥，谓之嘉禾。'草木之属，犹以为瑞，今二人同心，天垂灵象。故《易》云：'二人同心，其利断金。'休显见生于陕东之国⑦，盖四海同心之瑞。不胜喜跃，谨画图上。"时有识者哂之⑧。君子曰："知之难也。以臧文仲之才⑨，犹祀爰居焉⑩。布在方册，千载不忘。故士不可以不学。古人有言：'木无枝谓之瘣⑪，人不学谓之瞽⑫。'当其所蔽，盖阙如也⑬。可不勉乎？"

注释

①晋愍帝建兴四年：即公元316年。

②宅心：心悦诚服地归顺。

③新蔡：古代地名。因春秋时蔡国迁都于此得名。秦时设县，至今沿用。

④内史：古代官名，负责民政，隋代废止。

⑤《瑞应图》：指古代绘制的解说祥瑞的图籍。

⑥亩：通"母"字，本源。

⑦休显：本意为荣耀，显赫。文中指上天降下祥瑞。

⑧哂（shěn）：嘲笑。

⑨臧文仲：春秋时鲁国大臣，因贤良著称。

⑩爰居：一种海鸟的名字。

⑪瘣（huì）：内伤。特指树木生病，枝叶不荣。

⑫瞽（gǔ）：盲人。

⑬阙如：存疑不言，空缺不书。

译文

晋愍帝建兴四年，西京长安陷落，晋元帝开始当晋王，天下归心。那年十月二十二日，新蔡县吏任乔二十五岁的妻子胡氏，生下两个女儿，脸相对，腹部和心都连在一起，从腰以上，脐以下，各自分开。这大概是天下不统一的凶兆。当时内史吕会上书说："按《瑞应图》中说的：'树枝根不同而枝干连生，称之为连理。不同的本根长出共同的禾穗，叫作嘉禾。'草木这一类的东西，尚且被看作吉瑞，现在两个人同一个心，这是上天降下的瑞兆。因此《易经》中说：'两个人一个心，那锋利可以斩断金属。'上天降下的祥瑞出现在陕东的封地，这大概是四海同心的吉兆。臣非常喜悦，画成图呈上。"当时有见识的人都讥

笑他。君子说："知识是难得的。以臧文仲那样的贤才，尚且去祭祀那爰居。这事写在典籍上，过千年都不忘记。由此士人不能不学习。古代的人说：'树没有枝干可以称作病了，人不学习可以称作瞎子。'对于自己不了解的，就存疑不言，空缺不书。人能不勤勉学习吗？"

淳于伯冤死

原文

> 晋元帝建武元年六月①，扬州大旱。十二月，河东地震。去年十二月，斩督运令史淳于伯②，血逆流上柱二丈三尺，旋复下流四尺五寸。是时淳于伯冤死，遂频旱三年。刑罚妄加，群阴不附，则阳气胜之罚，又冤气之应也③。

注释

①晋元帝建武元年：即公元317年。晋元帝司马睿为东晋开国皇帝，在位六年，共使用建武、大兴、永昌三个年号。

②督运令史：古代负责督运的官员。令史，本为官职名，宋元以来为官府中胥吏的统称。

③冤气：受冤屈而抑郁。

译文

　　晋元帝建武元年六月，扬州大旱。十二月，河东地震。去年十二月，斩杀督运令史淳于伯，血倒着流上了柱子，有二丈三尺，随即又向下流了四尺五寸。当时淳于伯含冤而死，于是接连大旱三年。胡乱施加刑罚，阴气不能归附，就会有阳气大盛的惩罚，这也是淳于伯含冤而死的不平之气的应验。

牛生犊两头

原文

　　晋元帝建武元年七月，晋陵东门有牛生犊^①，一体两头。京房《易传》曰："牛生子二首一身，天下将分之象也。"

注释

①晋陵：古代县名。西晋永嘉五年（311年），因避东海王越世子毗讳，以毗陵县改名。东晋、南朝时为晋陵郡治所。故城在今江苏省常州市。

译文

　　晋元帝建武元年七月，晋陵县城东门有头牛生下牛犊，一个身体两个牛头。京房在《易传》中说："牛生犊时两个头在一个身子上，这是天下将要分裂的征兆。"

地震涌水

原文

　　元帝太兴元年四月^①，西平地震^②，涌水出。十二月，庐陵、豫章、武昌、西陵地震^③，涌水出，山崩。此王敦陵上之应也^④。

注释

①元帝太兴元年：即公元318年。太兴为晋元帝司马睿的第二个年号。

②西平：古代郡名。东汉建安年间分金城郡置。治所在今青海省西宁市。

③庐陵、豫章、武昌、西陵：全是古代郡名。

④王敦：字处仲，东晋大臣，晋武帝司马炎之婿，后谋逆，曾率兵攻入都城，后病死被戮尸。

译文

晋元帝太兴元年四月，西平郡地震，水涌出地面。十二月，庐陵、豫章、武昌、西陵地震，水涌出地面，大山崩塌。这是王敦凌驾于皇帝之上的征兆。

牛生怪犊

原文

太兴元年三月，武昌太守王谅有牛生子，两头，八足，两尾，共一腹。不能自生，十余人以绳引之。子死，母活。其三年后，苑中有牛生子[①]，一足三尾，生而即死。

注释

①苑：本意为古称养禽兽、植林木的地方，多指帝王的园林。

译文

晋元帝太兴元年三月，武昌太守王谅家有头牛生小牛，生出的小牛有两个头，八只脚，两条尾巴，共有一个肚子。牛自己不能生产，十多个人用绳子把小牛拉了出来。小牛死了，母牛活了下来。在这之后的三年，皇家园林中有牛生下小牛，一只蹄子三条尾巴，一生下来就死了。

马生驹两头

原文

太兴二年[①]，丹阳郡吏濮阳演马生驹[②]，两头，自项前别。生而死。此政在私门，二头之象也。其后王敦陵上。

注释

①太兴二年：即公元319年。太兴为晋元帝司马睿的第二个年号。

②丹阳：今江苏。唐天宝元年（742年），因当时境内生长着众多赤杨树，"赤"与"丹"同义，"杨"与"阳"谐音，故名"丹阳"。

译文

太兴二年，丹阳郡官吏濮阳演的马生的小马驹，有两个脑袋，从脖子的前面分开。生下来就死了。这是朝政被权臣掌握，有两个首领的征兆。那之后王敦凌驾于皇帝之上。

太兴初女子

原文

太兴初，有女子其阴在腹，当脐下。自中国来至江东，其性淫而不产。又有女子，阴在首，居在扬州，亦性好淫。京房《易妖》曰："人生子，阴在首，则天下大乱；若在腹，则天下有事；若在背，则天下无后。"

译文

太兴初年，有个女子的阴户长在腹部，在肚脐眼下面。这女子从中原来到江东，生性淫乱而不生孩子。还有一个女子，阴户长在头上，住在扬州，生性同样淫乱。京房在《易妖》中说："人生子女，阴户长在头上，那么天下就会大乱；如果长在腹部，就会发生战争；如果长在背上，就会后继无人。"

武昌火灾

原文

　　太兴中，王敦镇武昌，武昌灾。火起，兴众救之，救于此，而发于彼，东西南北数十处俱应，数日不绝。旧说所谓"滥灾妄起，虽兴师不能救之"之谓也。此臣而行君，亢阳失节①。是时王敦陵上，有无君之心，故灾也。

注释

①亢（kàng）阳：极盛的阳气。

译文

　　太兴年间，王敦镇守武昌，武昌发生了火灾。大火烧起来，发动群众救火，救了这里，那里又起，东西南北几十个地方接连起火，好几天都不断绝。这就是过去所说的"多处灾难随便发生，即使发动军队也不能拯救"的情形吧。这是因为臣子却行君主的权力、阳气过盛失去节制。这时王敦凌驾于君主，有除掉君主的心思，所以发生了火灾。

绛囊缚紒

原文

　　太兴中，兵士以绛囊缚紒①。识者曰："紒在首，为乾，君道也。囊者，为坤，臣道也。今以朱囊缚，臣道侵君之象也。"为衣者，上带短，才至于掖；着帽者，又以带缚项，下逼上，上无地也。为袴者②，直幅为口，无杀，下大之象也。寻而王敦谋逆，再攻京师。

注释

①紒（jì）：即"髻"。结发。
②袴（kù）：古代指左右各一，分裹两腿的套裤，区别于满裆的"裈（kūn）"。

译文

　　太兴年间，士兵用红色袋子束扎发髻。有见识的人说："发髻在头上，是乾，代表君主之道。口袋，是坤，表示臣子之道。现在用红色袋子束扎发髻，这是臣下侵犯君王的象征。"做衣服，上边的衣带很短，才能系到胳肢窝；戴帽子，又用带子缚在脖子下面，这是臣下逼迫君上，君上没有容身之地的兆头。做裤子，用直幅布做裤脚口，不加收束，这是臣下壮大的兆头。不久王敦谋反，两次攻打京城。

仪仗生花

原文

　　太兴四年①，王敦在武昌，铃下仪仗生花，如莲花，五六日萎落。说曰：《易》说：'枯杨生花，何可久也？'今狂花生枯木②，又在铃阁之间③，言威仪之富，荣华之盛，皆如狂花之发，不可久也。"其后王敦终以逆命，加戮其尸。

注释

①太兴四年：即321年。太兴为晋元帝司马睿的第二个年号。
②狂花：不依时序开的花。
③铃阁：指翰林院以及将帅或州郡长官办事的地方。

译文

　　太兴四年，王敦在武昌，侍卫所执的仪仗上开出花，像莲花一样，五六天就枯萎凋落了。有人解说道：《周易》中说：'干枯的杨树开花，哪里能够长久呢？'现在狂花开在枯木上，又在帅府办事的地方，这是说威严的富丽、荣华之盛，都像不依时序开的花一样，不可能长久。"后来王敦终于因为违背君命，死后被戮尸。

羽扇长柄

原文

　　旧为羽扇柄者，刻木象其骨形，列羽用十，取全数也。初，王敦南征，始改为长柄，下出，可捉。而减其羽，用八。识者尤之曰："夫羽扇，翼之名也。创为长柄，将执其柄以制其羽翼也。改十为八，将未备夺已备也。此殆敦之擅权，以制朝廷之柄，又将以无德之材，欲窃非据也①。"

注释

①非据：非分占据的职位。

译文

　　过去做羽毛扇的柄，将木头雕刻成近似鸟骨的样子，用十根羽毛编排，是取"十"这个全数。当初，王敦南征，开始把扇柄改为长柄，下端伸出来，可以握住。而且减少所用的羽毛数量，用八根。有见识的人责备说："羽扇，是鸟翼的名。造出长柄扇，是打算握住扇柄来控制它的羽翼；把十根改成八根，是打算用未完备的取代已经完备的。这大概是王敦专权掌握了朝廷的权柄，又打算用没有德行的人，想窃取不是他所能占据的帝位。"

武昌大蛇

原文

　　晋明帝太宁初①，武昌有大蛇，常居故神祠空树中，每出头，从人受食。京房《易传》曰："蛇见于邑，不出三年，有大兵，国有大忧。"寻有王敦之逆。

注释

①晋明帝太宁初：晋明帝司马绍是东晋的第二位皇帝，晋元帝司马睿之子。322年即位，325年卒，在位期间平定王敦之乱。太宁，晋明帝年号。

译文

　　晋明帝太宁初年，武昌出现一条大蛇，经常住在旧神庙的一颗空心树洞中，每天探出头来，收受人们供奉的食物。京房在《易传》中说："蛇在城中出现，不出三年，就会发生大的兵乱，国家会有大的忧患。"不久就发生了王敦犯上作乱的事。

卷八

自古以来，谶纬与政治密不可分。而魏晋南北朝是中国历史上著名的乱世，政治更替是很频繁的。在这样的情况下，有些人就会利用人们对上天的崇敬来获得利益，那时帝王的即位就是如此。谶纬的政治作用也延续到《搜神记》之中。譬如舜得玉历，即知天命在己。孔子拜北辰得刻字黄玉，即预知刘汉王朝的兴起，人间帝王、圣人都是受天命管理人间，所以《搜神记》中的圣人圣王都有着神异的出身和才能。他们遇难成祥、逢凶化吉，可谓天命所归。

舜得玉历

原文

虞舜耕于历山，得玉历于河际之岩①。舜知天命在己，体道不倦。舜，龙颜大口，手握褒。宋均注曰②："握褒，手中有'褒'字，喻从劳苦，受褒饬致大祚也③。"

注释

①玉历：原指正朔，引申为历数、国运。
②宋均：东汉末年南阳人，经学大师郑玄弟子。
③祚：皇位，国统。

译文

虞舜在历山耕种，在河边的岩石上得到了玉历。舜知道天的意旨将会落到自己身上，

就不知疲倦地践行正道。舜，长得眉骨突起，嘴巴宽大，手握褒。宋均批注说："握褒，就是手心里有'褒'字。比喻从劳苦者出身，受到嘉奖告诫而登上大位。"

汤祷桑林

原文

汤既克夏①，大旱七年，洛川竭②。汤乃以身祷于桑林，剪其爪、发，自以为牺牲③，祈福于上帝。于是大雨即至，洽于四海。

注释

①汤：商族建立者。
②洛川：洛水，即今河南洛河。
③牺牲：供祭祀用的牲畜。文中指祭品。

译文

汤攻克了夏后，天下大旱七年，洛水都枯竭了。汤于是到桑林中用身体祈祷，他剪掉了自己的指甲、头发，把自己当作祭品，向上天求福。于是大雨立即降下，滋润四海。

吕望钓于渭阳

原文

吕望钓于渭阳①。文王出游猎，占曰："今日猎得一兽，非龙非螭②，非熊非罴③，合得帝王师。"果得太公于渭之阳。与语，大悦，同车载而还。

注释

①吕望：姜尚，字子牙，辅佐周文王、周武王灭商立周，后被封于齐，称齐太公。

②螭（chī）：传说中无角的龙。

③罴（pí）：熊的一种。俗称人熊或马熊。

译文

吕尚在渭河的北岸钓鱼。周文王外出打猎，占卜说："今天会捕到一只兽，不是龙不是螭，也不是熊不是罴，应当是一个帝王的老师。"果然周文王在渭河的北岸得到了吕尚。跟他谈论后，周文王十分高兴，便与他乘坐同一辆车回去了。

武王定风波

原文

武王伐纣，至河上。雨甚，疾雷，晦冥，扬波于河。众甚惧。武王曰："余在，天下谁敢干余者！"风波立济。

译文

周武王讨伐商纣王，来到黄河边，雨下得非常大，雷电迅疾，天昏地暗，黄河水波涛涌动。众人非常害怕。周武王说："有我在，天下有谁敢来冒犯我！"风波立马平息了。

孔子夜梦

原文

鲁哀公十四年①，孔子夜梦三槐之间②，丰、沛之邦③，有赤氲气起④，乃呼颜回、子夏同往观之。驱车到楚西北范氏街，见刍儿打麟，伤其左前足，束薪而覆之。孔子曰："儿来。汝姓为谁？"儿曰："吾姓为赤松，名时乔，字受纪。"孔子曰："汝岂有所见乎？"儿曰："吾所见一禽，如麕⑤，羊头，头上有角，其末有肉。方以是西走。"孔子曰："天下已有主也，为赤刘，陈、项为辅。五星入井，从岁星。"儿发薪下麟示孔子。孔子趋而往。麟向孔子，蒙其耳，吐三卷图，广三寸，长八寸，每卷二十四字。其言赤刘当起，曰⑥："周亡，赤气起，火耀兴。玄丘制命⑦，帝卯金⑧。"

注释

①鲁哀公十四年：即公元前481年。鲁哀公为春秋时期鲁国的末代君主。

②三槐之间：相传周代宫廷外种了三棵槐树，三公朝天子时，面向三槐而立。后因以三槐喻三公。文中指宫廷的外朝。

③丰：古代地名，汉代设县。位于今江苏省徐州市丰县一带。沛：古代地名，战国时楚国设县，即今江苏省徐州市沛县，汉代改沛县为沛郡。

④氲（yīn）：烟气。

⑤麕（jūn）：同"麇"字，指獐子。

⑥曰：原文为"日"字。据《宋书·符瑞志》改。

⑦玄丘：指孔丘。古时称孔子为"玄圣"，即有大德而无爵位的圣人。

⑧卯金：指代"刘"字。

译文

鲁哀公十四年，孔子夜里在外朝做了一个梦，梦见在丰、沛一带，有红色的烟气升腾而起，于是就叫了颜回、子夏一起前往验看。他们驱车来到楚国西北面的范氏街，看见有个小孩在打麒麟，打伤了它的左前脚，又抱了一捆木柴把它盖了起来。孔子说："小孩你过来。你姓什么？"这小孩说："我的姓是赤松，名时乔，字受纪。"孔子说："你难道看见了什么吗？"小孩说："我看见一只禽兽，外形像獐子，长着羊的头，头上有角，角的末端又长了肉。刚从这儿向西走。"孔子说："天下已经有了主人了，就是赤帝子刘，陈、项二人是辅佐。五星进入井宿，跟着岁星。"小孩打开柴堆给孔子看麒麟。孔子快走过去。麒麟面对孔子，遮蔽着它的耳朵，吐出三卷图，图宽三寸，长八寸，每卷有二十四个字。它是说赤帝子刘将要兴起，说："周朝要灭亡，赤气升起，火德荣耀兴盛。孔丘拟订了天命，皇帝姓刘。"

赤虹化玉

原文

孔子修《春秋》[①]，制《孝经》[②]。既成，斋戒，向北辰而拜，告备于天。天乃洪郁起白雾[③]，摩地，赤虹自上而下，化为黄玉，长三尺，上有刻文。孔子跪受而读之，曰："宝文出，刘季握。卯金刀，在轸北。字禾子，天下服[④]。"

注释

①《春秋》：相传孔子依据鲁国史书所作的一部编年体春秋史。后被奉为儒家经典。

②《孝经》：汉代奉行以孝治天下，故《孝经》被奉为儒家经典。实际《孝经》非孔子著，应出自七十子之手。

③洪郁：云气郁积。

④卯金刀："刘"的繁体字为"劉"，拆开来即是"卯""金""刀"。字禾子："禾""子"即"季"字，刘邦的字是"季"。

译文

孔子修订《春秋》，制订《孝经》。完成后，斋戒，对着北极星下拜，一一向上天报告。于是便涌起了大量的白雾，笼罩大地，赤色的虹从上面流下来，化为黄色的玉，长三尺，上面刻有文字。孔子跪着接到黄玉，读出了上面的文字，说道："宝玉上的文字现世，刘季要掌握天下。刘氏，在轸星之北。字季，天下都会臣服。"

陈宝祠

原文

秦穆公时，陈仓人掘地得物[①]，若羊非羊，若猪非猪。牵以献穆公，道逢二童子。童子曰："此名为媪[②]。常在地食死人脑。若欲杀之，以柏插其首。"媪曰："彼二童子名为陈宝。得雄者王，得雌者伯。"陈仓人舍媪逐二童子。童子化为雉，飞入平林。陈仓人告穆公，穆公发徒大猎，果得其雌。又化为石，置之汧、渭之间[③]。至文公时，为立祠名陈宝。其雄者飞至南阳。今南阳雉县，是其地也。秦欲表其符，故以名县。每陈仓祠时，有赤光长十余丈，从雉县来，入陈仓祠中，有声殷殷如雄雉。其后光武起于南阳。

注释

①陈仓：古代县名，位于今陕西宝鸡东边一带。

②媪（ǎo）：对老妇人的统称。

③汧（qiān）：河名，渭水支流，今名千河。

译文

　　秦穆公的时候，陈仓有人挖地时得到一物，像是羊又不是羊，像是猪也不是猪。他牵了这个怪物去献给秦穆公，在路上碰到两个孩子。孩子说："这东西叫媪，常常在地下吃死人的脑子。如果要杀掉它，就用柏树插进它的头里。"媪说："那两个孩子名字叫陈宝。得到雄的那一个就能称王天下，得到雌的那一个就能称霸天下。"这个人就扔下了媪，追赶那两个孩子。孩子变成了野鸡，飞进了树林。陈仓人把这事告诉了秦穆公。秦穆公派人大规模地围猎，果然捕获了那只雌的。那雌野鸡又变成了石头，秦穆公就把它放置在汧水和渭河之间的地方。到秦文公的时候，为它在那里建立了一座陈宝祠。那只雄野鸡飞到了南阳郡。现在的南阳郡雉县就是它飞落地的地方。秦国想宣示自己受命于天，因此用它来命名那个县。每当陈仓祭祀时，都会有长十多丈的红光，从雉县过来，进入陈仓祠内，发出像雄野鸡那种殷殷的声音。后来光武帝刘秀发迹于南阳。

邢史子臣说天道

原文

　　宋大夫邢史子臣明于天道①。周敬王之三十七年②，景公问曰③："天道其何祥？"对曰："后五十年五月丁亥，臣将死。死后五年五月丁卯，吴将亡。亡后五年，君将终。终后四百年，邾王天下④。"俄而皆如其言所云。邾王天下者，谓魏之兴也。邾，曹姓，魏亦曹姓，皆邾之后。其年数则错。未知邢史失其数耶，将年代久远，注记者传而有谬也。

注释

①天道：显示征兆的天象。

②周敬王之三十七年：即公元前483年。周敬王，东周国君。姓姬，名匄，周景王次子，继兄周悼王为周王，在位四十四年。

③景公：文中指宋景公。

④邾：春秋时国名，也称邾娄，曹姓。位于今山东省邹城市一带。

译文

　　宋国大夫邢史子臣知晓天道。周敬王三十七年，宋景公问他说："天道有什么征兆吗？"邢史子臣回答说："五十年后的五月丁亥日这一天，我将死去。我死后五年的五月

丁卯日，吴国将灭亡。吴国灭亡后五年，国军您将寿终。您死后四百年，郊氏将在天下称王。"后来发生的事情都像他说的那样。郊氏在天下称王，是指曹魏的兴起。郊国，姓曹，魏也姓曹，都是郊国的后裔。不过他所说郊国的年数却错了。不知道是不是邢史子臣说的年数失误了，或者是年代久远，记录的人在传播的时候造成了谬误。

荧惑星预言

原文

　　吴以草创之国，信不坚固，边屯守将，皆质其妻子，名曰"保质"。童子少年以类相与娱游者，日有十数。孙休永安二年三月[1]，有一异儿，长四尺余，年可六七岁，衣青衣，忽来从群儿戏。诸儿莫之识也，皆问曰："尔谁家小儿？今日忽来？"答曰："见尔群戏乐，故来耳。"详而视之，眼有光芒，爚爚外射[2]。诸儿畏之，重问其故。儿乃答曰："尔恐我乎？我非人也，乃荧惑星也[3]，将有以告尔。三公归于司马[4]。"诸儿大惊，或走告大人。大人驰往观之。儿曰："舍尔去乎！"耸身而跃，即以化矣。仰而视之，若曳一匹练以登天[5]。大人来者犹及见焉。飘飘渐高，有顷而没。时吴政峻急，莫敢宣也。后四年而蜀亡，六年而魏废，二十一年而吴平。是归于司马也。

注释

①永安三年：即公元261年。永安为三国时期孙吴政权景帝孙休的年号。

②爝爝（yuè）：光彩耀目。

③荧惑星：古代对火星的称呼。

④三公归于司马："三公"为古代最高官衔，文中指政权将归司马氏。

⑤疋（pǐ）：古代量词，用于纺织品、骡马等。

译文

吴国因为是刚建立的国家，信用还不牢固，在边疆屯守的将领，都要把他们的妻子儿女作为人质，名叫"保质"。这些同类的儿童少年就一起玩耍，每天有十几个。吴景帝孙休永安三年三月，有一个怪异的小孩，高四尺多，年纪六七岁，穿着青色的衣服，忽然来跟这些孩子玩耍。这些孩子没有一个认识他的，都问他说："你是谁家的小孩？今天怎么忽然来这里？"他回答说："看见你们在一块戏耍很快乐，所以我就来了。"仔细地打量他，他眼里有光芒，闪闪发光。那些孩子都怕他，于是又问他的来历。他就回答说："你们是怕我吗？我不是人，而是火星，我有些话，请让我告诉你们。政权将要归属于司马氏。"孩子们都很吃惊，有的跑去告诉了家里的大人。大人急忙赶去看他。那孩子说："我要离开你们走啦！"他纵身一跳，就消失了。抬头看他，就像拖着一匹白色的绢上了天。来的大人还赶得上看。白绢越飘越高，不一会儿就消失了。当时吴国的政治严厉苛刻，没有人敢宣扬这件事。过了四年蜀国灭亡，过了六年魏国覆灭，过了二十一年吴国被平定了。这就是"要归属于司马氏"。

戴洋梦神

原文

> 都水马武举戴洋为都水令史①，洋请急还乡②，将赴洛，梦神人谓之曰："洛中当败，人尽南渡。后五年，扬州必有天子③。"洋信之，遂不去。既而皆如其梦。

注释

①都水：负责舟航运输的官员。都水令史，都水的属官。

②请急：请假。急，休假。

③天子：文中指晋元帝司马睿。

译文

都水马武提拔戴洋任都水令史，戴洋请假回家，将要去往洛阳，梦见神仙对他说："洛阳将会陷落，人们都会向南边来。五年后，扬州一定会出一个天子。"戴洋信了他，就没有去。接下来都如他梦中听说的一样。

卷九

　　本卷辑录的是《搜神传》中预兆类的故事。前半部分表达了富贵在天的思想观念，譬如应妪见神光而子孙声名显赫，冯绲在盛放印绶的箱子中发现两条赤色的蛇而官拜大将军。后半部分则体现了生死由命的处世观，例如邓喜射人头而全家都被杀，狗啮群鹅而全族被灭等。这些故事虽说体现了一种生死、祸福无法掌控的无力感，但同时也表达了对上天不仅要能感受到人的内心，也要能体味人生的疾苦，同时还要对百姓的这些欲望、苦难做出相应反应的要求。这其实是百姓心中最美好的愿望，也是百姓最朴实的信仰。

应妪见神光

原文

　　后汉中兴初，汝南有应妪者①，生四子而寡。昼见神光照社。妪见光，以问卜人。卜人曰："此天祥也。子孙其兴乎！"乃探得黄金。自是子孙宦学，并有才名。至玚②，七世通显。

注释

①汝南：古代郡名，汉代所设，郡治上蔡（今河南省驻马店市上蔡县）。

②玚（yáng）：人名。应玚（177—217年），字德琏，东汉南顿县（今河南省项城市）人。东汉末文学家，"建安七子"之一。擅长诗赋，代表性作品有《侍五官中郎将建章台集诗》《灵河赋》《愍骥赋》《征赋》等。

译文

东汉中兴的初年，汝南郡有一个姓应的妇人，生了四个孩子后来成了寡妇。她在白天看到神光照着神社。妇人看见了神光，去问占卜的人。占卜的人说："这是上天显示吉祥。你的子孙大概要兴隆发达了！"于是她寻找到黄金。从此以后，她的子孙学习仕宦所需的知识，都有才华名望。一直到应场，七代人都声名显赫。

冯绲绶笥有蛇

原文

车骑将军巴郡冯绲[1]，字鸿卿。初为议郎[2]，发绶笥[3]，有二赤蛇，可长二尺，分南北走。大用忧怖。许季山孙宪，字宁方，得其先人秘要。绲请使卜，云："此吉祥也。君后三岁，当为边将，东北四五千里，官以东为名。"后五年，从大将军南征。居无何，拜尚书郎、辽东太守、南征将军。

注释

①车骑将军：将军的名号。西汉文帝时始设，负责掌管京师及皇宫兵卫。

②议郎：古代官名。汉代所设，为光禄勋所属郎官之一，多征贤良方正之士任之掌顾问应对，无常事。晋以后废。

③绶笥（sì）：盛印绶的箱子。

译文

车骑将军巴郡人冯绲，字鸿卿。他刚开始担任议郎，打开盛放印绶的箱子，有两条赤色的蛇，长大约二尺，分别向南北方向爬。他感到非常害怕。许季山的孙子许宪，字宁方，学得先祖的道术精义。冯绲求他占卜，说："这是吉兆啊。您过三年，将会成为守边将领，在东北方四五千里的地方，官名用"东"称呼。"过了五年，冯绲跟随大将军南征。过了没多久，冯绲官拜尚书郎、辽东太守、南征将军。

张颢得金印

原文

常山张颢为梁州牧[1]。天新雨后，有鸟如山鹊，飞翔入市，忽然坠地。人争取之，化为圆石。颢椎破之，得一金印，文曰："忠孝侯印。"颢以上闻，藏之秘府。后议郎汝南樊衡夷上言[②]："尧舜时旧有此官，今天降印，宜可复置。"颢后官至太尉。

注释

①常山：古代郡名、国名。秦代设恒山郡，郡治东垣县（汉初改称真定县，即今河北省石家庄市正定县）。至汉为避文帝讳改称常山郡，东汉初改为常山国。梁州：古九州之一。三国时魏置梁州，治沔阳县（今陕西省汉中市勉县东旧州铺），西晋时移治南郑县（今陕西省汉中市以东）。管辖范围位于今陕西汉中、四川东部、重庆全境、贵州北部的广大地区。
②汝南：古代郡名。汉代所设，郡治上蔡，今河南省驻马店市上蔡县。

译文

常山郡人张颢当了梁州牧。有一天刚下过雨，有一只像山鹊的鸟，飞到了街市上，忽然落到地上。人们都争相去捡它，这只鸟变成了一块圆石。张颢用铁锥砸破了它，得到一枚金印，印文是："忠孝侯印。"张颢把金印献给皇上，收藏在朝廷秘府中。后来议郎汝南郡人樊衡夷上奏说："尧、舜时代设有这种官职，现在上天降下金印，应该再重新设置。"张颢后来官做到太尉。

张氏传钩

原文

京兆长安有张氏[①]，独处一室，有鸠自外入，止于床。张氏祝曰："鸠来，为我祸也，飞上承尘[②]；为我福也，即入我怀。"鸠飞入怀。以手探之，则不知鸠之所在，而得一金钩。遂宝之。自是子孙渐富，资财万倍。蜀贾至长安，闻之，乃厚赂婢，婢窃钩与贾。张氏既失钩，渐渐衰耗。而蜀贾亦数罹穷厄[③]，不为己利。或告之曰："天命也，不可力求。"于是赍钩以反张氏[④]，张氏复昌。故关西称张氏传钩云[⑤]。

注释

①京兆：汉代京畿的行政区域，为三辅之一。在今陕西省西安市以东至华县之间，下辖十二县。后称京都。
②承尘：承受尘土。指接尘土的小帐幕或天花板。
③罹（lí）：遭受。
④赍（jī）：持，送。
⑤关西：函谷关或潼关以西的地区。

译文

　　京兆长安县有个姓张的人，独自居住在一间屋子，有只鸠鸟从外面飞进来，停在床上。张氏祈祷说："鸠飞来，给我带来灾祸，就飞到天花板上；给我带来的是幸福，就飞进我的怀里。"鸠鸟就飞进了他的怀里。张氏用手去摸，不知那鸠到什么地方去了，却摸到了一只金钩，于是就把金钩当成了宝贝。从此以后，张氏的子孙渐渐富裕，财产增加了万倍。蜀郡有一个商人到长安，听说这件事以后，于是拿重金贿赂张家的婢女，婢女把金钩偷给了商人。张家失去了金钩以后，渐渐败落。而蜀郡商人也屡次遭受穷困，没有带给他好处。有人告诉他说："这是天命，不可强求。"于是蜀郡商人带着金钩还给了张家，张家又重新兴旺起来。因此关西地方有"张氏传金钩"的传说。

何比干得符策

原文

　　汉征和三年三月①，天大雨。何比干在家②，日中，梦贵客车骑满门。觉以语妻，语未已，而门有老妪，可八十余，头白，求寄避雨。雨甚，而衣不沾渍。雨止，送至门，乃谓比干曰："公有阴德，今天锡君策，以广公之子孙。"因出怀中符策，状如简，长九寸，凡九百九十枚，以授比干，曰："子孙佩印绶者，当如此算。"

注释

①征和三年：即公元前90年。征和为汉武帝年号。

②何比干：汉武帝时任廷尉正。

译文

汉征和三年三月，天下了大雨。何比干在家里，正午时分，他梦见贵客的车马挤满了家门。醒来后他把梦说给妻子听，话还没有说完，门口有个老婆婆，有八十多岁，头发白了，请求收留躲雨。雨非常大，但她的衣服一点水渍也没有。雨停了，何比干把老婆婆送到门口，她就对何比干说："您积有阴德，现在老天赐给您符策，使您的子孙发达。"于是就从怀里拿出符策，形状像竹筒，长九寸，一共有九百九十枚，交给了何比干，说："您的子孙佩戴官印绶带，会像符策上预言的那样。"

魏舒诣野王

原文

> 魏舒，字阳元，任城樊人也①。少孤，尝诣野王②。主人妻夜产，俄而闻车马之声。相问曰："男也？女也？"曰："男。""书之，十五以兵死。"复问："寝者为谁？"曰："魏公舒。"后十五载，诣主人，问所生童何在。曰："因条桑③，为斧伤而死。"舒自知当为公矣。

注释

①任城：东汉章帝元和元年（84年），分东平国置任城国，国都任城县（今山东省济宁市微山县驻地夏镇西北）三国魏置任城郡。樊：古代县名，故城在今山东省滋阳县西南六十里处。

②野王：古代县名，即今河南省沁阳市。

③条（tiāo）桑：采桑。

译文

魏舒，字阳元，是任城樊县人。小时候成了孤儿，曾到野王县去。寄宿主人的妻子夜里生产，一会儿听见车马的声音。有人相互问话说："是男孩还是女孩？"回答说："男孩。""写下来，十五岁时因兵器而死。"又问："睡觉的人是谁？"回答说："是魏公舒。"十五年后，魏舒又去拜访那家主人，问当年生下的孩子在什么地方。主人回答说："因为采桑，被斧头砍伤死了。"魏舒知道自己将会官拜三公了。

贾谊与鹏鸟

原文

贾谊为长沙王太傅①。四月庚子日，有鹏鸟飞入其舍②，止于坐隅，良久乃去。谊发书占之，曰："野鸟入室，主人将去。"谊忌之，故作《鹏鸟赋》，齐死生而等祸福，以致命定志焉。

注释

①贾谊：西汉文学家、政治家。曾被汉文帝贬为长沙王太傅，后召回长安，任梁怀王太傅。有《过秦论》《吊屈原赋》等作品传世。

②鹏鸟：一种像猫头鹰的鸟。

译文

贾谊做长沙王太傅。四月庚子日，有鹏鸟飞进他的屋子，停在座位的角落上，很久才飞走。贾谊打开符书来占卜，说："野鸟入室，主人将去。"贾谊对此很忌讳，于是写了《鹏鸟赋》，把死和生、祸与福看成是同等的事，以此来表达舍弃生命、坚定志向的心愿。

狗啮群鹅

原文

王莽居摄①，东郡太守翟义知其将篡汉②，谋举义兵。兄宣教授，诸生满堂。群鹅雁数十在中庭，有狗从外入，啮之，皆死。惊救之，皆断头。狗走出门，求不知处。宣大恶之。数日，莽夷其三族。

注释

①居摄：因皇帝年幼不能亲政，由大臣代居其位处理政务。

②东郡：古代郡名。秦代所设，郡治濮阳，汉沿用，辖境为今河南东北部和山东西部一带。

译文

王莽摄理朝政，东郡太守翟义知道他将要篡夺汉朝的大权，计划起义举兵讨伐他。他的哥哥翟宣是传道授业的老师，众弟子坐满了屋子。几十只鹅在院子中，有条狗从门外进来，咬鹅，鹅都被咬死了。翟宣慌忙去救它们，鹅的头都断了。狗跑出了门，找不到在什么地方。翟宣感到非常厌恶。几天后，王莽诛灭了他的三族。

公孙渊家数怪

原文

魏司马太傅懿平公孙渊①，斩渊父子。先时，渊家数有怪。一犬着冠帻绛衣，上屋，欻有一儿②蒸死甑中③。襄平北市生肉④，长围各数尺，有头目口喙⑤，无手足而动摇。占者曰："有形不成，有体无声，其国灭亡。"

注释

①公孙渊：三国时魏辽东太守。后自立为燕王，魏派大将军司马懿征辽东，斩其父子。
②欻（xū）：忽然。
③甑（zèng）：蒸食炊具。陶制，底有孔，商周时也有青铜制的。
④襄平：古代县名。战国时燕国所设，为辽东郡治所，即今辽宁辽阳。
⑤喙（huì）：鸟兽的嘴，也指人的嘴。

译文

魏国大将军太傅司马懿平定了公孙渊，斩杀了公孙渊父子。在这之前，公孙渊家有很多怪事发生。一条戴着帽子头巾穿着红衣裳的狗爬上了屋顶，忽然有一个孩子蒸死在了甑里。襄平县北边市场上长出一团肉，长度和围度各有几尺，有头、眼睛、嘴巴，没有手脚却能摇动。卜卦的人说："有形状却没有长成人，有躯体却没有声音，这个国家将会灭亡。"

诸葛恪被杀

原文

吴诸葛恪征淮南归①，将朝会之夜，精爽扰动，通夕不寐。严毕趋出，犬衔引其衣。恪曰："犬不欲我行耶？"出仍入坐。少顷，复起，犬又衔衣。恪令从者逐之。及入，果被杀。其妻在室，语使婢曰："尔何故血臭？"婢曰："不也。"有顷，愈剧。又问婢曰："汝眼目瞻视，何以不常？"婢蹶然起跃，头至于栋，攘臂切齿而言曰②："诸葛公乃为孙峻所杀。"于是大小知恪死矣。而吏兵寻至。

注释

①诸葛恪（kè）：三国时东吴大将，辅立孙亮，专掌国政。后被孙峻所杀。

②攘臂：捋起衣袖，伸出胳膊。常形容激奋的样子。

译文

　　吴国诸葛恪出征淮南回来，将要朝见吴王的头天晚上，心神不宁，整晚没睡。穿好衣帽出门，狗咬住他的衣服拉着他。诸葛恪说："狗是不想让我出门吗？"出去又回来坐下。过了一会儿，他又站起来，狗又咬住他的衣服。诸葛恪叫下人赶走了狗。等他进宫后，果然被杀了。他妻子在家里，问使唤的婢女说："你怎么有血腥味？"婢女说："没有啊。"过了一会儿，血腥味更大了。她又问婢女："你的眼睛东张西望，为什么不同平常？"这婢女一下子跳起来，头撞到梁上，挽起衣袖咬牙切齿地说："诸葛公竟然被孙峻杀了。"于是一家大小都知道诸葛恪死了。官兵不一会儿就到了。

邓喜射人头

原文

　　吴成将邓喜杀猪祠神①，治毕悬之。忽见一人头，往食肉。喜引弓射，中之。咋咋作声，绕屋三日。后人白喜谋叛②，合门被诛。

注释

①戍将：戍边将领。

②白：报告。

译文

　　吴国的戍边将领邓喜杀猪祭祀神明，把猪料理好了之后挂起来。忽然看见一个人头去吃肉。邓喜拉弓射它，射中了。人头发出咋咋的声响，围绕房子转了三天。后来有人告发邓喜谋反，他全家都被杀了。

贾充见府公

原文

　　贾充伐吴时①，常屯项城②，军中忽失充所在。充帐下都督周勤时昼寝，梦见百余人录充，引入一径。勤惊觉，闻失充，乃出寻索。忽睹所梦之道，遂往求之，果见充行至一府舍。侍卫甚盛，府公南面坐③，声色甚厉，谓充曰："将乱吾家事者，必尔与荀勖④。既惑吾子，又乱吾孙。间使任恺黜汝而不去⑤，又使庾纯詈汝而不改⑥。今吴寇当平，汝方表斩张华⑦。汝之暗戆⑧，皆此类也。若不悛慎⑨，当旦夕加诛。"充因叩头流血。府公曰："汝所以延日月而名器若此者⑩，是卫府之勋耳。终当使系嗣死于钟虡之间⑪，大子毙于金酒之中，小子困于枯木之下。荀勖亦宜同，然其先德小浓，故在汝后。数世之外，国嗣亦替。"言毕命去。充忽然得还营，颜色憔悴，性理昏错，经日乃复。至后，谥死于钟下⑫，贾后服金酒而死，贾午考竟用大杖终⑬。皆如所言。

注释

①贾充：西晋大臣，晋惠帝贾皇后之父。

②项城：古代县名。汉代所设，沿用至今，即今河南省项城市。

③府公：六朝时王府僚属称其主为府公。唐、五代时，官府幕僚沿旧习，称节度使、观察使为府公。

④荀勖：西晋大臣，官至尚书令。

⑤任恺：西晋大臣，任侍中。

⑥庾纯：西晋大臣，任中书令。詈（lì）：骂，责备。

⑦张华：西晋大臣，文学家。力主伐吴统一全国，遭贾充反对。贾充曾上表说："虽腰斩张华，不足以谢天下。"

⑧暗戆（zhuàng）：愚蠢。

⑨悛（quān）慎：悔改。

⑩名器：名号与车服仪制。古代用以别尊卑贵贱的等级。

⑪系嗣：继嗣。钟虡（jù）：悬挂乐钟的格架。

⑫谧：指贾充小女儿贾午的儿子韩谧。

⑬考竟：刑讯审问。

译文

贾充攻打吴国的时候，曾在项城驻扎部队，贾充忽然在军营中消失了。贾充的部将都督周勤白天睡觉，梦见一百多个人把贾充抓了起来，把他带到了一条路上。周勤惊醒了，听说贾充不见了，就出去寻找。忽然看见他梦里的那条路，就沿着这条路去找，果然看见了贾充走进了一个府第。府第护卫很多，府公坐北朝南，声音和容貌很严厉，对贾充说："将扰乱我家事情的，必定是你与荀勖。既迷惑我儿子，又扰乱了我孙子。前不久让任恺贬斥你，你不退下去，又让庾纯责备你，你却不改。现在吴国贼寇就要被平定了，你却上奏要杀张华。你昏乱愚昧，干的都是这种事。如果你还不慎重悔改，早晚会遭到诛杀。"贾充于是磕头请罪，头磕出血来了。这府第的主人说："你之所以能够延长寿命并且享有如此的名号与车服，只是因为你有护卫我府第的功劳罢了。但终究还是要让你的子嗣死在钟柱之间，让你的大孩子死在金酒之中，小孩子困死在枯木之下。荀勖也会和你一样，但他祖先的德行稍微深厚一点，所以对他的处罚排在你的后面。几代以后，封国和子嗣也要被废黜。"府第主人说完就让贾充离去。贾充一下子就出现在了军营里，脸色难看，神态慌乱，过了一天才恢复。后来，贾谧死在钟下，贾后喝下金屑酒而死，贾午遭受刑讯审问，被用大杖打死。都跟那个府第主人说的一样。

庾亮受罚

原文

> 庾亮，字文康①，鄢陵人②，镇荆州。登厕，忽见厕中一物，如方相③，两眼尽赤，身有光耀，渐渐从土中出。乃攘臂以拳击之，应手有声，缩入地。因而寝疾。术士戴洋曰："昔苏峻事④，公于白石祠中祈福，许赛其牛⑤。从来未解⑥，故为此鬼所考，不可救也。"明年，亮果亡。

注释

①庾亮：东晋人，其妹为晋明帝皇后，历仕元帝、明帝、成帝三朝。

②鄢陵：古代地名，位于今河南省许昌市鄢陵县西北一带。

③方相：传说中驱除疫鬼和精怪的神。

④苏峻：东晋将领。永嘉之乱时，他结垒于本县，后率所部数百家泛海南行，至于广陵。

⑤赛：酬报。也指祭祀酬神。

⑥解：祈神还愿。

译文

庾亮，字文康，鄢陵县人，镇守荆州。他上茅厕，忽然看见茅厕里有一个怪物，长得像方相，两眼都是红色的，身上闪着光，慢慢地从土里钻了出来。庾亮于是撸起袖子用拳头打他，随着击打的声音，那怪物缩回了泥土中。庾亮因此而卧病不起。方士戴洋说："这是过去苏峻叛乱的时候，您在白石祠中祈祷，许诺用牛来酬神，后来从没有去还愿，所以被这鬼怪惩罚了，没办法救了。"第二年，庾亮果然死了。

刘宠军败

原文

东阳刘宠，字道和①，居于湖熟②。每夜，门庭自有血数升，不知所从来。如此三四。后宠为折冲将军③，见遣北征。将行，而炊饭尽变为虫。其家人蒸粆④，亦变为虫。其火愈猛，其虫愈壮。宠遂北征，军败于坛丘，为徐龛所杀⑤。

注释

①东阳：古代郡名。三国时东吴所设，郡治在今浙江省金华市。
②湖熟：古代县名，县治在今江苏省南京市湖熟镇。
③折冲将军：古代统兵的将军。
④粆（chǎo）：以米麦等炒熟后磨成粉的干粮。
⑤徐龛：晋太山太守，叛降石勒，后又降晋，被石虎捉拿。

译文

东阳刘宠，字道和，住在湖熟县。每天晚上，门前庭院里总会冒出几升血，不知道是从哪里出来的。像这样出现了三四次。后来刘宠担任折冲将军，被派往北方征战。就要出发的时候，做好的饭都变成了虫子。他家里人蒸的干粮，也变成了虫子。烧饭的火越大，那虫子就变得越大。刘宠就去北方征战，结果在坛丘兵败，被徐龛杀掉了。

卷 十

题解

　　魏晋时期，鬼神观念非常浓厚，梦被认为是沟通神人的桥梁，因此在人类生活中发挥着举足轻重的作用。根据学者统计，《搜神记》中与梦相关的故事约有 43 个，有反映报仇的，有反映死亡的，也有反映疾病的，等等。本篇主要辑录的就是《搜神记》中有关梦的故事。

和熹邓皇后梦

原文

　　汉和熹邓皇后①，尝梦登梯以扪天②。体荡荡正清滑，有若钟乳状，乃仰嚱饮之③。以讯诸占梦，言："尧梦攀天而上，汤梦及天舐之④，斯皆圣王之前占也。吉不可言。"

注释

①汉和熹邓皇后：东汉和帝皇后邓绥。汉和帝死后，她先后立殇公、安帝，临朝执政，死后谥熹。

②扪（mén）：抚摸。

③嚱（xī）：吸。

④舐（shì）：以舌舔物。

译文

　　汉和熹邓皇后曾经梦见自己顺着梯子摸到了天。天的形体宽广平坦且清澈光滑，就像钟乳石一样的形状，于是仰头吸它。她拿这个梦来问占卜的人，占梦的人说："尧梦见

自己攀登天梯而上，汤梦见天去舔了天，这都是成为圣明君主的预
兆。吉利得没法用语言形容了。"

孙坚夫人梦

原文

孙坚夫人吴氏①，孕而梦月入怀，已而生策。及权在孕，又梦日入怀。
以告坚，曰："妾昔怀策，梦月入怀，今又梦日，何也？"坚曰："日月者，
阴阳之精，极贵之象。吾子孙其兴乎。"

注释

①孙坚：吴郡富春（今浙江富阳）人，曾任长沙太守，其子称帝后追尊为武烈皇帝。

译文

孙坚的夫人吴氏怀孕时梦到月亮钻进了她的怀里，然后就生下了孙策。到怀孙权的
时候，她又梦到太阳钻进了她的怀里。她把这些告诉孙坚，说："我过去怀孙策的时候，
梦见月亮钻进我的怀里，现在又梦见了太阳，为什么呢？"孙坚说："太阳和月亮，是阴
阳的精华，是极其显贵的象征。我们的子孙应当要兴旺发达了。"

蔡茂梦

原文

汉蔡茂，字子礼，河内怀人也①。初在广汉②，梦坐大殿，极上有禾三穗，茂取之，得其中穗，辄复失之。以问主簿郭贺，贺曰："大殿者，官府之形象也；极而有禾，人臣之上禄也；取中穗，是中台之象也③。于字，'禾''失'为'秩'，虽曰失之，乃所以禄也。衮职中阙④，君其补之。"旬月而茂征焉。

注释

①河内：指黄河以北的地区。
②广汉：古代郡名。汉代所设，治所雒县（今四川省广汉市以北）。
③中台：汉代以来，以三台当三公之位，中台后为司徒或司空的代称。
④衮职：指三公的职位，亦指三公。

译文

汉代蔡茂，字子礼，河内郡怀县人。当初他在广汉郡，梦见自己坐在大殿上，屋梁上有一株禾苗生出三个禾穗，蔡茂去拿它们，拿到了中间的一穗，接着又丢失了。他问主簿郭贺这个梦是怎么回事，郭贺说："大殿，代表官府；屋梁上有禾苗，是人臣最高的俸禄；拿到了中间的一穗，这是中台的象征。从字形看，'禾''失'是'秩'字，虽说是丢失了禾穗，这恰恰是意味着有俸禄。三公的职位有所空缺，您将会补上。"一个月后，蔡茂就被征用了。

周擥啧梦

原文

周擥啧者①，贫而好道。夫妇夜耕，困息卧。梦天公过而哀之，敕外有以给与。司命按录籍②，云："此人相贫，限不过此。唯有张车子应赐钱千万。车子未生，请以借之。"天公曰："善。"曙觉，言之。于是夫妇戮力，昼夜治生，所为辄得，赀至千万③。先时，有张妪者，尝往周家佣赁，野合有身，月满当孕，便遣出外，驻车屋下，产得儿。主人往视，哀其孤寒，作粥糜食之④。问："当名汝儿作何？"妪曰："今在车屋下而生，梦天告之，名为车子。"周乃悟，曰："吾昔梦从天换钱，外白以张车子钱贷我，必是子也。财当归之矣。"自是居日衰减。车子长大，富于周家。

注释

①孁（lǎn）：也作"孆"字。

②司命：掌管寿命的神。录籍：记载官俸等级的簿册。

③赀（zī）：货物，钱财。

④粥糜：粥。糜，指煮米使糜烂。

译文

周孁嘖这个人，家境贫困却热爱圣贤之道。他跟妻子夜间耕种，困了就躺地里休息。他梦见天帝路过怜悯他，命令随从给他们一些给养。司命神查看了录籍，说："这人面相贫穷，限度不超过这些。只有张车子应得到成千上万的赏钱。现在张车子还没出生，请把这钱先借给周孁嘖吧。"天帝说："好。"天亮时周孁嘖醒了，把这梦告诉妻子。于是夫妻二人勠力同心，日夜经营家业，做什么都有收获，钱财很快积累到千万。早年间，有个姓张的女子，曾在周家做拥人，没有按礼仪结婚就怀了孩子，到了快生时候，就把她打发到外面，她住在放车子的屋子里，生了个儿子。周孁嘖看见了，可怜她孤苦寒冷，就做粥给她吃。问她："你这个儿子该叫什么名字呢？"张妪说："今天在车屋子里出生的，我从前梦见天帝告诉我，取名叫车子。"周孁嘖便恍然大悟，说："我过去梦见天帝借钱给我，他的下属说是拿了张车子的钱借给我，一定是这个孩子了。这笔资产要归还给他了。"从此周家家业逐渐衰减。张车子长大后，比周家更富有。

卢汾梦

原文

夏阳卢汾①，字士济。梦入蚁穴，见堂宇三间，势甚危谽②，题其额曰"审雨堂"③。

注释

①夏阳：古代县名，故城在今陕西韩城。

②危谽：高大开阔。

③额：匾额。

夏阳县的卢汾，字士济。他梦到自己进入了蚁穴，看到三间堂屋，屋子高大开阔，卢汾给它的匾额题上了"审雨堂"。

刘卓梦

原文

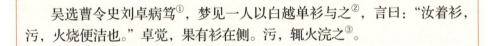

吴选曹令史刘卓病笃①，梦见一人以白越单衫与之②，言曰："汝着衫，污，火烧便洁也。"卓觉，果有衫在侧。污，辄火浣之③。

注释

①选曹：古代官名。负责选授官吏。选曹令史为其属官，掌管文书事。
②白越：细布名。
③浣（huàn）：洗。

译文

吴国选曹令史刘卓病得很厉害，他梦到有人拿白越布做的单衫给他，说："你穿上它，脏了，用火烧一下就干净了。"刘卓醒来，身边果然有一件单衫。弄脏了，就用火清洗它。

刘雅梦

原文

淮南书佐刘雅①，梦见青蜥蜴从屋落其腹内。因苦腹痛病。

注释

①淮南：原为古国名，三国时改国为郡，郡治寿春（今安徽省淮南市寿县）。书佐：负责文书的官员。

译文

淮南郡书佐刘雅，梦里见到一条青色的蜥蜴从房顶上掉到他的肚子里。他因此患了腹痛病，很痛苦。

卷十

张奂妻梦

原文

后汉张奂为武威太守，其妻梦带奂印绶，登楼而歌。觉以告奂。奂令占之，曰："夫人方生男，后临此郡，命终此楼。"后生子猛。建安中，果为武威太守，杀刺史邯郸商。州兵围急，猛耻见擒，乃登楼自焚而死。

译文

后汉张奂担任武威太守，他的妻子梦到佩戴着张奂的印绶，爬上城楼唱歌。醒来后她把梦告诉了张奂。张奂让人占卜，占卜的人说："夫人会生下一个儿子，他日后会管理此郡，在这个楼上失去生命。"后来张奂的妻子生下儿子张猛。建安年间，张猛果然被任命为武威太守，他杀了州刺史邯郸商。州里的军队围困，形势危急，他耻于被俘虏，就登上这座楼自焚而死。

汉灵帝梦

原文

汉灵帝梦见桓帝怒曰："宋皇后有何罪过[1]？而听用邪孽，使绝其命？渤海王悝既已自贬，又受诛毙。今宋氏及悝自诉于天，上帝震怒，罪在难救。"梦殊明察。帝既觉而恐，寻亦崩。

①宋皇后：汉灵帝的皇后。

译文

汉灵帝梦见汉桓帝发怒地说："宋皇后有什么罪过呢？你竟然轻信谗言，使她丧生？渤海王刘悝既然已经被贬了，又被诛杀。如今宋皇后和渤海王刘悝各自向上天哭诉，上天非常愤怒，你犯下的罪过难以被救赎。"梦特别清楚。汉灵帝惊醒后感到恐惧万分，没多久就死了。

吕石梦

原文

> 吴时嘉兴徐伯始病①，使道士吕石安神座②。石有弟子戴本、王思二人，居住海盐③，伯始迎之以石助。昼卧，梦上天北斗门下，见外鞍马三匹，云："明日当以一迎石，一迎本，一迎思。"石梦觉，语本、思云："如此，死期。可急还，与家别。"不卒事而去。伯始怪而留之。曰："惧不得见家也。"间一日，三人同时死。

注释

①嘉兴：古代县名，管辖范围在今浙江省嘉兴市一带。
②神座：神像座位。
③海盐：古代县名，故地在今浙江省平湖市东南。

译文

吴国嘉兴县徐伯始病了，让道士吕石来安放神座。吕石有戴本、王思两个徒弟，住在海盐县，徐伯始把他们接了来协助吕石。白天睡觉的时候，吕石梦见上天来到北斗星神门下，看见门外有人给三匹马配上了鞍座，说："明天要用一匹来迎接吕石，一匹来迎接戴本，一匹来迎接王思。"吕石从梦中醒来，对戴本、王思说："如果是这样，死期就到了。要赶快回家，跟家人告别。"他们没把事干完就走了。徐伯始觉得奇怪就挽留他们。他们说："害怕来不及见到自己的家人了。"隔了一天，三个人同时死了。

谢郭同梦

搜神记

原文

　　会稽谢奉与永嘉太守郭伯猷善①。谢忽梦郭与人于浙江上争樗蒲钱②，因为水神所责，堕水而死，己营理郭凶事。及觉，即往郭许③，共围棋。良久，谢云："卿知吾来意否？"因说所梦。郭闻之怅然，云："吾昨夜亦梦与人争钱，如卿所梦，何期太的的也④？"须臾，如厕，便倒气绝。谢为凶具⑤，一如其梦。

注释

①会稽：古代郡名。秦代所设，汉代沿用，故城在今江苏省苏州市吴中区、相城区一带。谢奉：字弘道，官至吏部尚书。永嘉：古代郡名。晋代所设，治所永宁（今浙江省温州市）。

②浙江：河名，即钱塘江。樗蒲：古代一种博戏，后世指赌博。

③许：处所。

④的的：明白。

⑤凶具：丧葬用品。

译文

　　会稽郡的谢奉与永嘉郡太守郭伯猷交情很深。谢奉忽然梦见郭伯猷和别人在浙江上争夺玩樗蒲的钱，因为遭到水神的责怪，掉进水里淹死了，自己操办郭伯猷的丧事。醒来后，谢奉马上到郭伯猷家里，和他一起下围棋。过了很久，谢奉说："你知道我为什么来吗？"于是便告诉了他自己的梦境。郭伯猷听后十分惆怅，说："我昨天夜里也梦见和别人抢钱，就像你梦到的那样，怎么会这样清楚呢？"一会儿郭伯猷上厕所，就倒地身亡了。谢奉就像梦到的那样，给他操办了丧事。

徐泰梦

原文

　　嘉兴徐泰，幼丧父母，叔父隗养之，甚于所生。隗病，泰营侍甚勤。是夜三更中，梦二人乘船持箱，上泰床头，发箱，出簿书示曰："汝叔应死。"泰即于梦中叩头祈请。良久，二人曰："汝县有同姓名人否？"泰思

得，语二人云："有张隗，不姓徐。"二人云："亦可强逼。念汝能事叔父，当为汝活之。"遂不复见。泰觉，叔病乃差①。

卷十

注释

①差（chài）：病除。

译文

　　嘉兴县的徐泰，小时候就失去了父母，叔父徐隗养育他，对他比对亲生儿子还好。徐隗病了，徐泰服侍他非常尽心。那夜三更时分，徐泰梦见乘船而来的两个人拿着箱子，来到徐泰的床头，打开箱子，拿出录簿说："你的叔父应该死了。"徐泰就在梦里磕头求情。过了很久，那两个人说："你县里有没有和你叔父同名同姓的人？"徐泰想到一个人，跟这两个人说："有一个张隗，不姓徐。"那两个人说："也差不多。念你能服侍你的叔父，我们将替你救活他。"于是就不见了。徐泰醒来，叔父的病就好了。

卷十一

题解

  从古到今，孝一直是中华大地上的道德标准之一，谶纬出现之后，儒学体系之内的孝道也出现了神化的迹象。《搜神记》中的孝子们都有着感天的能力。无论是万里之外的母子相通还是卧冰得鲤，都是孝感动天的结果。本篇便辑录了《搜神记》中的大量孝子贤妇。此外，《搜神记》在宣扬孝道的同时也在记录侠、仁人义士和具有卓绝才学的人士等。其中有勇力过人的熊渠子弯弓射虎，有武功高强的养由基拉弓而不发箭也会令猿猴抱木而哭，还有身为太守属官的谅辅欲以自焚的极端方式向上天祈求降雨。干宝通过对这些仁义之士的描画，宣扬了以孝为本，仁、义、礼、智、信至上的人伦规范。

熊渠子射虎

原文

  楚熊渠子夜行①，见寝石②，以为伏虎，弯弓射之，没金铩羽③。下视，知其石也。因复射之，矢摧，无迹。汉世复有李广④，为右北平太守⑤，射虎，得石，亦如之。刘向曰："诚之至也，而金石为之开，况于人乎？夫唱而不和，动而不随，中必有不全者也。夫不降席而匡天下者，求之己也。"

注释

①熊渠：西周后期楚国国君。熊渠为国君时，楚国疆土扩张到长江中游。

②寝石：横躺着的石头。

③金：指金属做的箭头。铩羽：摧落箭尾的羽毛。

④李广（？—前119年）：陇西成纪（今甘肃省天水市秦安县一带）人，西汉著名将领。

⑤右北平：古代郡名。战国时燕国所设，晋代改为北平郡。

译文

　　楚国熊渠子夜间赶路，看见一块横躺的石头，以为是一只趴着的老虎，拉开弓箭射它，箭头插进石头里，连箭羽也擦落了。他走近去看，才知道那是石头。于是他又再次射它，弓箭被折断了，石头上没有留下痕迹。汉代又有个叫李广的，任右北平太守，用箭射老虎，却射到石头，也像熊渠子那样。刘向说："精诚所至，金石为开，更何况人呢？有人倡议却没人响应，有人行动却没人追随，其中一定有不完善的原因。不离开坐席而能匡正天下的，要从修养自身去求得。"

养由基射猿

原文

> 楚王游于苑，白猿在焉。王令善射者射之，矢数发，猿搏矢而笑。乃命由基①。由基抚弓，猿即抱木而号。及六国时，更羸谓魏王曰②："臣能为虚发而下鸟。"魏王曰："然则射可至于此乎?"羸曰："可。"有顷，闻雁从东方来，更羸虚发而鸟下焉。

注释

①由基：养由基，神弓箭手，传说能百步穿杨。
②更羸：战国时魏国著名弓箭手。

译文

楚王在园林中游猎，那里有一只白色的猿。楚王命令擅长射箭的人射它，射了好几箭，白猿都接住了箭而嬉笑。楚王于是就命令养由基射它。养由基拿起弓，白猿就抱着树木哭了。到六国时，更羸对魏王说："我能只拉弓弦不射箭就把鸟射下来。"魏王说："射箭的技术能到这个地步吗?"更羸说："能。"不一会儿，听见有大雁从东边飞过来，更羸只拉了下弓弦，就有大雁掉下来了。

古冶子杀鼋

原文

> 齐景公渡于江、沅之河①，鼋衔左骖②，没之。众皆惊惕。古冶子于是拔剑从之③，邪行五里，逆行三里，至于砥柱之下④，杀之，乃鼋也。左手持鼋头，右手挟左骖，燕跃鹄踊而出⑤，仰天大呼，水为逆流三百步。观者皆以为河伯也。

注释

①江、沅之河：长江和沅江。
②鼋（yuán）：一种爬行动物，外形像龟，水生，短尾，背甲暗绿色，近圆形，是淡水龟鳖类中体形最大的一种。左骖（cān）：左边的边马。骖，驾车时位于两边的马。
③古冶子：春秋时齐国的三勇士之一，后被齐相晏婴所杀。

④砥柱：山名。又称底柱山、三门山。

⑤燕跃鹄踊：形容迅捷威猛。

译文

　　齐景公渡长江和沅江的时候，有一只鼋咬着他马车左边的边马，然后潜入水下。众人都惊恐万分。古冶子于是拔出宝剑追它，他斜着追了五里，又逆水追了三里，来到砥柱山下，把它杀了，才知道是只鼋。古冶子左手拿着鼋头，右手挟着左边的边马，像燕子、天鹅那样飞跃而出，仰天大喊，河水被震得倒流了三百步。围观的人都把他当成了水神河伯。

三王墓

原文

　　楚干将、莫邪为楚王作剑①，三年乃成。王怒，欲杀之。剑有雌雄。其妻重身当产，夫语妻曰："吾为王作剑，三年乃成。王怒，往必杀我。汝若生子，是男，大，告之曰：'出户望南山，松生石上，剑在其背。'"于是即将雌剑往见楚王。王大怒，使相之："剑有二，一雄一雌。雌来，雄不来。"王怒，即杀之。

　　莫邪子名赤比，后壮，乃问其母曰："吾父所在？"母曰："汝父为楚王作剑，三年乃成。王怒，杀之。去时嘱我：'语汝子，出户望南山，松生石上，剑在其背。'"于是子出户南望，不见有山，但睹堂前松柱下石砥之上。即以斧破其背，得剑。日夜思欲报楚王。

　　王梦见一儿，眉间广尺，言欲报仇。王即购之千金。儿闻之，亡去。入山，行歌。客有逢者，谓："子年少，何哭之甚悲耶？"曰："吾干将、莫邪子也。楚王杀吾父，吾欲报之。"客曰："闻王购子头千金，将子头与剑来，为子报之。"儿曰："幸甚！"即自刎，两手捧头及剑奉之，立僵。客曰："不负子也。"于是尸乃仆。客持头往见楚王，王大喜。客曰："此乃勇士头也，当于汤镬煮之。"王如其言。煮头三日三夕，不烂。头踔出汤中②，瞋目大怒。客曰："此儿头不烂，愿王自往临视之，是必烂也。"王即临之。客以剑拟王，王头随堕汤中。客亦自拟己头，头复堕汤中。三首俱烂，不可识别。乃分其汤肉葬之，故通名"三王墓"。今在汝南北宜春县界③。

注释

①干将、莫邪：春秋时楚国人，是因铸剑而著名的夫妻。

②踔（chuō）：跳跃。

③汝南：古代郡名。汉代所设，郡治上蔡，今河南上蔡。北宜春：古代县名。其故城在今河南省驻马店市汝南县西南一带。

译文

楚国的干将、莫邪给楚王打造宝剑，三年才造成。楚王很生气，想杀死他们。铸成的宝剑有雌雄两把。干将的妻子怀孕快要生了，他对妻子说："我们给楚王打造宝剑，三年才造成。楚王生气了，我去见他，他必定会杀我。你如果生下男孩，等他长大，就告诉他：'出门望向南山，可以看到长在石头上的大松树，宝剑就在树背面。'"于是他就带着雌剑去见楚王。楚王非常生气，使人查看那宝剑。看剑的人说："宝剑应该是两把，一把雄一把雌。雌剑拿来了，雄剑却没拿来。"楚王生气了，立刻杀了干将。

莫邪的儿子叫赤比，赤比长大后，就问他的母亲："我父亲去哪了？"母亲说："你父亲给楚王造剑，三年才造成。楚王生气了，把他杀了。他离开时嘱咐我：'告诉我的儿子，出门望向南山，那里有长在石头上的大松树，宝剑就在树的背面。'"于是赤比便出门向南望去，却没有看见山，只看见大堂前的松木柱立在石砥之上。他就用斧子劈开木柱的背面，得到了宝剑。他日夜想要找楚王报仇。

楚王梦到一个男孩，眉宇间有一尺宽，说要报仇。楚王就赏赐千金用以缉拿他。赤比听说了，就逃走了。他跑到深山里，边走边唱悲歌。一个侠客碰见了，对他说："你年纪轻轻，怎么哭得这么悲痛呢？"赤比说："我是干将、莫邪的儿子。楚王杀了我的父亲，我要向他报仇。"侠客说："听说楚王悬赏千金要你的头，把你的头和剑给我，我替你去报仇。"赤比说："这太荣幸了！"他立刻自刎，两手捧着头和剑交给侠客，尸体僵硬地站着。侠客说："我不会辜负你。"这时男孩的尸体才倒了下去。侠客拿着赤比的头去见楚王，楚王非常高兴。侠客说："这是勇士的头，应该放在大汤锅里煮。"楚王照做了。这个头煮了三天三夜，也没煮烂。这头从锅里跳出来，愤怒地瞪着眼睛。侠客说："这孩子的头竟然煮不烂，希望大王您亲自来锅边看看吧，这样就一定能煮烂了。"楚王便走到大锅边。侠客用宝剑指向楚王，楚王的头跟着掉进了汤锅。侠客也剑指自己的头，头也掉进锅里。三个头都煮烂了，不能辨认。于是只好把锅里的汤肉分成三份埋了，笼统地称为"三王墓"。现在这墓在汝南郡北宜春县境内。

贾雍失头

原文

> 汉武时，苍梧贾雍为豫章太守①，有神术。出界讨贼，为贼所杀，失头，上马回营。营中咸走来视雍。雍胸中语曰："战不利，为贼所伤。诸君视有头佳乎？无头佳乎？"吏涕泣曰："有头佳。"雍曰："不然，无头亦佳。"言毕，遂死。

注释

①苍梧：古代郡名。汉武帝时所设，郡治在广信县（今广西壮族自治区梧州市），属交阯刺史部。

译文

　　汉武帝时，苍梧人贾雍任豫章郡太守，他会神奇的法术。有一次他离开豫章郡去讨伐贼寇，被贼寇杀了，丢了脑袋，他的身子骑上马回营。营中的将士都来看贾雍。贾雍的胸膛发出声音说道："征战不利，被贼寇伤到了。你们看我是有头好呢？还是没有头好？"他的部下哭着说："有头好。"贾雍说："不对，没有头也好。"说完，他就死了。

断头语

原文

　　渤海太守史良好一女子①，许嫁而不果。良怒，杀之，断其头而归，投于灶下，曰："当令火葬。"头语曰："使君，我相从，何图当尔？"后梦见曰："还君物。"觉而得昔所与香缨、金钗之属②。

注释

①渤海：古代郡名。治所在今河北省沧州市。

②香缨：彩带，古时女子许嫁时所佩。

译文

　　渤海太守史良爱上了一个女子，那女子答应嫁给他却没有结果。史良生气了，便杀了她，砍下她的头拿回了家，扔在灶下，说："要让你葬身火海。"那断头说："太守，我和你相好，哪里想得到会是这样呢？"后来史良梦见她说："还给您的东西。"史良醒来后得到了过去送给她的香缨、金钗之类的东西。

苌弘血化碧

原文

　　周灵王时，苌弘见杀①。蜀人因藏其血，三年，乃化而为碧。

注释

①苌弘：也作"苌宏"。周景王大臣刘文公的家臣，在晋国六卿争斗时，因帮助范氏而惹怒赵氏，周人因杀苌弘。传说苌弘被杀三年后，其血化为碧玉。后人多以"苌弘化碧"来形容刚直忠正，为正义事业而蒙冤抱恨。

译文

周灵王时，苌弘被杀。蜀地的人偷偷藏起了他的血，三年之后，血化成碧玉。

东方朔消患

原文

汉武帝东游，未出函谷关，有物当道。身长数丈，其状象牛，青眼而曜睛①，四足入土，动而不徙。百官惊骇。东方朔乃请以酒灌之②。灌之数十斛而物消。帝问其故，答曰："此名为患，忧气之所生也。此必是秦之狱地，不然，则罪人徒作之所聚。夫酒忘忧，故能消之也。"帝曰："吁！博物之士，至于此乎！"

搜神记

注释

①曜（yào）：明亮，光辉。

②东方朔：汉武帝时辞赋家，博学多识，言辞敏捷，诙谐幽默，常在汉武帝面前谈笑取乐。他有志向，也向汉武帝上书言经国治世之事，但汉武帝始终以俳优视之，未加重用。

译文

汉武帝到东边去游玩，还没有出函谷关，就有一个怪物挡住了路。怪物身长几丈，长得像牛，眼睛是青色，眼珠子闪着光，四只脚插在泥土中，在动却没有走开。百官感到惊骇。东方朔于是请求用酒浇它。浇了几十斛酒那怪物消失了。汉武帝问其中缘故，东方朔回答说："这怪物叫'患'，是幽怨之气产生出来的。此处必定是秦国时的监狱，不然的话，就是犯人、服劳役的人聚集在一块的地方。酒能使人忘忧，因此能把怪物消除。"汉武帝说："啊！真是见多识广的人，连这种事都知道！"

谅辅祷雨

原文

后汉谅辅，字汉儒，广汉新都人①。少给佐吏②，浆水不交③。为从事④，大小毕举，郡县敛手⑤。时夏枯旱，太守自曝中庭⑥，而雨不降。辅以五官掾出祷山川⑦，自誓曰："辅为郡股肱，不能进谏纳忠，荐贤退恶，和调百姓，至令天地否隔，万物枯焦，百姓喁喁⑧，无所控诉，咎尽在辅。今郡太守内省责己，自曝中庭，使辅谢罪，为民祈福。精诚恳到，未有感彻。辅今敢自誓：若至日中无雨，请以身塞无状⑨。"乃积薪柴，将自焚焉。至日中时，山气转黑，起雷，雨大作，一郡沾润。世以此称其至诚。

注释

①广汉新都：广汉郡新都县。管辖范围在今四川省新都市以东。

②佐吏：古代地方长官的僚属。

③浆水不交：浆水不沾，比喻为官清廉，无取于民。

④从事：古代官名。汉以后三公及州郡长官都自辟僚属，称"从事"。

⑤敛手：拱手。

⑥中庭：古代庙堂前阶下正中部分。为朝会或授爵行礼时臣下站立之处。

⑦五官掾（yuàn）：州郡的属官。

⑧喁喁（yóng）：仰望、期待的样子。

⑨无状：不可言状的罪行。

译文

东汉时的谅辅，字汉儒，是广汉郡新都县人。他年轻时做僚属，为官廉洁。后来担任从事史时，大小的事情他都处理得十分妥当，郡、县的人都很敬重他。那时夏天大旱，太守亲自站在中庭求雨，可是不下雨。谅辅以五官掾的身份出去向山川之神祈祷，他发誓说："我谅辅是广汉郡的得力之臣，不能进谏忠言、举荐贤才斥退恶人，使老百姓和睦，以致使天地闭塞不通，万物干枯，百姓仰头望雨，没有地方申诉，这罪过都在我谅辅。现在太守反省责备自己，在中庭曝晒，让我谅辅来谢罪，给民众求福。他真诚恳切，尚且没到能感动上天。我现在敢起誓：如果到了中午还不下雨，就请用我的身体来抵偿大罪。"于是就堆起柴草，准备自焚。中午到了，山间的云气转黑，响起雷声，下起大雨，整个广汉郡都得到了滋润。世人因此而称赞他是最真诚的人。

何敞消灾

原文

何敞，吴郡人[①]。少好道艺[②]，隐居。里以大旱，民物憔悴，太守庆洪遣户曹掾致谒，奉印绶，烦守无锡。敞不受。退，叹而言曰："郡界有灾，安能得怀道？"因跋涉之县，驻明星屋中。蝗蝝消死[③]，敞即遁去。后举方正、博士[④]，皆不就，卒于家。

注释

①吴郡：古代郡名，郡治在今江苏省苏州市。
②道艺：指道士、方士修炼长生术。
③蝝（yuán）：未生翅膀的幼蝗。
④方正：原指人品性正直。汉文帝时始作选贤举荐科目之一。博士：古代官名，负责经学传授。

译文

何敞，是吴郡人。年轻时喜好道术，隐居起来。家乡因为大旱，百姓们生活困苦，太守庆洪派户曹掾送上名帖，捧持印信绶带，请他出任无锡县令。何敞不肯接受。辞退后，感叹说："郡内发生灾害，我哪能胸怀道术却不用？"于是徒步来到无锡县，用法术让太白金星停在屋子里。蝗虫消失死了，何敞就离开了。后来有人推举何敞当方正、博士，他都不去任职，老死在家中。

蝗虫避徐栩

原文

后汉徐栩，字敬卿，吴由拳人①。少为狱吏，执法详平②。为小黄令时③，属县大蝗④，野无生草，过小黄界，飞逝不集。刺史行部责栩不治，栩弃官，蝗应声而至。刺史谢，令还寺舍⑤，蝗即飞去。

注释

①由拳：古代县名，故治在今浙江嘉兴南。
②详平：平正。
③小黄：古代县名，属陈留郡，故治在今安徽省亳州市。
④属：古代行政区划。
⑤寺舍：官舍。

译文

东汉时的徐栩，字敬卿，吴郡由拳县人。他年轻时是个监狱吏，执法公平公正。他当小黄县县令的时候，同属各县发生严重的蝗灾，田野没有一棵青草，蝗虫飞经小黄县境时，却径直飞过去而不停留聚集。刺史巡视考核时责怪徐栩不治蝗灾，徐栩自动辞去了官职，蝗虫竟然立马赶了过来。刺史向徐栩道歉，让他官复原职，蝗虫立即飞走了。

白虎墓

原文

王业，字子香，汉和帝时为荆州刺史。每出行部，沐浴斋素，以祈于天地："当启佐愚心，无使有枉百姓。"在州七年，惠风大行，苛慝不作①，山无豺狼。卒于枝江②，有二白虎，低头曳尾，宿卫其侧。及丧去，虎逾州境，忽然不见。民共为立碑，号曰"枝江白虎墓"。

注释

①苛慝（tè）：暴虐，邪恶。慝，邪恶。
②枝江：古代县名，汉代所设。因长江至此分枝而得名枝江，汉时属南郡，即今湖北省枝江市。

译文

　　王业，字子香，东汉和帝时任荆州刺史。他每次外出巡视部属，都沐浴吃素，然后向天地祈求："请启发帮助我那愚笨的心，别让我做出愧对百姓的事情来。"他在荆州任刺史的七年，广泛推行仁政，暴怒邪恶的事没有发生，山里面连豺狼都没有了。他死在枝江，有两只白虎，低着头拖着尾巴，卧在他的身边守卫。等到他丧事完毕，白虎便跑出州界，一下子就不见了。百姓一起给王业立了碑，称为"枝江白虎墓"。

葛祚碑

原文

　　吴时，葛祚为衡阳太守[①]。郡境有大槎横水[②]，能为妖怪，百姓为立庙。行旅祷祀，槎乃沉没；不者，槎浮，则船为之破坏。祚将去官，乃大具斧斤，将去民累。明日当至，其夜闻江中汹汹有人声，往视之，槎乃移去，沿流下数里，驻湾中。自此行者无复沉覆之患。衡阳人为祚立碑，曰："正德祈禳，神木为移。"

注释

①衡阳：古代郡名，郡治蒸阳县（即今湖南省衡阳市蒸湘区）。
②槎（chá）：树上的杈枝。

译文

　　三国时代的吴国，葛祚任衡阳郡太守。郡内有个大树枨横在江上，能兴妖作怪，百姓给它建立了祠庙。旅行的人去庙里祭祀，大树枨就沉下水去；否则，它就浮在水面，船就被它撞坏。葛祚将要离任，于是准备好了斧子，要为民除掉这个累赘。第二天他们就要去了，当天夜里听见江中有杂乱的声音，就去查看，大树枨竟移走了，沿着江水向下漂了几里，停留在江湾中。从此过江的人不再有沉没翻船的担心了。衡阳郡的人为葛祚立了块碑，道："正直的德行求福消灾，神木因此移走了。"

曾子之孝

原文

　　曾子从仲尼在楚而心动[1]，辞归问母。母曰："思尔，啮指。"孔子曰："曾参之孝，精感万里。"

卷十一

注释

①曾子：曾参，孔子弟子，以孝著称。

译文

　　曾子跟着孔子在楚国，心里有所牵念，于是辞别孔子回家看望母亲。曾子母亲说："想你了，就咬了自己的指头。"孔子说："曾参的孝心，精神在万里之外也能感应得到。"

周畅立义冢

原文

　　周畅性仁慈，少至孝，独与母居。每出入，母欲呼之，常自啮其手，畅即觉手痛而至。治中从事未之信，候畅在田，使母啮手，而畅即归。元初二年[1]，为河南尹[2]，时夏大旱，久祷无应。畅收葬洛阳城旁客死骸骨万余，为立义冢，应时澍雨[3]。

注释

①元初二年：公元115年。汉安帝共使用过五个年号：永初、元初、永宁、建光、延光。元初是其一。
②尹：古代官名。
③澍（shù）雨：暴雨。

译文

　　周畅生性仁爱慈善，年轻时非常孝顺，一个人和母亲住在一起。每次他出去，母亲想呼唤他，常常咬自己的手指，周畅感觉到手疼马上就会回来。郡治中的从事不相信有这样的事，等周畅去打猎，让他母亲咬手指，周畅果然立刻就回来了。元初二年，周畅任河南尹，那年夏天大旱，祈祷神灵很久都没有应验。周畅把洛阳城旁一万多无主的尸骸收起来埋葬了，建了义冢，随即天上下起了暴雨。

王祥孝母

译文

　　王祥，字休征，琅邪人，性至孝。早丧亲，继母朱氏不慈，数谮之①，由是失爱于父，每使扫除牛下。父母有疾，衣不解带。母常欲生鱼，时天寒，冰冻，祥解衣将剖冰求之。冰忽自解，双鲤跃出，持之而归。母又思黄雀炙，复有黄雀数十入其幙②，复以供母。乡里惊叹，以为孝感所致。

注释

①谮（zèn）：诬陷。
②幙（mù）：同"幕"字。幕帐。

译文

　　王祥，字体征，琅邪郡人，生来非常孝顺。他幼年丧母，继母朱氏不慈爱，多次诬陷他，因此他又失去了父亲的疼爱，经常让他去打扫牛圈。父母亲有病时，他日夜服侍他们顾不上睡觉。继母想吃鲜鱼，当时天气寒冷，河水结冰，王祥便脱了衣服，准备砸开冰层去抓鱼。冰层忽然自动裂开，跳出来两条鲤鱼，他就拿了这两条鱼回家了。继母又想吃烤熟的黄雀肉，又有几十只黄雀飞进了他的帐子，王祥又把它们拿去供奉继母。乡邻们都十分惊叹，认为这都是王祥的孝顺感动上天的结果。

王延叩凌求鱼

原文

　　王延，性至孝。继母卜氏，尝盛冬思生鱼，敕延求而不获，杖之流血。延寻汾①，叩凌而哭。忽有一鱼，长五尺，跃出冰上，延取以进母。卜氏食之，积日不尽。于是心悟，抚延如己子。

注释

①汾：河名，即今汾河。

译文

　　王延生来就非常孝顺。他的继母卜氏，曾经在隆冬季节想吃鲜鱼，命令王延去找，结果没找到，就用棍子打他打到出血。王延到汾水找鲜鱼，一边敲冰一边哭泣。忽然有一条鱼，长五尺，跳出水面来，王延拿起来去献给继母。继母卜氏吃这条鱼，几天都没吃完。卜氏于是内心顿悟，从此她像抚养亲生儿子一样抚养王延。

楚僚卧冰求鲤

原文

　　楚僚早失母，事后母至孝。母患痈肿①，形容日悴。僚自徐徐吮之，血出，迨夜即得安寝②。乃梦一小儿语母曰："若得鲤鱼食之，其病即差③，可以延寿。不然，不久死矣。"母觉而告僚。时十二月，冰冻，僚乃仰天叹泣，脱衣上冰，卧之。有一童子，决僚卧处，冰忽自开，一双鲤鱼跃出。僚将归奉其母，病即愈，寿至一百三十三岁。盖至孝感天神，昭应如此④。此与王祥、王延事同。

注释

①痈肿：毒疮、脓肿。
②迨：等到。
③差（chài）：病好了。
④昭应：应验。

译文

　　楚僚早年丧母，他侍奉后母极其孝顺。后母生了毒疮脓肿，形体脸色日益憔悴。楚僚亲自用嘴慢慢地吮吸脓疮，把脓血吸了出来，到晚上才能够安然入睡。后母梦见一个小孩对她说："如果能得到一条鲤鱼吃了，你的病立刻就痊愈了，还能延长你的寿命。否则，过不了多久你就会死去。"后母醒来后告诉了楚僚。当时正值十二月，冰封地冻，楚僚就仰望着上天悲叹哭泣，脱了衣服走上冰面躺下。来了一个小孩，他挖楚僚躺卧的地方，冰忽然自己裂开了，一对鲤鱼从冰下跳出来。楚僚拿起来回家给他的后母吃，吃完后母的病就痊愈了，一直活到了一百三十三岁。这大概是楚僚那至诚的孝顺感动了天神，天神有所响应，这与王祥、王延的事情是相同的。

蛴螬炙

原文

盛彦，字翁子，广陵人①。母王氏，因疾失明，彦躬自侍养。母食，必自哺之。母疾既久，至于婢使数见捶挞②。婢忿恨，闻彦暂行，取蛴螬炙饴之③。母食，以为美，然疑是异物，密藏以示彦。彦见之，抱母恸哭④，绝而复苏⑤。母目豁然即开，于此遂愈。

注释

①广陵：古代郡名，治所在今江苏省扬州市。

②捶挞：用杖击，用鞭打。

③蛴螬：金龟子幼虫，长寸许，居于土中，以植物根茎等为食。饴（sì）：同"饲"字。指拿食物给人吃。

④恸（tòng）：非常悲痛。

⑤绝：死。

译文

盛彦，字翁子，是广陵人。他母亲王氏，因为疾病眼睛失明，盛彦亲自服侍她。母亲吃东西，他一定亲自喂食。母亲久病，以致婢女多次被她杖击、鞭打。婢女怨恨她，听说盛彦暂时外出，于是就烤了金龟子的幼虫给她吃。母亲吃了，觉得味道很好，但又怀疑这是异物，偷偷藏起来拿给盛彦看。盛彦看见虫子，抱着母亲哭得十分悲痛，哭得死去活来。母亲的眼睛忽然一下子就能看见了，从此就好了。

蚺蛇胆

原文

颜含，字宏都，次嫂樊氏因疾失明。医人疏方①，须蚺蛇胆②，而寻求备至，无由得之。含忧叹累时。尝昼独坐，忽有一青衣童子，年可十三四，持一青囊授含。含开视，乃蛇胆也。童子逡巡出户③，化成青鸟飞去。得胆，药成，嫂病即愈。

注释

①疏：分条记录、陈述。文中指开药方。

②蚺（rán）蛇：一种蛇。也作"蚦蛇"。刘恂《岭表录异》卷中记载："蚺蛇，大者五六丈，围四五尺。以次者，亦不下三四丈，围亦称是。身有斑纹如故锦缬。"应即今之蟒蛇。

③逡巡：倒退而行，形容恭顺。

译文

颜含，字弘都，他的二嫂樊氏因病而失明。医生开了个药方，需要用蚺蛇胆，但是到处寻找，也找不到它。颜含忧心叹气很长时间。有一天白天他独自坐着，忽然有一个穿青衣的小孩，十三四岁的样子，拿了一个青布袋送给颜含。颜含打开一看，正是蚺蛇胆。那小孩恭恭敬敬地退出了门，变成一只青鸟飞走了。找到了蚺蛇胆，药做成了，二嫂的病立即就痊愈了。

郭巨埋儿

原文

郭巨，隆虑人也①，一云河内温人②。兄弟三人，早丧父，礼毕，二弟求分。以钱二千万，二弟各取千万。巨独与母居客舍，夫妇佣赁以给供养。居有顷，妻产男。巨念与儿妨事亲，一也；老人得食，喜分儿孙，减馔，二也。乃于野凿地，欲埋儿。得石盖，下有黄金一釜③，中有丹书，曰："孝子郭巨，黄金一釜，以用赐汝。"于是名振天下。

注释

①隆虑：古代县名，管辖范围在今河南林县。

②河内：指黄河以北的地区。汉代设郡，郡治怀县（今河南武陟西南）。温：地名，汉代设县。

今河南省焦作市温县。

③釜：古代的一种炊具。

译文

郭巨，是隆虑县人，又说是河内郡温县人。他弟兄三个，很早就失去了父亲，葬礼结束后，两个弟弟就要分家。家里共有钱两千万，两个弟弟每人拿走了一千万。郭巨独自和母亲在外旅居，夫妻两人靠给人打工来供养母亲。过了一段时间，他妻子生了儿子。郭巨想抚养儿子会影响赡养母亲，这是其一；老人得到食物，喜欢分给孙子，母亲的食物就少了，这是其二。于是他就在野外挖土，想埋掉儿子。他挖到一块石板盖，下面有一釜黄金，里面有朱笔写成的文书，上面写道："孝子郭巨，这黄金一釜，是用来赏赐你的。"于是郭巨的名声传遍了天下。

刘殷居丧

原文

新兴刘殷①，字长盛，七岁丧父，哀毁过礼②。服丧三年，未尝见齿。事曾祖母王氏，尝夜梦人谓之曰："西篱下有粟。"寤而掘之，得粟十五钟③。铭曰："七年粟百石，以赐孝子刘殷。"自是食之，七岁方尽。及王氏卒，夫妇毁瘠，几至灭性。时柩在殡，而西邻失火，风势甚猛，殷夫妇叩殡号哭，火遂灭。后有二白鸠来巢其树庭。

注释

①新兴：古代郡名，郡治在今湖北省荆州市以东。

②哀毁：异常悲伤而毁损身体。

③钟：古代容量单位，一钟合六斛四斗。后也有合八斛及十斛的度量制。

译文

新兴郡的刘殷，字长盛，七岁丧父，异常悲伤而毁了身体，居丧尽礼超出了礼制的要求。服丧三年期间，从来没有开口笑过。他侍奉曾祖母王氏，有一天在夜里梦到有人对他说："西边的篱笆下有粮食。"醒来后去挖，得到了十五钟粮食。铭文说："七年的粮食一百石，是用来赏赐给孝子刘殷的。"从那开始，吃了七年才吃完。等到王氏逝世，刘殷夫妇居丧过度，消瘦得几乎要危及生命了。当时棺材待下葬，但是西边的邻居家失了火，火势很猛，刘殷夫妇敲着棺材号啕大哭，大火就熄灭了。后来有两只白鸠飞到他家院子里的树上做了巢。

杨伯雍种玉

原文

杨公伯雍，雒阳县人也①。本以侩卖为业②，性笃孝。父母亡，葬无终山③，遂家焉。山高八十里，上无水，公汲水，作义浆于坂头，行者皆饮之。三年，有一人就饮，以一斗石子与之，使至高平好地有石处种之，云："玉当生其中。"杨公未娶，又语云："汝后当得好妇。"语毕不见。乃种其石。数岁，时时往视，见玉子生石上，人莫知也。有徐氏者，右北平著姓，女甚有行，时人求，多不许。公乃试求徐氏，徐氏笑以为狂，因戏云："得白璧一双来，当听为婚。"公至所种玉田中，得白璧五双，以聘。徐氏大惊，遂以女妻公。天子闻而异之，拜为大夫。乃于种玉处，四角作大石柱，各一丈，中央一顷地名曰"玉田"。

卷十一

注释

①雒阳：洛阳。
②侩（kuài）：牙侩，旧时买卖双方的居间人。
③无终山：位于今河北省唐山市玉田县西北。

译文

杨伯雍，是洛阳县人。本来以做中间人介绍买卖为生，天性十分孝顺。他的父母死后，葬在无终山，于是到了那里安家守孝。无终山高八十里，山上没有水，他就到山下打水，在坂头上免费供应茶水，来往的行人都从那里喝水。三年后，有一个人来喝水，拿了一斗石子给他，叫他到高且平坦的好田挑有石头的地方把它种下，说："这里面会长出宝玉来。"杨伯雍尚未娶妻，那人又说："你以后会娶到一个好媳妇。"说完就不见了。杨伯雍就种下了那些石子。几年来，他经常去察看，见小宝石长在石头上，人们都不知道这件事。有一户姓徐的人家，是右北平郡的名门望族，他的女儿很有德行，当时有很多人求婚，都不答应。杨伯雍就试着去向徐家求婚，徐家笑他狂妄，便戏弄他说："如果你拿得出一双白玉璧来，就答应你的求亲。"杨伯雍就去他种玉的田中，摘了五双白玉璧，拿来作为聘礼。徐家人大吃一惊，就把女儿嫁给了他。皇帝听说了这件事觉得很奇怪，就任命他为大夫。就在杨伯雍种玉的地方，四个边角立起了大石柱，各有一丈高，这中间的一顷地叫作"玉田"。

衡农梦虎啮足

原文

衡农，字剽卿，东平人也①。少孤，事继母至孝。常宿于他舍，值雷风，频梦虎啮其足。农呼妻相出于庭，叩头三下。屋忽然而坏，压死者三十余人，唯农夫妻获免。

注释

①东平：西汉时置东平国，东晋时改国为郡，治所在无盐县宿城（今山东省东平县）。

译文

衡农，字剽卿，是东平人。他从小就失去了母亲，奉养继母极为孝顺。某天他住在别人家，碰上打雷刮风，他频繁梦见老虎咬他的脚。衡农叫妻子一起到院子中去，磕了三个头。房子突然坍塌，压死了三十多个人，只有衡农夫妻二人幸免于难。

罗威为母温席

原文

罗威，字德仁，八岁丧父，事母性至孝。母年七十，天大寒，常以身自温席，而后授其处。

译文

罗威，字德仁，八岁的时候死了父亲，侍奉母亲十分孝顺。母亲七十岁时，天气异常寒冷，罗威经常用自己的身体温暖炕席，然后让母亲躺在那。

搜神记

王裒守墓

原文

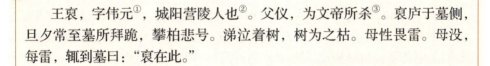

王裒，字伟元①，城阳营陵人也②。父仪，为文帝所杀③。裒庐于墓侧，旦夕常至墓所拜跪，攀柏悲号。涕泣着树，树为之枯。母性畏雷。母没，每雷，辄到墓曰："裒在此。"

注释

①王裒（póu）：王修之孙，其父王仪为司马昭安东司马，后被杀。王裒终身不仕晋。

②城阳：古代郡名。郡治在今山东莒县。营陵：古代县名，县治在今山东省潍坊市昌乐县。

③文帝：司马昭。司马炎称帝后追尊其为晋文帝。

译文

王裒，字伟元，城阳郡营陵县人。他父亲王仪，被文帝诛杀。王裒在父亲的坟墓旁盖起了草屋，早晚经常在坟墓边行礼跪拜，抓着柏树悲痛号哭。眼泪落到树上，树因此都干枯了。他母亲天生害怕打雷。母亲死后，每逢打雷，他就来到坟墓边上说："王裒在这儿呢。"

白鸠郎

原文

郑弘迁临淮太守①。郡民徐宪在丧致哀，有白鸠巢户侧。弘举为孝廉②，朝廷称为"白鸠郎"。

注释

①临淮：古代郡名。郡治在今江苏省淮安市盱眙县西北。

②孝廉：分别为统治阶级选拔人才的科目，始于汉代，在东汉尤为求仕者必由之途。孝，孝悌者。廉，清廉之士。

译文

郑弘升任临淮郡太守。郡里百姓徐宪在家守丧期间非常哀伤，有只白鸠在他家门边筑巢。郑弘推举徐宪为孝廉，朝廷称徐宪为"白鸠郎"。

东海孝妇

原文

　　汉时，东海孝妇养姑甚谨①。姑曰："妇养我勤苦。我已老，何惜余年，久累年少！"遂自缢死。其女告官云："妇杀我母。"官收系之，拷掠毒治。孝妇不堪苦楚，自诬服之。时于公为狱吏②，曰："此妇养姑十余年，以孝闻彻，必不杀也。"太守不听。于公争不得理，抱其狱词哭于府而去。自后郡中枯旱，三年不雨。后太守至，于公曰："孝妇不当死，前太守枉杀之，咎当在此。"太守即时身祭孝妇冢，因表其墓。天立雨，岁大熟。长老传云："孝妇名周青。青将死，车载十丈竹竿，以悬五旛③。立誓于众曰：'青若有罪，愿杀，血当顺下；青若枉死，血当逆流。'既行刑已，其血青黄，缘旛竹而上，极标，又缘旛而下云。"

注释

①东海：古代郡名。秦代所设。楚汉之际也称郯郡。治所在郯（今山东省临沂市郯城县以北）。西汉辖境相当于今山东费县、临沂、江苏赣榆以南，山东枣庄、江苏邳州以东和江苏宿迁、灌南以北地区。

②于公：汉宣帝时廷尉于定国的父亲。他任县狱吏、郡决曹时，断案十分公正，甚得民心，在他活着时百姓就为他立祠，后称为于公祠。

③旛（fān）：长幅下垂的旗。亦泛指旌旗。
后作"幡"。

译文

汉时，东海郡有一个孝顺的媳妇，非常恭敬地赡养她的婆婆。婆婆说："媳妇赡养我很辛苦。我已经老了，怎么能吝惜剩下的年月，长久地拖累年轻人呢！"于是上吊死了。她的女儿告到官府说："这妇人杀了我的母亲。"官府就把孝妇抓了起来，严刑拷打，非常狠毒。孝妇不堪酷刑，自己虽无辜却认了罪。当时于公担任狱吏，说："这媳妇赡养婆婆十多年，以孝顺闻名乡里，婆婆绝对不是她杀的。"太守不听他的意见。于公争辩没有说服太守，就抱着那孝妇的供词从官府大哭而去。从那以后，东海郡内大旱，三年不下雨。接任的太守来了，于公说："那孝顺的媳妇不该死，前任太守冤枉杀了她，祸根应当就是这个。"新任太守立刻亲自去那孝妇的坟墓祭奠，给她的坟墓立了碑，用以表彰她的孝顺。天上立刻下起雨来了，这一年庄稼大丰收。老人们传言说："这孝顺的媳妇叫周青。周青临刑的时候，车子上插着十丈高的竹竿，用来悬挂五种颜色的幡旗。她对着众人赌咒说：'我周青如果有罪，情愿赴死，血该顺着竹竿向下淌；我周青如果死得冤枉，血就该向上逆流上竹竿。'行刑完毕后，她的血呈青黄色，顺着旗杆倒着流，流到了顶端，又沿着旗帜流下来。"

犍为孝女

原文

　　犍为叔先泥和①，其女名雄。永建三年②，泥和为县功曹③，县长赵祉遣泥和拜檄谒巴郡太守④。以十月乘船，于城湍堕水死，尸丧不得。雄哀恸号咷⑤，命不图存，告弟贤及夫人，令勤觅父尸，若求不得，"吾欲自沉觅之"。时雄年二十七，有子男贡，年五岁，贲，年三岁。乃各作绣香囊一枚，盛以金珠环，预婴二子。哀号之声不绝于口，昆族私忧。至十二月十五日，父丧不得。雄乘小船于父堕处，哭泣数声，竟自投水中，旋流没底。见梦告弟云："至二十一日，与父俱出。"至期，如梦，与父相持并浮出江。县长表言，郡太守肃登承上尚书，乃遣户曹掾为雄立碑，图象其形，令知至孝。

注释

①犍（qián）为：古代郡名。汉代所设置，治所在今四川省宜宾市，属益州。

②永建三年：公元128年。永建，东汉顺帝年号。

③功曹：古代官名。汉代郡守有功曹史，简称功曹，除掌人事外，得以参与一郡的政务。

④檄（xí）：文体名。用以征召、声讨的文书。

⑤哀恸（tòng）：极度悲痛。号咷（táo）：放声大哭。

译文

　　犍为郡人叔先泥和，他的女儿名叫叔先雄。东汉顺帝永建三年，叔先泥和任县功曹，县长赵祉派他奉送公文去拜见巴郡太守。他于十月坐船出发，却在城边急流中落水死亡，找不到尸体埋葬。叔先雄悲痛至极，号啕大哭，自己不想活下去了，她告诉弟弟叔先贤和弟媳，叫他们尽力寻找父亲的尸体，说如果找不到，"我就要跳到河里自己去找"。当时叔先雄二十七岁，有一个儿子名叫贡，年龄五岁；一个儿子名叫贳，年龄三岁。她就各做一个绣花香囊，装着金珠环，预先给两个儿子戴上。她哀哭的声音一直没有停止过，同族的人私下都很担忧。到了十二月十五月，父亲的尸体还是找不到。叔先雄乘坐小船来到父亲落水的地方，哭泣了几声，竟然自己跳进水里，在回旋的深水中沉入水底。她托梦给弟弟，告诉他说："到二十一日，我与父亲相互扶持一起浮出水面。"到那一天，像梦中所说的一样，她和父亲互相扶持一起浮出水面。县长写奏章上报此事，郡太守肃登把奏章进呈给了尚书，于是派户曹掾为叔先雄立碑，把她的形象刻在碑上，让人们都知道她非常孝顺。

乐羊子妻

原文

　　河南乐羊子之妻者，不知何氏之女也。躬勤养姑。尝有他舍鸡谬入园中，姑盗杀而食之。妻对鸡不食而泣。姑怪问其故，妻曰："自伤居贫，使食有他肉。"姑竟弃之。后盗有欲犯之者，乃先劫其姑。妻闻，操刀而出。盗曰："释汝刀，从我者可全；不从我者，则杀汝姑。"妻仰天而叹，刎颈而死。盗亦不杀姑。太守闻之，捕杀盗贼，赐妻缣帛[1]，以礼葬之。

注释

①缣（jiān）帛：绢类丝织物。

译文

　　河南乐羊子的妻子，不知道是谁家的女儿。她亲自操劳侍奉婆婆。曾经别人家的鸡误闯入乐羊子的园中，婆婆偷偷抓来杀了吃。乐羊子妻对着鸡肉不吃，流泪。婆婆感到奇怪，问她原因，乐羊子妻说："我是难过家里穷，以致食物里竟然有别人家的肉。"婆婆最终把鸡肉丢弃。后来有盗贼想侵犯她，就先劫持其婆婆。乐羊子妻听到响动后，拿着刀跑出来。盗贼说："你放下刀，依从我就能保全性命；如果不从我，我就杀了你婆婆。"乐羊子妻仰天叹息，割断脖子就死了。盗贼也没有杀她婆婆。太守知道了这件事，抓捕并处死了那盗贼，赐给乐羊子妻许多丝绸布帛，按照礼仪把她安葬了。

庾衮侍兄

原文

庾衮，字叔褒。咸宁中大疫①，二兄俱亡，次兄毗复殆。疠气方盛②，父母诸弟皆出次于外，衮独留不去。诸父兄强之，乃曰："衮性不畏病。"遂亲自扶持，昼夜不眠。间复抚柩哀临不辍③。如此十余旬，疫势既退，家人乃返。毗病得差④，衮亦无恙。

注释

①咸宁：晋武帝年号。
②疠（lì）：疫病。
③哀临：皇帝后死集众举哀。后泛指到场为死者举哀。辍：停止。
④差（chài）：病愈。

译文

庾衮，字叔褒。晋武帝咸宁年间发生疫病，他的两个哥哥都病死了，他的二哥庾毗又病得很严重。疫病正盛行，他父母和几个弟弟都离家外出居住，庾衮独自留下不走。父兄们硬要他离开，他就说："我生来不怕病。"于是亲自服侍二哥，白天晚上都不睡觉。这期间又抚着灵为已故的哥哥哀伤不停。像这样过了百余日，疫病的势头开始消退了，家里人才返回来。二哥庾毗的病好了，庾衮也安然无恙。

相思树

原文

宋康王舍人韩凭娶妻何氏①，美，康王夺之。凭怨，王囚之，论为城旦②。妻密遗凭书，缪其辞曰③："其雨淫淫④，河大水深，日出当心。"既而王得其书，以示左右，左右莫解其意。臣苏贺对曰："其雨淫淫，言愁且思也。河大水深，不得往来也。日出当心，心有死志也。"俄而凭乃自杀。其妻乃阴腐其衣。王与之登台，妻遂自投台，左右揽之，衣不中手而死。遗书于带，曰："王利其生，妾利其死。愿以尸骨赐凭合葬。"王怒，弗听。使里人埋之，冢相望也。王曰："尔夫妇相爱不已，若能使冢合，则吾弗阻也。"宿昔之间⑤，便有大梓木生于二冢之端，旬日而大盈抱，屈体相就，根交于下，枝错于上。又有鸳鸯，雌雄各一，恒栖树上，晨夕不去，交颈悲鸣，音声感人。宋人哀之，遂号其木曰"相思树"。"相思"之名，起于此也。南人谓此禽即韩凭夫妇之精魂。今睢阳有韩凭城⑥，其歌谣至今犹存。

注释

①宋康王（？—前286年）：也称宋王偃、宋献王，子姓，戴氏，名偃，宋剔成君之弟，战国时宋国末代君主，公元前329年—公元前286年在位。舍人：仆从、差役。

②城旦：古代刑罚名，筑城四年的劳役。

③缪其辞：指话说得违背常规。

④淫淫：雨一直下的样子。

⑤宿昔：短时间之内。

⑥睢（suī）阳：古代县名。县治在今河南省商丘市以南。

译文

宋康王的差役韩凭娶了一个妻子姓何，长得很美，宋康王夺走了她。韩凭心里怨恨，宋康王把他囚禁起来，定罪判四年的筑城劳役。韩凭的妻子偷偷地给韩凭写信，言辞隐讳地说："那雨绵绵下不停，河流宽广水又深，太阳出来照我心。"后来宋康王也见到了这封信，拿给左右的人看，左右侍者不知道信上说的意思。大臣苏贺回答说："那雨绵绵下不停，是说忧愁而且思念。河流宽广水又深，是说不能互相往来。太阳出来照我心，是说心里有了死的打算。"不久，韩凭就自杀了。他的妻子暗地里把自己的衣服弄得腐朽。宋康王和韩凭的妻子登上高台，韩凭的妻子往台下跳，左右的人去拉她，衣服已经腐朽拉不住，就摔死了。她在衣带上留有遗书，上面写道："大王愿意我活着，我愿意自己死去。希望将我的尸骨赐予韩凭合葬。"宋康王大怒，不照她的话办。他叫当地人埋葬他们，两座坟墓分离相望。宋康王说："你们夫妇相爱不绝，如果能叫两座坟墓合在一起，那么我就不阻拦了。"旦夕之间，就有两棵大梓树分别从两个坟头长出来，十来天长得有一抱粗，树干弯曲互相靠拢，树根在地下交接，树枝在天空交错。又有两只鸳鸯，一雌一雄，总是栖息在树上，早晚都不离开，依偎着脖子悲哀地鸣叫，声音令人感动。宋国人同情他们，于是称这两棵树为"相思树"。"相思"的名称，是从这时候开始兴起的。南方人说鸳鸯就是韩凭夫妇的灵魂。如今睢阳县有韩凭城，关于韩凭夫妇的歌谣至今还流传着。

饮水生儿

原文

汉末，零阳郡太守史满有女①，悦门下书佐②，乃密使侍婢取书佐盥手残水饮之，遂有妊。已而生子，至能行，太守令抱儿出，使求其父。儿匍

匐直入书佐怀中。书佐推之，仆地，化为水。穷问之，具省前事。遂以女妻书佐。

注释

①零阳：古代县名，西汉始设，以在零水之北得名。故城在今湖南省张家界市慈利县东。

②书佐：负责文书的佐吏。

译文

汉朝末年，零阳郡太守史满有个女儿，喜欢府上的书佐，就偷偷地让她的婢女把书佐洗手剩下的水拿来喝了，于是就怀孕了。后来她生了个孩子，到孩子会走路了，太守便叫人把小孩抱出来，让他寻找自己的父亲。这小孩在地上径直爬进书佐的怀里。书佐推他，他便倒在地上，变成了水。太守再三追问，知道了此前发生的所有事情，于是太守就把女儿嫁给了书佐。

望夫冈

原文

鄱阳西有望夫冈①。昔县人陈明与梅氏为婚，未成，而妖魅诈迎妇去。明诣卜者，决云："行西北五十里求之。"明如言，见一大穴，深邃无底。以绳悬入，遂得其妇。乃令妇先出，而明所将邻人秦文，遂不取明。其妇乃自誓执志，登此冈首而望其夫，因以名焉。

注释

①鄱（pó）阳：古代县名。秦代称番县，汉代改为鄱阳县。故城在今江西省鄱阳县东北。

译文

　　鄱阳县西边有一座望夫冈。从前县里有个叫陈明的与姓梅的女子订婚，还没有成亲，女子被妖怪诈骗接走了。陈明去请教占卜的人，占卦判定说："往西北走五十里找她。"陈明照他的话去寻找，看见一个大洞，深得望不到底。他用绳子系着自己下去，于是找到他的妻子。陈明让他的未婚妻先出来，但他带去的邻居秦文，却不把他拉上来。陈明的未婚妻发誓保持自己的贞操，登上这座山冈顶盼望它的未婚夫，因此这座山冈被叫作"望夫冈"。

邓元义妻更嫁

原文

　　后汉南康邓元义①，父伯考，为尚书仆射②。元义还乡里，妻留事姑，甚谨。姑憎之，幽闭空室，节其饮食，嬴露③，日困，终无怨言。时伯考怪而问之，元义子朗，时方数岁，言："母不病，但苦饥耳。"伯考流涕曰："何意亲姑反为此祸！"遣归家，更嫁为应华仲妻④。仲为将作大匠⑤，妻乘朝车出⑥。元义于路旁观之，谓人曰："此我故妇，非有他过，家夫人遇之实酷，本自相贵。"其子朗，时为郎⑦，母与书，皆不答，与衣裳，辄以烧之。母不以介意。母欲见之，乃至亲家李氏堂上，令人以他词请朗。朗至，见母，再拜涕泣，因起出。母追谓之曰："我几死，自为汝家所弃，我何罪过，乃如此耶？"因此遂绝。

注释

①南康：古代郡名。西晋所设，郡治雩都（今江西省赣州市于都县）。
②仆射（yè）：古代官名。秦代始设，汉代沿用。汉成帝建始四年（前29年），初置尚书五人，一人为仆射，位仅次尚书令。
③嬴露：瘦弱。
④应华仲：应顺，字华仲。
⑤将作大匠：古代官名，负责宫室、宗庙、陵寝等土木营建的官员。
⑥朝车：古代君臣行朝夕礼及宴饮时出入用车。
⑦郎：古代官名。

译文

　　东汉南康郡人邓元义，他父亲邓伯考任尚书仆射。邓元义回乡，他妻子留下来侍候婆婆，十分谨慎。婆婆憎恨她，把她囚禁在空房子里，限制她的饮食，她十分瘦弱，每天困顿不堪，但她始终没有怨言。当时邓伯考觉得奇怪去询问，邓元义的儿子邓朗当时才几岁，说："母亲没有生病，只是苦于饥饿而已。"邓伯考流着眼泪说："哪里想到侍候婆婆

反而遭到这样的祸害！"邓伯考送她回娘家，让她改嫁给应华仲做妻子。应华仲任将作大匠，他妻子乘坐朝廷的车子出门。邓元义在路边上看见她，对人说："这个人是我原来的妻子，没有别的过错，我母亲对待她太严酷了，她本来就是大富大贵之相。"她的儿子邓朗，当时任郎官，母亲写信给他，他都不回信，送衣服给他，他总是把衣服烧掉。母亲并不介意。母亲想见儿子，就到姓李的亲家内堂里，叫人用其他托词请他来。邓朗来到这里，看见母亲，哭泣着下拜了两次，就起身走出去。母亲追上去对他说："我差点被饿死，自己被你家所弃，我有什么罪过，你竟然这样对待我？"从此就与他断绝了往来。

严遵破案

原文

严遵为扬州刺史，行部，闻道傍女子哭声不哀。问所哭者谁，对云："夫遭烧死。"遵敕吏舁尸到①，与语讫，语吏云："死人自道不烧死。"乃摄女，令人守尸，云："当有枉。"吏曰："有蝇聚头所。"遵令披视，得铁锥贯顶。考问，以淫杀夫。

注释

①舁（yú）：抬。

译文

严遵任扬州刺史，到所属郡县巡视，听见路旁一个女子的哭声，但哭声并不哀伤。严遵问她哭的是谁，那女子回答说："是被火烧死的丈夫。"严遵命令官吏把尸体抬来，与尸体说完话，就对官吏说："死人自己说不是被烧死的。"于是逮捕了那女子，叫人看守尸体，说："一定有冤情。"官吏说："有苍蝇聚集在尸体头部。"严遵命令他们拨开头发察看，发现一根铁锥从那尸体头顶穿下去。拷问后得知，那女子因为通奸而杀害了丈夫。

死友

原文

汉范式，字巨卿，山阳金乡人也①，一名氾，与汝南张劭为友。劭，字元伯。二人并游太学，后告归乡里。式谓元伯曰："后二年当还，将过拜尊亲，见孺子焉。"乃共克期日。后期方至，元伯具以白母，请设馔以候之。母曰："二年之别，千里结言，尔何相信之审耶？"曰："巨卿信士，必不乖违。"母曰："若然，当为尔酝酒。"至期，果到。升堂拜饮，尽欢而别。后元伯寝疾，甚笃，同郡郅君章、殷子征晨夜省视之。元伯临终叹曰："恨不见我死友[2]。"子征曰："吾与君章尽心于子，是非死友，复欲谁求？"元伯曰："若二子者，吾生友耳[3]。山阳范巨卿，所谓死友也。"寻而卒。式忽梦见元伯，玄冕垂缨，屣履而呼曰[4]："巨卿，吾以某日死，当以尔时葬。永归黄泉。子未忘我，岂能相及？"式怳然觉悟，悲叹泣下，便服朋友之服[5]，投其葬日，驰往赴之。未及到而丧已发引。既至圹[6]，将窆[7]，而柩不肯进。其母抚之曰："元伯，岂有望耶？"遂停柩。移时，乃见素车白马，号哭而来。其母望之，曰："是必范巨卿也。"既至，叩丧言曰："行矣元伯！死生异路，永从此辞。"会葬者千人，咸为挥涕。式因执绋而引柩，于是乃前。式遂留止冢次，为修坟树，然后乃去。

注释

①山阳：古代郡名、国名。金乡：古代县名。东汉所设，因境内金乡山得名。故治在今山东省济宁市嘉祥县阿城铺。

②死友：生死与共的朋友。

③生友：生时之友。

④屣（xǐ）履：拖着鞋子走路。形容急忙的样子。

⑤朋友之服：为朋友之丧所穿的丧服。

⑥圹（kuàng）：墓穴。

⑦窆（biǎn）：下葬。

译文

汉代人范式，字巨卿，是山阳郡金乡县人，又叫范汜，他和汝南郡人张劭是好朋友。张劭，字元伯。他们两人一起在太学读书，后来告别回家乡。范式对张元伯说："过两年我要回来，将去拜访你的父母，看看你的孩子。"于是他们共同约定会见日期。后来约定的日期快到了，张元伯把这事告诉母亲，请她准备酒菜等候范式。母亲说："分别两年了，在千里之外口头上许诺的话，你怎么当真相信呢？"张元伯说："范巨卿是信守诺言的人，一定不会违背诺言的。"母亲说："如果是这样，我就为你酿酒。"到了约定的那一天，范式果然到来。他登上厅堂拜见张劭家人，一起饮酒，尽欢而别。后来张元伯生病卧床，病情十分严重，同郡人郅君章、殷子征早晚都来看护他。张元伯临死时感叹说："遗憾不能见到我生死与共的朋友。"殷子征说："我和郅君章尽心竭力对待你，如果我们不是生死与共的朋友，那你还想见谁呢？"张元伯说："你们二位，是我的生时之友。山阳郡范巨卿，才是我说的生死与共的朋友。"不久张元伯就死了。范式忽然梦见张元伯，戴着黑礼帽，帽檐挂着飘带，拖着鞋子，匆匆忙忙呼喊说："巨卿！我在某日死了，将在

某个时候埋葬，永归黄泉之下。你没有忘记我，是否能再见我一面？"范式一下子醒过来，悲叹流泪，立刻穿上为朋友服丧的衣服，赶着张元伯下葬的日子，往他家奔驰而来。范式还没有赶到，灵柩已经开始送葬了。到了墓穴，将要下葬，棺材却不肯进入墓穴。张元伯的母亲抚摸着棺材说："元伯，难道还要期待谁吗？"于是停下棺材。过了一会儿，就看见一辆驾着白马的马车，车上有人号啕大哭而来。张元伯的母亲远远望见，说："这一定是范巨卿。"范式到来后，吊唁说道："你走了，元伯！死与生不能同路，从此永别了。"当时送葬的有上千人，都为此情此景流下眼泪。范式于是拉着绳索引柩，棺材这时才往前移动。范式就留在墓地，给张劭垒了坟，种上树，然后才离开。

卷十二

题解

  魏晋南北朝时期，五行学说颇为流行。古人认为，万物都是由水、火、木、金、土五种元气变化生成的，但不同元气生成的事物也是有所区别的。元气的性质决定了事物的属性，和气所成为圣人，浊气所成为怪物，元气的变化流动必然带来事物属性的改变。从《搜神记》中记载的数量不少的精魅故事中可以看出，这似乎是当时人们普遍认可的道理。

论五气变化

原文

天有五气，万物化成。木清则仁，火清则礼，金清则义，水清则智，土清则思，五气尽纯，圣德备也。木浊则弱，火浊则淫，金浊则暴，水浊则贪，土浊则顽，五气尽浊，民之下也。中土多圣人，和气所交也。绝域多怪物，异气所产也。苟禀此气，必有此形；苟有此形，必生此性。故食谷者智慧而文，食草者多力而愚，食桑者有丝而蛾，食肉者勇憨而悍[1]，食土者无心而不息，食气者神明而长寿，不食者不死而神。大腰无雄，细腰无雌[2]；无雄外接，无雌外育。三化之虫[3]，先孕后交；兼爱之兽[4]，自为牝牡[5]。寄生因夫高木[6]，女萝托乎茯苓[7]。木株于土，萍植于水。鸟排虚而飞，兽蹠实而走[8]，虫土闭而蛰，鱼渊潜而处。本乎天者亲上，本乎地者亲下，本乎时者亲旁，各从其类也。千岁之雉，入海为蜃[9]；百年之雀，入海为蛤；千岁龟鼋[10]，能与人语；千岁之狐，起为美女；千岁之蛇，断而复续；百年之鼠，而能相卜。数之至也。春分之日，鹰变为鸠；秋分之日，鸠变为鹰。时之化也。故腐草之为萤也，朽苇之为蛬也[11]，稻之为蛩也[12]，麦之为蝴蝶也。羽翼生焉，眼目成焉，心智在焉。此自无知化为有知而气易也。雀之为蛤也[13]，蛇之为鳖也，蚕之为虾也，不失其血气，而形性变也。若此之类，不可胜论。应变而动，是为顺常；苟错其方，则为妖眚[14]。故下体生于上，上体生于下，气之反者也。人生兽，兽生人，气之乱者也。男化为女，女化为男，气之贸者也[15]。鲁牛哀得疾，七日化而为虎，形体变易，爪牙施张。其兄启户而入，搏而食之。方其为人，不知其将为虎也；方有为虎，不知其常为人也。故晋太康中[16]，陈留阮士瑀伤于虺[17]，不忍其痛，数嗅其疮，已而双虺成于鼻中。元康中[18]，历阳纪元载客食道龟[19]，已而成瘕[20]，医以药攻之，下龟子数升，大如小钱，头足咸备，文甲皆具，惟中药已死。夫妻非化育之气，鼻非胎孕之所，享道非下物之具[21]。从此观之，万物之生死也，与其变化也，非通神之思，虽求诸己，恶识所自来？然朽草之为萤，由乎腐也；麦之为蝴蝶，由乎湿也。尔则万物之变，皆有由也。农夫止麦之化者，沤之以灰[22]；圣人理万物之化者，济之以道。其与不然乎？

注释

①憨（xiàn）：气势强盛。

②大腰：文中指龟鳖一类的动物。细腰：文中指蜂类动物。

③三化：变化三次。这里指蚕。

④兼爱之兽：《山海经》中记载的一种叫"类"的兽，一身而具备雌雄二性，吃了它就不会妒忌，故称兼爱之兽。有人说即香狸。

⑤牝（pìn）牡：雌性和雄性的鸟兽。

⑥寄生：指芝菌一类依附于树木生长的植物。

⑦女萝：植物名，即松萝。多附生在松树上，成丝状下垂。茯苓：寄生在松树根上的菌类植物，形状像甘薯，外皮黑褐色，里面白色或粉红色。中医用以入药，有利尿、镇静等作用。

⑧蹠（zhí）：脚掌。

⑨蜃（shèn）：大蛤。

⑩鼋（yuán）：大鳖。民间称癞头鼋。

⑪蛩（qióng）：蟋蟀。

⑫蛆（jiā）：米中的小黑虫。

⑬隺（hè）：同"鹤"字。

⑭妖眚（shěng）：灾异。

⑮贸：交互，错杂。

⑯太康：晋武帝司马炎年号。

⑰虺（huǐ）：古书上说的一种毒蛇。

⑱元康：晋惠帝司马衷年号。

⑲历阳：古代县名，秦代所设，晋代改县为郡。治所在今安徽省马鞍山市和县。客食道龟：客食一般指寄食，即依附别人生活。这里似应作客时吃了有神性的龟。

⑳瘕（jiǎ）：应为由寄生虫引起的腹中结块。

㉑享道：消化道。

㉒沤：壅埋堆积。

译文

　　天有金、木、水、火、土五行元气，万物由此变化产生。木气纯净就产生仁爱，火气纯净就产生礼节，金气纯净就产生正义，水气纯净就产生智慧，土气纯净就产生聪明，五气都纯净，圣人的品德就具备了。木气混浊就产生虚弱，火气混浊就产生淫秽，金气混浊就产生暴虐，水气混浊就产生贪婪，土气混浊就产生愚固，五气都混浊，就成为下流之人。中原地区有很多圣人，是因为中和之气互相交融。边远地区有很多怪物，是因为怪异之气所产生。如果秉承某种元气，一定具有某种形体；如果具有某种形体，一定产生某种性情。所以吃谷物的聪明而有文采，吃草类的力大而愚昧，吃桑叶的吐丝而变成蛾虫，吃肉类的勇猛而强悍，吃泥土的没有心智而不休息，吃元气的圣明而长寿，不吃东西的人不死而成为神仙。龟鳖类动物没有雄性，蜂类动物没有雌性；没有雄性的与其他动物交配，没有雌性的由其他动物生育。蚕类虫子，先产卵然后交配；类这种野兽，自身存在两种性别。芝菌一类依附于高树，松萝托身于茯苓。树木长在土里，浮萍生在水中。鸟翅凌空能飞翔，兽足厚实能奔跑，虫潜伏在泥土里冬眠，鱼躲在深渊中居住。来源于天的亲附天上，来源于地的亲附地下，来源于时令的亲附依傍之物，这是依从各自的种类。千年的雉，进入海里成为蜃；百年的雀，进入海里成为蛤；千年的龟鳖，能够与人说话；千年的

狐狸，能够变成美女；千年的蛇，身子断了又能接上；百年的老鼠，能够占卜吉凶。这是气数已经达到。春分的时候，鹰变成鸠；秋分的时候，鸠变成鹰。这是时令的变化。所以腐烂的草变成萤火虫，朽坏的芦苇变成蟋蟀，稻子变成米中的小黑虫，麦子变成蝴蝶。生出羽毛翅膀，长出眼睛，有心灵存在。这是从无知觉变为有知觉而元气变化了。鹤变成獐，蛇变成鳖，蟋蟀变成虾，没有失去它的血气，而形体性质变化了。像这一类事物，多得说不尽。根据变化而行动，这是顺应自然规律；如果违背了它的规律，就会出现灾异。因此身体的下部长在上部，上部长在下部，是元气逆反的表现。人生出兽，兽生出人，是元气的紊乱。男人变为女人，女人变为男人，是元气错杂的表现。鲁人牛哀生病，七天后变成虎，身体发生变化，长出虎爪虎牙。他哥哥开门进去，被老虎抓住吃掉。当他是人的时候，不知道他要变成虎；当他是虎的时候，不知道他曾经是人。因此晋武帝太康年间，陈留人阮士瑀被虺毒伤，忍受不了伤口的痛苦，多次嗅自己的毒疮，后来发现有两条虺虫长在鼻子里。晋惠帝元康年间，历阳人纪元载做客，吃了得道的神龟，后来生了瘕病，医生用药给他治病，排泄出几升小乌龟，一个个有小铜钱那样大，头、脚齐备，浮甲上都有花纹，只是中了药性已经死了。夫妇不是化育的元气，鼻子不是怀胎受孕的场所，肠道不是生产动物的工具。由此观之，万物的生死及其变化，如果不是神灵的非凡思虑，即使从它自身去推究，怎么知道是从哪里来的呢？然而朽烂的草变成萤火虫，是由于草腐烂；麦子变成蝴蝶，是由于潮湿。那么万物的变化，都是有原因的。农夫制止麦子的变化，堆积灰去沤它；圣人治理万物的变化，用"道"来调剂。难道不是这样吗？

土中贲羊

原文

季桓子穿井①，获如土缶，其中有羊焉。使问之仲尼，曰："吾穿井而获狗，何耶？"仲尼曰："以丘所闻，羊也。丘闻之，木石之怪夔、蝄蜽②，水中之怪龙、罔象③，土中之怪曰贲羊④。"《夏鼎志》曰⑤："罔象，如三岁儿，赤目、黑色、大耳、长臂、赤爪。索缚，则可得食。"王子曰："木精为游光，金精为清明也。"

注释

①季桓子：春秋末年鲁国大夫季孙斯。

②夔：传说中的一种龙形异兽。蝄（wǎng）蜽（liǎng）：传说中的山川精怪。

③罔象：传说中的水怪。

④贲（fén）羊：传说中的土怪。

⑤《夏鼎志》：应是解释夏鼎所铸怪物图的书籍。

译文

季桓子挖井，得到一个像瓦器那样的东西，那里面有只羊。他派人去问孔子，说："我挖井得到一只狗，为什么呢？"孔子说："依我听过的事情，那是羊。我听说过，树木、石头中的精怪是夔、蝄蛃，水中的精怪是龙、罔象，泥土中的精怪叫作贲羊。"《夏鼎志》中记载说："罔象，像三岁的小孩，红眼睛，黑色，大耳朵，长臂膀，红色的脚爪。用绳子把它缚住就可以吃它了。"王子说："木精是游光，金精是清明。"

地中犀犬

原文

晋惠帝元康中①，吴郡娄县怀瑶家忽闻地中有犬声隐隐②。视声发处，上有小窍，大如蟮穴③。瑶以杖刺之，入数尺，觉有物，乃掘视之，得犬子。雌雄各一，目犹未开，形大于常犬。哺之而食，左右咸往观焉。长老或云："此名犀犬，得之者，令家富昌，宜当养之。"以目未开，还置窍中，覆以磨砻④。宿昔发视，左右无孔，遂失所在。瑶家积年无他祸福。

至太兴中⑤，吴郡太守张懋闻斋内床下犬声，求而不得。既而地坼⑥，有二犬子。取而养之，皆死。其后懋为吴兴兵沈充所杀。《尸子》曰⑦："地中有犬，名曰'地狼'；有人，名曰'无伤'。"《夏鼎志》曰："掘地而得狗，名曰'贾'；掘地而得豚⑧，名曰'邪'；掘地而得人，名曰'聚'。''聚'，无伤也。此物之自然，无谓鬼神而怪之。然则'贾'与'地狼'名异，其实一物也《淮南万毕》曰⑨："千岁羊肝，化为'地宰'；蟾蜍得'苽'⑩，卒时为'鹑'。"此皆因气化以相感而成也。

注释

①元康：晋惠帝司马衷年号。
②吴郡：古代郡名，郡治在今江苏省苏州市。娄县：古代县名，秦代为疁县，西汉时改为娄县，故治在今江苏省昆山市。
③螾（yǐn）：蚯蚓。后多作“蚓”。
④磨砻（lóng）：磨石。
⑤太兴：晋元帝司马睿年号。
⑥坼（chè）：裂开。
⑦《尸子》：书名。战国时楚国人尸佼著。
⑧豚（tún）：猪。
⑨《淮南万毕》：书名，即《淮南万毕术》，由西汉淮南王刘安招集的淮南学派所作。“万毕”，即万法毕于此之意。
⑩苽（gū）：同“菰”。一种菌类。

译文

晋惠帝元康年间，吴郡娄县怀瑶家里忽然听见地下有隐隐约约的狗叫声。去看狗叫声发出的地方，地上有一个小孔，跟蚯蚓的洞穴那样大。怀瑶用木棍刺进小孔，插进几尺，感觉有东西，就挖开来看，得到犬的幼崽。雌雄各一只，眼睛还没有睁开，形体比平常的家犬大。喂东西它就吃，左右邻居都前来观看。年纪大的说：“这狗叫犀犬，得到它会使家里富裕昌盛，最好把它饲养起来。”因为小狗眼睛还没有睁开，怀瑶把它们放回洞穴中，用磨石盖上洞口。不久打开来看，到处都没有洞穴，于是不知道它们去哪里了。怀瑶家多年也没有什么祸福。

东晋元年太兴年间，吴郡太守张懋听见房子的床下有狗叫声，到处寻找却没有找到。接着地下裂开，有两条小狗。他取出小狗来饲养，都死掉了。后来张懋被吴兴叛军沈充杀死。《尸子》中说：“地下有狗，名叫‘地狼’；地下有人，名叫‘无伤’。”《夏鼎志》中说：“挖掘地下得到狗，名叫‘贾’；挖掘地下得到猪，名叫‘邪’；挖掘地下得到人，名叫‘聚’。”“聚”，就是无伤。这是事物的自然存在，不要说是鬼神而认为它奇怪。然而“贾”和“地狼”名称不同，但它们实际上是一种东西。《淮南万毕》中说：“千年的羊肝，变成‘地宰’；蟾蜍得到‘苽’，最终变成‘鹑’。”这都是因为元气变化互相感应而变成的。

山精傒囊

原文

吴诸葛恪为丹阳太守①，尝出猎。两山之间，有物如小儿，伸手欲引人。恪令伸之，乃引去故地。去故地，即死。既而参佐问其故，以为神明。恪曰：

"此事在《白泽图》内②，曰：'两山之间，其精如小儿，见人，则伸手欲引人，名曰"傒囊"。引去故地，则死。'无谓神明而异之，诸君偶未见耳。"

注释

①丹阳：古代郡名，秦代称鄣郡，汉武帝建元二年（前141年）更名为丹阳郡，郡治宛陵，即今安徽省宣城市宣州区。

②《白泽图》：一部记载山川草木精怪之状貌以及避忌、劾制之术的书，到宋代失传。

译文

三国时东吴郡诸葛恪任丹阳郡太守，曾经出去打猎。他在两座山之间，发现有个怪物像小孩一样，伸出手来想拉人。诸葛恪让人把手伸出来给它，于是拉着它的手使它离开了原来的地方。一离开原来的地方，它就死了。之后参佐问这是什么原因，认为它是神明。诸葛恪说："这事在《白泽图》中有记载，说：'两座山之间，有个像小孩一样的精怪，看见人，就伸出手来想拉人，名字叫作"傒囊"。拉着它离开原来的地方，它就会死去。'不要说它是神明而感到奇怪，各位只是偶然没有看到罢了。"

池阳小人庆忌

原文

王莽建国四年，池阳有小人景①，长一尺余，或乘车，或步行，操持万物，大小各自相称，三日乃止。莽甚恶之。自后盗贼日甚，莽竟被杀。《管子》曰②："涸泽数百岁，谷之不徙，水之不绝者，生庆忌。庆忌者，其状若人，其长四寸，衣黄衣，冠黄冠，戴黄盖，乘小马，好疾驰。以其名呼之，可使千里外一日反报。"然池阳之景者，或庆忌也乎？又曰："涸小水精生蚳③。蚳者，一头而两身，其状若蛇，长八尺。以其名呼之，可使取鱼鳖。"

注释

①池阳：原为县名，汉代所设，管辖范围在今陕西省泾阳和三原的部分地区。文中指汉代宫殿池阳宫。景：同"影"。

②《管子》：先秦时期各学派的言论汇编，大约成书于战国至秦汉时期，内容庞杂，包括法家、儒家、道家、阴阳家、名家、兵家和农家的观点。刘向在《汉书·艺文志》将其列为道家著作，当时有86篇，今本实存76篇，其余10篇仅存目录。《管子》一书的思想，是中国先秦时期政治家治国、平天下的大经大法。书中所引出自《管子·水地》。

③蚳（chí）：传说中的一种水中生物。

译文

王莽建国四年，池阳宫有小人的影子出现，长一尺多，有的乘车，有的步行，拿着各种东西，大小也都与小人身体相称，三天以后才消失。王莽十分厌恶这件事。那以后盗贼愈来愈猖狂，王莽最后竟然被杀死了。《管子》中说："水泽干竭要经过几百年，山谷不迁徙，水分不断绝的，就会产生庆忌。庆忌的模样像人，身长四寸，穿黄衣，戴黄帽，顶着黄头盖，骑着小马，喜欢飞快奔驰。用它的名字呼唤它，他可以在千里以外当天赶回来报告情况。"那么池阳宫的影子，或许就是庆忌吗？《管子》中又说："干涸的小水泽，有精灵生成蚔。蚔，一个头两个身子，它的样子像蛇，长八尺。用它的名字呼唤它，可以使它潜入水中捕捉鱼鳖。"

霹雳落地

原文

> 晋扶风杨道和①，夏于田中，值雨，至桑树下。霹雳下击之，道和以锄格，折其股，遂落地，不得去。唇如丹，目如镜，毛角长三寸余，状似六畜，头似狝猴。

注释

①扶风：郡名。所辖范围相当于今陕西永寿、礼泉、西安鄠邑区以西，秦岭以北地区。三国魏以右扶风改名。隋开皇初废。

译文

晋代扶风郡人杨道和，夏天在田中干活，遇到下雨，到桑树下去避雨。霹雳下来袭击他，杨道和用锄头与之搏斗，打断了它的腿，于是就掉落在地上，不能够回到天上去了。霹雳的嘴唇像朱丹，眼睛像镜子，毛角长有三寸多，形状就像家畜，头像狝猴。

落头民

原文

> 秦时南方有落头民，其头能飞。其种人部有祭祀，号曰"虫落"，故因取名焉。吴时，将军朱桓得一婢，每夜卧后，头辄飞去。或从狗窦①，或从天窗中出入，以耳为翼，将晓，复还，数数如此。傍人怪之，夜中照视，

唯有身无头，其体微冷，气息裁属②。乃蒙之以被。至晓，头还，碍被不得安，两三度堕地，噫咤甚愁③，体气甚急，状若将死。乃去被，头复起傅颈。有顷，和平。桓以为大怪，畏不敢畜，乃放遣之。既而详之，乃知天性也。时南征大将亦往往得之。又尝有覆以铜盘者，头不得进，遂死。

注释

①狗窦（dòu）：狗洞。
②裁属：气息微弱。
③噫咤：叹息。

译文

秦朝时候南方有落头民，他的头能飞起来。这种人的部落有一种祭祀，叫作"虫落"，所以由此取名。三国东吴时，将军朱桓得到一个婢女，婢女每天晚上睡下后，头就飞走了。或者从狗洞，或者从天窗中进出，用耳朵做翅膀，快要天亮，头又回来了，经常这样。旁边的人觉得奇怪，夜里点灯去照看，只有身子没有头，她的身体稍微冷一些，呼吸极其微弱。于是他们用被子把婢女的身体蒙住。到天亮时，头飞回来，被子阻碍不能回去身体上，两三次掉在地上，头很忧愁地叹息，身体的气息也很微弱，像要死去的样子。于是人们拿掉被子，头又飞起来附接在颈子上。过了一会儿，气息就和畅平稳了。朱桓觉得太奇怪了，害怕不敢收留这个婢女，就打发人遣送她走了。后来仔细了解，才知道那是她的天性。当时去南方征伐的大将也常常得到这种人。又曾经有人用铜盘去覆盖在飞走头的身体上，头回来不能与身体相接，人就死了。

搜神记

貙人化虎

原文

　　江汉之域，有貙人①。其先，禀君之苗裔也②，能化为虎。长沙所属蛮县东高居民，曾作槛捕虎③。槛发，明日众人共往格之，见一亭长，赤帻④，大冠，在槛中坐。因问："君何以入此中？"亭长大怒曰："昨忽被县召，夜避雨，遂误入此中。急出我！"曰："君见召，不当有文书耶？"即出怀中召文书。于是即出之。寻视，乃化为虎，上山走。或云："貙虎化为人，好着紫葛衣，其足无踵⑤。虎有五指者，皆是貙。"

注释

①貙（chū）人：古代散居长江、汉水一带的部族。传说中貙人能化形为虎。
②禀君：巴人始祖。
③槛（jiàn）：关禽兽的木笼。
④帻（zé）：古代包发髻的布。
⑤踵（zhǒng）：脚后跟。

译文

　　长江和汉水流域，有一种貙人。他们的祖先是巴人始祖禀君的后代，能变成老虎。长沙郡所属的蛮县东高的居民，曾经做木笼捕捉老虎。机关被激发了。第二天大家一齐去打老虎，却看见一个亭长，包着红头巾，戴着大帽子，坐在木笼里。便问他："你怎么落进这个木笼里面了呢？"亭长很生气地说："昨天忽然被县里召唤，晚上躲雨，就误走进这里面了。赶快放我出来！"大家说："你被召唤，不是应该有文书吗？"亭长立刻从怀里取出召唤的文书。于是人们就把他放了。过了一会儿再看他，竟变成老虎，往山上跑了。有人说："貙虎变成人，喜欢穿紫色葛衣，他的脚没有脚后跟。老虎当中有五个脚趾的，都是貙。"

猳国马化

原文

　　蜀中西南高山之上，有物与猴相类，长七尺，能作人行，善走逐人，名曰"猳国"①，一名"马化"，或曰"玃猿"。伺道行妇女有美者，辄盗取将去，人不得知。若有行人经过其旁，皆以长绳相引，犹故不免。此物能别男女气臭，故取女，男不取也。若取得人女，则为家室。其无子者，终身不得还。十年之后，形皆类之，意亦迷惑，不复思归。若有子者，辄抱送还其家，产子皆如人形。有不养者，其母辄死。故惧怕之，无敢不养。及长，与人不异，皆以"杨"为姓。故今蜀中西南多诸杨，率皆是猳国、马化之子孙也。

注释

①猳（jiā）国：一种猴类动物。

译文

　　蜀国内西南部的高山上，有一种与猴子相似的动物，身长七尺，能跟人一样走路，善于奔跑追人，名叫"猳国"，又叫"马化"，也有人说是"玃猿"。它们窥伺路上有漂亮的女子，就强抢带走，不会被人发现。如果有过路人经过它们的身旁时，都用长绳子牵着走，但还是不能避免。这种动物能辨别男女的气味，所以只抢女人，不抢男人。如果抢到了人家的女儿，就把她当作妻子。如果不生孩子，就一辈子也不能回来了。十年以后，被抢去的妇女身体都与它们类似了，意识也混乱了，不再想回家了。如果生了孩子，就送她抱着孩子回家，生下的孩子都与人一样。如果不抚养孩子，那么母亲就会死。因此人们都很害怕，没有敢不抚养的。等到这些小孩长大，和人没有什么不同，都把"杨"当作姓。所以现在蜀国内西南部很多姓杨的人家，他们大都是猳国、马化的子孙。

临川刀劳鬼

原文

　　临川间诸山有妖物①，来常因大风雨，有声如啸，能射人。其所著者如蹄②，有顷头肿大。毒有雌雄，雄急而雌缓。急者不过半日间，缓者经宿。其旁人常有以救之，救之少迟，则死。俗名曰"刀劳鬼"。故外书云③："鬼神者，其祸福发扬之验于世者也。"《老子》曰："昔之得一者④，天得一以清，地得一以宁，神得一以灵，谷得一以盈，侯王得一以为天下贞⑤。"然则天地鬼神与我并生者也。气分则性异，域别则形殊，莫能相兼也。生者主阳，死者主阴，性之所托，各安其生。太阴之中，怪物存焉。

注释

①临川：古代郡名。郡治在今江西省南城县东南。

②著：通"着"，附着，挨上，这里指击中。

③外书：佛教徒称佛经以外的书籍为外书。

④得一：《老子》哲学体系中的专名，指通过"无为"而获得的一种稳定状态。也可解释为得道。

⑤贞：通"正"。首领，头目。

译文

临川郡内很多山上都有一种怪物，来的时候常常伴随着狂风暴雨，发出的声音像呼啸声，能射击人。被射中的地方留下像马蹄印一样的痕迹，立刻头就肿起来了。毒性有雌有雄，雄毒性来得快，雌毒性来得慢。毒性快的不超过半天就发作，毒性慢的可以过一天再发作。那里的人常常有办法抢救被怪物射伤的人，抢救得稍微晚了一点，人就死了。怪物俗名叫作"刀劳鬼"。所以野书上说："鬼神，是祸福发生并在世界上得到验证的东西。"《老子》中说："过去得到道的，天得到道而清爽，地得到道而安宁，神得到道而灵验，深谷得到道而盈满，侯王得到道就能成为天下的首领。"那么天地鬼神都是和我们一样并存的东西。气质有区别，那么天性就不同，界域有区别那么形体就不同，没有什么能兼有的。活的东西以阳气为主，死的东西以阴气为主，天性各有所托，各自安存于它们所生存之处。纯阴的地方，有怪物存在。

越地冶鸟

原文

越地深山中有鸟，大如鸠，青色，名曰"冶鸟"。穿大树作巢，如五六升器，户口径数寸；周饰以土垩①，赤白相分，状如射侯②。伐木者见此树，即避之去。或夜冥不见鸟，鸟亦知人不见，便鸣唤曰："咄，咄，上去！"明日便宜急上。"咄，咄，下去！"明日便宜急下。若不使去，但言笑而不已者，人可止伐也。若有秽恶及其所止者，则有虎通夕来守，人不去，便伤害人。此鸟白日见其形，是鸟也；夜听其鸣，亦鸟也。时有观乐者，便作人形，长三尺，至涧中取石蟹③，就火炙之，人不可犯也。越人谓此鸟是越祝之祖也。

注释

①垩（è）：通"垩"。白色的泥土。

②射侯：箭靶。

③石蟹：溪蟹的俗称。产溪涧石穴中，体小壳坚。

译文

越地的深山中有一种鸟，大小像鸠鸟，青色，名叫"冶鸟"。它在大树上打洞做窝，像五六升的器皿，出口直径几寸；周围用白色泥土涂饰，红白两色相间隔，形状跟箭靶一样。伐木的人见到这种树，立刻避开它走了。有时天黑看不见冶鸟，冶鸟也知道人看不见它，便叫唤说："咄，咄，上去！"第二天就应该赶快上山。它叫唤说："咄，咄，下去！"第二天就应该赶快到下面去。如果它不让人离开，只是笑个不停，人就可以留下来伐木。如果有污秽恶浊的东西及其要制止的东西，那么就有老虎通宵来守着，伐木的人不离开，老虎就会伤害他。这种鸟白天看它的形状，是鸟的样子；夜晚听它的叫声，也是鸟的声音。有时观赏玩乐，它就变成人形，长三尺，到水涧中去捕捉溪蟹，放在火上烧烤，人们不可以侵扰。越地的人说这种鸟是越地巫祝的祖先。

南海鲛人

原文

南海之外有鲛人①，水居如鱼，不废织绩②。其眼泣则能出珠。

注释

①南海：古代郡名。秦代所设，郡治番禺，即今广东省广州市。鲛人：传说中的人鱼。
②织绩：织布与绩麻。后泛指女工之事。

译文

南海郡外的大海里有鲛人，像鱼一样住在水之中，但却没有废弃织布与绩麻。他们哭泣的时候就能流出珍珠来。

大青小青

原文

庐江皖、枞阳二县境上①，有大青、小青居山野之中。时闻哭声，多者至数十人，男女大小，如始丧者。邻人惊骇，至彼奔赴，常不见人。然于哭地，必有死丧。率声若多则为大家②，声若小则为小家。

注释

①皖：作"皖"字。据《汉书·艺文志》，庐江郡无县，有皖县（故治在今安徽省潜山市），与枞阳相邻。
②率：语首助词，无实义。

译文

庐江郡皖县、枞阳县两县境内，有大青、小青居住在山野之中。经常听见哭声，多的时候有几十人在哭，男女老少都有，像是刚刚死了人。附近的人惊慌害怕，跑到那里去看，却常常看不见人。然而在发出哭声的地方，一定有人死去。如果哭声听上去很大就是大户人家死了人，哭声听上去很小就是小户人家死了人。

庐江山都

原文

庐陵大山之间①，有山都，似人，裸身，见人便走。有男女，可长四五丈，能啸相唤。常在幽昧之中，似魑魅鬼物②。

注释

①庐陵：古代郡名。东汉兴平元年（194年），孙策分豫章郡置庐陵郡，治所西昌县（在今江西省泰和县城西北一带）。

②魑魅（chī mèi）：害人的鬼怪。

译文

庐陵郡的大山之中，有山都，长得很像人，赤裸着身子，见到人就跑开。有男有女，高有四五丈，能够用啸声相互召唤。他们经常待在一个幽暗的地方，仿佛是害人的鬼怪。

江中蜮

原文

汉中平中①，有物处于江水，其名曰"蜮"②，一曰"短狐"，能含沙射人。所中者，则身体筋急③，头痛，发热，剧者至死。江人以术方抑之，则得沙石于肉中。《诗》所谓"为鬼为蜮，则不可测"也。今俗谓之"溪毒"。先儒以为男女同川而浴，淫女为主，乱气所生也。

注释

①中平（184—189年）：汉灵帝刘宏年号。
②蜮（yù）：传说中的一种能含沙射人的生物。
③筋急：中医学病症名。表现为筋脉紧急不柔，屈伸不利。多因体虚受风寒及血虚津耗，筋脉失养所致。见于破伤风、痉病、痹、惊风等症。

译文

汉朝中平年间，有一种怪物生活在长江之中，它的名字叫"蜮"，又叫"短狐"，能含沙射人。被它射中的人，就会全身抽筋，头痛，发热，严重的甚至死亡。江边上的人用方术治它，就在肉中找到了沙石。这就是《诗经》中所说的"为鬼为蜮，则不可测"吧。现在民间把它称为"溪毒"。古代的儒者认为男女在同一条河中洗澡，纵欲淫乱的女人为主宰，那淫乱之气就会由此产生。

禁水鬼弹

原文

汉永昌郡不韦县有禁水①，水有毒气，唯十一月、十二月差可渡涉。自正月至十月不可渡，渡辄病、杀人。其气中有恶物，不见其形，其作有声，如有所投击。中木则折，中人则害。土俗号为"鬼弹"。故郡有罪人，徙之禁旁，不过十日，皆死。

注释

①永昌郡：古代郡名，汉明帝时所设。不韦县：古代县名。县治在今云南保山隆阳区金鸡镇一带。

译文

汉代永昌郡不韦县有条禁水，水里有毒气，只有十一月、十二月勉强可以渡过河去。从正月到十月不可以渡河，如果渡河就会生病、死人。这条河的水汽中有一种邪恶的物体，看不见它的形状，但它一动就有声音，好像有什么东西在投掷似的。打中树木，树木就被打断；打中了人，人就被杀害。当地的人们称它为"鬼弹"。所以永昌郡有了犯人，就把它押送到禁水边，不过十天，犯人就都死了。

蘘荷根攻蛊

原文

> 余外妇姊夫蒋士，有佣客得疾下血。医以中蛊[①]，乃密以蘘荷根布席下[②]，不使知。乃狂言曰[③]："食我蛊者，乃张小小也。"乃呼："小小亡去。"今世攻蛊，多用蘘荷根，往往验。蘘荷，或谓嘉草。

注释

①蛊（gǔ）：传说中的一种人工培育的毒虫。
②蘘（ráng）荷：一名蘘草。又称覆葅、蓸蒩。多年生草本植物。叶互生，椭圆状披针形，冬枯。夏秋开花，花白色或淡黄。根似姜，可入药。
③狂言：指病人胡言乱语。

译文

我妻子的姐夫叫蒋士，他有个佣人生病便血。医生认为他中了蛊毒，于是偷偷将蘘荷的根放在席子下，不让病人知道。病人就胡乱地说："让我中蛊的，就是张小小啊。"于是叫道："小小离去。"现在治疗蛊毒，大多用蘘荷根，都很灵验。蘘荷，有人称其为嘉草。

鄱阳犬蛊

原文

> 鄱阳赵寿[①]，有犬蛊[②]。时陈岑诣寿，忽有大黄犬六七，群出吠岑。后余相伯妇与寿妇食[③]，吐血，几死，乃屑桔梗以饮之而愈[④]。蛊有怪物，若鬼，其妖形变化杂类殊种，或为狗豕，或为虫蛇。其人皆自知其形状，行之于百姓，所中皆死。

注释

①鄱阳：古代县名。秦代时为番县，汉代改为鄱阳县。

②蛊：传说中的一种人工培育的毒虫。

③余相伯妇：汪校本作"余伯妇"，《广博物志》引《搜神记》作"余相伯归"。"归"或为"妇"之误，故改。

④屑：研成碎末。

译文

　　郡阳郡的赵寿，养有一种犬蛊。有一次陈岑去拜访赵寿，忽然出现了六七条大黄狗，一齐出门对着陈岑叫。后来余相伯的妻子和赵寿的妻子一起吃饭，吐血了，差一点死去，就把桔梗削成碎屑饮服了病才痊愈。蛊是一种怪物，像鬼，妖形的变化种类混杂而又特别，有的成为狗、猪，有的成为虫、蛇。养蛊的人自己知道自己养的蛊是什么形状，他们把这些蛊放到老百姓身上，中了蛊毒的人都死去了。

营阳蛇蛊

原文

　　营阳郡有一家①，姓廖，累世为蛊②，以此致富。后取新妇，不以此语之。遇家人咸出，唯此妇守舍。忽见屋中有大缸，妇试发之③，见有大蛇，妇乃作汤灌杀之。及家人归，妇具白其事，举家惊惋。未几，其家疾疫，死亡略尽。

注释

①营阳郡：古代郡名，三国东吴所设。

②累世：接连几代人。

③发：打开。

译文

　　营阳郡有一户人家，姓廖，接连几代人都养蛊物，以此发了财。后来他家娶了个新娘子，没有把这事告诉她。有一次家里的人都出去了，只有这媳妇留在家中。她忽然看见屋子里有只大缸，就尝试把大缸打开了，看见有大蛇，于是她就烧了开水灌进缸里把蛇浇死了。等到家里的人回来，媳妇把这件事情全说了，全家的人都十分吃惊、惋惜。没过多久，这一家人都得了瘟疫，几乎都死了。

卷十三

题解

古人认识自然现象的能力有限，对远古讹传无法证实时往往作出荒谬的论断，对于自然界出现的异象也视为一种征兆，譬如地质上的变化、树木植物等出现妖异等。这些具有灵性的奇异物产与人类的生产生活紧密相关，它们本身就是人类在漫长的生产生活中幻想出的东西。不过在开始时精怪并不如现在这般神秘莫测，有着随意变换的本领。直到人类形成灵魂观念，并把这些观念赋予自然之物，这些精魅鬼怪便具有了精神实体的品格。

澧泉

原文

泰山之东有澧泉，其形如井，本体是石也。欲取饮者，皆洗心志[1]，跪而挹之[2]，则泉出如飞，多少足用。若或污漫，则泉止焉。盖神明之尝志者也。

注释

①洗心志：洗涤心胸志意。比喻除去恶念或杂念。

②挹：舀。

译文

泰山的东边有澧泉，它的形状像口井，本身是石头。想要饮这泉水的人，都必须排除杂念，跪着去舀它，那么这泉水就像飞一样喷出来，让你尽情享用。如果心地不纯洁，那么这泉水就不会冒出来。这大概是神灵在用来试探人的心志吧。

巨灵劈华山

原文

　　二华之山①，本一山也。当河，河水过之而曲行。河神巨灵，以手擘开其上②，以足蹈离其下，中分为两，以利河流。今观手迹于华岳上，指掌之形具在；脚迹在首阳山下③，至今犹存。故张衡作《西京赋》所称"巨灵赑屃④，高掌远迹，以流河曲"，是也。

注释

①二华之山：指太华山和少华山。在今陕西省华阴市。太华山即今华山，少华山在华山西面。

②擘（bò）：砍，劈。

③首阳山：又称雷首山，传为伯夷、叔齐采薇隐居之地。在今山西省永济市以南。

④赑（bì）屃（xì）：壮猛，有力。传说赑屃力大能负重，故称。

译文

　　太华山和少华山，本来是一座山。它正对着黄河，河水经过它时要绕道。黄河之神巨灵，用手劈开山顶，用脚蹬开山麓，把这座山从中间分成两部分，方便黄河水流动。现在到西岳华山上去观看手印，手指手掌的形状都还留着；巨灵的脚印在首阳山下，到现在仍然保存着。过去张衡写了篇《西京赋》，赋所说的"巨灵力大气壮，高山上有他的手掌，他的脚印留在远方，使弯弯的河水直流奔放"，就是指的这件事。

248

霍山鑊

原文

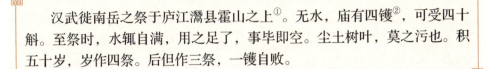

汉武徙南岳之祭于庐江灊县霍山之上[①]。无水，庙有四鑊[②]，可受四十斛。至祭时，水辄自满，用之足了，事毕即空。尘土树叶，莫之污也。积五十岁，岁作四祭。后但作三祭，一鑊自败。

注释

①灊（qián）县：古代县名，汉代所设。霍山：又名天柱山，位于安徽省六安市霍山县西北。
②鑊：无足鼎。古时烹煮肉食的器皿。

译文

汉武帝把南岳衡山的祭祀迁到庐江郡灊县的霍山上。那山上没有水，庙里有四只无足鼎，可以盛四十斛水。到祭祀的时候，无足鼎里的水总是会自己满起来，足够祭祀用了，祭祀完毕后无足鼎内水就没有了。尘土树叶，没有能使它变脏的。祭祀过了五十年，每年都作四次祭祀。后来只作三次祭祀了，其中的一只无足鼎就自己坏了。

樊山火

原文

樊口之东有樊山[①]，若天旱，以火烧山，即至大雨。今往往有验。

注释

①樊口：古代地名，位于今湖北省鄂州市鄂城区西北。因当樊港入江之口，故名。

译文

樊口之东有一座樊山，如果天旱，那么用火烧山，就会马上下大雨。至今都非常灵验。

孔窦泉

原文

空桑之地①，今名为孔窦，在鲁南山之穴。外有双石，如桓楹起立②，高数丈，鲁人弦歌祭祀。穴中无水，每当祭时，洒扫以告，辄有清泉自石间出，足以周事。既已，泉亦止。其验至今存焉。

注释

①空桑：也称"穷桑"，相传为孔子出生之地。
②桓楹（ying）：宋代后称"华表"。指设在桥梁、宫殿、城垣或陵墓等前，兼作装饰用的巨大柱子。通常为石造，柱身雕纹饰。

译文

空桑这个地方，现在名字叫孔窦，在鲁国南山的洞穴里。洞穴外面有一对山石，像桓楹一样竖立在那里，有数丈高，鲁国人在这里歌舞祭祀。洞穴里面没有水，但每到祭祀的时候，洒扫后来祷告，就有清澈的泉水从山石间流出，足够祭祀活动使用。祭祀结束，泉水也就不再流水了。至今依然很灵验。

湘穴

原文

湘穴中有黑土，岁大旱，人则共壅水以塞此穴。穴淹，则大雨立至。

译文

湘地一个洞穴中有黑土，遇到大旱之年，人们就一起用水来堵住这个洞穴。洞穴被淹没，大雨马上就降临。

龟化城

原文

秦惠王二十七年①，使张仪筑成都城②，屡颓③。忽有大龟浮于江，至东子城东南隅而毙。仪以问巫，巫曰："依龟筑之。"便就。故名"龟化城"。

注释

①秦惠王二十七年：即公元前311年。秦惠王，即秦惠文王，战国时秦国君主。
②张仪（？—前309年）：战国时期魏国安邑（今山西）人。是我国先秦时代著名的纵横家、外交家、谋略家。张仪创"连横"外交策略，得到秦惠文王赏识，封为相国，奉命出使游说各国，以"横"破"纵"，促使各国亲善秦国，受封为武信君。他为秦灭六国、统一中国作出了积极贡献。
③颓：倒塌。

译文

秦惠文王二十七年，派张仪去修筑成都城，修了很多次都倒塌了。忽然有一只大乌龟浮在江面上，到城东的东南角就死了。张仪去询问巫师，巫师回答说："按照乌龟的外形筑城。"于是果然筑成了。所以这座城叫作"龟化城"。

城沦为湖

原文

由拳县①，秦时长水县也。始皇时童谣曰："城门有血，城当陷没为湖。"有妪闻之，朝朝往窥。门将欲缚之，妪言其故。后门将以犬血涂门，妪见血，便走去。忽有大水欲没县。主簿令干入白令②。令曰："何忽作鱼？"干曰："明府亦作鱼！"遂沦为湖。

注释

①由拳：古代县名。在今浙江省嘉兴市一带。
②干：主管。

译文

由拳县，是秦代的长水县。秦始皇时期，有童谣唱道："城门有血，城会陷没为湖泊。"有个老妇人听到这首歌谣后，就天天早晨去城门暗中查看。守城的将士想要逮捕她，老妇人就说明了前来偷看的原因。后来守城的将士就将狗血涂在城门上，老妇人看到血，就立刻跑着离开了。忽然有大水涌来要将县城淹没。主簿派主管府吏去报告县令。县令说："你怎么忽然变成鱼的样子了？"主管府吏说："您也变成鱼的样子了！"就这样，这个县于是陷落成湖泊了。

马邑

原文

秦时，筑城于武周塞内①，以备胡。城将成而崩者数焉。有马驰走，周旋反复。父老异之，因依马迹以筑城，城乃不崩，遂名"马邑"。其故城今在朔州②。

注释

①武周塞：古代军事要塞。在今山西省大同市以西。
②朔州：即今山西省朔州市朔县。

译文

秦朝时期，在武周塞里面筑城，用来防备匈奴。城快筑成时又崩塌了，这样的事发生了数次。有匹马飞快地奔跑着，反复绕圈子。人们感到奇怪，于是就按照马跑的痕迹来修筑城墙，城墙就不再崩塌了，于是就把这城命名为"马邑"。那故城现在在朔州。

天地劫灰

原文

汉武帝凿昆明池①，极深，悉是灰墨，无复土。举朝不解，以问东方朔。朔曰："臣愚，不足以知之，可试问西域人。"帝以朔不知，难以移问。至后汉明帝时，西域道人入来洛阳。时有忆方朔言者，乃试以武帝时灰墨问之。道人云："经云：'天地大劫将尽，则劫烧。'此劫烧之余也。"乃知朔言有旨。

注释

①昆明池：池湖名。汉武帝元狩三年（前120年）在长安西南郊野掘湖用以练习水战。池周围四十里，广三百三十二顷。宋代后干涸。

译文

汉武帝开凿昆明池，挖到很深的地方，竟然全都是黑灰，不再是泥土。整个朝廷的人都不明白，就询问东方朔。东方朔说："臣愚钝，不能够知道它是怎么回事，可以尝试去问问西域的人。"汉武帝以为连东方朔都不知道，很难再问其他人了。到东汉明帝的时候，西域的道人来到洛阳。当时有人回想起东方朔的话，于是就尝试用汉武帝时出现黑灰的事来问他。那道人说："经书上说：'天地大劫将要结束的时候，就会劫火来烧。'这黑灰是那大火烧过的灰烬。"人们才知道东方朔的话是有一定根据的。

丹砂井

原文

临沅县有廖氏①，世老寿。后移居，子孙辄残折②。他人居其故宅，复累世寿。乃知是宅所为，不知何故。疑井水赤，乃掘井左右，得古人埋丹砂数十斛。丹汁入井，是以饮水而得寿。

卷十三

注释

①临沅：古代县名。故城在今湖南常德西一带。

②残折：夭折。

译文

　　临沅县有一户姓廖的人家，世世代代都长寿。后来他家搬到别处，子孙总是夭折。其他人家迁到廖家老宅居住，也是世代长寿。于是才知道是这个宅院的缘故，但不清楚是什么原因。怀疑与井水是红色的有关，于是挖掘井左右两边，得到古人埋的几十斛朱砂。朱砂的汁液流入井里，所以饮用井水就能长寿。

江东余腹

原文

　　江东名"余腹"者，昔吴王阖闾江行①，食脍，有余，因弃中流，悉化为鱼。今鱼中有名"吴王脍余"者，长数寸，大者如箸②，犹有脍形。

注释

①阖（hé）闾（lǘ）：春秋末期吴国君主，姬姓，名光，又称公子光，吴王诸樊之子。

②箸（zhù）：筷子。

译文

　　江东有一种名叫"余腹"的鱼，从前吴王阖闾在江中行船，吃细切的鱼肉，有剩余，就扔到江中，都变成了鱼。现在鱼中有一种名叫"吴王脍余"的鱼，约几寸长，大的像筷子一样大，还可见鱼丝的形状。

蟛蚏长卿

原文

　　蟛蚏，蟹也①。尝通梦于人，自称"长卿"。今临海人多以"长卿"呼之。

注释

①蟛（péng）蚏（yuè）：一种蟹。体小，足无毛。

译文

蟛蜞，是一种蟹。它曾经给别人托梦，自称"长卿"。现在临海的人大多都会用"长卿"来称呼它。

青蚨还钱

原文

南方有虫，名"蝾蝻"，一名"蚫蠋"，又名"青蚨"①。形似蝉而稍大，味辛美，可食。生子必依草叶，大如蚕子。取其子，母即飞来，不以远近。虽潜取其子，母必知处。以母血涂钱八十一文，以子血涂钱八十一文，每市物，或先用母钱，或先用子钱，皆复飞归，轮转无已。故《淮南子术》以之还钱②，名曰"青蚨"。

注释

①蝾（dūn）蝻（yú）、蚫（zéi）蠋（zhú）、青蚨（fú）：都是传说中的虫。
②《淮南子术》：即《淮南万毕术》。

译文

南方有一种虫，名叫"蝾蝻"，又叫"蚫蠋"，也叫"青蚨"。它的形状像蝉，但稍微比蝉大一些，味道辛辣鲜美，可以吃。它生下来的小虫一定依附在草叶上，像蚕子那么大。如果捉了青蚨子，母青蚨立即飞来，无论在近处还是远处。即使是偷偷地去捉它的孩子，母青蚨也一定知道那小虫的去处。用母青蚨的血涂八十一枚铜钱，用青蚨子的血也涂八十一枚铜钱，每用这些钱买东西，或者先用涂了母青蚨的钱，或者先用涂了青蚨子血的钱，钱都会再飞回来，轮流使用而用不完。所以《淮南万毕术》中记载用这种方法把钱拿回来，把它命名为"青蚨"。

蜾蠃育子

原文

土蜂名曰"蜾蠃"①，今世谓"蚭蠮"，细腰之类。其为物纯雄而无雌，不交不产，常取桑虫或阜螽子育之②，则皆化成己子。亦或谓之"螟蛉"。《诗》曰："螟蛉有子，果蠃负之。"是也。

注释

①蜾蠃：也叫蒲卢。腰细，体青黑色，长约半寸，以泥土筑巢于树枝或壁上。她是一种寄生蜂。蜾蠃常捕捉螟蛉存放在窝里，在它们身体里产卵，卵孵化后就拿螟蛉作食物。古人误认为蜾蠃不产子，喂养螟蛉为子，因此用'螟蛉子'比喻义子。

②桑虫：桑树上的青虫，又称"桑蟃"。有人认为桑虫为螟蛉别名。阜螽（zhōng）：蝗虫的幼虫。

译文

　　有一种野蜂名叫"蜾蠃"，现在人们叫它"蝴蝎"，属于细腰蜂一类。这种生物只有雄虫，没有雌虫，不交配不产子，常常捕捉桑虫或阜螽的幼虫来养育，这些幼虫都会变成它们自己的孩子。也有人称它们为"螟蛉"。《诗经》中说："螟蛉有了幼虫，蜾蠃来喂养。"说的就是这件事。

木蠹

原文

> 木蠹生虫①，羽化为蝶②。

注释

①木蠹（dù）：蛀蚀木头的虫子。

②羽化：昆虫由幼虫或蛹变化为成虫的过程。

译文

　　木材被蛀蚀生成虫子，长出翅膀就变成蝴蝶。

刺猬

原文

> 猬多刺，故不便超逾杨柳①。

注释

①原文为："猬多刺，故不使超逾杨柳。"《太平御览》卷九一二引为："《孝经援神契》曰：猬多刺，故不便超逾杨柳。"据此改。

译文

　　刺猬的身上长有很多刺，因此不方便跳过柳树。

火浣布

原文

昆仑之墟①，地首也。是惟帝之下都，故其外绝以弱水之深，又环以炎火之山。山上有鸟兽草木，皆生育滋长于炎火之中，故有火浣布②。非此山草木之皮枲③，则其鸟兽之毛也。汉世西域旧献此布，中间久绝。至魏初时，人疑其无有。文帝以为火性酷裂，无含生之气，著之《典论》④，明其不然之事，绝智者之听。及明帝立，诏三公曰："先帝昔著《典论》，不朽之格言。其刊石于庙门之外及太学，与石经并，以永示来世⑤。"至是，西域使人献火浣布袈裟，于是刊灭此论，而天下笑之。

注释

①昆仑：传说中位于西方的仙山。

②火浣布：石棉布。传说将这种布置于火中即可浣洗干净。

③枲（xǐ）：大麻的雄株。只开雄花，不结子，纤维可织麻布。文中指麻。

④《典论》：我国最早的文艺理论专著。三国时曹丕著，曹丕做魏太子时所作，原22篇，今只存《自叙》《论文》《论方术》三篇。

⑤石经：刻在石上的儒家经典。

卷十三

257

译文

昆仑山，是大地的开头。这有天帝设在下界的都城，所以它的外围用深不能渡的弱水来隔绝，又用火山包围着四周。火山上有鸟兽草木，都在火焰之中繁殖生长，所以那里有火浣布，它不是用这火山上的草木外皮纤维织成，就是用那山上的鸟兽之毛织成。汉朝的时候，西域曾经献过这种布，之后很久不再进贡。到曹魏初年，人们怀疑这种布是不存在的。魏文帝认为火的本性严酷猛烈，不含有生命的元气，他在《典论》中进行论述，说明火浣布是不可能有的事，来杜绝那些有智慧的人听信这些传闻。到魏明帝即位，下诏书给三公说："先帝过去写的《典论》，都是不朽的格言。它被刻在太庙门外及太学的石碑上，和石经并列，以便永远昭示后代。"在这个时候，西域派人进献火浣布做的袈裟，于是魏明帝下令削除了关于火浣布不存在的论述，遭到天下人的嘲笑。

金燧

原文

> 夫金之性一也，以五月丙午日中铸为阳燧①，以十一月壬子夜半铸为阴燧②。（言丙午日铸为阳燧，可取火；壬子夜铸为阴燧，可取水也。）

注释

①日中：正午。阳燧：古人用日光取火的凹面铜镜。
②阴燧：古时接露水用的器皿，多为盘子状。

译文

金的性质是十分稳定的，在五月丙午日的正午冶铸阳燧，在十一月壬子日的半夜冶铸阴燧。（这是说丙午日铸成阳燧，能够取火；而壬子的半夜铸成阴燧，能够取水。）

焦尾琴

原文

> 汉灵帝时①，陈留蔡邕以数上书陈奏②，忤上旨意，又内宠恶之，虑不免，乃亡命江海，远迹吴会③。至吴，吴人有烧桐以爨者④，邕闻火烈声，曰："此良材也！"因请之，削以为琴，果有美音。而其尾焦，因名"焦尾琴"。

注释

①汉灵帝时：公元167年至189年。

②陈留：古代郡名，汉武帝时所设，管辖范围在今河南境内。蔡邕：东汉末年著名文学家。好辞赋，精通音律、书法。著作有《琴操》《独断》等。

③吴会：东汉分会稽郡为吴、会稽二郡，吴会为并称。

④爨（cuàn）：烧火煮饭。

译文

汉灵帝时期，陈留郡的蔡邕因为多次上书奏事，违背了皇帝的旨意，又因为遭到得宠的宦官憎恶，考虑无法幸免，于是流亡江湖，足迹远达吴郡、会稽郡。来到吴郡时，有一个吴郡人烧桐木来做饭，蔡邕听见桐木在火中爆裂的响声，便说："这是块好木材啊！"因而讨来桐木，把桐木削制成一张琴，果然能弹出优美悦耳的音乐。但是琴的尾部已经烧焦，因而把它命名为"焦尾琴"。

柯亭竹

原文

> 蔡邕尝至柯亭①，以竹为椽。邕仰眄之，曰："良竹也。"取以为笛，发声辽亮。一云：邕告吴人曰："吾昔尝经会稽高迁亭，见屋东间第十六竹椽可为笛。取用，果有异声。"

注释

①柯亭：古代地名。又名高迁亭、千秋亭。在今浙江省绍兴市西南一带，以盛产良竹而闻名。

译文

蔡邕曾经来到柯亭，这里用竹子做屋椽。蔡邕抬头打量那竹椽，说："好竹子啊。"便拿来做成了笛子，这笛子吹出来的声音嘹亮。还有一种说法是：蔡邕告诉吴郡的人说："我曾经路过会稽郡高迁亭，看见房子东头第十六根竹椽可以做笛。拿下来做成了笛子，果然能吹出奇异的声音。"

卷十四

　　本卷辑录的故事内容纷繁复杂，有讲述妖异起源的《蒙双氏》《狗祖盘瓠》等神话，也有《夫余王》这样的感生神话，有动物喂养人类幼子的《谷乌菟》等传说，也有人类生养异物的《窦氏蛇》等传说。《马皮蚕女》《嫦娥奔月》等是先秦时期的古老传说，《黄母化鼋》《宋母化鳖》等故事则阐述了先民对于人类演化的想象。

蒙双氏

原文

　　昔高阳氏[①]，有同产而为夫妇。帝放之于崆峒之野，相抱而死。神鸟以不死草覆之。七年，男女同体而生。二头，四手足，是为蒙双氏。

注释

①高阳氏：颛顼，传说中上古帝王，"五帝"之一。相传为黄帝之孙、昌意之子，生于若水，居于帝丘。

译文

　　从前高阳氏的时候，有同一母亲生下来的人成了夫妻。颛顼帝把他们流放到崆峒山边的原野上，两人互相抱着死了。仙鸟用不死之草覆盖了他们。七年后，这男女两人长在同一个身体上，又活了。两个头，四只手，四只脚，这就是蒙双氏。

狗祖盘瓠

原文

　　高辛氏①，有老妇人，居于王宫，得耳疾历时。医为挑治，出顶虫②，大如茧。妇人去后，置以瓠蓠③，覆之以盘。俄尔顶虫乃化为犬，其文五色，因名"盘瓠"，遂畜之。时戎吴强盛④，数侵边境，遣将征讨，不能擒胜。乃募天下有能得戎吴将军首者，购金千斤，封邑万户，又赐以少女。后盘瓠衔得一头，将造王阙。王诊视之，即是戎吴。为之奈何？群臣皆曰："盘瓠是畜，不可官秩⑤，又不可妻。虽有功，无施也。"少女闻之，启王曰："大王既以我许天下矣。盘瓠衔首而来，为国除害，此天命使然，岂狗之智力哉。王者重言，伯者重信，不可以女子微躯而负明约于天下，国之祸也。"王惧而从之，令少女从盘瓠。盘瓠将女上南山，草木茂盛，无人行迹。于是女解去衣裳，为仆竖之结⑥，着独力之衣，随盘瓠升山入谷，止于石室之中。王悲思之，遣往视觅，天辄风雨，岭震云晦，往者莫至。盖经三年，产六男六女。盘瓠死后，自相配偶，因为夫妇。织绩木皮，染以草实，好五色衣服，裁制皆有尾形。后母归，以语王，王遣使迎诸男女，天不复雨。衣服褊裢⑦，言语侏儸⑧，饮食蹲踞，好山恶都。王顺其意，赐以名山广泽，号曰"蛮夷"。"蛮夷"者，外痴内黠，安土重旧。以其受异气于天命，故待以不常之律。田作贾贩，无关繻、符传、租税之赋⑨。有邑君长皆赐印绶。冠用獭皮，取其游食于水。今即梁、汉、巴、蜀、武陵、长沙、庐江郡夷是也⑩。用糁杂鱼肉⑪，叩槽而号，以祭盘瓠，其俗至今。故世称："赤髀横裙⑫，盘瓠子孙。"

注释

①高辛氏：帝喾，传说中古代部族首领，相传为黄帝曾孙，初受封于辛，后即帝位，号高辛氏。

②顶虫：传说中生于头颅的虫。

③瓠蓠（lí）：用葫芦做的器皿。

④戎吴：戎族的一个部落。

⑤官秩：授予官职。

⑥结：通"髻"。

⑦褊（biǎn）裢（lián）：《后汉书·南蛮传》作"斑兰"，即"斑斓"。指色彩错杂灿烂。

⑧侏儸：亦作"侏离"。形容方言、少数民族或外国的语言文字怪异，难以理解。

⑨关繻（rú）：出入关隘的帛制凭证。符传：古代符信之一。用于出入关。

⑩梁：梁州。原为古九州之一名。三国时曹魏设梁州。汉：治中郡，秦代所设，两汉沿秦置。巴：

古代郡名，秦代设，管辖范围在今重庆一带。蜀：古代郡名，秦代设。武陵：古代郡名，汉代所设。长沙：古代郡名、国名，秦代设郡，西汉改郡为国，治所湘县，西汉改称临湘县，名称沿用至今，即今长沙。庐江：古代郡名，汉代所设。故城在今安徽省合肥市庐江县西二十里。

⑪糁（sǎn）：米饭。

⑫髀（bì）：大腿。

译文

　　高辛氏时，有个住在宫里的老妇人，患耳病有一段时间了。医生给她诊治时，从耳朵里挑出一只像茧那样大的虫子。老妇人离开之后，他把虫放在瓠瓢里，又用盘子盖上。不久这只虫变成了一条狗，身上的花纹有五种颜色，因此把它叫作"盘瓠"，于是把它养了起来。那时戎族中的吴部落很强盛，多次袭扰边境。帝喾派兵征讨，未能获胜。于是帝喾向天下发布招募令，承诺谁能获取戎族吴部将军的首级，即赏黄金千斤，封食邑万户，并允诺把自己的小女儿嫁给他。后来，盘瓠口衔一颗人头，送到王宫。帝喾仔细查看，那就是戎族吴部将军的人头。这事该怎么办呢？大臣们都说："盘瓠是畜生，不能封官职，给俸禄，又不能娶人为妻。即使它有功劳，也无法赏赐。"帝王的小女儿听说这事后，启禀帝喾说："大王已经用我向天下承诺，盘瓠衔得首级来，为国家除了大害，这是上天的安排，哪里是狗的智力呢。称王的君主重守诺言，称霸的君主重守信用，不能因女儿轻贱的身体违背公开向天下许下的诺言，那样将会给国家带来祸患。"帝喾感到畏惧，就顺从了女儿的意愿，叫她跟随盘瓠去了。盘瓠带着帝喾的小女儿上了南山，山上草木茂盛，荒无人烟。于是帝喾的小女儿脱去原来的衣服，扎起了奴仆的发髻，穿上了干活的衣服，跟着盘瓠登山穿谷，住在山石洞里。帝喾哀怜思念女儿，派人前去打探寻找。但总是风雨交加，地动山摇，乌云密布，没有人能到达他们那里。大概过了三年，他们生育了六个男孩和六个女孩。盘瓠

死后，儿女们自相婚配，结为夫妻。他们用树皮织成布，用草籽染上色，喜欢色彩斑斓的衣服，缝制的衣服都有尾巴的形状。后来他们的母亲回到王宫，将这些情形告诉了帝喾，帝喾派人接回这些男女。天上再没有下雨了。这些人的衣服色彩斑斓，言语怪异难懂，蹲在地上吃饭，喜欢山野，厌恶都市。帝喾依顺他们的意愿，赐予他们名山大川，把他们称为"蛮夷"。称作"蛮夷"的这种人，表面愚笨，内心狡黠，安心于自己的乡土风俗，看重旧有的道德习惯。因为他们接受了上天赋予的特有气质，所以就要用特殊的法律来对待他们。他们事农经商，都不需设置关隘、凭证和缴纳税赋。对他们的首领，都授予一定官职。他们的帽子用獭皮制成，取自他们游戏、采食的水中。现在的梁山、汉中、巴、蜀、武陵、长沙、庐江等郡的夷人就是这样。他们吃的米饭里掺杂有鱼肉，敲打木槽呼喊，来祭祀盘瓠，这种习俗流传至今。所以人们说："露着大腿，系着横裙，是盘瓠的子孙。"

夫余王

原文

> 槁离国王侍婢有娠[1]，王欲杀之。婢曰："有气如鸡子，从天来下，故我有娠。"后生子，捐之猪圈中，猪以喙嘘之，徙至马枥中[2]，马复以气嘘之，故得不死。王疑以为天子也，乃令其母收畜之，名曰东明，常令牧马。东明善射。王恐其夺己国也，欲杀之。东明走，南至掩施水[3]，以弓击水，鱼鳖浮为桥，东明得渡，鱼鳖解散，追兵不得渡。因都王夫余[4]。

注释

①槁离：北夷国名。

②马枥（lì）：马槽。在文中指关牲畜的场所。

③掩施：又作"掩淲"。河名。

④夫余：古代国名。在今东北地区。

译文

高丽国国王的随身婢女怀孕了，国王要杀死她。婢女说："有一团气体像鸡蛋那样，从天上掉下来（落在我身上），所以我怀孕了。"后来她生了个孩子，将其扔到了猪圈里，猪用嘴巴向孩子哈气，又把孩子移至马厩中，马也向孩子哈气，所以孩子没有死。国王怀疑这孩子是上天的儿子，于是就叫他母亲收养他，取了个名字叫东明，经常叫他去放马。东明擅长射箭。国王怕他占有自己的江山，想要杀掉他。东明逃跑了，向南逃到掩施河边，用弓拍打水面，水里的鱼鳖便浮出水面架成桥，东明渡过河去，鱼鳖散去，追兵便不能过河了。东明就在夫余国建都称王。

鹄苍衔卵

原文

古徐国宫人娠而生卵，以为不祥，弃之水滨。有犬，名鹄苍，衔卵以归。遂生儿，为徐嗣君。后鹄苍临死，生角而九尾，实黄龙也。葬之徐里中，见有狗垄在焉。

译文

古徐国的一个宫女怀孕后生下一个蛋，认为是不祥之兆，就把它丢到了河边。有一条狗，名叫鹄苍，把这个蛋衔了回来。这个蛋孵化出一个男孩，成为徐国嗣位的国君。后来鹄苍快死的时候，长出了角和九条尾巴，其实是条黄龙。人们把它埋葬在徐国的乡村里，至今还能看见一座狗墓在那里。

谷乌菟

原文

斗伯比父早亡①，随母归在舅姑之家。后长大，乃奸妘子之女②，生子文。其妘子妻耻女不嫁而生子，乃弃于山中。妘子游猎，见虎乳一小儿，归与妻言。妻曰："此是我女与伯比私通生此小儿。我耻之，送于山中。"妘子乃迎归养之，配其女与伯比。楚人因呼子文为"谷乌菟"，仕至楚相也。

注释

①斗伯比：春秋时楚国人，楚君若敖之子。
②妘子：妘国国君。

译文

斗伯比的父亲早就死了，他跟着母亲回到舅舅家里。长大了，斗伯比与妘国国君的女儿私通，生了一个名叫子文的孩子。那妘国国君的妻子耻于女儿没有出嫁就生儿子，就把子文丢在山里。妘国国君到野外打猎，看见老虎给一个小孩喂奶，回家后就和妻子讲了。妻子说："这是我女儿与斗伯比私通而生下的小孩。我觉得很耻辱，就把他送到了山中。"妘国国君于是把他接了回来加以抚养，把自己的女儿嫁给了斗伯比。楚国人因而称呼子文为"谷乌菟"，后来他做官一直做到楚国的国相。

齐顷公无野

原文

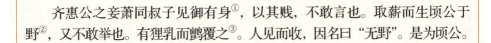

齐惠公之妾萧同叔子见御有身①，以其贱，不敢言也。取薪而生顷公于野②，又不敢举也。有狸乳而鹯覆之③。人见而收，因名曰"无野"。是为顷公。

注释

①齐惠公（前608—前599年）：姜姓，吕氏，名元，春秋中期齐国国王，齐桓公之子，在位十年。

②顷公：姜姓，吕氏，名无野，春秋中期齐国君主，齐惠公之子，在位十七年。

③鹯（zhān）：猛禽的一种，外形像鹞鹰。

译文

齐惠公的小妾萧同叔子被宠幸后怀孕了，因为她的地位卑贱，所以不敢说出来。她在野外打柴的时候把顷公生在田野中，又不敢抚养他。有只狸猫来喂奶，一只鹯鹰也来掩护他。有人看见了就收养了他，因而给他取名叫"无野"。这就是齐顷公。

羌豪袁钊

原文

袁钊者，羌豪也①。秦时拘执为奴隶②，后得亡去。秦人追之急迫，藏于穴中。秦人焚之，有景相如虎来为蔽③，故得不死。诸羌神之，推以为君。其后种落炽盛④。

注释

①豪：头目，首领。

②拘执：捉拿。

③景相：景象，形状，形象。

④炽盛：繁盛。

译文

袁钊，是羌族部落首领。秦国时被抓捕当作奴隶，后来得到机会逃跑了。秦国人追得很急，他就躲进一个山洞中。秦人用火烧，有一个像老虎的东西为他遮挡了火焰，因而没有被烧死。羌族人把他当作神，推举他为首领。从此以后，羌族部落渐渐繁盛起来。

窦氏蛇

原文

后汉定襄太守窦奉妻生子武^①，并生一蛇。奉送蛇于野中。及武长大，有海内俊名。母死，将葬，未窆^②，宾客聚集，有大蛇从林草中出，径来棺下，委地俯仰^③，以头击棺，血涕并流，状若哀恸^④，有顷而去。时人知为窦氏之祥。

注释

①定襄：古代郡名。故城在今内蒙古和林格尔西北土城子。窦奉：东汉时曾任太襄太守，槐里侯窦武父亲，汉桓帝窦皇后的爷爷。

②窆（biǎn）：埋葬。

③委地：蜷伏于地。俯仰：抬头低头，文中指磕头。

④哀恸（tòng）：极度悲痛。

译文

后汉定襄郡太守窦奉的妻子生儿子窦武时，同时还生下了一条蛇。窦奉把蛇送到了乡野中。窦武长大后，在全国都享有美名。他母亲去世了，就在将要下葬时，棺木还没有落入墓坑，宾客聚集在一起，有一条大蛇从林间草丛中爬出，径直来到棺木下，伏在地上磕头，用头撞击棺木，血泪并流，那样子好像非常悲哀痛苦，过了一会儿才离去。当时人们都觉得这是窦氏家族的吉祥征兆。

金龙池

原文

晋怀帝永嘉中^①，有韩媪者，于野中见巨卵，持归育之，得婴儿，字曰撅儿。方四岁，刘渊筑平阳城，不就，募能城者。撅儿应募，因变为蛇。令媪遗灰志其后。谓媪曰："凭灰筑城，城可立就。"竟如所言。渊怪之，遂投入山穴间。露尾数寸，使者斩之，忽有泉出穴中，汇为池，因名"金龙池"。

注释

①永嘉：晋怀帝年号。

译文

晋怀帝永嘉年间，有位姓韩的妇人在田野中发现一个大蛋，拿回家孵化，得到一个婴儿，取名撅儿。撅儿四岁的时候，刘渊修筑平阳城，不成功，招募能筑城的人。撅儿应募后，便变成了蛇。撅儿叫韩夫人跟在他的后面撒上一些灰作为标记。它对韩夫人说："在撒灰的地方筑城，城可以马上筑成。"结果就像它所说的那样。刘渊觉得很奇怪，就派人把撅儿丢进了山洞中。蛇（撅儿）的尾巴露出几寸，刘渊派去的人把蛇尾巴斩断了，忽然有股泉水从山洞中流出来，汇聚成一个水池，人们就把这水池命名为"金龙池"。

羽衣人

原文

> 元帝永昌中①，暨阳人任谷因耕息于树下②。忽有一人着羽衣就淫之，既而不知所在，谷遂有妊。积月，将产。羽衣人复来，以刀穿其阴下，出一蛇子便去。谷遂成宦者，诣阙自陈③，留于宫中。

注释

①永昌：晋元帝司马睿年号。

②暨阳：古县名。西晋时设，治所在今江苏张家港市杨舍镇。隋废。唐武德年间复置，后并入江阴县（今市）。

③阙：宫廷，帝王居所，后指京城。

译文

晋元帝永昌年间，暨阳县人任谷因为耕地而在树下休息。忽然有一个人穿着用羽毛编织成的衣服，走来奸污了任谷，过后不知道这人到哪里去了，任谷于是就怀孕了。过了几个月，任谷将要分娩了。羽衣人又来了，他用刀刺破了任谷的下阴，取出一条小蛇就走了。任谷于是成了阉人，到宫中自己陈述了这种情况，于是被留在宫里。

马皮蚕女

原文

旧说太古之时，有大人远征。家无余人，唯有一女，牡马一匹。女亲养之。穷居幽处，思念其父，乃戏马曰："尔能为我迎得父还，吾将嫁汝。"马既承此言，乃绝缰而去，径至父所。父见马，惊喜，因取而乘之。马望所自来，悲鸣不已。父曰："此马无事如此，我家得无有故乎？"亟乘以归。为畜生有非常之情，故厚加刍养。马不肯食，每见女出入，辄喜怒奋击，如此非一。父怪之，密以问女，女具以告父，必为是故。父曰："勿言，恐辱家门，且莫出入。"于是伏弩射杀之，暴皮于庭。父行，女以邻女于皮所戏，以足蹙之曰①："汝是畜生，而欲取人为妇耶？招此屠剥，如何自苦？"言未及竟，马皮蹶然而起，卷女以行。邻女忙怕，不敢救之，走告其父。父还求索，已出失之。后经数日，得于大树枝间。女及马皮尽化为蚕，而绩于树上。其茧纶理厚大，异于常蚕。邻妇取而养之，其收数倍，因名其树曰"桑"。桑者，丧也。由斯百姓竞种之，今世所养是也。言桑蚕者，是古蚕之余类也。案《天官》，辰为马星②。《蚕书》曰③："月当大火，则浴其种。"是"蚕"与"马"同气也。《周礼》马质职掌"禁原蚕者"。注云④："物莫能两大。禁原蚕者，为其伤马也。"汉礼，皇后亲采桑，祀蚕神，曰"菀窳妇人，寓氏公主"⑤。公主者，女之尊称也；菀窳妇人，先蚕者也。故今世或谓蚕为女儿者，是古之遗言也。

注释

①蹙（cù）：通"蹴"。踢，踏。

②"案《天官》"二句：《天官》，指《周礼·天官》。辰，星宿名。指二十八宿之一的心宿。心宿为东方苍龙七宿中的第五宿。苍龙第四宿为房宿，古时以为房星主车马，故称之为天驷、房驷，又称辰星。所以这里说"辰为马星"。

③《蚕书》：论述养蚕的书。也称《蚕经》。

④马质：周代官名。掌管买马并评定马优劣及价值的官员。原书作"校人"，据《周礼》"马质"职改。原蚕：二蚕，即夏秋第二次孵化的蚕。

⑤菀窳（yǔ）妇人，寓氏公主：汉代对蚕神的称呼。

译文

　　过去传说在很早的时候，有一户家长远征到前方。家里没有别的人，只有一个女儿，还有一匹公马。公马由女儿亲自饲养。由于家处偏僻之地，女儿思念父亲，于是对马开玩笑说："你能为我接回父亲，我就嫁给你。"马听了这话后，就挣断缰绳离开家，径直跑到父亲远征的地方。父亲看见马非常惊喜，于是牵过来就骑上。马朝着来的方向，不停地悲鸣。父亲说："这马无缘无故地这样悲鸣，是不是我家有什么变故啊？"于是骑着马赶紧回到家里。这匹马虽是畜生却通人性，所以用非常好的草料饲养它。马不肯吃，每当见到女儿进出，就喜怒无常，兴奋跳跃，这样已不止一两次了。父亲觉得奇怪，就悄悄问女儿，女儿把自己曾与马说玩笑话的事告诉了父亲，父亲认为一定是这个原因。父亲对女儿说："不要对外人说，不然会有辱自家的名声，你暂时不要再出入。"于是设置暗箭射杀了这匹马，把马皮晒在院里。父亲外出，女儿与邻居家女子在晒马皮的地方玩耍时，用脚踢着马皮说："你这个畜生，还想娶人为妻吗？招致屠杀剥皮之祸，不是自讨苦吃吗？"话还没说完，马皮突然飞扬，卷起她就飞起来。邻居家女子慌乱害怕，不敢相救，跑去告诉女儿父亲。父亲回来四处寻找，但马皮早已飞走，不见踪影了。过了几天后，在一棵大树的树枝间发现了他们。女儿和马皮都变成了蚕，在树上吐丝作茧。那茧丝纹又厚又大，不同于普通蚕茧。乡邻农妇取下来饲养，收获了好几倍的蚕茧，因此把这种树叫作"桑"。"桑"，就是"丧"的意思。从此人们都争着种植桑树了，这就是现在养蚕的树。现在被称为桑蚕的，是古蚕留下来的种类。按《天官》中所说，辰是马星。《蚕书》中说："月亮位在大火星时，就要清洗蚕子。"这里"蚕"与"马"是同样的气质。《周礼》中说"马质"职掌"禁饲二次孵化的蚕"。注释说："事物没有能两个同时增大的。禁饲二次孵化的蚕，是害怕它会损伤马。"汉代的礼制是，皇后亲自采桑，祭祀蚕神，蚕神叫"菀窳妇人""寓氏公主"。公主，是对女儿的尊称；菀窳妇人，是最先教人养蚕的人。因此现在有人把蚕叫为女儿，这是古代流传下来的说法。

嫦娥奔月

原文

　　羿请无死之药于西王母①，嫦娥窃之以奔月。将往，枚筮之于有黄②。有黄占之曰："吉。翩翩归妹，独将西行。逢天晦芒③，毋恐毋惊，后且大昌。"嫦娥遂托身于月，是为蟾蜍④。

注释

①羿：古代神话中善射之人。西王母：古代神话中的女仙，被认为是长生不老的象征。

②枚筮：古代的占卜方法。有黄：人名。

③晦芒：阴暗。

④蟾蜍（chú）：蟾蜍。古人因这一传说，用蟾蜍代指月亮。

译文

　　后羿从西王母处求得长生不老的仙药，后羿的妻子嫦娥偷吃了仙药飞奔月宫。嫦娥动身之前，让巫师有黄占卜。有黄占卜后说："吉利。行动轻快的归妹，将要独自西行。如遇阴暗天气，也不用害怕惊慌，以后就会昌盛。"嫦娥于是飞入月宫，她就是月宫里的蟾蜍。

帝女化草

原文

　　舌埵山①，帝之女死，化为怪草。其叶郁茂，其华黄色，其实如兔丝②。故服怪草者，恒媚于人焉。

注释

①舌埵（duǒ）山：神话中的山。《山海经·中山经》中作"姑媱之山"。

②兔丝：植物名。即菟丝子，又叫女萝。

译文

　　舌埵山上，天帝的女儿死了，然后变成了怪草。它的叶子茂盛，它的花呈黄色，它的果实像菟丝子。所以服食怪草的人，常常比别人妖媚。

兰岩双鹤

原文

　　荥阳县南百余里①，有兰岩山，峭拔千丈。常有双鹤，素羽皦然②，日夕偶影翔集。相传云："昔有夫妇隐此山，数百年，化为双鹤，不绝往来。忽一旦，一鹤为人所害，其一鹤岁常哀鸣。至今响动岩谷，莫知其年岁也。"

注释

①荥阳：县名。秦置，因在荥水以北得名。故城在今河南省郑州市惠济区一带。

②皦（jiǎo）：光亮，洁白。

译文

荥阳县南面一百多里，有座兰岩山，山石陡峭，有千丈高。山中常见一对白鹤，羽毛特别光洁，日夜成双成对地飞翔、栖息。人们互相传说："从前有对夫妻隐居在这山里，几百年后，变成一对白鹤，长年在一起。忽然一天早晨，一只鹤被人害死，另一只鹤长年在那里哀叫。至今叫声还在山谷震荡，没有人知道它的年龄。"

羽衣女

原文

> 豫章新喻县男子①，见田中有六七女，皆衣毛衣。不知是鸟，匍匐往，得其一女所解毛衣，取藏之，即往就诸鸟。诸鸟各飞去，一鸟独不得去。男子取以为妇，生三女。其母后使女问父，知衣在积稻下，得之，衣而飞去。后复以迎三女，女亦得飞去。

卷十四

271

搜神记

注释

①豫章：古代郡名。新喻：三国时吴国置新渝县，大概在今江西新余一带。

译文

　　豫章郡新喻县的一个男子，看见田间有六七个女子，都穿着羽毛做成的衣服。男子不知道她们是鸟，就爬上前去，拿了其中一个女子脱下来的羽毛衣服，藏了起来，然后就走近那几只鸟。那几只鸟各自飞跑了，只有一只鸟不能飞走。这男子就娶了她当作妻子，生了三个女儿。她们的母亲后来让女儿去问父亲，知道那衣服藏在稻垛下，找到后，穿上衣服飞走了。后来她又回来接三个女儿，女儿们也都飞走了。

黄母化鼋

原文

　　汉灵帝时，江夏①黄氏之母浴盘水②中，久而不起，变为鼋矣。婢惊走告。比家人来，鼋转入深渊。其后时时出见。初浴，簪一银钗，犹在其首。于是黄氏累世不敢食鼋肉。

注释

①江夏：古代郡名，晋时改称武昌郡。
②盘水：河名。在湖北房县南，神农架林区。

译文

　　汉灵帝时期，江夏郡有一户黄姓人家的母亲在盘水河中洗澡，很久没有起来，变成一只鼋。婢女慌忙跑回去报告。等到家人来到时候，这只鼋已经到了深潭。之后还经常出现，当初黄母洗澡，头上别了一只银钗，那银钗还在鼋头上。从此以后黄家人世代都不敢吃鼋肉。

宋母化鳖

原文

　　魏黄初中①，清河宋士宗母②，夏天于浴室里浴，遣家中大小悉出，独在室中。良久，家人不解其意，于壁穿中窥之。不见人体，见盆水中有一大鳖。遂开户，大小悉入。了不与人相承③。尝先着银钗犹在头上。相与

守之啼泣，无可奈何。意欲求去，永不可留。视之积日，转懈，自捉出户外④。其去甚驶，逐之不及，遂便入水。后数日，忽还，巡行宅舍如平生，了无所言而去。时人谓士宗应行丧治服，士宗以母形虽变，而生理尚存，竟不治丧。此与江夏黄母相似。

注释

①黄初：魏文帝曹丕年号。

②清河：古代郡名、国名，因境内有清河流经得名。西汉置郡，东汉改郡为国。

③承：接受命令或吩咐，这里指沟通。

④捉：同"促"字，指突然。

译文

曹魏黄初年间，清河郡人宋士宗的母亲，夏天在浴室中洗澡时，打发一家老小全都出门，独自一个人待在浴室中。过了很长时间，家里的人不明白她的用意，就在墙洞中偷偷看她。看不见宋母身体，只看见洗澡水中有一只大鳖。于是就打开了门，一家老小全部涌了进去。那鳖与人完全不能沟通。宋母洗澡前戴上去的银钗还在鳖头上。家里的人守着鳖哭泣，却一点办法也没有。鳖想出去，永远不留在这儿了。家人看了鳖好几天，便逐渐松懈了，鳖便趁机突然跑出门外。离去的速度很快，追赶不上，然后就钻进了河中。过了几天，宋母忽然回来了，还像平时那样巡视了一下家里的房屋四周，然后一句话也没讲就走了。当时的人说宋士宗应该操办丧事，穿上孝服，宋士宗认为母亲的形体虽然变化了，但生命仍然存在，终究没有为她办丧事。这与江夏郡黄氏母亲的事相类似。

宣母化鼋

原文

吴孙晧宝鼎元年六月晦①，丹阳宣骞母②，年八十矣，亦因洗浴化为鼋，其状如黄氏。骞兄弟四人闭户卫之，掘堂上作大坎，泻水其中。鼋入坎游戏。一二日间，恒延颈外望。伺户小开，便轮转，自跃入于深渊，遂不复还。

注释

①宝鼎元年：公元266年。宝鼎为吴国末代帝王孙晧年号。晦：农历每月最后一天。

②丹阳：古代郡名。秦代称鄣郡，汉武帝建元二年（前139年）改为丹阳郡。

译文

东吴孙皓宝鼎元年六月的最后一天，丹阳郡人宣骞的母亲，已经八十岁了，也因为洗澡变成了鼋，情形与江夏郡黄氏相似。宣骞兄弟四人关上家里的门守住鼋，在厅堂挖一个大坑，在里面放了水。鼋爬进水坑玩耍。一两天的时间，总是伸长脖子向外张望。等到门打开了一点儿，鼋就转身跳出去，自己爬进深潭里，没再回来过。

老翁作怪

原文

汉献帝建安中，东郡民家有怪：无故，瓮器自发訇訇作声①，若有人击；盘案在前②，忽然便失；鸡生子，辄失去。如是数岁，人甚恶之。乃多作美食，覆盖，著一室中，阴藏户间窥伺之。果复重来，发声如前。闻，便闭户，周旋室中，了无所见。乃以杖挝之③，良久，于室隅间有所中，便闻呻吟之声，曰："唷④！唷！宜死！"开户视之，得一老翁，可百余岁，言语了不相当，貌状颇类于兽。遂行推问，乃于数里外得其家。云："失来十余年。"得之哀喜。后岁余，复失之。闻陈留界复有怪如此⑤，时人咸以为此翁。

注释

①訇（hōng）訇（hōng）：巨大的声响。

②盘案：餐具、案台的统称。

③挝（zhuā）：敲，打。

④唷（yòu）：呻吟。

⑤陈留：古代郡名，汉武帝时所设。

译文

汉献帝建安年间，东郡一个老百姓家发生怪事：无缘无故坛子罐子会自己发出訇訇的声音，好像有人在敲击；盘子和案台本来在面前，忽然之间便消失了；鸡生了蛋，总是丢失。像这样已经有好几年了，家里人非常厌恶。于是就做了很多美味佳肴，把它遮盖好，放在一个房间里，悄悄潜伏在门背后暗中窥伺。果然又来了，发出的声音还是如从前一样。听见这声音，就马上把门关上，在房间里转来转去，什么也没看见。于是就在暗中用棍子敲打，过了很长一段时间，在墙角边有什么东西被打着了，便听见呻吟的声音，说："唉哟！哎哟！要死了！"开门一看，抓到一个老头，有一百多岁，但言语完全不能相通，他的容貌形状与野兽类似。于是对老头进行询问，才在几里以外找到了他的家。老头的家人说："已失散了十多年。"见到了他又悲哀又高兴。后来过了一年多，老头又不见了。听说陈留郡境内又出现了一个这样的怪物，当时的人都认为就是这个老头。

搜神记

卷十五

从古至今，都有关于死而复生的传说。魏晋南北朝时期作为中国历史上罕有的动乱年代，社会矛盾异常尖锐。受这种动乱的大环境影响，人们对"生"的渴望自然异常强烈，《搜神记》中死而复生这一故事命题便应运而生了。本卷所辑录的都是一些死而复生的传奇人物。

王道平妻

原文

秦始皇时，有王道平，长安人也。少时，与同村人唐叔偕女，小名父喻，容色俱美，誓为夫妇。寻王道平被差征伐，落堕南国，九年不归。父母见女长成，即聘与刘祥为妻。女与道平言誓甚重，不肯改事。父母逼迫，不免，出嫁刘祥。经三年，忽忽不乐，常思道平，忿怨之深，悒悒而死①。死经三年，平还家，乃诘邻人："此女安在？"邻人云："此女意在于君，被父母凌逼，嫁与刘祥，今已死矣。"平问："墓在何处？"邻人引往墓所。平悲号哽咽，三呼女名，绕墓悲苦，不能自止。平乃祝曰："我与汝立誓天地，保其终身。岂料官有牵缠，致令乖隔②，使汝父母与刘祥。既不契于初心，生死永诀。然汝有灵圣，使我见汝生平之面。若无神灵，从兹而别。"言讫，又复哀泣。逡巡，其女魂自墓出，问平："何处而来？良久契阔③。与君誓为夫妇，以结终身。父母强逼，乃出聘刘祥。已经三年，日夕忆君，结恨致死，乖隔幽途。然念君宿念不忘，再求相慰，妾身未损，可以再生，还为夫妇。且速开冢破棺，出我即活。"平审言，乃启墓门，扪看其女，果活。乃结束随平还家。其夫刘祥闻之，惊怪，申诉于州县。检律断之，无条，乃录状奏王。王断归道平为妻。寿一百三十岁。实谓精诚贯于天地，而获感应如此。

注释

①悒悒（yì）：忧郁。
②乖：违反，背离。
③契阔：久别。

译文

秦始皇的时候，有个人叫王道平的，是长安人。他少年时代，和本村人唐叔偕的女儿，一个小名叫父喻的，容貌美丽的女子立誓结为夫妇。王道平被征兵役去打仗，流落南方，九年没有回家。父喻的父母见女儿已经长大成人，便将她许配给了刘祥为妻。女儿和王道平立下的誓言很重，不肯改嫁他人。父母逼迫，不能逃避，便嫁给了刘祥。过了三年，她失意不乐，常常想念王道平，心里积怨很深，抑郁而死。她死后三年，王道平回到了家中。就去问乡邻："这个女子如今在哪里？"乡邻告诉他："这女子的心在你身上，被父母逼迫嫁给了刘祥，现在已经死了。"王道平问："她的坟墓在哪里？"乡邻引他去了墓地。王道平泣不成声，反复呼叫父喻的名字，绕着坟墓痛哭哀叹，感情不能控制。他祝祷说："我和你早向天地发誓，要厮守一辈子。哪里料到被公家的事拖累，以至于使

我们长久分离，使你父母把你嫁给了刘祥。已经不能实现当初的心意，生死永别。你如果有灵的话，就让我看一下你生前的容貌。如果没有灵，就从此永别了。"说完，又痛哭不止。转瞬之间，父喻的灵魂从坟墓中出来，问王道平："你从哪里来？你我分别这么久了。我曾与你盟誓结为夫妻，相伴终身。父母强逼，才嫁给刘祥。已经过了三年，日夜都在思念你，终含恨而死，隔离在阴间。不过念你旧情不忘，一再要求相互安慰，我的身体没有损坏，能够复活，还和你结成夫妻。要赶快挖开坟墓打开棺材，取出我，我就能活过来了。"王道平仔细考虑了一会儿她的话，于是打开了墓门，抚摸、查看父喻，果然活了过来。于是父喻跟着王道平回家了。她的丈夫刘祥听说后，十分惊异，向州县官府申诉。州县府衙查检法律来审理此案时，没有相关的法律条文，于是将案情上报朝廷。朝廷判决父喻给王道平做妻子。他们二人活了一百三十岁。这实在是他们的忠贞不移感动了天地，才得到了这样的好报。

河间女

原文

晋惠帝世，河间郡有男女私悦①，许相配适。寻而男从军，积年不归。女家更欲适之，女不愿行，父母逼之，不得已而去，寻病死。其男戍还，问女所在，其家具说之。乃至冢，欲哭之尽哀，而不胜其情，遂发冢，开棺，女即苏活，因负还家。将养数日，平复如初。后夫闻，乃往求之。其人不还，曰："卿妇已死，天下岂闻死人可复活耶？此天赐我，非卿妇也。"于是相讼。郡县不能决，以谳廷尉②，秘书郎王导奏③："以精诚之至，感于天地，故死而更生。此非常事，不得以常礼断之。请还开冢者。"朝廷从其议。

注释

①河间：古代郡名、国名。战国时赵国初设河间郡，汉文帝二年（前179年）封赵王遂之弟刘辟疆为河间王，分赵国之河间郡置河间国，刘辟疆卒后国除为郡，隋代改设河间县，唐代废郡。

②谳（yàn）：上报案情。

③王导（276—339年）：字茂弘，小字赤龙，琅琊郡临沂县人，为东晋开国元勋，政治家、书法家，镇军司马王裁之子。永嘉之乱后，王导拥立司马睿建东晋，官居宰辅，先后历经元帝、明帝、成帝三朝。从兄王敦都督江、扬六州军事，拥兵重镇，宗族皆官居要职，当时有"王与马，共天下"一说。

译文

晋惠帝的时候，河间郡有一对男女相爱，约定好结婚。不久，男的去从军了，几年都没回家。女家想把女儿嫁给别人，女儿不肯嫁，父母亲强逼，没有办法就出嫁了，不久就病死了。那个男人服兵役回来，追问这姑娘在什么地方，他家里的人把事情经过都说了。男子来到姑娘的坟墓，想哭一哭来表达自己的悲哀之情，但抑制不住自己的感情，就挖开坟墓，撬开棺材，姑娘立即苏醒复活了，于是把她背回了家。调养了几天，又恢复得和往常一样。后来她的丈夫听说了这件事，就到男子家索要姑娘。那男人不肯还给他，说："您的妻子已经死了，天底下哪里听说过死人可以复活的呢？这是老天恩赐给我的，不是您的妻子啊。"于是两人打官司。郡、县没有办法判决，就把案情呈报给廷尉。秘书郎王导上奏说："因为他们的精诚达到了极致，感动了天地，所以这姑娘才死而复生。这是非同寻常的事情，不能用普通的礼法来断案。请求把这姑娘还给掘开坟墓的男子。"朝廷听从了王导的意见。

贾偶

原文

汉献帝建安中，南阳贾偶①，字文合，得病而亡。时有吏将诣太山②。司命阅簿③，谓吏曰："当召某郡文合，何以召此人？可速遣之。"时日暮，遂至郭外树下宿。见一年少女独行，文合问曰："子类衣冠④，何乃徒步？姓字为谁？"女曰："某三河人⑤，父见为弋阳令⑥。昨被召来，今却得还。遇日暮，惧获瓜田李下之讥。望君之容，必是贤者，是以停留，依凭左右。"文合曰："悦子之心，愿交欢于今夕。"女曰："闻之诸姑，女子以贞专为德，洁白为称。"文合反复与言，终无动志。天明，各去。文合卒已再宿，停丧将殓，视其面，有色，扪心下，稍温，少顷，却苏⑦。后文合欲验其实，遂至弋阳，修刺谒令⑧。因问曰："君女宁卒而却苏耶？"具说女子姿质服色，言语相反复本末。令入问女，所言皆同。乃大惊叹，竟以此女配文合焉。

注释

①南阳：古代郡名。秦代所置。

②太山：泰山，相传为阴曹地府所在。

③司命：泰山府君属下掌管生死的官员。

④衣冠：缙绅、士大夫。

⑤三河：汉代将河内、河东、河南三郡统称为"三河"，在今河南洛阳黄河南北一带。

⑥弋阳：古代县名。管辖范围在今河南省潢川县以西。

⑦苏：苏醒。

⑧修刺：通报姓名用的帖子。

译文

　　汉献帝建安年间，南阳郡人贾偶，字文合，得病死了。当时一个鬼吏把他带到泰山府。司命查看生死簿后，对鬼吏说："应当召其他郡的文合，为什么召这个人？赶快把他送回去。"这时天已黑了，贾文合就到城外树下过夜。看到一个年轻女子独自夜行，文合就问道："看你像是官宦人家的姑娘，为何步行呢？你姓什么叫什么？"女子说："我是三河人氏，父亲现任弋阳县令。昨天被召来，今天却不得不回去，赶上天黑了，担心招来瓜田李下的嫌疑。看你的样子，一定是贤良之人，因此停留下来，依靠在你旁边。"文合说："我喜欢你的心意，希望今天晚上就结为夫妻。"女子说："听姑姑们说，女子以贞节专一为美德，以纯洁自爱为美德。"文合反复和她说话，女子心志始终没有动摇。天亮后，两人各自离去。文合断气已经两天了，下葬前将要殓尸时，看他脸上还有血色，摸他心窝里也还有点温度，过了一会儿，就苏醒了。后来文合想验证这件事，就到弋阳，写下名帖拜见了县令。他问县令："您女儿真是死后又苏醒过来的吗？"详细地讲述了他所见女子的容貌特点、衣服颜色，以及对话的前前后后。县令进去问女儿，女儿所说和文合的讲述完全相同。县令大为惊叹，最后将女儿许配给文合。

李娥

原文

汉建安四年二月①，武陵充县妇人李娥②，年六十岁，病卒，埋于城外，已十四日。娥比舍有蔡仲，闻娥富，谓殡当有金宝，乃盗发冢求金。以斧剖棺，斧数下，娥于棺中言曰："蔡仲，汝护我头。"仲惊遽，便出走，会为县吏所见，遂收治。依法当弃市③。娥儿闻母活，来迎出，将娥回去。武陵太守闻娥死复生，召见，问事状。娥对曰："闻谬为司命所召，到时得遣出。过西门外，适见外兄刘伯文。惊相劳问，涕泣悲哀。娥语曰：'伯文，我一日误为所召，今得遣归，既不知道，不能独行，为我得一伴否？又我见召在此已十余日，形体又为家人所葬埋，归，当那得自出？'伯文曰：'当为问之。'即遣门卒与户曹相问：'司命一日误召武陵女子李娥，今得遣还。娥在此积日，尸丧又当殡殓，当作何等得出？又女弱，独行，岂当有伴耶？是吾外妹，幸为便安之。'答曰：'今武陵西界，有男子李黑，亦得遣还，便可为伴。兼敕黑过娥比舍蔡仲，发出娥也。'于是娥遂得出。与伯文别，伯文曰：'书一封，以与儿佗。'娥遂与黑俱归。事状如此。"太守闻之，慨然叹曰④："天下事真不可知也。"乃表，以为"蔡仲虽发冢，为鬼神所使；虽欲无发，势不得已，宜加宽宥⑤。"诏书报可。太守欲验语虚实，即遣马吏于西界，推问李黑，得之，与黑语协。乃致伯文书与佗，佗识其纸，乃是父亡时送箱中文书也⑥，表文字犹在也，而书不可晓，乃请费长房读之⑦。曰："告佗，我当从府君出案行部，当以八月八日日中时，武陵城南沟水畔顿，汝是时必往。"到期，悉将大小于城南待之。须臾果至，但闻人马隐隐之声，诣沟水，便闻有呼声曰："佗来，汝得我所寄李娥书不耶？"曰："即得之，故来至此。"伯文以次呼家中大小，久之，悲伤断绝。曰："死生异路，不能数得汝消息。吾亡后，儿孙乃尔许大。"良久，谓佗曰："来春大病，与此一丸药，以涂门户，则辟来年妖疠矣⑧。"言讫，忽去，竟不得见其形。至来春，武陵果大病，白日皆见鬼，唯伯文之家，鬼不敢向。费长房视药丸，曰："此方相脑也⑨。"

注释

①建安四年：即公元199年。

②充县：古代县名，管辖范围在今湖南省张家界市桑植县一带。

③弃市：本指对受刑罚的人游街，后指死刑。

④慨然：感慨。

⑤宽宥（yòu）：宽恕。

⑥送箱：陪葬的箱子。

⑦费长房：东汉方士。相传他的神符可驱役百鬼，后失神符，被众鬼杀。

⑧疠（lì）：疫病。

⑨方相：传说中驱疫鬼和妖怪的神。

译文

　　汉献帝建安四年二月，武陵郡充县妇人李娥，年纪六十岁，病死了，埋葬在城外，已有十四天了。李娥的邻居有个叫蔡仲的，听说李娥富有，心想随葬品中应有金银珍宝，于是偷偷挖开坟墓找金子。他用斧头砍劈棺木，劈了几下，李娥在棺材里喊道："蔡仲，你小心我的头。"蔡仲惊慌，就跑了出来，恰巧被县吏撞见，于是拘捕了他。依照律例蔡仲应当被处死并陈尸街头示众。李娥的儿子听说母亲活了，来把母亲接出坟墓，把她带回家。武陵太守听说李娥死而复生，召见她，询问这件事的原委。李娥回答说："听说被司命错召，到那里时能够被放出来。走到西门外，恰好看见了表兄刘伯文。我们惊讶地互相问候，伤心落泪。我告诉他说：'伯文，我一时被误召，现在被遣回家，我既不认识回去的路，又不能独自行走，能不能为我找一个伴？另外我被召到这里已有十多天了，尸体该被埋葬，回去后，怎样才能自己出来？'伯文说：'可以帮你问问。'伯文立刻派门卒去询问户曹：司命一时错召了武陵郡的李娥，现在得以遣返。李娥在这里好些天了，尸体已经被装殓埋葬，应该怎样才能从坟墓中出去？况且女子体弱，独自远行，应该有个同伴吧？她是我表妹，希望能行个方便安置她。户曹回答说：'现在武陵西边一个男子叫李黑，也要被放回去，可以做伴。同时叫李黑拜访李娥的邻居蔡仲，让他去挖开坟墓放出李娥。'于是我才得以出来。与伯文分别，伯文说：'有一封信，捎给我的儿子刘佗。'我就和李黑一起回来了。事情的经过就是这样的。"太守听了，感慨说："天下的事真是难以理解啊。"于是他向朝廷奏请，认为"蔡仲虽然掘墓，但是受鬼神差遣；即使不想去挖，情势也不允许，应该加以宽恕。"皇帝下诏同意。太守想验证李娥所说的真实性，就派遣马吏到西边去询问李黑，得到回答，李娥所说与李黑所说一致。于是把刘伯文的信带给刘佗，刘佗认得信纸，那是父亲死时陪葬的箱子中的文书，上面表彰的文字还在，但信却读不懂，于是请费长房来读。信上说："告诉佗儿，我要随泰山府君办案外出，会在八月八日中午时，在武陵城南水沟旁稍作停留，到时你一定要去那里。"到了那天，刘佗带领全家大小在城南等候。一会儿，刘伯文果然出现了，只听见隐隐约约有人马的声音，走到水沟边，就听见有人喊道："刘佗过来，你收到我让李娥捎的信了吗？"刘佗说："正是得到信，才来到这里的。"刘伯文依次呼唤家中大小，很久，仍悲伤欲绝。他说："死和生不同路，不能时常知道你们的消息。我死后，儿孙竟然长这么大了。"过了很久，他对刘佗说："明年开春将会有大瘟疫，给你一颗药丸，拿来涂在家门上，就能避免明年怪异的瘟疫了。"说完后，突然离去，始终没有见到他的形体模样。到了第二年，武陵县果然瘟疫流行，白天都能见到鬼，只有刘伯文家，鬼不敢去。费长房看了药丸说："这是方相的脑髓。"

史姁

原文

汉陈留考城史姁①，字威明，年少时尝病。临死谓母曰："我死当复生。埋我，以竹杖柱于瘗上②。若杖折，掘出我。"及死埋之，柱如其言。七日往视，杖果折，即掘出之，已活。走至井上，浴，平复如故。后与邻船至下邳卖锄③，不时售，云："欲归。"人不信之，曰："何有千里，暂得归耶？"答曰："一宿便还。"即书，取报以为验实。一宿便还，果得报。考城令江夏鄳贾和姊病，在乡里，欲急知消息，请往省之。路遥三千，再宿还报。

注释

①陈留：古代郡名，汉武帝设，管辖范围在今河南省开封市一带。考城：古代县名。秦代设，东汉时更名为考城。姁（xū）：人名。

②瘗（yì）：墓地。

③下邳：古代地名。秦代置县，东汉置国，南朝改为郡。

译文

汉陈留郡考城县人史姁，字威明，他年轻的时候曾经生病。他临死时对母亲说："我死后会复活。埋葬我后，在我的坟上竖着插一根竹杖。如果竹杖折断了，就把我挖出来。"等到他死后埋葬时，就照他所说的竖了竹杖。等到第七天去看，竹杖果然折断了，当即就把他挖了出来，已经复活。史姁到井边洗澡，变得像往常一样。后来他和乡邻乘船到下邳卖锄头，还没有如期卖完，他说："想回家一下。"邻人不相信他的话，说："这里离家有千里，怎么能很快就回去呢？"他回答说："一夜就能回来了。"邻人就写了书信，要求回信作为验证。史姁一夜就回来了，果然带来了回信。考城县令江夏郡鄳县人贾和的姐姐生了重病，在家乡，他迫切想知道消息，便请史姁去看望。三千里的路程，史姁两夜就回来报告了情况。

贺瑀

原文

会稽贺瑀，字彦琚，曾得疾，不知人，惟心下温，死三日，复苏。云："吏人将上天，见官府，入曲房①，房中有层架，其上层有印，中层有剑，

使瑀惟意所取。而短不及上层，取剑以出。门吏问：'何得？'云：'得剑。'曰：'恨不得印，可策百神，剑惟得使社公耳。'"疾愈，果有鬼来，称社公。

注释

①曲房：指密室。

译文

会稽人贺瑀，字彦琚，曾经得了病，不省人事，只有心窝还稍有温热，死了三天后又复活过来。他说："有官吏把我带上天，拜见了官府，进入一间密室，室内有一层层的架子，上层放着印，中层放着剑，叫我随意取一件。我个子矮小，够不着上层，就从中层取出了剑。看门的小吏问：'取到了什么？'我说：'取得一把剑。'门吏说：'很遗憾，没有取到印。印可以驱使所有神，剑只能驱使社公而已。'"贺瑀病好后，果然有一个鬼来，自称是社公。

戴洋

原文

戴洋，字国流，吴兴长城人①。年十二，病死，五日而苏。说死时，天使其为酒藏吏②，授符箓③，给吏从幡麾。将上蓬莱、昆仑、积石、太室、庐、衡等山④，既而遣归。妙解占候，知吴将亡，托病不仕，还乡里。行至濑乡，经老子祠，皆是洋昔死时所见使处，但不复见昔物耳。因问守藏应凤曰："去二十余年，尝有人乘马东行，经老君祠而不下马，未达桥，坠马死者否？"凤言有之。所问之事，多与洋同。

注释

①长城：古代县名，郡守府署在今浙江省湖州市长兴县以东。
②酒藏吏：古时专为朝廷掌管酿酒的官员。
③符箓：对符节和簿箓的统称。
④积石：山名。今阿尼玛卿山。位于青海东南部，延伸至甘肃南部，属于昆仑山脉。太室：山名。即今嵩山。

译文

戴洋，字国流，是吴兴郡长城县人。他十二岁时，生病死了，五天后又活了过来。他说死后，天帝任他为酒藏吏，授予符节和簿箓，派给随从和旗帜。他行驶到了蓬莱、昆仑、积石、太室、庐山、衡山等名山，接着就被遣送回来。戴洋擅长占卜测算，预知东吴将亡国，托病不做官，回家乡去了。走到濑乡，经过老子祠庙，都是戴洋当年死去时出使到过的地方，只是看不到过去看到的那些东西了。于是他问守藏应凤说："距今二十多年前，有没有一个人骑马往东走，经过老子祠没有下马，还没有走到桥上，就从马上掉下来摔死了？"应凤说有这回事。所询问的事，多数都与戴洋的经历相同。

柳荣张悌

原文

　　吴临海松阳人柳荣①，从吴相张悌至扬州。荣病死船中二日，军士已上岸，无有埋之者。忽然大叫，言："人缚军师！人缚军师！"声甚激扬，遂活。人问之。荣曰："上天北斗门下，卒见人缚张悌②，意中大愕，不觉大叫言：'何以缚军师？'门下人怒荣，叱逐使去。荣便怖惧，口余声发扬耳。"其日，悌即死战。荣至晋元帝时犹存。

注释

①临海：古代郡名。三国时吴分会稽郡东部置。松阳：古代县名，东汉时所设。
②卒（cù）：突然。后多写作"猝"。

译文

　　吴国临海郡松阳县人氏柳荣，跟着吴国相张悌来到扬州。柳荣生病死在船上已两天了，士兵都已经上岸，没有人去埋葬他。他忽然大叫，道："有人绑缚军师！有人绑缚军师！"喊声十分激越响亮，于是他就活了过来。别人问他怎么回事。柳荣说："我登上天界来到北斗星门边，突然看见有人绑缚张悌，心中大吃一惊，不觉大叫道：'为什么绑缚军师？'那门边的人对我很生气，大声斥责我，赶我走。我感到十分恐惧，嘴巴里喊出了没说完的话。"那一天，张悌就阵亡了。柳荣到晋元帝的时候还活着。

马势妇

原文

　　吴国富阳人马势妇[1]，姓蒋。村人应病死者，蒋辄恍惚熟眠经日，见病人死，然后省觉，觉则具说。家中人不信之。语人云："某中病，我欲杀之，怒强魂难杀，未即死。我入其家内，架上有白米饭，几种鲑[2]。我暂过灶下戏，婢无故犯我，我打其脊，使婢当时闷绝，久之乃苏。"其兄病，有乌衣人令杀之，向其请乞，终不下手。醒，乃语兄云："当活。"

注释

①富阳：县名。秦代置富春县，东晋更名富阳，沿用至今。
②鲑（xié）：古代对鱼类菜肴的统称。

译文

　　吴国富阳县人氏马势的妻子，姓蒋。村里有人要病死，蒋氏就会迷迷糊糊地熟睡一整天，梦中看到那病人死了，然后才醒来，醒后就把详细情况一一诉说。家里的人都不相信她的话。她告诉别人说："某某病了，我想杀了他，愤怒顽强的灵魂很难杀死，没有马上死去。我到他的家中，架子上有白米饭，有几种鱼肉。我刚到灶边玩，婢女无缘无故地来冒犯我，我打了她的脊梁，使那婢女当场就昏过去，过了好长时间才醒过来。"蒋氏的哥哥生病了，一个穿黑衣服的人命令她去杀了她的哥哥，她向那人哀求，终于没有下手。她醒来后就告诉哥哥说："你会活着的。"

颜畿

原文

晋咸宁二年十二月，琅邪颜畿，字世都，得病，就医张瑳使治，死于张家。棺敛已久，家人迎丧，旐每绕树木而不可解[1]，人咸为之感伤。引丧者忽颠仆，称畿言，曰："我寿命未应死，但服药太多，伤我五脏耳。今当复活，慎无葬也。"其父拊而祝之，曰："若尔有命，当复更生，岂非骨肉所愿？今但欲还家，不尔葬也。"旐乃解。及还家，其妇梦之，曰："吾当复生，可急开棺。"妇便说之。其夕，母及家人又梦之，即欲开棺，而父不听。其弟含，时尚少，乃慨然曰："非常之事，自古有之。今灵异至此，开棺之痛，孰与不开相负？"父母从之，乃共发棺，果有生验，以手刮棺，指爪尽伤，然气息甚微，存亡不分矣。于是急以绵饮沥口[2]，能咽，遂与出之。将护累月，饮食稍多，能开目视瞻，屈伸手足，不与人相当。不能言语，饮食所须，托之以梦。如此者十余年，家人疲于供护，不复得操事。含乃弃绝人事，躬亲侍养，以知名州党。后更衰劣，卒复还死焉。

注释

①旐（zhào）：办丧事时用的一种魂幡。
②绵饮沥口：以丝绵蘸水往嘴里滴。

译文

晋咸宁二年十二月，琅琊人颜畿，字世都，生病了，到医生张瑳那里请他治病，死在了张家。用棺材装殓已经很长时间了，颜家人去迎丧，引魂幡老是缠在树上解不开，人们都为死者悲伤感叹。引丧的人忽然跌倒在地上，自称颜畿，说："我的寿命不该死，但是服药太多了，把我的五脏六腑损伤了。现在能够复活，我害怕，不要埋葬我。"颜畿的父亲抚摸着他祝祷，说："如果你还有寿命，能够再活，这不正是亲人们希望的吗？今天只想要接你回家，不会埋葬你。"引魂幡这才解开。等到回到家里，颜畿的妻子梦见了他，他说："我要复活，应该赶紧打开棺材。"他妻子就对人说了这事。那天夜里，他母亲和家人又梦见他，想立即去打开棺材，但是他父亲不答应。他弟弟颜含，当时年纪还小，却慨然说道："出乎常规的事，自古就有。现在既然已经这样灵异，那么棺材打开的痛苦，与不打开的痛苦比，哪个更大呢？"父母听从了他的意见，于是一起去打开了棺材，果然颜畿有活着的迹象，他用手抓棺材，所有的手指都受伤了，但是气息很微弱，是生是死还不能确定。于是家人急忙用丝绵蘸水往他嘴里滴，他能吞咽，于是就把他抬出了棺材。护理了几个月后，颜畿的饮食慢慢增多，能睁开眼睛张望，手脚也能伸屈，但不能与人正常交流。他不能说话，饮食上需要什么，他就托梦告诉家人。就这样过了

十多年，家里人为护理他十分疲惫，不能再做这样的事了。颜含于是放弃了其他的事情，亲自伺候哥哥，为此在全州都很有名。后来颜畿身体更加衰弱，最终还是死了。

羊祜

原文

　　羊祜年五岁时①，令乳母取所弄金镮。乳母曰："汝先无此物。"祜即诣邻人李氏东垣桑树中探得之。主人惊曰："此吾亡儿所失物也，云何持去？"乳母具言之，李氏悲惋。时人异之。

注释

①羊祜（hù）：东晋名将。

译文

　　羊祜五岁的时候，叫乳母去取他玩过的金镮子。乳母说："你以前并没有这东西。"羊祜就到邻居李家东墙边的桑树中掏到了金镮子。主人惊奇地说："这是我死了的儿子所丢失的东西啊，你为什么拿走呢？"乳母就详细地说了，李家人听了非常悲痛惋惜。当时的人都觉得这件事不同寻常。

西汉宫人

原文

　　汉末，关中大乱，有发前汉宫人冢者，宫人犹活。既出，平复如旧。魏郭后爱念之，录置宫内，常在左右。问汉时宫中事，说之了了，皆有次绪。郭后崩，哭泣过哀，遂死。

译文

　　汉朝末年，关中地区大乱，有人掘开了西汉宫女的坟，那个宫女还活着。她出了墓，恢复得如以前一样。魏文帝的郭皇后喜欢她，把她收到宫内，让她留在自己身边。问她汉朝时皇宫内的事情，她说得清清楚楚，都很有头绪。郭皇后逝世后，她哭得太悲伤了，便死了。

棺中活妇

原文

魏时太原发冢[1]，破棺，棺中有一生妇人。将出与语，生人也。送之京师，问其本事，不知也。视其冢上树木，可三十岁。不知此妇人三十岁常生于地中耶？将一朝欻生[2]，偶与发冢者会也？

注释

①太原：郡名，秦代设。
②欻（xū）：忽然。

译文

曹魏的时候，太原郡掘坟，撬开棺材，棺材中有一个活着的妇人。把她扶出来和她说话，是活着的人。把她送到京城，问她原来的事情，她不知道。看她坟上的树木，大约有三十年了。不知道这个妇人是三十年一直活在地下呢？还是这时忽然活过来了，正好和掘坟的人相遇呢？

杜锡婢

原文

晋世杜锡，字世嘏，家葬而婢误不得出。后十余年，开冢祔葬[1]，而婢尚生。云："其始如瞑目，有顷渐觉。"问之，自谓："当一再宿耳。"初婢埋时，年十五六，及开冢后，姿质如故。更生十五六年，嫁之有子。

注释

①祔（fù）葬：合葬，也指葬在先祖墓地旁。

译文

晋代人杜锡，字世嘏，他家里丧葬时，一个婢女被误留在坟墓里没有出来。过了十多年，打开杜家坟墓时，那个婢女还活着。她说："最初就像是闭上眼睛在睡觉，过了一会儿就慢慢醒来。"问她，她说："就如同过了一两个晚上而已。"当初婢女被埋时，年纪有十五六岁，到开墓时，面容气色跟原来一样。又过了十五六年，她嫁人还生了孩子。

冯贵人

原文

汉桓帝冯贵人病亡。灵帝时，有盗贼发冢。七十余年，颜色如故，但肉小冷。群贼共奸通之，至斗争相杀，然后事觉。后窦太后家被诛，欲以冯贵人配食①。下邳陈公达议②："以贵人虽是先帝所幸，尸体秽污，不宜配至尊。"乃以窦太后配食。

注释

①配食：祠庙中的祔祭，配享。

②下邳：地名。秦时置县，东汉时置国，南朝改国为郡。故城在今江苏省徐州市睢宁县西北古邳镇。陈公：即下邳郡人陈球，汉灵帝时任廷尉。

译文

汉桓帝的妃子冯贵人患病去世。到汉灵帝时，有盗墓者挖开了冯贵人的墓穴。七十多年了，冯贵人的容颜气色和原来一样，只是身体稍微有一点冷。那几个盗贼一起奸污尸体，以至于互相争斗砍杀，然后事情败露了。后来窦太后家被诛族，想让冯贵人祔祭于太庙。下邳人陈球提出异议："冯贵人虽是先帝宠幸的妃子，但现在她的尸体已经不干净了，不适合与至高无上的先帝合祭。"于是就让窦太后祔祭太庙。

广陵大冢

原文

吴孙休时，戍将于广陵掘诸冢，取版以治城，所坏甚多。复发一大冢，内有重阁，户扇皆枢转，可开闭，四周为徼道①，通车，其高可以乘马。又铸铜人数十，长五尺，皆大冠，朱衣，执剑，侍列灵坐。皆刻铜人背后面壁，言殿中将军，或言侍郎、常侍，似公侯之冢。破其棺，棺中有人，发已班白，衣冠鲜明，面体如生人。棺中云母厚尺许，以白玉璧三十枚藉尸。兵人辈共举出死人，以倚冢壁。有一玉，长尺许，形似冬瓜，从死人怀中透出，堕地。两耳及孔鼻中，皆有黄金，如枣许大。

注释

①徼（jiào）道：巡逻警戒的道路。

译文

吴景帝孙休在位的时候，守边将士在广陵掘了很多坟，取出棺木做成模板来建筑城墙，损坏的坟墓很多。而后又挖开了一个大墓，墓内有层层叠叠的楼阁，门扇都设有转轴，能打开关闭，四周是巡逻警戒的道路，能通过车辆，墓道的高度可以容纳人骑在马上。还铸有数十个铜人，高五尺，都是头戴大帽，身穿红衣，手持剑，侍卫排列在灵位两旁。铜人背后的石壁上都刻着字，有的刻的是"殿中将军"，有的刻的是"侍郎""常侍"，像是公侯的坟墓。剖开棺木，棺材里有人，头发已经花白，衣帽色彩鲜明，面容和身体像活人一样。棺木中的云母石有一尺来厚，尸体下垫着三十枚白玉璧。兵士们一起抬出尸体，将尸体靠在墓壁上。有一块长约一尺、形似冬瓜的玉石从死人怀里滑出来，掉在地下。尸体的两个耳孔和鼻子里都塞有黄金，像枣子大小。

栾书冢

原文

汉广川王好发冢①。发栾书冢②，其棺柩盟器悉毁烂无余，唯有一白狐，见人惊走。左右逐之，不得，戟伤其左足。是夕，王梦一丈夫，须眉尽白③，来谓王曰："何故伤吾左足？"乃以杖叩王左足。王觉，肿痛，即生疮，至死不差④。

注释

①广川王：汉景帝前元二年（前155年）封其子刘彭祖为广川王，将信都郡改为广川国，后刘彭祖徙为赵王。汉景帝中元二年（前148年）封其子刘越为广川王，历四世五王，至刘海阳因杀人废国。此文广川王指刘越之孙、汉景帝曾孙刘去。

②栾书：春秋中期晋国将领，死后谥号为栾武子。

③须眉：胡子、眉毛。

④差（chài）：病痊愈。

译文

汉代广川王喜欢掘坟。他挖开了栾书的坟，栾书的棺柩和殉葬器全都毁坏腐烂了，只有一只白色的狐狸，看见人就惊慌地逃跑了。广川王手下的人去追赶它，没追上，用戟刺伤了它的左脚。这天晚上，广川王梦见一个男人，胡须眉毛全白了，对广川王说："为什么要刺伤我的左脚？"于是用手杖敲击广川王的左脚。广川王醒来后，左脚肿胀疼痛，当即生了疮，一直到死都没有痊愈。

卷十五

卷十六

干宝是持有神论的，他自然相信鬼这种超自然的存在。本卷辑录的就是一些关于鬼的故事。当然，鬼作为一种非现实形象，于世间终究是不存在的，但《搜神记》无疑启发了后人的创作灵感，丰富了后世志怪文学的表现手段。

三疫鬼

原文

昔颛顼氏有三子，死而为疫鬼。一居江水，为疟鬼；一居若水，为魍魉鬼；一居人宫室，善惊人小儿，为小鬼。于是正岁命方相氏帅肆傩以驱疫鬼①。

注释

①正岁：泛指农历的正月。方相氏：古代官名。夏官司马的属官，由武夫充任，职掌驱除疫鬼和山川精怪。傩（nuó）：古代迎神以驱疫鬼的习俗。

译文

从前颛顼氏有三个儿子，死后都变成了疫鬼。一个住在长江，是疟鬼；一个住在若水，是魍魉鬼；一个居住在别人的房子里，喜欢吓唬别人家的小孩，是小鬼。于是在正月命令方相氏率人举行傩礼来驱逐疫鬼。

挽歌

原文

挽歌者，丧家之乐，执绋者相和之声也。挽歌辞有"薤露""蒿里"二章①，汉田横门人作②。横自杀，门人伤之，悲歌，言："人如薤上露，易晞灭；亦谓人死，精魂归于蒿里③。"故有二章。

注释

①薤（xiè）露、蒿里：汉代挽歌名，最早应为同一首歌谣，分"薤露""蒿里"二章，至汉武帝时，协律督尉李延年改二章为二曲，以"薤露"送王公贵人，"蒿里"送士大夫庶人。薤，一种多年生草本植物。

②田横：战国末年齐国贵族，陈胜吴广起义时随其兄田儋起兵反秦，重建齐国。汉朝建立后田横不愿称臣，在被汉高祖召往洛阳途中自杀。

③蒿里：山名，传说在泰山南，为死者葬所。泛指墓地、阴间。

译文

挽歌，是居丧之家的哀乐，是拉引棺绳的人相互应和的声音。挽歌的歌词有"薤露""蒿里"两章，为汉代田横的门人所作。田横自杀，门人为此感到哀伤，悲痛地歌唱，道："人就像薤叶上的露水，容易干燥消失；又说人死了，精魂回归蒿里。"所以有两章。

阮瞻见鬼客

原文

阮瞻，字千里，素执无鬼论，物莫能难。每自谓此理足以辨正幽明。忽有客通名诣瞻，寒温毕①，聊谈名理。客甚有才辨，瞻与之言良久，及鬼神之事，反复甚苦。客遂屈，乃作色，曰："鬼神，古今圣贤所共传，君何得独言无？即仆便是鬼。"于是变为异形，须臾消灭。瞻默然，意色太恶。岁余，病卒。

注释

①寒温：意同今"嘘寒问暖"。

译文

　　阮瞻，字千里，向来持无鬼论，没有谁能反驳。总是自己以为这套道理足够辨明生死。忽然有客人通报名姓来拜访阮瞻，嘘寒问暖之后，谈论起了名理。来客很有辩才，阮瞻和他说了很久，说到鬼神的事，两人反复辩论，非常激烈。客人终于理屈，就变了脸色，说道："鬼神，古今圣贤共同传信的，你为什么偏偏说没有？而我就是鬼。"于是客人变成奇怪的形状，一会儿就消失。阮瞻没有说话，神色特别难看。一年多后，就病死了。

黑衣白袷鬼

原文

　　吴兴施续为寻阳督^①，能言论。有门生亦有理意，常秉无鬼论。忽有一黑衣白袷客来^②，与共语，遂及鬼神。移日，客辞屈，乃曰："君辞巧，理不足。仆即是鬼，何以云无？"问："鬼何以来？"答曰："受使来取君，期尽明日食时。"门生请乞，酸苦。鬼问："有人似君者否？"门生云："施续帐下都督，与仆相似。"便与俱往，与都督对坐。鬼手中出一铁凿，可尺余，安着都督头，便举椎打之。都督云："头觉微痛。"向来转剧，食顷便亡。

卷
十
六

注释

①吴兴：古代郡名，郡治今浙江省湖州市。寻阳：古代郡名，晋代所设，郡治寻阳县，故城在今江西省九江市境内。

②衿（jié）：交叠于胸前的衣领。

译文

　　吴兴郡施续任寻阳郡的督军，此人能言善辩。他有位门生也有一些见解，向来主张无鬼论。忽然有一个黑衣白领的客人来了，和他一起谈论，就谈到了鬼神的话题。两人辩论了很久，来客理屈词穷，于是说："你的言辞巧辩，但道理不足。我就是鬼，为什么说没有鬼呢？"这个门生问道："鬼为什么要来这里？"鬼回答说："受派遣来取你的性命，死期是明天吃饭的时候。"门生请求活命，十分凄苦。鬼问："这里有没有长得像你的人呢？"门生说："施续帐下都督，和我长得相似。"于是鬼和这个门生一起前往，和都督相对而坐。鬼手中拿出一把铁凿，大约一尺长，放在都督头上，就举起椎敲打。都督说："头觉得有一点痛。"后来痛得越来越厉害，吃饭的时候就死了。

蒋济亡儿

原文

　　蒋济，字子通，楚国平阿人也①。仕魏，为领军将军②。其妇梦见亡儿涕泣曰："死生异路。我生时为卿相子孙，今在地下为泰山伍伯③，憔悴困苦，不可复言。今太庙西讴士孙阿见召为泰山令④，愿母为白侯⑤，属阿令转我得乐处。"言讫，母忽然惊寤。明日以白济。济曰："梦为虚耳，不足怪也。"日暮，复梦曰："我来迎新君，止在庙下。未发之顷，暂得来归。新君明日日中当发。临发多事，不复得归，永辞于此。侯气强，难感悟，故自诉于母，愿重启侯，何惜不一试验之？"遂道阿之形状，言甚备悉。天明，母重启济："虽云梦不足怪，此何太适适⑥？亦何惜不一验之？"济乃遣人诣太庙下推问孙阿，果得之，形状证验悉如儿言。济涕泣曰："几负吾儿。"于是乃见孙阿，具语其事。阿不惧当死，而喜得为泰山令，惟恐济言不信也。曰："若如节下言⑦，阿之愿也。不知贤子欲得何职？"济曰："随地下乐者与之。"阿曰："辄当奉教。"乃厚赏之。言讫，遣还。济欲速知其验，从领军门至庙下，十步安一人以传消息。辰时，传阿心痛；巳时，传阿剧；日中，传阿亡。济曰："虽哀吾儿之不幸，且喜亡者有知。"后月余，儿复来，语母曰："已得转为录事矣⑧。"

注释

①楚国：三国时曹操之子曹彪的封国。平阿：古代县名，位于今安徽省蚌埠市怀远县西南。

②领军将军：古代官名。东汉末曹操为丞相时设领军，为相府属官，后更名中领军，至魏晋时改称领军将军，统率禁军。

③伍佰：役卒。多为舆卫前导或执杖行刑。

④太庙：帝王的祖庙。讴士：唱赞的人。

⑤侯：指他的父亲蒋济，当时蒋济为昌陵亭侯。

⑥適適（dí）：明白，清楚。適，通"的"字。

⑦节下：对将领的敬称。古代授节予将帅以加重职权，故敬称将领为节下。后对使臣或地方疆吏亦称节下。

⑧录事：掌管文书的职官。

译文

　　蒋济，字子通，楚国平阿县人。在魏国当官，担任领军将军。他的妻子梦见了死去的儿子，哭着说："生死不同路啊。我还活着时是卿相的子孙，如今在地下是泰山府君的役卒，生活穷困，不可言说。现在太庙西边那个唱赞颂的孙阿被召为泰山令，希望母亲能替我禀告父亲，让他嘱咐孙阿把我调到舒服的地方去。"话说完，他母亲忽然惊醒。第二天她把这件事告诉了蒋济。蒋济说："梦是虚假的东西，不值得大惊小怪。"到了晚上，她又梦见儿子说："我来迎接新任府君，在太庙下停留。尚未出发的时候，暂时得以回家。新府君明天中午出发。出发时事情很多，就不能再回来了，在此与母亲永诀。父亲的气太强盛，难以感应，所以告诉母亲，希望母亲能再次禀告父亲，为什么不顾惜我试验一下呢？"于是儿子描述孙阿的模样，说得十分详细。天亮以后，母亲再次告诉蒋济："虽然说梦不值得奇怪，可这个梦为什么这么清晰明白呢？又为什么不顾惜儿子去试试呢？"蒋济于是派人到太庙查找孙阿，果然找到了，他的形状特征和儿子说的一模一样。蒋济流着泪说："差点辜负了我儿子的希望。"于是就召见了孙阿，把这事一一告诉了他。孙阿不怕死，反而很高兴能做泰山令，只担心蒋济说的不可信。他说："如果真像你说的这样，正是我所希望的。不知您儿子想担任哪种职务？"蒋济说："给他安排阴间快乐的事情。"孙阿说："立刻按您的意思来。"蒋济于是给了孙阿丰厚的赏赐。把事情讲完之后，打发他回去了。蒋济想尽快知道这件事能否验证，从领军门到太庙，每十步远就安排一人来传消息。到了上午辰时，传来消息说孙阿心口痛；到了巳时，传来消息说孙阿痛得厉害；到了正午时，传来消息说孙阿死了。蒋济说："虽然悲伤我儿子不幸死去，又高兴他死后的事情我们能知道。"后来过了一个多月，儿子又回来，告诉母亲说："我已经被调任录事了。"

孤竹君棺

原文

汉令支县有孤竹城①，古孤竹君之国也。灵帝光和元年②，辽西人见辽水中有浮棺，欲斫破之。棺中人语曰："我是伯夷之弟③，孤竹君也。海水坏我棺椁④，是以漂流。汝斫我何为？"人惧，不敢斫。因为立庙祠祀。吏民有欲发视者，皆无病而死。

注释

①令支：古代县名，又称"离支"，故城在河北迁安西。

②灵帝光和元年：即公元178年。

③伯夷：商朝末年孤竹君长子，其弟名叔齐。相传孤竹君欲传位于次子叔齐，孤竹君死后，叔齐让位于伯夷，伯夷不受。兄弟二人先后奔周。后周武王伐商，二人以为不义，叩马谏阻。武王灭纣后，伯夷叔齐耻食周粟，后饿死于首阳山。

④棺椁（guǒ）：套于棺材外的大棺。

译文

汉代令支县有孤竹城，是古时候孤竹君的国都。灵帝光和元年，辽西人看见辽水中有漂浮的棺材，想砍破它。棺材中的人说："我是伯夷的弟子，孤竹国国君啊。海水破坏了我的大棺，所以随水漂流。你砍我是为了什么？"人们感到害怕，不敢砍。于是建立祠庙来祭祀。官吏百姓有想打开来看的人，都会无病而死。

温序死节

原文

温序，字公次，太原祁人也①。任护军校尉，行部至陇西②，为隗嚣将所劫③，欲生降之。序大怒，以节挝杀人④。贼趋欲杀序，荀宇止之曰⑤："义士欲死节。"赐剑，令自裁。序受剑，衔须着口中，叹曰："无令须污土。"遂伏剑死。世祖怜之，送葬到洛阳城旁，为筑冢。长子寿，为印平侯。梦序告之曰："久客思乡。"寿即弃官，上书乞骸骨归葬。帝许之。

注释

①太原：古代郡名。秦代所设，郡治晋阳（今山西太原西南汾水东岸），名沿用至今，即今太原。祁：古代县名。西汉所设，故城在今山西省祁县古县镇。

②陇西：地名，指陇山（今六盘山）以西地区。

③隗（wěi）嚣：西汉末天水人。王莽篡汉时，在众人响应刘玄更始政权，兴汉灭莽时，隗嚣乘机起兵，被拥立为上将军，割据一方。光武帝建武九年（33年），隗嚣病故，陇右隗氏归降汉廷。

④挝（zhuā）：敲击。

⑤荀宇：隗嚣的部将。

译文

温序，字公次，太原郡祁县人。担任护军校尉，巡行部属到陇西，被隗嚣部将劫持，想活捉他。温序大怒，用符节敲击杀死敌人。贼人追上来想杀温序，荀宇制止他们说："义士要守节操而死。"赐予宝剑，让他自杀。温序接过剑，把胡须咬在口中，叹气说："不能让胡须沾上泥土。"于是伏剑而死。世祖怜惜他，将他送到洛阳城旁埋葬，为他修筑坟墓。温序的长子温寿，被封为印平侯。温寿梦见父亲温序告诉他说："长久客居思念家乡。"温寿就辞官，上书乞请把父亲的骸骨送回来安葬。皇帝答应了他。

文颖移棺

原文

　　汉南阳文颖，字叔良，建安中为甘陵府丞①。过界止宿。夜三鼓时，梦见一人跪前曰："昔我先人，葬我于此，水来湍墓，棺木溺，渍水处半，然无以自温。闻君在此，故来相依。欲屈明日暂住须臾，幸为相迁高燥处。"

鬼披衣示颖，而皆沾湿。颖心怆然，即寤，语诸左右。曰："梦为虚耳，亦何足怪？"颖乃还眠。向晨复梦见，谓颖曰："我以穷苦告君，奈何不相愍②悼乎？"颖梦中问曰："子为谁？"对曰："吾本赵人，今属汪芒氏之神③。"颖曰："子棺今何所在？"对曰："近在君帐北十数步，水侧枯杨树下，即是吾也。天将明，不复得见，君必念之。"颖答曰："诺。"忽然便寤。天明，可发。颖曰："虽云梦不足怪，此何太适④。"左右曰："亦何惜须臾，不验之耶？"颖即起，率十数人将导顺水上，果得一枯杨，曰："是矣。"掘其下，未几，果得棺。棺甚朽坏，半没水中。颖谓左右曰："向闻于人，谓之虚矣。世俗所传，不可无验。"为移其棺，葬之而去。

注释

①甘陵：东汉安帝因孝德皇后葬于厝县，故改厝县为甘陵县，并移清河国治此。汉桓帝时改为甘陵国。汉献帝年间除国为郡。故城在今山东省邢台市清河县清平镇以南。府丞：太守的属官。

②愍（mǐn）：同"悯"，本义忧患痛心的事。

③汪芒：古代国名，故地在今浙江省湖州市德清县武康镇。

④适：相当于"的"，清楚，明白。

译文

东汉南阳人文颖，字叔良，建安年间担任甘陵郡的府丞。过了甘陵境界后露宿休息。夜晚三更的时候，梦见一个人跪在面前说："从前我的父亲，将我埋葬在此处，水流来得急促冲刷坟墓，棺材被淹没，浸泡在水里的有一半，然而我没有办法让自己温暖。听说您在这里，因此来拜托您。想要委屈您明天暂住一会儿，把我迁到地势高且干燥的地方。"鬼将衣服给文颖看，衣服都沾湿了。文颖心里很悲伤，就醒了，给左右的人说了。左右的人说："梦是虚幻的，又有什么值得奇怪？"文颖于是回去睡觉。快到早上的时候又梦见那个鬼，对文颖说："我把自己的困苦告诉您，您怎么不怜悯我呢？"文颖在梦中问他说："你是谁？"鬼回答说："我本来是赵国人，现在属于汪芒氏的神祇。"文颖说："你的棺材现在在哪里？"鬼回答说："近在您营帐北面十多步，水边枯杨树下面，就是我的棺材了。天快要亮了，不能再见到您，您一定要记着我。"文颖回答说："好。"他忽然就醒了。天亮了，可以出发。文颖说："虽然说梦境不足为奇，这也太清楚了。"左右侍卫说："又何必舍不得花一点时间来验证它呢？"文颖马上起身，领着十多人顺水而上，果然找到一棵枯杨树，说："就是这里了。"挖掘树的下面，没多久，果然得到一副棺材。棺材朽烂得很厉害，一半淹在水中。文颖对左右侍卫说："以前听人说，认为是虚假的。世俗所传说的事情，不能不加以验证。"文颖给棺材移了地方，埋葬后就离开了。

鹄奔亭女鬼

原文

汉九江何敞为交趾刺史^①，行部到苍梧郡高要县^②，暮宿鹄奔亭。夜犹未半，有一女从楼下出，呼曰："妾姓苏，名娥，字始珠，本居广信县^③，修里人。早失父母，又无兄弟，嫁与同县施氏，薄命夫死，有杂缯帛百二十疋^④，及婢一人，名致富。妾孤穷羸弱，不能自振，欲之旁县卖缯，从同县男子王伯赁牛车一乘，直钱万二千，载妾并缯，令致富执辔，乃以前年四月十日到此亭外。于时日已向暮，行人断绝，不敢复进，因即留止。致富暴得腹痛，妾之亭长舍乞浆，取火。亭长龚寿，操戈持戟，来至车旁，问妾曰：'夫人从何所来？车上所载何物？丈夫安在？何故独行？'妾应曰：'何劳问之？'寿因持妾臂曰：'少年爱有色，冀可乐也。'妾惧怖，不从，寿即持刀刺胁下，一创立死。又刺致富，亦死。寿掘楼下，合埋，妾在下，婢在上。取财物去，杀牛，烧车，车釭及牛骨^⑤贮亭东空井中。妾既冤死，痛感皇天，无所告诉，故来自归于明使君。"敞曰："今欲发出汝尸，以何为验？"女曰："妾上下着白衣，青丝履，犹未朽也。愿访乡里，以骸骨归死夫。"掘之，果然。敞乃驰还，遣吏捕捉，拷问，具服。下广信县验问，与娥语合。寿父母兄弟，悉捕系狱。敞表寿："常律杀人不至族诛。然寿为恶首，隐密数年，王法自所不免。令鬼神诉者，千载无一。请皆斩之，以明鬼神，以助阴诛^⑥。"上报听之。

注释

①交趾：原为古地区名，泛指五岭以南。汉武帝时为所置十三刺史部之一，管辖范围相当于今广东、广西大部和越南的北部、中部。东汉末改为交州。越南于十世纪建国后，宋称其国为交趾。

②苍梧：古代郡名。汉武帝所设，郡治在广信县（今广西壮族自治区梧州市）。高要：古代县名，即今广东省肇庆市。

③广信县：苍梧郡治所，今广西壮族自治区梧州市。

④疋（pǐ）：古代量词。用以计量纺织品、骡马等物。

⑤釭（gāng）：车轮的车毂内外口的铁圈，用以穿轴。

⑥阴诛：冥冥之中受到诛罚。

译文

汉代九江郡的何敞是交州的刺史，巡行部属到了苍梧郡的高要县，晚上住在鹄奔亭。还没到半夜，有一女子从楼下出来，呼喊着说："我姓苏，名娥，字始珠，原本住在广信县，修里人。我早年丧父母，又没有兄弟，嫁给同县施家，命薄丈夫死了，留下各种丝

帛一百二十疋，和一个婢女，婢女名叫致富。我孤苦穷困身体瘦弱，不能自己谋生，想去邻县卖丝帛。向同县来的男子王伯租了一辆牛车，租金一万二千文，载上我和丝帛，让致富来赶车，就在前年四月十日到了鹄奔亭外。那时天色已经晚了，路上没有人走动了，不敢再往前走，于是就在这里停留下来。致富突然腹疼，我到亭长家去讨汤水、火种。亭长龚寿，拿着戈和戟，来到车旁，问我说：'夫人是从哪里来的？车上装的是什么？你的丈夫在哪里？为什么要独自出行？'我回答说：'问这些做什么？'龚寿于是抓住我的胳膊说：'年轻人喜欢漂亮的女人，是希望得到快乐。'我害怕，不肯依从，龚寿就持刀刺我的胁下，一刀就刺死我。又刺致富，致富也死了。龚寿在楼下挖坑，把我和致富一起埋了，我埋在下面，婢女埋在上面。他们拿走了财物，杀了牛、烧了车，车釭和牛骨藏在亭东边的空井里。我既含冤而死，痛苦可感动皇天，没有地方申诉，因此自己来投奔贤明的使君。"何敞说："现在要是挖你的尸体，用什么来验证呢？"女子说："我上下穿的是白衣，青丝鞋，身体还没有腐烂。希望您寻访我的家乡，把骸骨和死去的丈夫葬在一起。"挖掘，果然如女子所说。何敞于是赶回府衙，派吏卒抓捕罪犯，拷问后，罪犯一一服罪。发文书到广信县验证，和苏娥说的相合。龚寿的父母兄弟，悉数被逮捕入狱。何敞上报龚寿一案的表文说："通常法律规定杀人不至于灭族。可是龚寿是犯罪首恶，隐藏多年，王法自然不能容忍。让鬼神申诉，千载难有一次。请求斩首其全家，以显示鬼神的灵验，以助成冥冥之中的诛罚。"朝廷答复同意何敞的意见。

曹公船

原文

濡须口有大船①，船覆在水中，水小时便出见。长老云："是曹公船②。"尝有渔人夜宿其旁，以船系之，但闻筝笛弦歌之音，又香气非常。渔人始得眠，梦人驱遣云："勿近官妓③。"相传云曹公载妓船覆于此，至今在焉。

注释
①濡须：古代河名，今称运漕河。
②曹公：曹操。
③官妓：官府供养的乐妓。

译文
濡须口有一条大船，船翻在水里，水小的时候就露出来。老人们说："这是曹操的船。"曾经有渔夫晚上在大船旁边过夜，把船系在大船上，只听见筝笛琴瑟伴奏唱歌的声音，又有特别的香气。渔夫刚刚入睡，梦见有人驱赶他说："不要靠近官妓。"相传是曹操载运官妓的船在这里覆没，至今还在。

苟奴见鬼

搜神记

原文

夏侯恺，字万仁，因病死。宗人儿苟奴素见鬼[1]。见恺数归，欲取马，并病其妻。着平上帻[2]，单衣，入坐生时西壁大床[3]，就人觅茶饮。

注释

①宗人：古代官名。负责管理宗庙、谱牒、祭祀等事务。

②平上帻（zé）：也称"平巾帻"，魏晋以来武官戴的平顶头巾。

③床：一种古代坐具。

译文

夏侯恺，字万仁，因生病而死。宗人的儿子苟奴素来能看见鬼。苟奴看见夏侯恺多次回来，想取走马，并且担心他的妻子。夏侯恺戴着平顶头巾，穿着单衣，进屋坐在他活着时坐的西壁大床上，找人要茶喝。

产亡点面

原文

　　诸仲务一女显姨，嫁为米元宗妻，产亡于家。俗闻，产亡者，以墨点面。其母不忍，仲务密自点之，无人见者。元宗为始新县丞，梦其妻来上床，分明见新白妆面上有黑点。

注释

①始新：古代县名，东汉建安年间所设，为新都郡郡治。县丞：古代官名。秦汉两代于诸县置丞，以佐令长。

译文

　　诸仲务有一个女儿叫显姨，嫁给米元宗为妻，生孩子的时候死在了家里。民间传言说，生孩子时死了的人，要用墨点在脸上。她的母亲不忍心，诸仲务自己悄悄给她点上了，没有人看见。米元宗担任始新县县丞，梦见他的妻子来到床上，清清楚楚看见她新化的白色面妆上有黑点。

弓弩射鬼

原文

　　晋世新蔡王昭平，犊车在厅事上①，夜无故自入斋室中②，触壁而出。后又数闻呼噪攻击之声四面而来。昭乃聚众设弓弩战斗之备，指声弓弩俱发，而鬼应声接矢数枚③，皆倒入土中。

注释

①犊车：牛车。厅事：官署视事问案的厅堂。
②斋室：斋戒时居住的居室。
③应声：本意为随着声音，文中形容快速。

译文

　　晋朝时新蔡人王昭平，牛车在厅堂上，夜里无缘无故自己进了斋室中，碰撞墙壁而出。后来又多次听到呼喊攻击的声音从四面传来。王昭平于是召集众人设置弓弩等打仗的装备，朝着声音来源一起射箭，有鬼应声中箭好几支，都倒进了土里。

杨度遇鬼

原文

吴赤乌三年①，句章民杨度至余姚②。夜行，有一年少，持琵琶，求寄载。度受之。鼓琵琶数十曲，曲毕，乃吐舌，擘目，以怖度而去。复行二十里许，又见一老父，自云姓王名戒。因复载之。谓曰："鬼工鼓琵琶，甚哀。"戒曰："我亦能鼓。"即是向鬼。复擘眼吐舌，度怖几死。

注释

①赤乌三年：即公元240年。赤乌，三国时期孙权的年号。
②句（gōu）章：古代县名，县治在今浙江省余姚市东南。

译文

吴国赤乌三年，句章县百姓杨度去往余姚。晚上赶路，有一个少年，拿着琵琶，请求搭车。杨度答应了他。少年弹琵琶曲数十首，曲子弹完，就吐出舌头，裂开眼睛，吓唬杨度离去。又走了二十多里，杨度又看见一个老头，自称姓王名戒。于是又载了他。杨度对他说："鬼擅长弹琵琶，曲调很悲哀。"王戒说："我也能弹。"原来他就是那个鬼。又裂开眼睛吐出舌头，杨度吓得几乎死去。

秦巨伯斗鬼

原文

琅邪秦巨伯，年六十，尝夜行饮酒，道经蓬山庙，忽见其两孙迎之。扶持百余步，便捉伯颈着地，骂："老奴，汝某日捶我，我今当杀汝。"伯思惟某时信捶此孙。伯乃佯死，乃置伯去。伯归家，欲治两孙。两孙惊惋，叩头言："为子孙宁可有此？恐是鬼魅，乞更试之。"伯意悟。数日，乃诈醉，行此庙间，复见两孙来扶持伯。伯乃急持，鬼动作不得。达家，乃是两偶人也。伯着火炙之，腹背俱焦坼。出着庭中，夜皆亡去。伯恨不得杀之。后月余，又佯酒醉夜行，怀刃以去，家不知也。极夜不还，其孙恐又为此鬼所困，乃俱往迎伯，伯竟刺杀之。

译文

　　琅邪人秦巨伯，有六十岁了，曾经夜里出去喝酒，路过蓬山庙，忽然看见他的两个孙子来迎接他。两人扶着他走了一百多步，就捏着他的脖子将他压到地上，骂道："老奴才，你某一天打我，我今天定要杀了你。"秦巨伯回想那天确实打过这个孙子。秦巨伯于是装死，他们就丢下秦巨伯走了。秦巨伯回到家，要惩罚两个孙子。两个孙子惊讶难过，磕头说："做子孙的怎么会做出这种事？恐怕是鬼魅，求您再试试。"秦巨伯明白了。过了几天，于是装醉，来到这座祠庙，又看见两个孙子来扶他。秦巨伯于是赶紧抓住他们，鬼不能动弹。回到家，发现竟是两个人偶。秦巨伯用火烧，人偶腹部背部都烧焦裂开。秦巨伯把它们扔到院子里，半夜人偶都逃走了。秦巨伯遗憾没有杀了它们。后来过了一个多月，秦巨伯又假装醉酒晚上出去，走的时候怀里藏着刀，家里人不知道。一晚上没有回来，两个孙子担心他又被那鬼魅困住，便都去迎接他，秦巨伯竟然把他们当成鬼杀了。

三鬼醉酒

原文

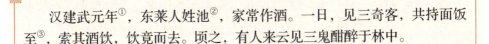

　　汉建武元年^①，东莱人姓池^②，家常作酒。一日，见三奇客，共持面饭至^③，索其酒饮，饮竟而去。顷之，有人来云见三鬼酣醉于林中。

注释

①建武元年：即公元25年。建武为东汉光武帝刘秀年号。
②东莱：古代郡名。西汉所设，郡治掖县（今山东省莱州市）。
③面饭：面制的食物。

译文

　　汉朝建武元年，东莱有一个姓池的人，家中经常酿酒。有一天，他看见三个奇怪的客人，一起拿着面粉做的食物来，索要他的酒喝，喝完就离开了。过了不久，有人来说看见三个鬼大醉于林中。

钱小小

原文

　　吴先主杀武卫兵钱小小，形见大街。顾借赁人吴永，使永送书与街南庙。借木马二匹，以酒噀之^①，皆成好马，鞍勒俱全。

注释

①噀（xùn）：含在口中喷出。

译文

　　吴先主杀了武卫兵钱小小，鬼魂显形于大街上。他探望借赁人吴永，让吴永送信到街南的祠庙。他借了两匹木马，把酒含在口中用酒喷马，都变成了好马，马鞍马勒都齐全。

宗定伯卖鬼

原文

　　南阳宗定伯年少时，夜行逢鬼。问之，鬼言："我是鬼。"鬼问："汝复谁？"定伯诳之，言："我亦鬼。"鬼问："欲至何所？"答曰："欲至宛市①。"鬼言："我亦欲至宛市。"遂行数里。鬼言："步行太迟，可共递相担，何如？"定伯曰："大善。"鬼便先担定伯数里。鬼言："卿太重，将非鬼也？"定伯言："我新鬼，故身重耳。"定伯因复担鬼，鬼略无重。如是再三。定伯复言："我新鬼，不知有何所畏忌？"鬼答言："惟不喜人唾。"于是共行。道遇水，定伯令鬼先渡，听之，了然无声音。定伯自渡，漕漼作声②。鬼复言："何以有声？"定伯曰："新死，不习渡水故耳。勿怪吾也。"行欲至宛市，定伯便担鬼着肩上，急执之。鬼大呼，声咋咋然，索下，不复听之。径至宛市中，下着地，化为一羊，便卖之。恐其变化，唾之。得钱千五百乃去。当时石崇有言③："定伯卖鬼，得钱千五。"

注释

①宛：古代县名，即今河南省南阳市。

②漕漼（cuǐ）：象声词，形容水声。

③石崇：晋代人，官至荆州刺史。公元300年，淮南王司马允政变失败，石崇因与赵王司马伦心腹孙秀有隙，被诬为同党，被诛。

译文

　　南阳郡人宗定伯年轻的时候，晚上赶路遇见了一个鬼。他上前询问，鬼说："我是鬼。"鬼问："你又是谁？"宗定伯骗他，说："我也是鬼。"鬼问："要到哪里去？"回答说："要到宛县集市。"鬼说："我也要到宛县的集市。"于是一起走了数里。鬼说："你步行太慢，可以相互替换着背着走，怎么样？"宗定伯说："很好。"鬼就先背宗定伯走了几里。鬼说："你太重，难道不是鬼？"宗定伯说："我是新鬼，所以身子重。"宗定伯于是又背鬼，鬼没有重量。这样轮换着背了好几次。宗定伯又说："我是新鬼，不知道鬼都怕

些什么?"鬼回答说:"只是不喜欢人吐口水。"于是一起走。路上遇到水,宗定伯让鬼先过,听它过河,没有一点声音。宗定伯自己过时,发出哗哗的响声。鬼又说:"为什么会有声音?"宗定伯说:"因为我刚死,不习惯过河。请不要责怪我。"快走到宛县集市时,宗定伯便把鬼扛到肩上,迅速捉住它。鬼大声叫喊,发出咋咋的叫声,要求下来,宗定伯不再听它的。径直走到宛县的集市中,放到地上,鬼变成一只羊,就把它卖了。担心它再变化,向它吐口水。宗定伯卖鬼得了一千五百文钱就离开。当时石崇有一句话说道:"定伯卖鬼,得钱千五。"

紫玉与韩重

原文

　　吴王夫差小女名曰紫玉,年十八,才貌俱美。童子韩重,年十九,有道术。女悦之,私交信问,许为之妻。重学于齐鲁之间,临去,属其父母使求婚。王怒,不与女。玉结气死,葬阊门之外[①]。三年,重归,诘其父母。父母曰:"王大怒,玉结气死,已葬矣。"重哭泣哀恸[②],具牲币往吊于墓前。玉魂从墓出,见重流涕,谓曰:"昔尔行之后,令二亲从王相求,度必克从大愿,不图别后遭命,奈何?"玉乃左顾宛颈而歌曰:"南山有乌,北山张罗。乌既高飞，罗将奈何？意欲从君，谗言孔多。悲结生疾，没命黄垆③。命之不造，冤如之何。羽族之长，名为凤凰。一日失雄，三年感伤。虽有众鸟，不为匹双。故见鄙姿，逢君辉光。身远心近，何当暂忘？"歌毕，歔欷流涕，要重还冢。重曰："死生异路，惧有尤愆④，不敢承命。"玉曰："死生异路，吾亦知之。然今一别，永无后期。子将畏我为鬼而祸子乎？欲诚所奉，宁不相信？"重感其言，送之还冢。玉与之饮讌⑤，留三日三夜，尽夫妇之礼。临出，取径寸明珠以送重，曰："既毁其名，又绝其愿，复何言哉？时节自爱。若至吾家，致敬大王。"重既出，遂诣王，自说其事。王大怒曰："吾女既死，而重造讹言，以玷秽亡灵。此不过发冢取物，托以鬼神。"趣收重。重走脱至玉墓所，诉之。玉曰："无忧。今归白王。"王妆梳，忽见玉，惊愕悲喜，问曰："尔缘何生？"玉跪而言曰："昔诸生韩重来求玉，大王不许，玉名毁，义绝，自致身亡。重从远还，闻玉已死，故赍牲币⑥，诣冢吊唁。感其笃终⑦，辄与相见，因以珠遗之。不为发冢，愿勿推治。"夫人闻之，出而抱之，玉如烟然。

注释

①阊门：古代城门名。位于今江苏省苏州市以西。

②哀恸（tòng）：非常悲痛。

③黄垆：黄泉。

④尤愆（qiān）：罪咎，祸难。

⑤讌（yàn）：同"宴"字。

⑥赍（jī）：持，带，送。牲币：古代用于祭祀的牺牲、币帛，后泛指祭祀供品。

⑦笃终：古代的送葬礼制。

译文

　　吴王夫差的小女儿名叫紫玉，年方十八，有才艺，容貌美。童子韩重，年方十九，有道术。紫玉喜欢他，私下和他书信往来，答应做他的妻子。韩重到齐鲁之地去求学，临走时，嘱托他的父母去求婚。吴王大怒，不嫁女儿。紫玉怨气郁结而死，埋葬在阊门之外。三年后，韩重归来，问他的父母。父母说："吴王大怒，紫玉怨气郁结而死，已经埋葬了。"韩重悲伤地痛哭，准备好祭品去紫玉墓前凭吊。紫玉的鬼魂从墓中出来，看见韩重流泪，对他说："过去你走之后，让二老向你父求婚，原本想着定能够实现愿望，想不到分别后遭遇如此命运，有什么办法呢？"紫玉于是扭过头歪着脖子唱道："南山有乌鹊，北山张罗网。乌鹊已高飞，罗网怎么办？心想跟随你，流言实在多。悲伤终成病，命丧在黄泉。命运太不幸，冤屈又如何。百鸟之王，名叫凤凰。一旦失掉雄凤，三年仍感伤悲。即使众鸟多，不能配成双。为此显身形，逢君放光辉。身远心相近，何日才相应？"唱完歌，抽泣流泪，要韩重也回到坟墓。韩重说："死生不同路，恐怕这样会招来灾祸，不敢答应你的邀请。"紫玉说："死生不同路，我也是知道的。但今日一别，永远没有重逢的机

会。你难道害怕我是鬼会害你吗？想奉上自己的诚心，你不相信？"韩重被她的话感动，送她回坟墓。紫玉和他一起饮酒吃饭，留他住了三天三夜，行夫妇之礼。临出坟墓，紫玉拿出直径一寸的明珠送给韩重，说："我既毁坏了名声，又断绝了希望，还有什么可说的呢？请随时保重身体。如果到了我家，向父王致以敬意。"韩重出来后，就去拜见吴王，自己陈述了这事情。吴王大怒，说："我的女儿已经死了，可韩重编造谎言，玷污亡灵。这不过是掘墓盗物，假托鬼神。"下令逮捕韩重。韩重逃出来到了紫玉墓地，诉说此事。紫玉说："不要担忧。现在回去告诉父王。"吴王正在梳妆，忽然看见紫玉，悲喜交加，问道："你怎么又活了？"紫玉跪下说道："从前书生韩重来求娶我，大王不同意，我的名誉毁了，情义已绝，以致死亡。韩重从远方回来，听说我已经死了，特地带上供品，到墓地凭吊。我感激他行笃终之礼，就和他见了面，于是把明珠送给他。这不是掘墓得来的，希望不要追究。"吴王夫人听说这件事，出来就抱她，紫玉像烟一样消散了。

驸马都尉

原文

陇西辛道度者①，游学至雍州城四五里②，比见一大宅，有青衣女子在门。度诣门下求飧③。女子入告秦女，女命召入。度趋入阁中④，秦女于西榻而坐。度称姓名，叙起居。既毕，命东榻而坐，即治饮馔。食讫，女谓度曰："我秦闵王女，出聘曹国，不幸无夫而亡。亡来已二十三年，独居此宅。今日君来，愿为夫妇。"经三宿三日后，女即自言曰："君是生人，我鬼也。共君宿契，此会可三宵，不可久居，当有祸矣。然兹信宿，未悉绸缪⑤，既已分飞，将何表信于郎？"即命取床后盒子开之，取金枕一枚，与度为信。乃分袂泣别，即遣青衣送出门外。未逾数步，不见舍宇，惟有一冢。度当时荒忙出走，视其金枕在怀，乃无异变。寻至秦国，以枕于市货之。恰遇秦妃东游，亲见度卖金枕，疑而索看，诘度何处得来？度具以告。妃闻，悲泣不能自胜。然尚疑耳，乃遣人发冢启柩视之，原葬悉在，唯不见枕。解体看之，交情宛若。秦妃始信之，叹曰："我女大圣，死经二十三年，犹能与生人交往。此是我真女婿也。"遂封度为驸马都尉⑥，赐金帛车马，令还本国。因此以来，后人名女婿为驸马。今之国婚，亦为驸马矣。

注释

①陇西：地名，指陇山（今六盘山）以西地区。秦代设郡，汉沿置，郡治狄道（今甘肃省定西市临洮县）。

②雍州：古九州之一，即今陕西中部、北部，甘肃西北部，青海东北部和宁夏回族自治区一带。雍

州城，应指曾为秦国都城的雍县，其故城在今陕西凤翔南。

③飧（sūn）：简单的饭菜。

④趋：碎步疾行，是一种古代礼节，用来表示敬意。

⑤绸缪：缠绵不解的情爱。

⑥驸马都尉：本为官名，是君王的近侍官，为汉武帝所设。魏何晏始以公主丈夫拜此职，后世君王女婿照此加此称号，故后世成为帝王女婿专称。

译文

　　陇西郡有个人叫辛道度，游学来到雍州城外四五里处，看见一座大宅院，有一个青衣女子站在门口。辛道度往门口去请求施舍饭食。青衣女子进屋禀告秦女，秦女命令将他召唤进屋。辛道度走进阁楼，秦女坐在西边的榻上。辛道度自报姓名，致以问候。之后，命他坐在东榻，马上准备了饭菜。吃完后，秦女对辛道度说："我是秦闵王的女儿，许配给曹国，不幸还没出嫁就死了。死了已经有二十三年，独自住在这个宅院。今天你来到这里，希望能与你结成夫妻。"过了三天三夜后，秦女自己说道："你是活人，我是鬼，与你前世有缘，这次相会可以过三个晚上，不能长久居住，否则会有灾祸。不过这两三日，不能尽相亲相爱的情意，就要分别了，拿什么给你做信物？"便叫人取来床后的盒子打开，取出金枕一枚，送给辛道度做信物。然后才哭着分别，派遣青衣女子送辛道度出门。没有走出门几步，房屋就不见了，只有一座坟墓。辛道度当即慌忙跑出，看见金枕在怀里，却没有什么变化。不久他来到秦国，拿着金枕到集市出售。恰好遇到秦王夫人到东边游玩，亲眼见到辛道度卖金枕，心中怀疑索来细看，诘问辛道度金枕从哪里得来？辛道度一一说明。秦王夫人听了，伤心哭到无法自持。但还是有些怀疑，于是派人挖开坟墓打开棺材察看，原来的葬物都还在，只是金枕不见了。解开秦女的衣服看，仿佛夫妻行礼的情状。秦妃这才相信，感叹说："我的女儿真有神通，死了二十三年了，还能和活人交往。这个人真的是我的女婿。"于是封辛道度为驸马都尉，赏赐给他金帛车马，让他回本乡去。从此以后，人们称女婿为驸马。如今帝王的女婿，也叫作驸马了。

谈生妻鬼

原文

　　汉谈生者，年四十，无妇，常感激读《诗经》。夜半，有女子，年可十五六，姿颜服饰天下无双，来就生，为夫妇。乃言曰："我与人不同，勿以火照我也。三年之后，方可照耳。"与为夫妇，生一儿，已二岁，不能忍，夜伺其寝后，盗照视之。其腰已上生肉，如人，腰已下，但有枯骨。妇觉，遂言曰："君负我。我垂生矣，何不能忍一岁，而竟相照也？"生辞谢。涕泣不可复止，云："与君虽大义永离，然顾念我儿。若贫不能自偕活

者，暂随我去，方遗君物。"生随之去，入华堂，室宇器物不凡。以一珠袍与之，曰："可以自给。"裂取生衣裾留之而去。后生持袍诣市，睢阳王家买之^①，得钱千万。王识之，曰："是我女袍，那得在市？此必发冢。"乃取拷之。生具以实对，王犹不信。乃视女冢，冢完如故。发视之，棺盖下果得衣裾。呼其儿视，正类王女。王乃信之。即召谈生，复赐遗之，以为女婿，表其儿为郎中。

注释

①睢阳：古代县名，县治在今河南省商丘市以南。

译文

汉代有个谈生，四十岁了，没妻子，常情感激昂地读《诗经》。一天半夜，有一女子，看上去十五六岁的年纪，容貌和服饰都天下无双，来接近谈生，要和他做夫妻。并对谈生说："我和常人不同，不要用灯火照我。三年之后，方才能照。"他们做了夫妻，生了一个儿子。已经过了两年，谈生忍不住了，夜里等到她睡下后，偷偷用灯火照着看她。她的腰以上已经长出了肉，和人一样，腰以下，只是枯骨。妻子醒过来，就说："你辜负了我。我快要复活了，为什么不能再忍一年，竟然用火照我？"谈生赔礼道歉。妻子哭泣难以停止，说："跟你虽然永远断绝了关系，但顾念我的儿子。如果你穷得不能自己带着孩子生活，暂时随我去一下，将送你一件东西。"谈生跟她去，进入一座华丽的房中，屋子以及各种器物不同凡响。妻子取出一件有珠宝的袍子送给谈生，说："这可以满足生活需要。"撕下谈生的衣襟留下就让他走了。后来谈生拿着袍子到集市上卖，睢阳王家买走了它，谈生得到了一千万钱。睢阳王认识那件袍

子，说："是我女儿的袍子，哪里能在集市上出现？这必定是盗墓所得。"于是逮捕谈生拷问他。谈生一一如实回答，睢阳王还是不信。于是察看女儿的坟墓，坟墓完好如故。打开坟墓后看，棺盖下果然找到衣襟。叫来谈生的儿子看，长得像睢阳王的女儿，睢阳王这才相信，立刻召见谈生，又赐给他财物，把他作为女婿，又上奏封谈生的儿子为郎中。

卢充幽婚

原文

　　卢充者，范阳人①。家西三十里，有崔少府墓②。充年二十，先冬至一日，出宅西猎戏。见一獐，举弓而射，中之，獐倒，复起。充因逐之，不觉远。忽见道北一里许，高门瓦屋，四周有如府舍，不复见獐。门中一铃下唱："客前。"充问："此何府也？"答曰："少府府也。"充曰："我衣恶，那得见少府？"即有一人提一襆新衣③，曰："府君以此遗郎。"充便着讫，进见少府，展姓名。酒炙数行④，谓充曰："尊府君不以仆门鄙陋，近得书，为君索小女婚，故相迎耳。"便以书示充。充父亡时虽小，然已识父手迹，即欷歔，无复辞免。便敕内："卢郎已来，可令女郎妆严⑤。"且语充云："君可就东廊。"及至黄昏，内白："女郎妆严已毕。"充既至东廊，女已下车，立席头，却共拜。时为三日给食。三日毕，崔谓充曰："君可归矣。女有娠相，若生男，当以相还，无相疑。生女，当留自养。"敕外严车送客。充便辞出。崔送至中门，执手涕零。出门，见一犊车，驾青牛，又见本所着衣及弓箭，故在门外。寻传教将一人提襆衣与充，相问曰："姻缘始尔，别甚怅恨。今复致衣一袭，被褥自副。"充上车，去如电逝，须臾至家。家人相见悲喜。推问，知崔是亡人，而入其墓。追以懊惋。

　　别后四年，三月三日，充临水戏，忽见水旁有二犊车，乍沉乍浮，既而近岸，同坐皆见。而充往开车后户，见崔氏女与三岁男共载。充见之忻然，欲捉其手，女举手指后车曰："府君见人。"即见少府。充往问讯。女抱儿还充，又与金鋺⑥，并赠诗曰："煌煌灵芝质，光丽何猗猗。华艳当时显，嘉异表神奇。含英未及秀，中夏罹霜萎。荣耀长幽灭，世路永无施。不悟阴阳运，哲人忽来仪。会浅离别速，皆由灵与祇。何以赠余亲，金鋺可颐儿。恩爱从此别，断肠伤肝脾。"充取儿、鋺及诗，忽然不见二车处。充将儿还，四坐谓是鬼魅，金遥唾之⑦，形如故。问儿："谁是汝父？"儿径就充怀。众初怪恶，传省其诗，慨然叹死生之玄通也。充后乘车入市卖鋺，高举其价，不欲速售，冀有识。欻有一老婢识此⑧，还白大家曰⑨："市中见一

人，乘车，卖崔氏女郎棺中鋺。"大家，即崔氏亲姨母也。遣儿视之，果如其婢言。上车，叙姓名。语充曰："昔我姨嫁少府，生女，未出而亡。家亲痛之，赠一金鋺，着棺中。可说得鋺本末。"充以事对。此儿亦为之悲咽，赍还白母。母即令诣充家，迎儿视之。诸亲悉集。儿有崔氏之状，又复似充貌。儿、鋺俱验。姨母曰："我外甥三月末间产。父曰：'春，暖温也。愿休强也。'即字温休。温休者，盖幽婚也，其兆先彰矣。"儿遂成令器，历郡守二千石，子孙冠盖相承。至今，其后植，字子干，有名天下。

注释

①范阳：古代郡名，为三国时魏国所设。

②少府：古代官名，为九卿之一，唐代后为县尉别称。

③襆（fú）：包裹衣物的被单、巾帕。

④酒炙：本意为酒、肉，后泛指菜肴。

⑤妆严：梳妆打扮。

⑥鋺：同"碗"字。

⑦佥（qiān）：都。

⑧欻（xū）：忽然。

⑨大家：奴仆对主人的尊称。

译文

卢充，范阳人。他家西边三十里开外的地方，有一座崔少府墓。卢充二十岁那年，冬至前一天，到他家西边打猎玩耍。看见一头獐子，他举弓就射，那头獐子被射中后倒了下去，又跑了起来。卢充于是就去追赶它，不知不觉就跑出了很远。忽然看见路的北边一里远的地方，有高大的房屋，四周的房屋像官宅府第，没再看见那头獐子。高屋门前的一个门卒高声喊："客人请进。"卢充问："这是谁的府第？"门卒回答："是少府的府第。"卢充说："我衣服又破又脏，哪里能去见少府呢？"马上有人提了一包新衣服来，说："府君送这个给你。"卢充换上新衣完毕，进去拜见少府，自报姓名。酒过几巡，崔少府对卢充说："令尊大人不嫌弃我门第低微，近日得到他的书信，替你向我女儿求婚，因此接你来了。"就拿出书信给卢充看。父亲死的时候卢充年纪还小，但已能认得父亲的笔迹，见到父亲的亲笔书信，立即就哭了，不再推辞婚事。于是少府吩咐内室："卢郎已经来了，可以叫女儿梳妆打扮了。"同时又对卢充说："就请你在东厢房歇息吧。"等到了黄昏，内室里说："姑娘已梳妆好了。"卢充到东厢房后，女郎已经下车，站在席前，两人拜堂成婚。按照旧俗婚后宴请宾客三天。三天过后，崔少府对卢充说："你可以回去了。我女儿已有身孕，如果生了男孩，会送还你家，不要疑心我们。生女孩，我们会留下来自己养育。"吩咐外面的人准备车马送客，卢充于是告辞退了出来。崔少府送他到中门，握着他的手含泪告别。出了大门，卢充看见一辆牛车，套着青牛，又看见原来他穿的衣服和弓箭还在门外。接着崔家又叫人提着一包衣服送给卢充，安慰他说："婚姻刚刚开始，离别确实使人惆怅遗憾。现在再送你一套衣服，被褥也已备齐。"卢充坐上车，车离去得像闪电，不一会儿就回到家。家人看见他悲喜交集。经查访，才知道崔少府是死去的人，卢充是进到了他的坟墓里。回想起来只能懊悔叹息。

离开少府墓四年后，三月三日，卢充到河边戏水，忽然看见河边有两辆牛车，时隐时现，一会儿两辆牛车就靠近岸边，和卢充坐在一起的人都看见了。卢充过去打开车后的门，看见崔女和一个三岁男孩子坐在一起。卢充见了很高兴，想拉她的手，她举手指向车后说："府君看见你了。"立即就看见少府了。卢充就上前问候。崔女把儿子抱还给卢充，又送给他一只金碗，并赠诗一首说："煌煌灵芝质，光丽何猗猗。华艳当时显，嘉异表神奇。含英未及秀，中夏罹霜萎。荣耀长幽灭，世路永无施。不悟阴阳运，哲人忽来仪。会浅离别速，皆由灵与祇。何以赠余亲，金鋺可颐儿。恩爱从此别，断肠伤肝脾。"卢充接过儿子、金碗和赠诗，忽然就看不见那两辆牛车了。卢充带着儿子回到岸边上，周围的人都认为他是鬼怪，远远地向他吐口水，但是孩子的样子并没有变化。问孩子说："谁是你的父亲?"孩子径自扑到卢充怀里。众人起初都十分反感厌恶，传阅看了那首诗，都感叹阴间阳世还能相通的玄妙神奇。卢充后来乘车到集市卖金碗，有意标出高价，不愿很快卖掉，希望有人认出它。忽然来了一个老婢女认出了这只碗，回去报告主人说："集市上有一个人，乘着车，卖崔家女郎棺材里的金碗。"女主人，就是崔女的亲姨母。她叫自己儿子去查看，果然像老婢说的那样。他登上卢充的车，自报了姓名，说："从前我姨母嫁给崔少府，生有一个女儿，还没出嫁就死了。我母亲很悲痛惋惜，就送给她一只金碗，放到了棺木中。请你说一下得到金碗的始末。"卢充将事情经过告诉了他。他也为了这件事悲伤落泪，他带上金碗回家回禀母亲。他母亲马上命人到卢充家，接来小孩看。所有亲戚都聚集到她家。这个小孩有崔氏女的状貌，又与卢充的相貌相像。孩子、金碗都验证了。崔氏女的姨母说："我外甥女是三月末出生的。她父亲说：'春天，是温暖的。希望她强健美好。'于是取名温休。所谓温休，就是幽婚，这个征兆早就彰显出来了。"卢充的儿子长大后成了大器，当过俸禄二千石的郡守，子孙后代也都做官，传承至今。到了今天，他的后代卢植，字子干，享誉天下。

西门亭鬼魅

原文

后汉时，汝南汝阳西门亭有鬼魅[1]，宾客止宿，辄有死亡。其厉厌者，皆亡发失精。寻问其故，云："先时颇已有怪物。其后，郡侍奉掾宜禄郑奇来[2]，去亭六七里，有一端正妇人乞寄载。奇初难之，然后上车。入亭，趋至楼下。亭卒白：'楼不可上。'奇云：'吾不恐也。'时亦昏冥，遂上楼，与妇人栖宿。未明，发去。亭卒上楼扫除，见一死妇，大惊，走白亭

314

长。亭长击鼓，会诸庐吏共集诊之③，乃亭西北八里吴氏妇。新亡，夜临殡火灭，及火至，失之。其家即持去。奇发行数里，腹痛，到南顿利阳亭加剧④，物故⑤。楼遂无敢复上。"

注释

①汝南：古代郡名，汉代所设，郡治上蔡（今河南上蔡）。汝阳：古代县名，时属汝南郡。

②郡侍奉掾：郡守的属官。宜禄：古代县名，故城在今河南沈丘北一带。

③庐：古代沿途迎候宾客的房舍。

④南顿：古代地名，位于今河南项城西郊一带。

⑤物故：死。

译文

后汉时，汝南郡汝阳县西门亭出现鬼魅，旅客留宿，总是有人死亡。那些被恶鬼害死的人，都没有了头发，失去了精血。探问根源，说："先前就已经有些怪物了。后来，郡侍奉掾宜禄县人郑奇来了，在距离西门亭六七里的地方，有一个端正的妇人请求搭车。郑奇开始不同意，后来叫她上车。进了西门亭，走到楼下。亭卒说：'楼不能上去。'郑奇说：'我不害怕。'这时已经到晚上了，于是他就上楼，和那个妇人睡觉了。天没亮，就出发离开了。亭卒上楼打扫，看见一个死了的妇人，大惊，跑去报告亭长。亭长击鼓，召集驿亭中的官吏一起来察看，乃是西门亭西北八里的吴家的媳妇。刚刚死亡，晚上即将装殓时灯火灭了，等到点燃灯火，尸体就不见了。吴家立即把尸体抬回去了。郑奇出发走了几里地，肚子疼痛，到了南顿利阳亭时加剧，死了。于是就没有人敢再上西门亭楼了。"

钟繇

原文

颍川钟繇①，字元常，尝数月不朝会，意性异常②。或问其故，云："常有好妇来，美丽非凡。"问者曰："必是鬼物，可杀之。"妇人后往，不即前，止户外。繇问："何以？"曰："公有相杀意。"繇曰："无此。"勤勤呼之，乃入。繇意恨，有不忍之，然犹斫之，伤髀③。妇人即出，以新绵拭，血竟路。明日，使人寻迹之，至一大冢。木中有好妇人，形体如生人，着白练衫，丹绣裲裆④，伤左髀，以裆中绵拭血。

注释

①颍川：古代郡名，秦王政17年（前230年）所设，以颍水得名，治所在阳翟（今河南禹州）。钟

繇：三国时人，官至太傅，魏文帝时与名士华歆、王朗并为"三公"。

②意性：情态。

③髀（bì）：大腿。

④裲（liǎng）裆：古代一种长度仅遮挡胸部和后背的上衣，形似今天的背心。

译文

　　颍川人钟繇，字元常，曾经好几个月不朝见君王，情态有异于平常。有人询问他原因，他说："经常有一位美丽的妇人来，美丽得非同寻常。"问话的人说："一定是鬼怪，应该杀了她。"那妇人再来时，不立刻上前，而是在门外停下。钟繇问她："为什么这样？"妇人说："你有杀我的心思。"钟繇说："没这回事。"一再呼唤她，她才进到屋里来。钟繇心中遗憾，有些不忍心，但仍然砍她，砍伤了她的大腿。妇人立即逃走，用新丝绵擦拭伤口，血流了一路。第二天，派人顺着血迹寻找，到了一个大坟前。棺中有美丽的妇人，身体像活人，穿着白绢衣衫、红色的绣花裲裆，左大腿伤了，用裲裆中的丝绵擦血。

卷十七

题解

古人认为人类涉足的一切地方都有精怪出没或居住。禽鸟、牲畜、昆虫、树木，乃至木杵、饭勺……人与之打交道的一切事物都有可能成为精怪。本卷辑录的正是这些在与人类相处过程中转化为精怪的事物，以及它们与人类一起发生的有趣故事。

鬼扮张汉直

原文

陈国张汉直到南阳从京兆尹延叔坚学《左氏传》①。行后数月，鬼物持其妹，为之扬言曰："我病死，丧在陌上，常苦饥寒。操二三量不借挂屋后楮上②，傅子方送我五百钱，在北墉下，皆亡取之。又买李幼一头牛，本券在书箧中③。"往索取之，悉如其言。妇尚不知有此，妹新从婿家来，非其所及。家人哀伤，益以为审。父母诸弟衰绖到来迎丧④，去舍数里，遇汉直与诸生十余人相追。汉直顾见家人，怪其如此。家见汉直，谓其鬼也。怅惘良久，汉直乃前为父拜，说其本末，且悲且喜。凡所闻见，若此非一，得知妖物之为。

注释

①陈国：春秋时国名，后被楚灭。这里指原属陈国的地区。南阳：古代郡名，秦代所设，汉时沿置，属荆州部，郡治宛县（今河南省南阳市）。延叔坚：名延笃，东汉时南阳人，曾任京兆尹，后因病归家，教授于家。《左氏传》：即《春秋左氏传》，传为春秋末鲁国人左丘明作，后列为儒家

经典。

②不借：草鞋。楮（chǔ）：一种树木的名字。

③箧（qiè）：收纳用具。大曰箱，小曰箧。

④衰（cuī）绖（dié）：穿丧服。

译文

陈国的张汉直到南阳郡跟着京兆尹延叔坚学习《春秋左氏传》。走后几个月，他的妹妹被鬼附身，装成他说话："我生病死了，死在路上，常受饥寒之苦。做的两三双草鞋挂在屋后的楮树上，傅子方送我五百文钱，在北墙下，都忘了带着。再买李幼一头牛，契据放在小箱子里。"去找那些东西，都跟他说的一样。妻子还不知道有这些，妹妹刚从丈夫家来，不会知道这些事情。家人悲哀，更加认为他真的死了。父母兄弟都穿上丧服来迎丧，在离学舍几里的地方，遇到张汉直和同学十几个人走在一起。张汉直回头看见家人，奇怪他们穿成这样。家里人看见张汉直，说他是鬼。懊恼好久，张汉直于是走上前去拜见父亲，说起事情的原委，又悲又喜。所见所闻的事情，像这样的不止一件，大家才知道是鬼怪所为。

贞节先生范丹

原文

> 汉陈留外黄范丹①，字史云。少为尉从佐使檄谒督邮②。丹有志节，自耻为厮役小吏，乃于陈留大泽中杀所乘马，捐弃冠帻，诈逢劫者。有神下其家曰："我史云也，为劫人所杀，疾取我衣于陈留大泽中。"家取得一帻。丹遂之南郡，转入三辅，从英贤游学，十三年乃归，家人不复识焉。陈留人高其志行，及没，号曰"贞节先生"。

注释

①外黄：古代县名，县治在今河南省商丘市民权县西北。

②尉从佐使：县尉属下的佐吏。督邮：古代官名，郡守属吏，可代表太守督察县乡，宣达政令。

译文

汉代陈留郡外黄县人范丹，字史云。年轻时做尉从佐使，奉命送公文进见督邮。范丹是个有志气的人，嫌弃自己是个干杂活的役吏，于是在陈留郡的大沼泽里杀了所骑的马，丢了官帽和头巾，假装遇到了强盗。有神灵到他家说："我是史云，被强盗杀了，赶快到陈留大沼泽中取我的衣服。"家人取得一块头巾。范丹于是去南郡，转入三辅，跟着德才杰出的人学习，过了十三年之后才回到家，家人已经不认识他了。陈留人敬佩他的

志气行为，他死了之后，大家都称他"贞节先生"。

费季居楚

原文

吴人费季，久客于楚。时道多劫，妻常忧之。季与同辈旅宿庐山下，各相问出家几时。季曰："吾去家已数年矣。临来，与妻别，就求金钗以行，欲观其志，当与吾否耳。得钗，乃以着户楣上①。临发，失与道，此钗故当在户上也。"尔夕，其妻梦季曰："吾行遇盗，死已二年。若不信吾言，吾行时，取汝钗，遂不以行，留在户楣上，可往取之。"妻觉，揣钗，得之，家遂发丧。后一年余，季乃归还。

注释

①楣：门框上的横木。

译文

吴国人费季，长久客居在楚国。当时路上有很多强盗，妻子常常担心他。费季和同伴旅行，露宿在庐山下，互相询问离家多久了。费季说："我离开家已经好几年了。临来时，和妻子道别，向她要了金钗出门，想看看她的心意，会不会给我。拿到金钗，就把它放在了门楣上。临走时，忘了告诉她，这个金钗自然还会在门上。"那天晚上，他的妻子梦见费季说："我在路上遇上了强盗，已经死了两年。如果你不信我说的，我走的时候，拿了你的金钗，没有带走，留在了门楣上，可以去取它。"妻子醒来，在门楣上找到了金钗，家里于是给他置办丧事。过了一年多，费季却回来了。

鬼扮虞定国

原文

余姚虞定国①，有好仪容。同县苏氏女，亦有美色。定国常见，悦之。后见定国来，主人留宿。中夜，告苏公曰："贤女令色，意甚钦之，此夕能令暂出否？"主人以其乡里贵人，便令女出从之。往来渐数，语苏公云："无以相报，若有官事，某为君任之。"主人喜。自尔后，有役召事，往造定国。定国大惊，曰："都未尝面命，何由便尔？此必有异。"具说之。定国曰："仆宁肯请人之父而淫人之女？若复见来，便当斫之。"后果得怪。

注释

①余姚：古代县名，秦代所设，即今浙江省余姚市。

译文

余姚县的虞定国，生得一副好容貌。同县苏家的女儿，也长得很美丽。虞定国经常看见她，喜欢上她了。后来苏家人看见虞定国来拜访，苏家主人就留他住下。到了半夜，虞定国对苏公说："您女儿很漂亮，我十分爱慕她，今晚能让她出来一下吗？"主人因为他是乡里的贵人，就让女儿出来陪他。虞定国与苏家的往来逐渐频繁，他对苏公说："没什么能报答的，如果官府有差役，愿意为您承担。"主人很高兴。在那以后，有一次官府召令服役，就去找虞定国。虞定国大吃一惊，说："都还没有见面说过话，怎么就这样了呢？这一定有异样。"一一说了事情。虞定国说："我怎么可能向人家的父亲要求奸淫人家的女儿呢？如果再见到他，就砍死他。"后来果然抓到了一个怪物。

朱诞给使射鸣蝉

原文

　　吴孙晧世，淮南内史朱诞，字永长，为建安太守^①。诞给使妻有鬼病^②，其夫疑之为奸。后出行，密穿壁隙窥之，正见妻在机中织，遥瞻桑树上，向之言笑。给使仰视树上，有一年少人，可十四五，衣青衿袖，青帻头^③。给使以为信人也，张弩射之，化为鸣蝉，其大如箕，翔然飞去。妻亦应声惊，曰："噫！人射汝。"给使怪其故。后久时，给使见二小儿在陌上共语。曰："何以不复见汝？"其一即树上小儿也，答曰："前不遇，为人所射，病疮积时。"彼儿曰："今何如？"曰："赖朱府君梁上膏以傅之，得愈。"给使白诞曰："人盗君膏药，颇知之否？"诞曰："吾膏久致梁上，人安得盗之？"给使曰："不然。府君视之。"诞殊不信，试为视之，封题如故。诞曰："小人故妄言，膏自如故。"给使曰："试开之。"则膏去半，为掊刮^④，见有趾迹。诞因大惊，乃详问之，具道本末。

注释

①建安：古代郡名，郡治在今福建省建瓯市。
②给使：供役使之人。鬼病：被鬼怪缠身。
③帻头（qiāo）：古代男子束发用的头巾。
④掊（póu）：用手或工具扒物、掘土。

译文

　　吴国末代皇帝孙晧在位时，淮南内史朱诞，字永长，担任建安太守。朱诞侍从的妻子被鬼怪缠身，她的丈夫却怀疑她有奸情。后来这个侍从出去，偷偷在墙上打了个洞来监视她，正好看见妻子在布机上织布，但她却远望桑树，朝那里说笑。侍从抬头看那树上，只见有一个年轻人，十四五岁，穿着青衣服，戴着青头巾。侍从把他当作真人，便拉弓射他，他却变成了一只蝉，大小像畚箕，回旋着飞走了。妻子也随着那射箭声惊讶，说："呀！有人射你。"侍从觉得这事很奇怪。后来又过了很长一段时间，侍从看见两个小孩在路上交谈。有一个说："为什么老是看不见你？"其中一个就是树上的小孩，他回答说："上次倒霉，被人射了，受伤病了很久。"那小孩又问："今天怎么样了？"这小孩说："全靠了朱太守梁上的膏药来敷，这才痊愈了。"侍从对朱诞说："有人偷了您的膏药，您是否有所察觉？"朱诞说："我的膏药早就放到了梁上，别人哪能偷得着呢？"侍从说："不一定这样。您去看看它。"朱诞根本不相信，试探着去看看，封口的题签还是原来的样子。朱诞便说："小子故意胡说八道，膏药明明还是原来那样。"侍从说："打开试试看。"膏药已经少了一半，是用爪子刮掉的，看得见脚趾的印迹。朱诞因而非常惊讶，就详细地问侍从，侍从便把这事情的前后经过一一告诉了朱诞。

倪彦思家狸怪

原文

吴时，嘉兴倪彦思居县西埏里①。忽见鬼魅入其家，与人语，饮食如人，惟不见形。彦思奴婢有窃骂大家者，云："今当以语。"彦思治之，无敢詈之者。彦思有小妻，魅从求之，彦思乃迎道士逐之。酒殽既设，魅乃取厕中草粪，布着其上。道士便盛击鼓，召请诸神。魅乃取伏虎②，于神座上吹作角声音。有顷，道士忽觉背上冷，惊起解衣，乃伏虎也。于是道士罢去。彦思夜于被中窃与妪语，共患此魅。魅即屋梁上谓彦思曰："汝与妇道吾，吾今当截汝屋梁。"即隆隆有声。彦思惧梁断，取火照视，魅即灭火。截梁声愈急。彦思惧屋坏，大小悉遣出，更取火，视梁如故。魅大笑，问彦思："复道吾否？"郡中典农闻之③，曰："此神正当是狸物耳。"魅即往谓典农曰："汝取官若干百斛谷，藏着某处。为吏污秽，而敢论吾？今当白于官，将人取汝所盗谷。"典农大怖而谢之。自后无敢道者。三年后去，不知所在。

注释

①埏（yán）里：古代地名。

②伏虎：形似蹲兽的尿器。

③典农：古代官名，即典农校尉，负责管理农事生产活动。

译文

三国时代的吴国，嘉兴的倪彦思住在县城西边的埏里。有一天忽然看见鬼魅到他家中，跟人谈话，吃东西也像人一样，只是看不见它的形体。倪彦思的奴婢中，有一个在背后骂家主，那鬼魅说："现在就把你骂的话告诉你主人。"倪彦思惩罚了这个奴婢，没有敢骂主人的奴婢了。倪彦思有个小老婆，鬼魅去追求她，倪彦思就去请了道士来驱逐这鬼魅。酒肉已经摆好了，鬼魅从厕所中取了草粪，撒在酒菜上。道士便猛烈打鼓，召请各路神仙。鬼魅就拿了便壶，在神座上吹出号角似的声音。一会儿，道士忽然感到背上发冷，慌忙起来脱衣服，原来是便壶。于是道士便作罢走了。倪彦思夜晚在被窝里偷偷地和老婆谈话，两人都为这个鬼魅发愁。鬼魅马上在屋梁上对倪彦思说："你和妻子一起来说我，我现在就要锯断你的屋梁。"立即发出轰隆隆的声音。倪彦思害怕屋梁断下来，拿了火烛照着察看，鬼魅立即把火吹灭了，锯屋梁的声音更猛烈了。倪彦思害怕房屋塌下来，把全家老幼都叫出到门外，再点灯，看见屋梁还是原来的样子。鬼魅大笑，问倪彦思：“你还说我吗？”郡中主管农业的官员听闻了这件事，便说：“这个神怪应该是狐狸。”鬼魅便去对典农说：“你拿了公家几百斛谷子，藏在某某地方。做官吏的贪污，却还敢来说我？今天我该向官府告发，带了人去取出你所偷的谷子。”典农非常恐惧，赶紧谢罪。从这以后再也没有敢说这鬼魅的了。三年以后鬼魅离开倪家，不知去了什么地方。

顿丘魅物

原文

魏黄初中，顿丘界有人骑马夜行[1]，见道中有一物，大如兔，两眼如镜，跳跃马前，令不得前。人遂惊惧，堕马。魅便就地捉之。惊怖，暴死，良久得苏。苏，已失魅，不知所在。乃更上马，前行数里，逢一人，相问讯已，因说：“向者事变如此，今相得为伴，甚欢。”人曰：“我独行，得君为伴，快不可言。君马行疾，且前，我在后相随也。”遂共行。语曰：“向者物何如？乃令君怖惧耶？”对曰：“其身如兔，两眼如镜，形甚可恶。”伴曰：“试顾视我耶？”人顾视之，犹复是也。魅便跳上马，人遂坠地，怖死。家人怪马独归，即行推索，乃于道边得之。宿昔乃苏[2]，说状如是。

注释

①顿丘：古代县名，位于今河南省濮阳市清丰县西南一带。
②宿昔：过了一夜。昔，夜晚。

译文

　　曹魏黄初年间，顿丘县边境上有个人骑着马在夜里赶路，看见路当中有一个精怪，像兔子那样大，两只眼睛像镜子一样，在马的前头跳跃，使马不能再向前走了。这人大吃一惊，从马上摔了下来。鬼魅便在地上把他捉住了。他吓得昏死过去，过了好久才苏醒过来。苏醒之后，鬼魅已经消失了，不知道它到了什么地方。他于是又上了马，向前走了几里，碰到一个人，互相问候完毕，他便说：“刚才我碰到了这样的怪事，现在能和你做伴，我十分高兴。”那人说：“我一个人走路，有您做伴，快乐得不能再说了。您的马走得快，就在前面走吧，我在后面跟着您。”于是一起往前走。那人问他：“先前的怪物长什么样？竟然让你恐怖害怕呢？”他回答说：“那东西的身体像兔子，两只眼睛像镜子，形状很可怕。”这伙伴说：“试着回头看看我怎么样？”他回头一看，又是那怪物。那鬼魅便跳上了马，这人就摔到了地上，吓得昏死过去。家里的人奇怪这马独自回来，立刻就去寻找，才在路边找到了他。过了一夜这人才苏醒过来，如实把事情诉说了一遍。

度朔君

原文

袁绍，字本初，在冀州①，有神出河东②，号度朔君，百姓共为立庙。庙有主簿，大福③。陈留蔡庸为清河太守，过谒庙。有子名道，亡已三十年。度朔君为庸设酒，曰："贵子昔来，欲相见。"须臾子来。度朔君自云父祖昔作兖州。有一士姓苏，母病，往祷。主簿云："君逢天士留待。"闻西北有鼓声，而君至。须臾，一客来，着皂角单衣，头上五色毛，长数寸。去后，复一人，着白布单衣，高冠，冠似鱼头，谓君曰："昔临庐山，共食白李，忆之未久，已三千岁。日月易得，使人怅然。"去后，君谓士曰："先来，南海君也。"士是书生，君明通五经，善《礼记》，与士论礼，士不如也。士乞救母病。君曰："卿所居东有故桥，坏久之，此桥乡人所行，卿母犯之。卿能复桥，便差④。"

曹公讨袁谭⑤，使人从庙换千匹绢，君不与，曹公遣张郃毁庙⑥。未至百里，君遣兵数万，方道而来。郃未达二里，云雾绕郃军，不知庙处。君语主簿："曹公气盛，宜避之。"后苏并邻家有神下，识君声，云："昔移入胡，阔绝三年。"乃遣人与曹公相闻："欲修故庙，地衰，不中居，欲寄住。"公曰："甚善。"治城北楼以居之。数日，曹公猎得物，大如麂⑦，大足，色白如雪，毛软滑可爱。公以摩面，莫能名也。夜闻楼上哭云："小儿出行不还。"公拊掌曰："此物合衰也。"晨将数百犬，绕楼下，犬得气，冲突内外。见有物，大如驴，自投楼下，犬杀之，庙神乃绝。

注释

①冀州：古代九州之一，管辖范围大致为今河北中南部，山东西端和河南北端，后辖境渐小，治所亦迁移不一。

②河东：古代郡名。秦代所设，故城在今山西省运城市夏县以北。

③大福：本意为祭祀所用的酒肉很多，这里指祭祀的人很多。福，祭祀用酒肉。

④差（chài）：痊愈。

⑤袁谭：袁绍之子。

⑥张郃：三国名将，初从袁绍，后归曹操，封都乡侯。

⑦麂（ní）：幼鹿。

译文

袁绍，字本初，他人在冀州，而在河东郡却有他的神灵出现，号称度朔君，百姓一起为他建立了庙宇。庙里设置主簿，祭祀的人很多。陈留郡的蔡庸当了清河太守，前来拜访

这庙宇。他有个儿子名叫蔡道，死了已经三十年。度朔君给蔡庸置办了酒席，说："贤子早就来了，他想见见您。"一会儿蔡道就来了。度朔君自己说他的先辈过去曾任职在衮州。有一个读书人姓苏，母亲病了，他就到庙里来祈祷。主簿说："度朔君会见天士，请等一下。"听见西北方有鼓声，度朔君就到了。一会儿，有一个客人进来，穿着黑色的单衣，头上长着五色的毛发，有几寸长。这客人走了后，又来了一个人，穿着白色的单衣，戴着高帽子，帽子像鱼头，对度朔君说："从前到庐山，一起吃李子，回想起来还没有多久，已经三千年了。时间过得真快，使人惆怅。"这人走了后，度朔君对苏士说："前面来的是南海君。"苏士是读书人，度朔君精通《诗经》《尚书》《礼记》《周易》《春秋》，特别熟悉《礼记》，他和苏士讨论，苏士不及他。苏士请他救母亲的病。度朔君说："您住宅的东面有座旧桥，坏了很久了，这座桥乡人常走，你的母亲被它伤害。你能修好桥，病就好了。"

曹操讨伐袁谭，派人到庙里换取一千匹绸缎，度朔君不肯换给他，曹操就派张郃来捣毁庙宇。离庙还有一百里，度朔君便派兵几万，同路赶来。张郃离庙宇还有二里地，云雾笼罩了张郃的部队，他们不知道这庙宇在哪里。度朔君对主簿说："曹操的气势很盛，应该避过他。"后来苏家的邻居家有神灵降临，听得出是度朔君的声音，度朔君说："过去我移居到匈奴去了，久别了三年。"于是他派人去与曹操商量："我想修筑一下旧庙，但那块土地已经衰败，不适合居住了，想寄居到一个地方。"曹操说："很好。"就收拾了城北的一座楼给他居住。过了几天，曹操猎获一个动物，像小鹿一样大，大脚，颜色白得像雪，皮毛柔软滑爽十分喜爱。曹操用这皮毛擦脸，没有人说得出它的名字。夜里曹操听见楼上有人哭着说："小孩出行还不回来。"曹操拍着手说："这个怪物真要衰败了。"第二天早晨就带来了几百只狗，包围了这座楼，狗发现了气味，在楼里楼外横冲直撞。只见有一个怪物，大小像驴子，自己跳到楼下，狗就把它咬死了，庙里的神灵从此就消失了。

筋竹长人

原文

　　临川陈臣家大富①。永初元年②，臣在斋中坐，其宅内有一町筋竹③，白日忽见一人，长丈余，面如方相，从竹中出，径语陈臣："我在家多年，汝不知。今辞汝去，当令汝知之。"去一月许日，家大失火，奴婢顿死。一年中，便大贫。

注释

①临川：古代郡名，为三国时吴国所设，郡治临汝（今江西省抚州市临川区）。

②永初元年：即公元107年。永初为东汉安帝刘祜年号。

③町（tīng）：古代地积单位名。筋竹：一种竹子，竹梢尖锐，可作矛用。

译文

    临川郡人陈臣家非常富有。永初元年，陈臣在屋子里坐着，他家的宅院里有一片筋竹林，白天忽然看见一个人，身长有一丈多，面目像方相，从竹林里走出来，直接对陈臣说："我在你家多年，你不知道。现在我要离开了，要让你知道我。"他离开后一个多月，陈家发生了大火灾，奴仆婢女都烧死了。一年之内，陈家就变得很穷了。

釜中白头公

原文

    东莱有一家姓陈^①，家百余口。朝炊，釜不沸。举甑看之，忽有一白头公从釜中出。便诣师卜。卜云："此大怪，应灭门。便归，大作械。械成，使置门壁下，坚闭门在内。有马骑麾盖来扣门者，慎勿应。"乃归，合手伐得百余械，置门屋下。果有人至，呼，不应。主帅大怒，令缘门入。从人窥门内，见大小械百余，出门还说如此。帅大惶愧，语左右云："教速来，不速来，遂无一人当去，何以解罪也？从此北行可八十里，有一百三口，取以当之。"后十日，此家死亡都尽。此家亦姓陈云。

搜神记

注释

①东莱：古代郡名。西汉所设，郡治掖县（今山东省莱州市）。

译文

　　东莱有一户人家姓陈，家里有一百多口人。早晨做饭时，锅里的水烧不开。抬起甑子看，忽然有一个白头公从锅里走了出来。陈家人就找巫师占卜。巫师占卜说："这是大怪物，要灭门的。回去后，要大量制作兵器。兵器做好后，让人放到门壁下，紧闭大门待在家里。有车马队伍来敲门，一定别答应。"陈家人回来，合力制作了一百多件兵器，放到门内屋子下面。果然有人来，叫门，陈家没人答应。主帅大怒，下令进去。随从窥视门内，看见有大大小小的兵器百余件，出门回去报告情况。主帅十分惶惑惋惜，对左右的人说："叫你们赶紧来，你们不赶紧来，结果没有一个人能带去抵挡，用什么开释罪过呢？从这里往北大约八十里，有个一百零三口的人家，拿他们去抵挡。"过后十天，有一家人都死光了。这一家人也姓陈。

服留鸟

原文

　　晋惠帝永康元年①，京师得异鸟，莫能名。赵王伦使人持出②，周旋城邑匝以问人。即日，宫西有一小儿见之，遂自言曰："服留鸟。"持者还白伦。伦使更求，又见之，乃将入宫。密笼鸟，并闭小儿于户中。明日往视，悉不复见。

注释

①永康元年：即公元300年。永康为晋惠帝司马衷年号。

②赵王伦：即司马伦，司马懿第九子，封为赵王。永康元年起兵杀贾后，又废惠帝自立，后被齐王司马冏、成都王司马颖杀。

译文

　　晋惠帝永康元年，京城捕到一只奇怪的鸟，没人能说出鸟名。赵王司马伦派人拿它出去，在城中四处奔走向人打听。这一天，皇宫西面有一个小孩见到了这鸟，就自言自语地说："服留鸟。"拿鸟的人回去禀告赵王伦。赵王伦叫他再去找那个小孩，又见到他了，于是把小孩带进宫中。用密笼子关起鸟，还把小孩关在房里。第二天去看时，发现小孩和鸟都不见了。

南康甘子

原文

南康郡南东望山^①，有三人入山，见山顶有果树。众果毕植，行列整齐如人行。甘子正熟^②。三人共食致饱，乃怀二枚，欲出示人。闻空中语云："催放双甘^③，乃听汝去。"

注释

①南康：古代郡名，晋代所设，郡治雩都（今江西省赣州市于都县）。
②甘子：柑子，柑树果实。
③催：赶快。

搜神记

译文

南康郡南边东望山，有三人进山，看到山顶有一棵果树。很多果树都种好了，行列整齐得像人排成的队伍一样。柑子正好成熟。三人一起吃到饱后，就怀揣了两个柑子，想出山拿给别人看。听到空中有人说："赶快放下那两个柑子，听我的话才放你们离开。"

秦瞻

原文

秦瞻居曲阿彭皇野^①，忽有物如蛇，突入其脑中。蛇来，先闻臭气，便于鼻中入，盘其头中，觉哄哄，仅闻其脑间食声哑哑^②。数日而出去，寻复来。取手巾缚鼻口，亦被入。积年无他病，唯患头重。

注释

①曲阿：古代县名，故城即今江苏省丹阳市。
②哑哑：象声词，形容吮吸时发出的声音。

译文

秦瞻居住在曲阿县彭皇野，忽然有个东西像蛇一样，钻进了他的脑袋中。蛇在里面走动，先闻闻气味，便从鼻子中钻了进去，盘踞在他的头脑中，感觉乱哄哄的，只听到蛇在脑中吃东西的声音。几天之后蛇出来离开，不久又回来。秦瞻居取来手巾捂住鼻子和嘴，蛇还是钻进去了。这么多年来秦瞻没有得过其他病，只是觉得头重。

卷 十 八

题解

　　《搜神记》中记载了一批降妖除怪的故事，按故事主人公的不同身份，这些故事可分为英雄降妖和道教术士除怪两类，两者都反映了当时人们渴望正气、关注自身安全的社会心理。本卷辑录的正是人们除怪驱邪的故事。

饭臿怪

原文

　　魏景初中①，咸阳县吏王臣家有怪，无故闻拍手相呼。伺，无所见。其母夜作，倦，就枕寝息。有顷，复闻灶下有呼声。曰："文约，何以不来？"头下枕应曰："我见枕，不能往。汝可来就我饮。"至明，乃饭臿也②。即聚烧之，其怪遂绝。

注释

①景初：三国时期魏明帝曹睿年号。
②饭臿（chā）：盛饭用的一种工具。

译文

　　曹魏景初年间，咸阳县吏王臣家里有怪物，无缘无故听见拍手、互相呼唤的声音。去看，却什么也没有看见。王臣的母亲晚上做事，疲倦了，就靠在枕头上睡觉休息。一会儿，又听见灶台下有呼唤的声音。那声音说："文约，为什么不来？"头下的枕头回答说："我被枕住了，没法过去。你可以来和我共饮。"到天明一看，原来是饭臿。立刻把它们放在一起烧了，家里的怪物就绝迹了。

何文除宅妖

原文

魏郡张奋者①，家本巨富，忽衰老，财散，遂卖宅与程应。应入居，举家病疾，转卖邻人何文。文先独持大刀，暮入北堂中梁上。至三更竟，忽有一人长丈余，高冠，黄衣，升堂呼曰："细腰。"细腰应喏。曰："舍中何以有生人气也？"答曰："无之。"便去。须臾，有一高冠青衣者，次之，又有高冠白衣者，问答并如前。及将曙，文乃下堂中，如向法呼之，问曰："黄衣者为谁？"曰："金也，在堂西壁下。""青衣者为谁？"曰："钱也，在堂前井边五步。""白衣者为谁？"曰："银也，在墙东北角柱下。""汝复为谁？"曰："我，杵也，今在灶下。"及晓，文按次掘之，得金银五百斤，钱千万贯。仍取杵焚之。由此大富，宅遂清宁。

注释

①魏郡：古代郡名，汉代所设，郡治邺，故城在今陕西省西安市临漳区西南一带。

译文

魏郡人张奋，家里原本非常富有，忽然家人衰老，钱财散失，于是就把宅子卖给了程应。程应住进去，全家人都生病，又转卖给邻居何文。何文先独自拿了一把大刀，傍晚时进到北堂中间的屋梁上。到夜里三更快过去时，忽然有身长一丈多的一个人，戴着高帽，穿着黄衣，上堂喊道："细腰。"细腰答应。黄衣人问："屋里怎么有生人的气味？"回答说："没有生人。"黄衣人便离开了。过了一会儿，有一个戴高帽穿青衣的人，接着，又有一个戴高帽穿白衣的人，问答都和前面一样。快到天亮的时候，何文便到堂中，用先前那些人的方法呼唤，问道："穿黄衣的人是谁？"回答说："是黄金，在堂屋西边的墙壁下。""穿青衣的人是谁？"回答说："是铜钱，在堂屋前井边五步远的地方。""穿白衣的人是谁？"回答说："是白银，在墙壁东北角的柱子下。""你又是谁？"回答说："我，是木杵，如今在灶台下。"等到天亮，何文按照次序挖掘那些地方，得到黄金、白银五百斤，铜钱千万贯。于是取了木杵烧掉它。从此何文变得十分富有，宅院终于清净安宁了。

秦公斗树神

原文

秦时，武都故道有怒特祠①，祠上生梓树。秦文公二十七年②，使人伐之，辄有大风雨，树创随合，经日不断。文公乃益发卒，持斧者至四十人，犹不断。士疲，还息。其一人伤足，不能行，卧树下，闻鬼语树神曰："劳乎攻战？"其一人曰："何足为劳。"又曰："秦公将必不休，如之何？"答曰："秦公其如予何？"又曰："秦若使三百人被发，以朱丝绕树，赭衣，灰坌伐汝③，汝得不困耶？"神寂无言。明日，病人语所闻。公于是令人皆衣赭，随斫创，坌以灰。树断，中有一青牛出，走入丰水中④。其后，青牛出丰水中，使骑击之，不胜。有骑堕地，复上，髻解，被发，牛畏之，乃入水，不敢出。故秦自是置旄头骑⑤。

注释

①武都：古代地名，位于今甘肃武都一带。汉武帝元鼎六年（前111年）置郡，郡治武都道，故城在今甘肃省陇南市礼县以南。故道：古代县名，为秦代所设，故城在今陕西省宝鸡市凤县双石铺乡。

②秦文公二十七年：即公元前739年。

③灰坌（bèn）：灰尘飞扬。

④丰水：河名。发源于陕西省西安市鄠邑区，东南流入渭河。

⑤旄头骑：古代皇帝仪仗中担任先驱的骑兵。

译文

秦代时，武都郡故道县有个怒特祠，祠上生长着一棵梓树。秦文公二十七年，派人伐树，只要砍树总有大风大雨，树这边被砍，那边创口就愈合了，一整天都砍不断。于是秦文公增派士卒，拿斧子的士卒达到了四十人，还是砍不断。士兵疲惫了，回去休息。其中有个人脚受伤了，不能行走，躺在树下，听到鬼对树神说："打仗累了吧？"其中一人说："哪里谈得上累。"又说："秦公一定不会罢休的，怎么办？"树神回答说："秦文公能把我怎么样呢？"鬼说："秦文公如果派三百人披散着头发，用朱丝缠绕树干，穿上红色衣服，边撒灰边砍你，你能不被困住吗？"树神沉寂无言。第二天，受伤的士卒说了他所听到的。秦文公于是派人都穿上红色的衣服，一边砍，一边撒灰。树被砍断，树中出来了一头青牛，走进丰水中。后来，青牛从丰水中出来，秦文公派骑兵攻击它，不能获胜。有骑兵掉到地上，又骑上马，发髻掉了，头发披散，青牛害怕他，便逃入水中，不敢再出来。所以秦国从此开始设置旄头骑。

树神黄祖

原文

庐江龙舒县陆亭流水边[1]，有一大树，高数十丈，常有黄鸟数千枚巢其上。时久旱，长老共相谓曰："彼树常有黄气，或有神灵，可以祈雨。"因以酒脯往。亭中有寡妇李宪者，夜起，室中忽见一妇人，着绣衣，自称曰："我，树神黄祖也，能兴云雨。以汝性洁，佐汝为生。朝来父老皆欲祈雨，吾已求之于帝，明日日中大雨。"至期果雨。遂为立祠。神谓宪曰："诸卿在此，吾居近水，当致少鲤鱼。"言讫，有鲤鱼数十头飞集堂下，坐者莫不惊悚。如此岁余，神曰："将有大兵，今辞汝去。"留一玉环，曰："持此可以避难。"后刘表、袁术相攻[2]，龙舒之民皆徙去，唯宪里不被兵。

注释

①龙舒县：即今安徽舒城。

②刘表：山阳郡高平人，汉室宗亲，任荆州牧，故又称为"刘荆州"，为汉末群雄之一。袁术：字公路，汝南汝阳人。袁绍的弟弟。董卓之乱后，与袁绍、曹操同时起兵讨伐董卓。后割据扬州，于建安二年（197年）僭称天子，建号仲氏。后被吕布、曹操所败，于建安四年（199年）呕血而死。

译文

庐江郡龙舒县陆亭河水边，有一棵大树，高数十丈，经常有几千只黄鸟在上面筑巢。当时天旱很久，老年人相互商量说："那树上经常有黄色的烟气，或许是有神灵，可以祈雨。"于是拿着酒和肉干到那里。陆亭里有个寡妇叫李宪，晚上起来，在房间里忽然看见

有一个妇人，穿着绣花衣，自称说："我，树神黄祖，能兴云作雨。因为你生性洁净，我帮助你生活。早上来的父老都想祈雨，我已向天帝请求，明天中午下大雨。"到了那时果然下起了大雨。于是人们为树神黄祖建了一座祠庙。树神对李宪说："诸位父老在这里，我住的地方接近河水，应当送一些鲤鱼。"话刚说完，有几十条鲤鱼飞来聚集在堂屋下，在座的人没有不震惊的。这样过了一年多，树神说："将有大战，现在辞别你离开。"留下一只玉环，说："拿着这个就可以避免灾难。"后来刘表、袁术相互攻伐，龙舒县的老百姓都迁走了，只有李宪住的乡里没有遭兵乱。

张辽除树怪

原文

魏桂阳太守江夏张辽[①]，字叔高，去鄢陵[②]，家居买田。田中有大树，十余围，枝叶扶疏，盖地数亩，不生谷。遣客伐之，斧数下，有赤汁六七斗出。客惊怖，归白叔高。叔高大怒曰："树老汁赤，如何得怪？"因自严行复斫之，血大流洒。叔高使先斫其枝，上有一空处，见白头公，可长四五尺，突出，往赴叔高。高以刀逆格之。如此凡杀四五头，并死。左右皆惊怖伏地，叔高神虑怡然如旧。徐熟视，非人，非兽。遂伐其木。此所谓木石之怪夔蝄蜽者乎[③]？是岁应司空辟侍御史、兖州刺史。以二千石之尊过乡里[④]，荐祝祖考，白日绣衣荣羡[⑤]，竟无他怪。

注释

①桂阳：古代郡名，郡治在今湖南省郴州市。

②鄢陵：古代地名，位于今河南鄢陵西北一带。

③夔（kuí）：古代传说中像龙的独角怪兽。蝄（wǎng）蜽（liǎng）：古代传说中的妖魔鬼怪。

④二千石：本意为郡守的俸禄，文中指代郡守。

⑤白日绣衣：即衣锦昼行。旧时比喻有了功名富贵后炫耀。

译文

魏国桂阳郡太守江夏人张辽，字叔高，到鄢陵一带，居家置买田地。田里有大树，树干粗十多围，枝叶繁茂，遮盖的好几亩田地不长庄稼。张辽派门客去砍伐，砍了几下，流出六七斗红色的汁液。门客非常害怕，回去禀告张辽。张辽大怒说："树老了汁液是红色的，有什么可奇怪的？"于是他自己整理装束又去砍树，树的血汁到处流淌。张辽让人先砍树枝，树上有一个空洞，看见一个白头公公，身长有四五尺，突然出来，跑向张辽。张辽用刀与他搏斗。像这样的张辽一共杀了四五个，都死了。左右的人都吓得趴在地上，张辽神色安详和平常一样。慢慢仔细观察，被杀死的不是人，不是野兽。于是那树被砍掉了。这就是人们所说的木石的精怪夔或蝄蜽吗？这一年张辽应司空的荐举做了侍御史、兖州刺史。他以郡守的尊贵身份访问家乡，祭祀祖宗，身穿五彩绣衣显耀荣盛，始终再没出现其他怪物。

陆敬叔烹彭侯

原文

吴先主时，陆敬叔为建安太守①。使人伐大樟树，不数斧，忽有血出。树断，有物，人面狗身，从树中出。敬叔曰："此名彭侯。"乃烹食之，其味如狗。《白泽图》曰②："木之精名彭侯，状如黑狗，无尾，可烹食之。"

注释

①建安：古代郡名，郡治在今福建省建瓯市。
②《白泽图》：记载山川草木精怪之状貌以及避忌、劾制之术的书，宋代失传。

译文

吴先主时期，陆敬叔任建安郡太守。他派人砍伐大樟树，没砍几斧，忽然有血流出。树断后，有个怪物，长得人面狗身，从树里走出来。陆敬叔说："这种怪物叫作彭侯。"于是把它煮了吃掉，它的味道像狗肉。《白泽图》中记载说："树木的精怪名叫彭侯，形状像黑狗，没有尾巴，可以煮了吃。"

船自飞下水

原文

吴时有梓树巨围，叶广丈余，垂柯数亩。吴王伐树作船，使童男女三十人牵挽之。船自飞下水，男女皆溺死。至今潭中时有唱唤督进之音也①。

注释

①唱唤督进之音：指通过一人领唱、众人应和的歌唱方式，也指为统一用力节奏和步伐的劳动号子。

译文

吴国时有一棵树围巨大的梓树，树叶宽一丈多，垂下的枝条占地数亩。吴王砍了这树用来造船，派来了三十个童男童女来拉船。船自己飞进水下，童男童女们都淹死了。至今潭水中经常传来拉船的号子声。

董仲舒戏老狸

原文

　　董仲舒下帷讲诵[1]，有客来诣，舒知其非常。客又云："欲雨。"舒戏之曰："巢居知风，穴居知雨。卿非狐狸，则是鼷鼠[2]。"客遂化为老狸。

注释

①董仲舒：西汉早期儒学思想家，提出"天人感应"思想。汉景帝时因其精通《公羊学》任博士，汉武帝采纳了他"罢黜百家，独尊儒术"的主张，儒学自此正式成为官方的统治思想。下帷：放下室内悬挂的帷幕。指教书。
②鼷（xī）鼠：一种鼠类，体型很小。因啮人畜至死不觉痛，故称甘口鼠。古人以为鼷鼠有毒。

译文

　　董仲舒教书讲经诵读，有客人来拜访，董仲舒知道他非同寻常。客人又说："要下

雨。"董仲舒开玩笑地说："住在鸟巢里的知道刮不刮风，住在洞穴里的知道下不下雨。你不是狐狸，就是鼹鼠。"客人于是变化成了一只老狐狸。

张华擒狐魅

原文

张华，字茂先，晋惠帝时为司空①。于时燕昭王墓前有一斑狐②，积年，能为变幻。乃变作一书生，欲诣张公。过问墓前华表，曰："以我才貌，可得见张司空否？"华表曰："子之妙解，无为不可。但张公智度，恐难笼络。出必遇辱，殆不得返。非但丧子千岁之质，亦当深误老表。"狐不从，乃持刺谒华③。华见其总角风流④，洁白如玉，举动容止，顾盼生姿，雅重之。于是论及文章，辨校声实，华未尝闻。比复商略三史⑤，探赜百家⑥，谈老、庄之奥区，披《风》《雅》之绝旨，包十圣，贯三才⑦，箴八儒，擿五礼⑧。华无不应声屈滞⑨。乃叹曰："天下岂有此年少！若非鬼魅则是狐狸。"乃扫榻延留，留人防护。此生乃曰："明公当尊贤容众⑩，嘉善而矜不能，奈何憎人学问？墨子兼爱，其若是耶？"言卒，便求退。华已使人防门，不得出。既而又谓华曰："公门置甲兵栏骑，当是致疑于仆也。将恐天下之人卷舌而不言，智谋之士望门而不进，深为明公惜之。"华不应，而使人防御甚严。时丰城令雷焕⑪，字孔章，博物士也，来访华，华以书生白之。孔章曰："若疑之，何不呼猎犬试之？"乃命犬以试，竟无惮色。狐曰："我天生才智，反以为妖，以犬试我，遮莫千试万虑⑫，其能为患乎？"华闻益怒，曰："此必真妖也。闻魑魅忌狗⑬，所别者数百年物耳，千年老精不能复别。惟得千年枯木照之，则形立见。"孔章曰："千年神木何由可得？"华曰："世传燕昭王墓前华表木已经千年。"乃遣人伐华表。使人欲至木所，忽空中有一青衣小儿来，问使曰："君何来也？"使曰："张司空有一年少来谒，多才巧辞，疑是妖魅，使我取华表照之。"青衣曰："老狐不智，不听我言，今日祸已及我，其可逃乎？"乃发声而泣，倏然不见。使乃伐其木，血流。便将木归，燃之以照书生，乃一斑狐。华曰："此二物不值我，千年不可复得。"乃烹之。

注释

①晋惠帝：西晋皇帝司马衷，晋武帝司马炎二子。
②燕昭王：战国时燕国君主。

③刺：名片。

④总角：古代儿童分两结束发，两结上分，形同角。后指代孩童。

⑤三史：魏晋南北朝时以《史记》《汉书》《东观汉记》为三史。

⑥探赜（zé）：探求。

⑦三才：天、地、人。

⑧摘（zhāi）：指责。五礼：即吉礼、凶礼、军礼、宾礼、嘉礼，这五种古代礼制。文中指各种礼法。

⑨屈滞：语言艰涩难懂。

⑩明公：对有名望者的尊称。

⑪丰城：古代县名，即今江西省丰城市。

⑫遮莫：任凭，只管。

⑬魑魅（chī mèi）：泛指鬼怪。

译文

　　张华，字茂先，晋惠帝时担任司空。当时燕昭王墓前有一只毛色斑驳的狐狸，年岁久了，能变化。它变成了一名书生，想去拜见张华。问墓前的华表，说："凭我的才貌，能不能去见张司空呢？"华表说："你能言善辩，没什么不能做的。但张公明智而博学，恐怕你难以掌握。去了必定会遭到侮辱，大概就回不来了。不但要丧失千年修炼的本体，还会连累我受灾祸。"狐狸不听它的话，拿着名帖拜见张华。张华看他年轻风流，肤色洁白如玉，举止神情优雅动人，便很是看重他。于是一起谈论文辞篇章，辩论考察名实关系，张华从没有听到过这样的言论。接着两人又评论《史记》《汉书》《东观汉记》，探求诸子百家精义，谈论老子、庄子深奥的哲理，揭示《风》《雅》绝妙的义旨，总结古代贤士之道，贯通天文、地理、人事，规诫各派儒学，指责吉礼、凶礼、军礼、宾礼、嘉礼。张华总是不知从何答起，张口结舌。张华于是叹息道："天底下怎么会有这样的年轻人！如果不是鬼魅就一定是狐狸。"于是就打扫了床榻请他留宿，并留人防范。这书生就说："您应该尊重贤能的人才，宽容普通的百姓，嘉奖聪明能干的而同情没有能力的，怎么能忌恨别人有学问呢？墨子主张的兼爱，难道是这样吗？"说完，便要告辞。张华已派人守住了门口，他没能出去。过了一会儿他又对张华说："您在门口部署兵士，是对我有疑心吧。我真担心天下人会卷起舌头不再说话，足智多谋的贤士望着您家家门不敢拜访，我深深地为您可惜。"张华没回他，反而叫人防守得更严密了。这时的丰城县县令是雷焕，字孔章，是个有见识的人，他来拜访张华，张华把这个书生的事告诉了他。雷焕说："如果你怀疑他，为什么不叫猎犬来试探呢？"张华就叫猎犬试探，狐狸竟没有一点害怕的样子。狐狸说："我生来就是这样的才智，你反而把我当妖怪看待，用猎狗来试探我，任凭你千方百计地试探我，难道我是祸患吗？"张华听后更生气了，说："这一定是真妖怪。听说鬼怪怕狗，但狗只能识别得了修炼了几百年的妖怪，修炼千年以上的老精怪是不能识别了。只能用千年枯木照它，原形就会立刻显形。"雷焕说："千年的神木在什么地方能得到？"张华说："传说燕昭王坟前的华表木已经经历了上千年了。"于是就派人去砍华表木。被派去的人快要到华表木那里了，忽然空中降下一个穿青衣的孩童，问这些被派去的人说："你来干什么？"被派去的人说："张司空那里有一个少年来访，很有才学，能说会道，怀疑他是妖怪，派我来取华表木去照他。"青衣孩童说："老狐狸不明智，不听我的，今天灾祸已波及我，哪里能逃得了？"于是放声大哭，忽然又不见了。被派去的人就砍伐了华表木，木中的血流了出来。被派去的人把华表木拿回去了，叫人将华表木点燃来照那书生，那书生竟是一只花狐狸。张华说："这两只妖怪要不是碰上我，再过一千年也不可能被发现。"于是他将这只狐狸烹杀了。

吴兴老狸

原文

晋时，吴兴一人有二男①，田中作时，尝见父来骂詈赶打之②。儿以告母，母问其父，父大惊，知是鬼魅，便令儿斫之。鬼便寂，不复往。父忧恐儿为鬼所困，便自往看。儿谓是鬼，便杀而埋之。鬼便遂归，作其父形，且语其家，二儿已杀妖矣。儿暮归，共相庆贺，积年不觉。后有一法师过其家，语二儿云："君尊侯有大邪气。"儿以白父，父大怒。儿出以语师，令速去。师遂作声入，父即成大老狸，入床下，遂擒杀之。向所杀者，乃真父也。改殡治服。一儿遂自杀，一儿忿懊，亦死。

注释

①吴兴：古代郡名，郡治今浙江湖州。
②骂詈（lì）：骂，斥骂，多用作书面语。

译文

晋朝时，吴兴郡一个人有两个儿子，他们在田中干活时，常遇见父亲来打骂他们。儿子便把这事告诉了母亲，母亲去问父亲，父亲很吃惊，知道这是鬼魅，就吩咐儿子杀了它。鬼魅没了声息，不再到田地里了。父亲担心儿子被鬼魅困扰，就亲自到田地看。儿子以为是鬼魅，便把他杀死埋了。鬼魅于是回到家里，变成了父亲的样子，而且告诉家人，两个儿子已杀死妖怪。儿子傍晚回来，一家人一起庆贺，过了好几年都没有发觉。后来有一个法师拜访他们家，对两个儿子说："你们父亲有很重的邪气。"儿子把这事告诉父亲，父亲非常生气。儿子出来责怪法师，让他赶紧离开。法师于是念着咒语进屋，父亲立刻变成了一只大狐狸，钻到了床底下，于是把它捉住杀了。原来当初杀的，是他们真正的父亲。他们给父亲办了丧事。一个儿子因此自杀了，另一个儿子气愤懊悔，也死了。

句容狸婢

原文

句容县麋村民黄审于田中耕[1]，有一妇人过其田，自畦上度[2]，从东适下而复还。审初谓是人，日日如此，意甚怪之。审因问曰："妇数从何来也?"妇人少住，但笑而不言，便去。审愈疑之。预以长镰伺其还，未敢斫妇，但斫所随婢。妇化为狸走去。视婢，乃狸尾耳。审追之，不及。后人有见此狸出坑头，掘之，无复尾焉。

注释

①句容：古代县名，即今江苏省句容市。
②畦（chéng）：田埂。

译文

句容县麋村人黄审在田里耕地，有一妇女经过他家田地，从田埂走过，从东边刚刚离开就又回来了。黄审开始以为是人，天天见她这样，觉得奇怪。黄审于是问她："夫人从哪里来?"妇人停下片刻，只笑不说话，便离开了。黄审越发怀疑这妇女。他预先准备了长镰等她回来，没敢砍那妇人，只是砍了跟在她后面的婢女。妇人变成狐狸逃了。再看那婢女，竟是狐狸尾巴。黄审追赶狐狸，没能追上。后来有人看见这只狐狸从坑洞里露出头，就去挖坑洞，挖出的狐狸没了尾巴。

刘伯祖与狸神

原文

博陵刘伯祖为河东太守[1]，所止承尘上有神[2]，能语，常呼伯祖与语。及京师诏书浩下消息，辄预告伯祖。伯祖问其所食啖，欲得羊肝。乃买羊肝，于前切之，脔随刀不见。尽两羊肝，忽有一老狸，眇眇在案前[3]。持刀者欲举刀斫之，伯祖呵止。自着承尘上，须臾大笑曰："向者啖羊肝，醉忽失形，与府君相见，大惭愧。"后伯祖当为司隶[4]。神复先语伯祖曰："某月某日，诏书当到。"至期，如言。及入司隶府，神随遂在承尘上，辄言省内事。伯祖大恐怖，谓神曰："今职在刺举，若左右贵人闻神在此，因以相害。"神答曰："诚如府君所虑，当相舍去。"遂即无声。

注释

①博陵：古代郡名，郡治在今河北省保定市蠡县。

②承尘：指藻井、天花板。

③眇眇（miǎo）：模糊，看不清。眇，形容眼睛小，也有目盲之意。

④司隶：古代官名，负责监督百官。

译文

博陵郡的刘伯祖担任河东太守，他所居住的房屋天花板上有一位神，会说人话，常常呼唤刘伯祖和他说话。每当京城有诏书传来的时候，神总能预先告诉刘伯祖。刘伯祖问他喜欢吃什么，神说是想吃羊的肝脏。于是刘伯祖就买来了羊肝，叫人当着自己的面切碎，随着刀切下羊肝就不见了。神吃完了两个羊肝，忽然来了一只老狐狸，出现在了案台前面。拿刀的人要拿刀砍狐狸，刘伯祖呵止住了他。老狐狸自己爬上天花板，过了一会儿大笑着说："刚才吃了羊肝，醉了忽然显出了原形，让您看见了，非常惭愧。"后来刘伯祖当上了司隶。狐神对刘伯祖说："某月某日，诏书就会送来了。"到了那时，果然像狐神说的那样。等刘伯祖到司隶府时，狐神也跟着住到了天花板上，经常说皇宫里的事。刘伯祖非常害怕，对狐神说："现在我的职责是察举百官，如果皇上身边显贵的人听说有神在我这里，会因此加害于我的。"狐神回答说："确实像你担心的那样，我会离开这里的。"从此狐神就没了声息。

山魅阿紫

原文

后汉建安中，沛国郡陈羡为西海都尉①。其部曲王灵孝无故逃去②，羡欲杀之。居无何，孝复逃走。羡久不见，囚其妇，妇以实对。羡曰："是必魅将去，当求之。"因将步骑数十，领猎犬，周旋于城外求索，果见孝于空冢中。闻人犬声，怪遂避去。羡使人扶孝以归，其形颇象狐矣，略不复与人相应，但啼呼"阿紫"。阿紫，狐字也。后十余日，乃稍稍了悟。云："狐始来时，于屋曲角鸡栖间，作好妇形，自称阿紫，招我。如此非一。忽然便随去，即为妻，暮辄与共还其家，遇狗不觉。"云乐无比也。道士云："此山魅也。"《名山记》曰："狐者，先古之淫妇也，其名曰阿紫，化而为狐，故其怪多自称阿紫。"

注释

①沛国：古代郡国名。汉朝建立后，刘邦将家乡囚水郡改为沛郡，治所相县（今安徽省淮北市濉溪县），东汉改郡为国。西海都尉：汉代无西海都尉一职，故汪绍盈先生疑"海"当为"河"之误。
②部曲：古代军队编制单位。

译文

后汉建安年间，沛国郡人陈羡当时担任西海都尉。他的部下王灵孝无缘无故逃跑了，陈羡想杀了他。不久后，王灵孝再次逃跑了。陈羡很长时间都见不到王灵孝，就囚禁了他的妻子，妻子报告了实情。陈羡说："这一定是被鬼魅带走了，应该找他。"于是带着几十个步兵骑兵，带着猎犬，在城外来回寻找，果然发现了王灵孝在一座空坟里。听见人声和狗声，鬼魅就逃走了。陈羡派人扶着王灵孝回来了，他的样子已经很像狐狸了，不和人交流，只是哭喊着叫"阿紫"。阿紫，那是狐狸的名字。过了十几天，王灵孝才稍稍有些清醒。他说："狐狸开始来时，在屋子角落鸡栖息的地方，变成了漂亮女人的模样，自称叫阿紫，招引我。这样不止一次。忽然有一次就跟着她走了，把她当成妻子，晚上总是一起回到她家里，遇见狗也不察觉。"王灵孝说得快乐无比。道士说："这是山中鬼魅。"《名山记》中记载中说："狐狸，是上古淫妇所变，名叫阿紫，化成狐狸，所以狐狸精常自称阿紫。"

宋大贤杀狐

搜神记

原文

　　南阳西郊有一亭①，人不可止，止则有祸。邑人宋大贤以正道自处，尝宿亭楼，夜坐鼓琴，不设兵仗。至夜半时，忽有鬼来登梯，与大贤语。盯目磋齿②，形貌可恶。大贤鼓琴如故。鬼乃去，于市中取死人头来，还语大贤曰："宁可少睡耶？"因以死人头投大贤前。大贤曰："甚佳！吾暮卧无枕，正欲得此。"鬼复去，良久乃还，曰："宁可共手搏耶？"大贤曰："善。"语未竟，鬼在前，大贤便逆，捉其腰。鬼但急言死，大贤遂杀之。明日视之，乃老狐也。自是亭舍更无妖怪。

注释

①南阳：古代郡名。秦代所设，汉代沿置，属荆州部，郡治宛县（今河南省南阳市）。
②盯（chēng）目：瞪眼。

译文

　　南阳郡西郊有座亭子，人不能在那里住宿，住宿就会遇到灾祸。有一个叫宋大贤的当地人以正道立身处世，曾经在那亭子中住宿，晚上坐着弹琴，没准备兵器。到了夜里，忽然有个鬼登上楼梯，跟宋大贤说话。鬼瞪着眼磨着牙，容貌很可怕。宋大贤仍旧弹着琴，和平时一样。鬼于是离开了，到街市上拿来一个死人的头，回来对宋大贤说："可以稍微睡一会儿吗？"于是把死人头扔到宋大贤面前。宋大贤说："很好！我晚上睡觉没枕头，正想要这个。"鬼又离开了，过了很久才回来，说："可以一起搏斗吗？"宋大贤说："好。"话没说完，鬼就来到他面前，宋大贤就迎上去，抓住了它的腰。鬼急急忙忙地说要死了，宋大贤就杀了它。第二天再看它，竟是一只老狐狸。从此以后那亭子再也没有妖怪了。

郅伯夷击魅

原文

　　北部督邮西平郅伯夷①，年三十许，大有才决，长沙太守郅君章孙也。日晡时②，到亭，敕前导入且止③。录事掾白④："今尚早，可至前亭。"曰："欲作文书。"便留。吏卒惶怖，言当解去⑤。传云："督邮欲于楼上观望，

亟扫除。"须臾，便上。未暝，楼镫阶下复有火⑥。敕云："我思道，不可见火，灭去。"吏知必有变，当用赴照，但藏置壶中。日既暝，整服坐，诵《六甲》《孝经》《易》本讫⑦，卧。有顷，更转东首，以帢巾结两足⑧，帻冠之，密拔剑解带。夜时，有正黑者四五尺，稍高，走至柱屋，因覆伯夷。伯夷持被掩之，足跣脱，几失，再三。以剑带击魅脚，呼下火上，照视之，老狐，正赤，略无衣毛。持下烧杀。明旦，发楼屋，得所髡人髻百余⑨。因此遂绝。

注释

①督邮：古代官名。郡守的重要属吏，代表太守督察县乡，宣达政令。西平：古代郡名，管辖范围在今青海湟源、乐都间湟水流域一带。

②晡（bū）：申时，下午三点至五点。

③前导：我国古代官吏出行时前列的仪仗。

④录事掾（yuàn）：古代官名，负责掌管文书记事的佐史。掾，官府中佐助官吏的通称。

⑤解：禳除，向鬼神祈祷以消灾。

⑥镫（dēng）：即膏镫，也称锭、钉、烛豆、烛盘，是古代用于照明的用具，为青铜制，上有盘，中有柱，下有底，或有三足及柄，盘可盛膏，或中有锥供插烛。

⑦《六甲》：记录道家遁甲之术的书。

⑧帢巾：大的巾。

⑨髡（kūn）：剃去毛发。

译文

　　北部督邮西平郡人郅伯夷，年纪三十岁左右，很有才智，非常决断，他是长沙太守郅君章之孙。一日申时，郅伯夷来到一座亭馆，命开路差役进亭留宿。录事掾禀告说："现在还早，可以住前面的亭馆。"郅伯夷说："我想写公文。"于是他们就留了下来。亭馆小吏很惊恐，说应该先祈祷消灾。郅伯夷却传令说："督邮想到楼上观望，快点打扫。"一会儿，郅伯夷上了楼。天还没黑，楼上的膏镫和楼梯下面都有灯。郅伯夷命令说："我在思考道家学说，不可见火，把灯灭了。"亭吏知道一定会有变故，到时会用火照看，于是就把火暂且藏在壶中。天色黑了，郅伯夷穿戴整齐后坐着，念诵《六甲》《孝经》《易经》，念诵完就躺下了。过了一会儿，转到东边睡，用大布巾扎双脚，再戴上帽子，并偷偷拔出剑，解开了衣带。夜深了，有个乌黑的、四五尺长的东西来了，逐渐升高，来到正屋，扑向郅伯夷。郅伯夷拿起被子要罩它，他脚上包的布巾脱落了，由于光着脚，差点让它逃了，反复了几次。他用剑击打妖魅的脚，呼喊下面的人拿上灯火上楼，照亮看它，是一只老狐狸，颜色很红，没有一点毛。于是就把它拿下去烧死了。第二天早晨，人们进入楼上了房间，找到了被妖魅剃下的人的头发一百多捆。从此这里的妖怪绝迹了。

狐博士讲书

原文

> 吴中有一书生[①]，皓首，称胡博士，教授诸生。忽复不见。九月初九日，士人相与登山游观，闻讲书声，命仆寻之。见空冢中群狐罗列，见人即走。老狐独不去，乃是皓首书生。

注释

①吴中：今江苏吴县一带，泛指吴地。

译文

吴地有一个书生，有一头白色的头发，自称胡博士，他教授了很多学生。忽然一天胡博士不见了。九月初九这天，士人相邀登山游览，听见有讲学的声音，就叫仆人去寻找他。看见空坟中排列着一群狐狸，见有人来立即就逃了。只有一只老狐狸没离开，正是那白头书生。

谢鲲捉鹿怪

原文

> 陈郡谢鲲谢病去职[①]，避地于豫章[②]。尝行经空亭中，夜宿。此亭旧每杀人。夜四更，有一黄衣人呼鲲字云："幼舆，可开户。"鲲澹然，无惧色[③]，令申臂于窗中[④]。于是授腕。鲲即极力而牵之，其臂遂脱，乃还去。明日看，乃鹿臂也。寻血取获。尔后此亭无复妖怪。

注释

①陈郡：古代郡名，秦代所设。汉初属楚，后高祖时置淮阳国，后屡除为郡，汉宣帝复置淮阳国，治所在陈县，即今河南省淮阳市。谢鲲：字幼舆，晋人，官至振威将军、豫章太守。永兴年间，他曾因政事混乱而称病辞职。《晋书》有传。

②避地：迁地以避灾祸，也指避世隐居。

③澹然：镇定。

④申：同"伸"字。

译文

　　陈郡人谢鲲称病辞职，为避祸移居豫章。他曾经赶路经过了一座空亭，晚上住了下来。这座空亭附近过去经常有人被杀。夜半四更天时，有一个黄衣人喊着谢鲲的字说："幼舆，可以打开门。"谢鲲很镇定，没有一点害怕的神色，让他把胳膊从窗户伸进来。于是黄衣人把手腕伸给他。谢鲲用尽全力拉住，他的胳膊被拉断了，于是逃走了。第二天谢鲲察看，竟然发现那是鹿的前腿。他顺着血迹抓住了它。从此以后那亭子附近就不再有妖怪了。

猪臂金铃

原文

　　晋有一士人姓王，家在吴郡①。还至曲阿②，日暮，引船上当大埭③。见埭上有一女子，年十七八，便呼之，留宿。至晓，解金铃系其臂，使人随至家，都无女人。因逼猪栏中，见母猪臂有金铃。

注释

①吴郡：古代郡名，郡治在今江苏省苏州市。

②曲阿：古代县名，故城即今江苏省丹阳市。

③埭（dài）：堵水的土坝。古时水浅不利行船处，筑土遏水，两岸树立转轴，遇有船过，以缆系船，用人或畜力挽之而渡。

译文

晋朝时有个士人姓王，家在吴郡。他回家时走到了曲阿，天黑了，就拉船上来靠着大堤休息。他看见大堤上有一女子，年纪有十七八岁的样子，就喊住她，留她住宿。到天亮时，他解下一只金铃系在女子手臂上，派人跟着她回到家，这女人消失了。附近有猪圈，有人看见一头母猪的前腿上系着金铃。

高山君

原文

汉齐人梁文好道，其家有神祠，建室三四间，座上施皂帐^①，常在其中，积十数年。后因祀事，帐中忽有人语，自呼"高山君"。大能饮食，治病有验，文奉事甚肃。积数年，得进其帐中。神醉，文乃乞得奉见颜色。谓文曰："授手来。"文纳手，得捋其颐^②，髯须甚长。文渐绕手，卒然引之，而闻作羊声。座中惊起，助文引之，乃袁公路家羊也^③。失之七八年，不知所在。杀之，乃绝。

注释

①皂（zào）：黑色。

②捋（luō）：顺摸。

③袁公路：即袁术，字公路，袁绍之弟。董卓乱政后，与袁绍、曹操同时起兵讨伐董卓。后割据扬州，于建安二年（197年）僭称天子，建号仲氏。后被吕布、曹操所败，于建安四年（199年）呕血而死。

译文

汉朝时齐地人梁文喜欢方术，他家里设有神祠，建了三四间房子，神座上设有黑色帷帐，神像经常放在里面，就这样过了十几年。后来因为祭祀，帷帐中忽然有人在说话，自称"高山君"。神非常能吃东西，治病也很灵验，梁文侍奉得十分恭谨。过了几年，梁文被允许进入帐中。神喝醉了，梁文乞求瞻仰他的容颜。神对梁文说："伸过手来。"梁文伸出手来，能够顺着摸到神的下巴，发现胡须很长。梁文慢慢把胡须绕在手上，突然一拉，就听见羊的叫声。在座的人都吃惊地站起来，帮助梁文将其拉出来，发现那竟然是袁术家的羊。羊丢失了七八年，一直不知道跑到哪里去了。杀了这只羊，神迹从此消失了。

田琰杀狗魅

原文

北平田琰居母丧①，恒处庐②。向一期，夜忽入妇室。密怪之，曰："君在毁灭之地③，幸可不甘④。"琰不听而合。后琰暂入，不与妇语。妇怪无言，并以前事责之。琰知鬼魅。临暮竟未眠，衰服挂庐⑤。须臾，见一白狗，攫衔衰服，因变为人，着而入。琰随后逐之，见犬将升妇床，便打杀之。妇羞愧而死。

注释

①北平：古代郡名。秦汉时为右北平郡，西晋改置，郡治徐无（今河北省遵化市遵化镇以东），北魏时废置。

②庐：古人守丧时在墓旁构筑的小屋。

③毁灭之地：指居母丧哀毁。

④幸可不甘：明本《太平广记》作"岂可如此"。

⑤衰（cuī）服：丧服。

译文

北平郡的田琰给母亲守丧，一直住在墓旁的小屋里。田琰守丧近一年之时，一天夜里忽然走进妻子房间。妻子悄悄责怪他，说："您现在在守丧呢，岂可如此。"田琰不听劝，要和她同床。后来田琰临时回家，不与妻子说话。妻子怪他不说话，还拿以前的事来责怪他。田琰知道有鬼魅来了。到了晚上田琰始终睡不着，丧服挂在墓庐里。一会儿，见到有一白狗进来，将丧服衔起，于是变成了个人，穿上丧服进家了。田琰跟在后面追赶，看见狗将要上妻子的床，就打死了它。他的妻子羞愧而死。

沽酒家老狗

原文

司空南阳来季德停丧在殡①，忽然见形坐祭床上②，颜色服饰声气熟是也。孙儿妇女，以次教戒，事有条贯③。鞭朴奴婢，皆得其过。饮食既绝，辞诀而去。家人大小，哀割断绝。如是数年，家益厌苦。其后饮酒过多，醉而形露，但得老狗，便共打杀。因推问之，则里中沽酒家狗也。

注释

①来季德：即来艳。停丧：死后殡而不葬。古代葬俗，死者停丧三年后择吉日而葬。

②祭床：摆设祭品的几案。

③条贯：条理。

译文

　　司空南阳人来季德死后殡殓待葬，忽然显形坐在摆设祭品的几案上，模样、服饰、声音、气息全都熟悉。他将孙儿、媳妇依次教导、训诫，事情做得很有条理。他鞭打犯了错误的婢女，所用刑罚都适合他们的过错。他在吃喝后就告别离开了。家里的大人、小孩，无不哀伤。这样过了好几年，家里人感到厌烦苦恼。后来他喝酒过多，醉得显出原形，原来是一只老狗，大家就一齐把它打死了。家里人追寻狗的来路，原来那是里巷里卖酒人家的狗。

黑帻白衣吏

原文

　　山阳王瑚①，字孟琏，为东海兰陵尉②。夜半时，辄有黑帻白单衣吏诣县叩阁③。迎之，则忽然不见。如是数年。后伺之，见一老狗，黑头白躯犹故，至阁，便为人。以白孟琏，杀之乃绝。

注释

①山阳：古代郡名、国名。汉景帝封梁王武之子刘定为山阳王，分梁国东部数县置山阳国，国都为昌邑县（县治在今山东省菏泽市巨野县以南）。刘定死后，国除为郡。汉武帝天汉四年（前97年），封皇子刘髆为昌邑王，以山阳郡置昌邑国。汉昭帝元平元年（前74年），昌邑国除为山阳郡。后屡次改制，至隋乃废。

②东海：古代郡名。秦代所设。楚汉之际也称郯郡。治所在郯（今山东省临沂市郯城县以北）。西汉辖境相当于今山东费县、临沂、江苏赣榆以南，山东枣庄、江苏邳州以东和江苏宿迁、灌南以北地区。兰陵：古代县名，县治在今山东省临沂市兰陵县西南。

③阁：官署名，文中指县府。

译文

　　山阳郡人王瑚，字孟琏，是东海郡兰陵县的县尉。半夜时，总有一个戴着黑色头巾穿白色单衣的官吏来县府敲门。开门迎接，却突然不见了。像这样过了好多年。后来人们在县府候着，看见了一只老狗，那狗黑头白身，和那官吏一样，狗到了县府，就变成了人。守候的人把这事报告给王瑚，杀了这狗，妖怪就绝迹了。

李叔坚见怪不怪

原文

桂阳太守李叔坚为从事①，家有犬，人行。家人言："当杀之。"叔坚曰："犬马喻君子。犬见人行，效之，何伤？"顷之，狗戴叔坚冠走。家大惊。叔坚云："误触冠缨挂之耳。"狗又于灶前畜火②，家益怔营③。叔坚复云："儿婢皆在田中，狗助畜火，幸可不烦邻里，此有何恶？"数日，狗自暴死，卒无纤芥之异④。

注释

①桂阳：古代郡名，郡治在今湖南省郴州市。
②畜（xù）火：生火。
③怔营：惶恐不安。
④纤芥：细微。

译文

桂阳郡太守李叔坚担任从事一职时，家里有一只狗，能像人一样走路。家人说："应该杀了它。"李叔坚说："犬马比喻君子。狗看见人走路，就模仿，有什么错？"不久后，狗戴着李叔坚的帽子奔跑。家里人非常吃惊。叔坚说："它不小心碰到帽子挂在头上罢了。"狗又在灶前生火，家里人更惶恐了。李叔坚又说："孩子仆人都在田里干活，狗帮着生火，正好可以不麻烦邻居，这有什么不好？"过了几天，狗突然死了，李家没有发生任何怪异不祥的事。

苍獭化妇

原文

> 吴郡无锡有上湖大陂①，陂吏丁初，天每大雨，辄循堤防。春盛雨，初出行塘。日暮回，顾有一妇人，上下青衣，戴青伞，追后呼："初掾待我②。"初时怅然，意欲留俟之，复疑本不见此，今忽有妇人冒阴雨行，恐必鬼物。初便疾走，顾视妇人，追之亦急。初因急行，走之转远，顾视妇人，乃自投陂中，泛然作声，衣盖飞散。视之，是大苍獭，衣伞皆荷叶也。此獭化为人形，数媚年少者也。

注释

①陂（bēi）：池塘湖泊。
②掾（yuàn）：官府中佐助官吏的通称。

译文

　　吴郡无锡有上湖大塘，管理大塘的官吏是丁初，每逢天下大雨，他总要巡察堤岸。春天下了大雨，丁初去塘堤巡视。晚上回来，见到一妇女，全身上下穿着青色衣服，拿着青色雨伞，追在后面喊："丁初长官等我。"丁初开始时很怅然，想留下来等她，又一想从来没遇到过这样的事，今天忽然遇到有妇人冒雨赶路，必定是鬼。丁初于是赶快跑，回头看那妇人，追得也急。丁初于是赶快赶路，跑得远了，回头看那妇人，居然发现妇人自己跳进了塘里，发出哗哗的声音，衣服和伞飞散了。再看向那妇人，发现那是大苍獭，原来衣服和伞都是荷叶变的。这只苍獭变成人的样子，多次诱惑年轻人。

王周南克鼠怪

原文

> 魏齐王芳正始中①，中山王周南为襄邑长②。忽有鼠从穴出，在厅事上语曰："王周南，尔以某月某日当死。"周南急往，不应，鼠还穴。后至期，复出，更冠帻皂衣而语，曰："周南，尔日中当死。"亦不应。鼠复入穴。须臾复出，出，复入，转行，数语如前。日适中，鼠复曰："周南，尔不应死，我复何道？"言讫，颠蹶而死，即失衣冠所在。就视之，与常鼠无异。

注释

①魏齐王芳：即魏明帝曹叡的养子曹芳。明帝无子，死后由八岁的曹芳即位，由司马懿与大将军曹爽辅政。嘉平元年（249年），司马懿以谋反罪诛曹爽及其党羽，独揽曹魏军政大权。嘉平五年（253年），曹芳被司马懿之子司马师所废，共在位16年。正始：魏齐王曹芳年号。

②中山：古代郡名、国名。汉高祖时置郡，汉景帝时改郡为国。郡治卢奴（今河北省定州市）。襄邑：古代县名，即今河南省商丘市睢县。

译文

魏齐王曹芳正始年间，中山国的王周南担任襄邑县的县长。忽然有只老鼠从洞中爬出，在大堂上对王周南说："王周南，你在某月某日要死。"王周南急忙走过去，却不回答，老鼠回到了洞中。后来到了老鼠说的那一天，那老鼠又出来了，这次它戴着帽子、头巾，穿着黑衣服，说道："周南，你中午就要死了。"王周南还是不回答。老鼠又进了洞里。一会儿它又出来，出来后就又进了洞，转了几个来回，讲了几次相同的话。到了这天中午，老鼠又说："周南，你不答应去死，我还能说什么呢？"说完，倒地死去，身上的衣帽也消失了。走近了再看它，发现与平常的老鼠没什么不同。

安阳亭三怪

原文

安阳城南有一亭①，夜不可宿，宿辄杀人。书生明术数，乃过宿之。亭民曰："此不可宿，前后宿此，未有活者。"书生曰："无苦也，吾自能谐②。"遂住廨舍③，乃端坐诵书，良久乃休。夜半后，有一人着皂单衣，来往户外，呼亭主，亭主应诺。"见亭中有人耶？"答曰："向者有一书生在此读书，适休，似未寝。"乃喑嗟而去④。须臾，复有一人，冠赤帻者，呼亭主。问答如前，复喑嗟而去。既去，寂然。书生知无来者，即起，诣向者呼处，效呼亭主，亭主亦应诺。复云："亭中有人耶？"亭主答如前。乃问曰："向黑衣来者谁？"曰："北舍母猪也。"又曰："冠赤帻来者谁？"曰："西舍老雄鸡父也。"曰："汝复谁耶？"曰："我是老蝎也。"于是书生密便诵书至明，不敢寐。天明，亭民来视，惊曰："君何得独活？"书生曰："促索剑来，吾与卿取魅。"乃握剑至昨夜应处，果得老蝎，大如琵琶，毒长数尺。西舍得老雄鸡父，北舍得老母猪。凡杀三物，亭毒遂静，永无灾横。

注释

①安阳：即今陕西省安康市汉阴县。安阳为古代县名，汉代所设，晋代改名安康，唐至德二年（584年）改名汉阴。

②谐：办妥，这里指有办法。

③廨（xiè）舍：指官府营建的房舍。

④喑（yīn）嗟：低声叹息。

译文

安阳城南有一座亭馆，据说夜里不可以在里面住宿，住下就会被杀。有一个书生懂得些道术，经过那里就在亭馆里过夜了。亭旁的百姓说："这亭不能住，前前后后在亭馆里住过的人，没有能活着的。"书生说："没关系，我自有办法。"于是他就住在亭馆的大厅中，然后端正地坐在那儿读书，读了很久才休息。半夜，有个人穿着黑色单衣，来到门外，呼唤亭主，亭主答应。"看见亭楼里有人吗？"亭主回答："刚才有个书生在这里读书，刚刚休息了，似乎还没睡。"门外的人于是低声叹息着走了。过了一会儿，又有一个人，戴着红色头巾，呼唤亭主。问答和前面的一样，之后也低声叹息着走了。走了以后，鸦雀无声。书生知道没人来了，立即起来，走到刚才两人呼喊地方，仿照他们呼唤亭主，亭主也答应了一声。书生又问："亭楼里有人吗？"亭主像刚才那样回答。于是书生又问道："刚才穿黑衣服的是谁？"亭主说："是北屋的母猪。"书生又问："戴红头巾的是谁？"亭主说："是西屋的老公鸡。"书生说："你又是谁呢？"亭主说："我是老蝎。"于是书生悄悄读书到天亮，不敢再睡了。天亮了，亭边百姓来看他，惊讶地说："你怎么活下来了？"书生说："快拿剑来，我和你们一起捉拿精怪。"于是拿着宝剑来到昨天夜里答话的地方，果然发现了老蝎，有琵琶那么大，毒刺有几尺长。然后又在西屋抓住了老公鸡，在北屋抓住了老母猪。大家一起杀了这三个精怪，后来这个亭馆里的毒害就被平息了，也就永远没有灾祸了。

汤应斫二怪

原文

> 吴时，庐陵郡都亭重屋中常有鬼魅①，宿者辄死。自后使官，莫敢入亭止宿。时丹阳人汤应者②，大有胆武，使至庐陵，便止亭宿。吏启不可，应不听。迸从者还外，唯持一大刀，独处亭中。至三更竟，忽闻有叩阁者。应遥问："是谁？"答云："部郡相闻③。"应使进，致词而去。顷间，复有叩阁者如前，曰："府君相闻④。"应复使进，身着皂衣。去后，应谓是人，了无疑也。旋又有叩阁者，云："部郡、府君相诣。"应乃疑曰："此夜非时，又部郡、府君不应同行。"知是鬼魅，因持刀迎之。见二人皆盛衣服，俱进。坐毕，府君者便与应谈。谈未竟，而部郡忽起至应背后，应乃回顾，以刀逆击，中之。府君下坐走出，应急追，至亭后墙下及之。斫伤数下，应乃还卧。达曙，将人往寻，见有血迹，皆得之。云称府君者，是一老猪也⑤；部郡者，是一老狸也。自是遂绝。

搜神记

注释

①庐陵：古代郡名。东汉兴平元年（194年），孙策分豫章郡置庐陵郡，治所西昌县（在今江西省泰和县西北）。都亭：都邑中的传舍。秦时立法，十里一亭。郡县治所则置都亭。重屋：高楼。

②丹阳：古代郡名，汉武帝建元二年（前141年），更秦鄣郡为丹阳郡，郡治宛陵，即今安徽省宣城市宣州区。

③部郡：古代官名，"部郡国从事史"的省称。据《通典》卷三十二记载："部郡国从事史，每郡国各一人，汉制也。主督促文书，举非法。"由此知部郡的职责之一是监督郡守，故下文有云"部郡、府君不应同行"。

④府君：汉代对郡相、太守的尊称。

⑤豨（xī）：猪。

译文

　　三国东吴时，庐陵郡治所的亭馆楼上经常闹鬼，留宿的人总是死去。从此后出使的使者、官员，都不敢在那亭馆里留宿了。这时丹阳郡有个叫汤应的人，很有胆量和武艺，他出使来到庐陵，就到亭馆里住宿。亭吏告诉他亭馆不能住，汤应没听。他让随从到外面，只拿了一把大刀，独自一人住在亭中。三更已过，忽然听见外面有人敲门。汤应远远地问："是谁?"对方回答："部郡国从事史问候您。"汤应让他进来了，致辞问候后就离开了。过了一会儿，又有人像刚才那人一样敲门，说："郡守问候您。"汤应又让他进来了，这人身穿黑衣。来人走后，汤应认为是人，没有猜疑。转眼间又有人敲门，说："部郡国从事史、郡守前来拜见您。"汤应于是就怀疑了，说："夜里不是拜访的时候，而且部郡国从事史和郡守也不该一起来。"他知道来的是妖怪，就拿着刀迎接。只见那两个人都穿着华美的衣服，一起进了屋。坐定后，自称郡守的便和汤应谈起话来。话还没说完，那个部郡国从事史忽然起身绕到汤应背后，汤应便回过头来，用刀袭击，砍中了他。郡守便离开座位逃了出去，汤应急忙追赶，追到都亭后墙才追上了。砍了他好几下，汤应才回去睡觉。天亮后，汤应带人寻找，看见有血迹，就找到了妖怪。原来自称郡守的，是一头老猪；自称部郡国从事史的，是一只老狐狸。从此以后，这亭馆里的妖怪绝迹了。

卷十九

题解

本卷记载的仍旧是除妖降怪一类的故事。譬如李寄智斗大蛇，最终斩杀之，并被封为王后的故事；魏舒派几百个人攻打两条蛇的故事；孔子周游列国时被困陈国，指导子路捉拿鳀鱼的故事等。《搜神记》中的这些降妖除怪故事，对后世同类体裁的精怪小说产生了深远的影响，其开创之功不可埋没。

李寄斩蛇

原文

东越闽中有庸岭^①，高数十里，其西北隙中有大蛇，长七八丈，大十余围，土俗常病。东冶都尉及属城长吏^②，多有死者。祭以牛羊，故不得福。或与人梦，或下谕巫祝，欲得啖童女年十二三者。都尉令长并共患之。然气厉不息，共请求人家生婢子，兼有罪家女养之。至八月朝祭，送蛇穴口，蛇出吞啮之。累年如此，已用九女。尔时预复募索，未得其女。将乐县李诞家有六女^③，无男，其小女名寄，应募欲行，父母不听。寄曰："父母无相留，惟生六女，无有一男，虽有如无。女无缇萦济父母之功^④，既不能供养，徒费衣食，生无所益，不如早死。卖寄之身，可得少钱以供父母，岂不善耶？"父母慈怜，终不听去。寄自潜行，不可禁止。寄乃告请好剑及咋蛇犬。至八月朝，便诣庙中坐，怀剑，将犬。先将数石米餈^⑤，用蜜麨灌之^⑥，以置穴口。蛇便出，头大如囷^⑦，目如二尺镜。闻餈香气，先啖食之。寄便放犬，犬就啮咋，寄从后斫得数创。疮痛急，蛇因踊出，至庭而死。寄入视穴，得其九女髑髅^⑧，悉举出，咤言曰："汝曹怯弱^⑨，为蛇所食，甚可哀愍。"于是寄女缓步而归。越王闻之，聘寄女为后，拜其父为将乐令，母及姊皆有赏赐。自是东冶无复妖邪之物。其歌谣至今存焉。

注释

①东越：古族名。为古代越人的一支，传为越王勾践后裔。秦汉时分布在今浙江东南部、福建北部一带。汉武帝时东越王馀善反汉，旋被其部属所杀。后以东越指闽东或浙东地区。

②东冶：汉魏时行政区划名，属会稽郡，尉治东冶县，即今福建省福州市闽侯县。都尉：古代官名，负责辅佐郡守并掌全郡军事。

③将乐：古代县名，为三国东吴所设，即今福建省三明市将乐县。

④缇（tí）萦：人名，汉代孝女。汉文帝时，太仓令淳于意有罪当受刑，被送到长安的监狱，他的小女儿缇萦随父至长安，上书请入身为官婢，赎父罪。汉文帝怜惜她，于是免除了淳于意的罪。

⑤餈（cí）：用糯米煮饭或用糯米粉、黍米粉制成的糕饼。

⑥蜜麨（chǎo）：炒熟的米粉或麦粉和以蜜糖的食品。

⑦囷（qūn）：圆形的谷仓。

⑧髑（dú）髅：头骨。

⑨曹：辈。

译文

　　东越国闽中郡有一座庸岭，有几十里高。在庸岭西北部山缝中有一条大蛇，有七八丈长，十多围粗，当地人经常生病。东冶都尉和其管辖的县城长官常有被蛇咬死的。人们用牛羊去祭它，却仍然得不到福佑。那大蛇有时会托梦给人，有时吩咐巫祝，说想要吃十二三岁的女孩。都尉和县令都为此事发愁。但是疾病灾疫却没完没了，只好征奴婢生的女儿和犯罪人家的女儿收养起来。到八月初祭祀，把女孩送到大蛇的洞口，大蛇出来就把女孩吞食了。连年这样，大蛇已经吃了九个女孩了。这年又预先征女孩，可没找到合适的。将乐县李诞家里有六个女儿，没有男孩，他最小的女儿叫李寄，想应征，父母都不同意。李寄说："父母请别挽留我，只生了六个女儿，没一个儿子，即使有孩子也和没有一样。女儿没有缇萦救父母的功德，既然不能供养父母，白白耗费衣服、食物，活着也没益处，不如早点死。卖掉我，可得些钱来供养父母，难道不好吗？"父母疼爱她，始终不同意她去。李寄悄悄走了，父母没法阻止。李寄请求得到好剑和会咬蛇的狗。八月初，她到庙中坐好，揣着剑，带着狗。她把用蜜拌的米麦糊灌在几石米饼里面，放在蛇的洞口。大蛇出来了，头大得像圆的谷仓，眼睛像直径两尺的镜子。大蛇闻到了米饼的香味，先去吞食米饼。李寄便放出了狗，狗上去撕咬大蛇，李寄就从后面砍了大蛇数下。大蛇因创口痛得厉害，从庙里蹿了出来，到庙中院子里便死了。李寄进入蛇洞察看，发现了那九个女孩的头骨，就拿了出来，悲痛地说："你们胆小软弱，被大蛇给吃了，可怜啊。"于是李寄慢慢走回了家。越王听说了这事，把李寄封为王后，任命她的父亲为将乐县的县令，她的母亲和姐姐们也得到了赏赐。从此，东冶县不再有怪异邪恶的东西了。歌颂李寄的歌谣到现在还在流传。

司徒府大蛇

原文

晋武帝咸宁中，魏舒为司徒。府中有二大蛇，长十许丈，居厅事平橑上[①]。止之数年，而人不知，但怪府中数失小儿，及鸡犬之属。后有一蛇夜出，经柱侧伤于刃，病不能登，于是觉之。发徒数百，攻击移时，然后杀之。视所居，骨骸盈宇之间。于是毁府舍，更立之。

注释

①橑（lǎo）：屋椽。

译文

晋武帝咸宁年间，魏舒任司徒。官府中有两条大蛇，有十来丈长，藏在厅房平梁上。停留了数年，人们不知道，只是奇怪官府里为何会多次丢失小孩、鸡、狗等。后来有条蛇晚上出来了，经过屋柱时被人用刀刃割伤，伤得重，不能爬上屋，于是被人们发现了。魏舒派了几百人，打了很长时间才把两条蛇杀死。看蛇藏的地方，屋檐间堆满了骨头。于是魏舒叫人拆掉了司徒府，重新修建。

张宽斗蛇翁

原文

汉武帝时张宽为扬州刺史。先是，有二老翁争山地，诣州讼疆界，连年不决。宽视事①，复来。宽窥二翁形状非人，令卒持杖戟将入，问："汝等何精？"翁走，宽呵格之，化为二蛇。

注释

①视事：就职治事。

译文

汉武帝时张宽担任扬州刺史。之前，有两个老头争夺山地，到州府里打地界官司，几年不能断案。张宽就职后，他们又来了。张宽暗中看那两个老头长相不是人，就命役卒拿着棍杖戈戟带他们进来，问道："你们是哪种妖精？"两个老头就逃走，张宽令役卒击打，两人变成了两条蛇。

张福遇鼍妇

原文

荥阳人张福船行还野水边。夜有一女子，容色甚美，自乘小船来投福，云："日暮，畏虎，不敢夜行。"福曰："汝何姓？作此轻行。无笠，雨驶，可入船就避雨。"因共相调，遂入就福船寝，以所乘小舟系福船边。三更许，雨晴，月照，福视妇人，乃是一大鼍枕臂而卧。福惊起，欲执之，遽走入水。向小舟，是一枯槎段①，长丈余。

注释

①槎（chá）：树上的杈。

译文

荥阳人张福在郊外水边行船。晚上遇见一个女子，容貌姿色极美，独自乘小船来投奔张福，说："天色晚了，我怕老虎，不敢夜里赶路。"张福说："你姓什么？做出这么轻率的行为。你没有笠帽，在雨中行船，可以到我船上来避雨。"于是两人相互调笑，女子就到张福船上过夜，把女子所乘小船系在张福的船旁边。大约三更的时候，雨过天晴了，月光照射下，张福看向那女人，竟发现有一只大鼋正在枕着自己的胳膊睡。张福吃惊地跳了起来，想抓住它，大鼋急忙逃到水里。再看向先前那条小船，竟然是一段枯木，有一丈多长。

谢非除庙妖

原文

　　丹阳道士谢非[①]，往石城买冶釜[②]。还，日暮，不及至家。山中庙舍于溪水上，入中宿。大声语曰："吾是天帝使者，停此宿。"犹畏人劫夺其釜，意苦搔搔不安。二更中，有来至庙门者，呼曰："何铜。"铜应嗟。曰："庙中有人气，是谁？"铜云："有人，言是天帝使者。"少顷便还。须臾又有来者，呼铜，问之如前，铜答如故，复叹息而去。非惊扰不得眠，遂起，呼铜问之："先来者谁？"答言："是水边穴中白鼋。""汝是何等物？"答言："是庙北岩嵌中龟也。"非皆阴识之。天明，便告居人，言："此庙中无神。但是龟鼋之辈，徒费酒食祀之。急具锸来，共往伐之。"诸人亦颇疑之，于是并会伐掘，皆杀之。遂坏庙，绝祀。自后安静。

注释

①丹阳：古代郡名，郡治宛陵，即今安徽省宣城市宣州区。秦代为鄣郡，汉武帝时改为丹阳郡。

②石城：古代县名，位于今安徽省池州市贵池区西南一带。釜：用来煮、炖、煎、炒的炊具，与今天的锅类似。

译文

　　丹阳郡有个道士叫谢非，他到石城去买锅。回来时，天已经晚了，来不及赶回家了。山中有一座庙宇建在溪水边，他就进去住宿了。谢非大声说："我是天帝使者，在此处住宿。"他还是怕人抢他的锅，心里很不安。二更天时，有人来到庙门口，喊道："何铜。"何铜答应。说："庙里有人的气息，是谁？"何铜说："有人，听说是天帝使者。"一会儿那人便走了。一会儿又有人来了，喊何铜，问他的话和先前那人问的一样，何铜的回答也一样，那人又叹息着走了。谢非被惊扰得睡不着，于是起来，问何铜道："先来的人是谁？"回答说："是水边洞穴中的白鼍。""你是什么东西？"回答说："是庙北岩洞中的龟。"谢非暗暗记在心里。天亮了，谢非就去告诉当地居民，说："这庙里没有神灵。只有鼍、龟之类，白白浪费了酒食祭祀它们。快准备铁锹，一起铲除了它们。"众人也都怀疑庙神，于是一同去挖掘，把鼍、龟都杀了。大家于是毁了庙，停止了祭祀。从此这里安静无事。

孔子论五酉

原文

　　孔子厄于陈，弦歌于馆。中夜，有一人长九尺余，着皂衣，高冠，大吒，声动左右。子贡进问："何人耶？"便提子贡而挟之。子路引出，与战于庭。有顷，未胜。孔子察之，见其甲车间时时开，如掌①。孔子曰："何不探其甲车，引而奋登？"子路引之，没手仆于地，乃是大鳀鱼也②，长九尺余。孔子曰："此物也，何为来哉？吾闻物老，则群精依之，因衰而至。此其来也，岂以吾遇厄绝粮，从者病乎？夫六畜之物，及龟、蛇、鱼、鳖、草、木之属，久者神皆凭依，能为妖怪，故谓之"五酉"。"五酉"者，五行之方，皆有其物。"酉"者，老也，物老则为怪，杀之则已，夫何患焉？或者天之未丧斯文，以是系予之命乎？不然，何为至于斯也？"弦歌不辍。子路烹之，其味滋，病者兴。明日，遂行。

注释

①甲车间：铠甲和腮间。车，牙车，即下颌骨。
②鳀（tí）鱼：鲇鱼。

译文

　　孔子周游列国时在陈国绝粮被困，在旅馆中弹琴唱歌。夜里有一个身长九尺多，穿黑衣服，戴高帽的人大声怒叱，声音惊动了孔子身边的人。子贡走上前问："是什么人？"这人便提起子贡，把他挟在腋下。子路把他引出来，在院中打起来。过了一会儿，还没有取胜。孔子察看这人，发现他的铠甲和腮帮之间不时打开，像手掌一样。孔子对子路说："你为什么不把手伸到那铠甲与下颌骨中间，拉着它用力爬上去？"子路便伸手拉它，手伸进去那人便倒地了，竟化成一条大鲇鱼，长有九尺多。孔子说："这东西为什么来？我听说东西老了，就会有各种精怪依附，在衰微后才来的。它来这里，难道是因为我遭到了困厄，断绝了粮食，跟随我的人都生了病的缘故吗？那牛、马、羊、鸡、狗、猪之类的家畜，以及龟、蛇、鱼、鳖、野草、树木之类，生长时间长的，神灵就会依附它们，会成为妖怪，所以人们把它们叫作"五酉"。"五酉"，是指五行的各方面都有那相应的东西。"酉"，就是老的意思，东西老了就会变成妖怪，杀掉了也就没有了，又有什么担心的呢？或者是老天为了不丧失礼乐制度，用这些东西来维持我的生命？不然的话，为什么会到这里来呢？"孔子一直弹唱。子路把这条鲇鱼煮了，它的味道很好，病人吃了都起了床。第二天便又赶路了。

鼠妇迎丧

原文

　　豫章有一家①，婢在灶下。忽有人长数寸，来灶间壁，婢误以履践之，杀一人。须臾，遂有数百人，着衰麻服，持棺迎丧，凶仪皆备②。出东门，入园中覆船下。就视之，皆是鼠妇③。婢作汤灌杀，遂绝。

注释

①豫章：古代郡名，郡治在今江西省南昌市。
②凶丧：丧事。
③鼠妇：虫名。古称伊威，又名鼠负潮虫。体形椭圆，胸部有环节七，每节有足一对，栖于阴湿壁角之间。

译文

　　豫章郡有一户人家，婢女在灶下干活。忽然有一个几寸长的小人来到灶间的墙壁下，婢女不小心用脚踩踏它们，踏死了一个。一会儿，就有几百个小人穿着衰麻孝服，抬着棺材迎丧，丧事礼仪全部齐备。婢女出了东门，进入园子发现有一条翻倒的船。走近一看，发现全是鼠妇。婢女用开水灌了进去杀了它们，从此妖怪绝迹了。

狄希千日酒

原文

狄希，中山人也①，能造千日酒，饮之千日醉。时有州人，姓刘，名玄石，好饮酒，往求之。希曰："我酒发来未定，不敢饮君。"石曰："纵未熟，且与一杯，得否？"希闻此语，不免饮之。复索，曰："美哉！可更与之。"希曰："且归，别日当来。只此一杯，可眠千日也。"石别，似有怍色②。至家，醉死。家人不之疑，哭而葬之。经三年，希曰："玄石必应酒醒，宜往问之。"既往石家，语曰："石在家否？"家人皆怪之，曰："玄石亡来，服以阕矣③。"希惊曰："酒之美矣，而致醉眠千日，今合醒矣。"乃命其家人凿冢，破棺看之。冢上汗气彻天。遂命发冢，方见开目，张口，引声而言曰："快哉，醉我也！"因问希曰："尔作何物也？令我一杯大醉，今日方醒，日高几许？"墓上人皆笑之。被石酒气冲入鼻中，亦各醉卧三月。

注释

①中山：古代郡名、国名。汉高祖时置郡，汉景帝时改郡为国。郡治卢奴（今河北省定州市）。
②怍（zuò）色：羞愧的神色。
③阕（què）：终了。

译文

狄希是中山国人，他会酿一种叫"千日酒"的酒，喝了这酒能醉上千日。当时有个同乡姓刘，名玄石，很喜欢喝酒，便去狄希那儿要酒喝。狄希说："我的酒发酵了，但药性还不稳定，不敢让你喝。"刘玄石说："纵使没熟，先给我一杯，可以吗？"狄希听了他的话，不得已给他喝了。他喝完后说："妙啊！再给我一杯。"狄希说："你先回去，改日再来吧。就这一杯，就已经足够让你睡上一千天了。"刘玄石告别，狄希似乎有惭愧的脸色。刘玄石回到家中，便醉死过去。家里人没有一点怀疑，哭着将他葬了。三年过去了，狄希说："刘玄石的酒应该醒了，该去问候他了。"就到了刘家，问道："玄石在家吗？"刘家人感到奇怪，说："玄石死了，丧服都因三年满期卸了。"狄希惊讶地说："那酒确实美极了，以致他醉睡了一千日，今日应该醒了。"于是叫刘家人凿开坟墓，打开棺材看他。那坟上汗气冲天。开了棺材，正好看见刘玄石睁开眼，张开嘴，拖长了音在说："痛快，把我弄醉了！"便问狄希说："你酿的这是什么酒啊？我喝了一杯就酩酊大醉，到今天才醒，太阳多高了？"坟边人都笑他。大家被刘玄石的酒气冲入鼻子，也各醉卧了三个月。

陈仲举相命

原文

陈仲举微时①，常宿黄申家。申妇方产，有扣申门者，家人咸不知。久久方闻屋里有人言："宾堂下有人②，不可进。"扣门者相告曰："今当从后门往。"其人便往。有顷，还。留者问之："是何等？名为何？当与几岁？"往者曰："男也，名为奴，当与十五岁。""后应以何死？"答曰："应以兵死。"仲举告其家曰："吾能相，此儿当以兵死。"父母惊之，寸刃不使得执也。至年十五，有置凿于梁上者，其末出，奴以为木也，自下钩之，凿从梁落，陷脑而死。后仲举为豫章太守③，故遣吏往饷之申家，并问奴所在。其家以此具告。仲举闻之，叹曰："此谓命也。"

注释

①陈仲举：即陈蕃，字仲举，东汉人，官至太傅。
②宾堂：接待宾客的房间，相当于现在的客厅。
③豫章：古代郡名，郡治在今江西省南昌市。

译文

陈蕃没有显达时，常寄宿在黄申家中。黄申妻子正好生小孩，有人敲门，家里人都没听见。过了好长时间才听见屋里有人说："客堂下有人，不能进来。"敲门的人告诉他说："现在要从后门走。"那人去了。过了一会儿，回来了。留在大门边的人问他："生下来的是什么样的人？叫什么？应该给他几岁？"去的人说："是男孩，名字叫奴，应该给他十五岁。""后来该怎样死？"回答说："应该因兵器而死。"陈蕃对黄家人说："我会相面，你们这孩子应该因兵器而死。"孩子父母惊恐万分，一寸的小刀也不让儿子拿。黄奴长到十五岁时，有人把凿子放在梁上，凿子末端露了出来，黄奴以为是根小木料，就在下面钩它，凿子从梁上落下来，陷进了他的脑袋，他就死了。后来陈蕃任豫章郡太守，派差役去到黄申家馈赠礼物，还询问黄奴在什么地方。黄家把情况详细说了。陈蕃听了，叹息道："这就是命啊。"

卷二十

题解

　　干宝个人的宗教信仰切近道教，佛教对干宝影响甚微，所以《搜神记》中佛教故事稀少。虽然如此，东晋时代，民众广泛接受了佛教的三世因果报应观念，因此本卷辑录的都是与因果报应有关的故事，譬如龙穿凿井口报恩的故事、雌鹤雄鹤各衔一颗明珠用以报答哙参的故事。因果报应融合儒家亲孝观念，便形成了《搜神记》中的这一类特色故事。

病龙求医

原文

　　晋魏郡亢阳①，农夫祷于龙洞，得雨，将祭谢之。孙登见曰②："此病龙雨，安能苏禾稼乎？如弗信，请嗅之。"水果腥秽。龙时背生大疽。闻登言，变为一翁，求治，曰："疾瘥，当有报。"不数日，果大雨。见大石中裂开一井，其水湛然。龙盖穿此井以报也。

注释

①魏郡：古代郡名。汉代所设，故城在今陕西省西安市临漳区西南。亢阳：旱灾。
②孙登：人名，晋代隐士。

译文

　　晋朝时魏郡发生了大旱，农夫在龙洞祈祷，求到了雨，准备祭祀来感谢龙。孙登见了就说："这是有病的龙降的雨，怎么能救活庄稼？如果不信，请闻一下。"雨水果然是腥臭味的。（孙登说）龙当时背上长了大疮。听完孙登的话，龙变成一个老人来求医，说："病治好了，就会有报答的。"过了几天，果然下起了大雨。只见大石头中间裂开，出现了一口井，井水十分清澈。龙大概是穿凿了这口井作为报答。

苏易助虎产

原文

苏易者，庐陵妇人①，善看产。夜忽为虎所取，行六七里，至大圹②。厝易置地③，蹲而守。见有牝虎当产，不得解，匍匐欲死，辄仰视。易怪之，乃为探出之，有三子。生毕，牝虎负易还。再三送野肉于门内。

注释

①庐陵：古代郡名，治所西昌县（今江西省吉安市泰和县西北）。
②圹（kuàng）：墓坑。
③厝（cuò）：放置。

译文

苏易，是庐陵郡的妇人，善于为人接生。晚上她忽然被老虎抓走，行走了六七里，来到一处大墓坑。老虎把苏易放在地上，蹲在一旁守候。苏易看见有只母虎要产仔，但

是生不下来，趴在地上几乎要死去，总向上看。苏易感觉奇怪，于是为它将虎仔取了出来，一共取出了三只虎仔。生完虎仔，雌虎驮着苏易回了家。之后老虎两三次将野兽的肉送到苏易家。

玄鹤衔珠

原文

　　哙参养母至孝[1]。曾有玄鹤为弋人所射[2]，穷而归参[3]。参收养，疗治其疮，愈而放之。后鹤夜到门外，参执烛视之，见鹤雌雄双至，各衔明珠以报参焉。

注释

①哙参：人名。因至孝闻名。
②玄鹤：黑鹤。弋人：射鸟的人。
③穷：穷尽，指处于极困难的境地。

译文

　　哙参奉养母亲，非常孝顺。曾经有一只黑鹤被射鸟的人射伤了，飞不动了，就到了哙参家里来。哙参收养了这鸟，给它治疮伤，等伤好了后就放它走了。后来有一只鹤在晚上到哙参家门外，哙参拿着蜡烛去看它，发现雌鹤雄鹤双双到来，各衔着一颗明珠来报答哙参。

黄鸟报恩

原文

　　汉时弘农杨宝[1]，年九岁时，至华阴山北[2]，见一黄雀为鸱枭所搏。坠于树下，为蝼蚁所困。宝见，愍之，取归，置巾箱中[3]，食以黄花[4]。百余日，毛羽成，朝去，暮还。一夕三更，宝读书未卧，有黄衣童子，向宝再拜，曰："我西王母使者，使蓬莱，不慎为鸱枭所搏。君仁爱见拯，实感盛德。"乃以白环四枚与宝，曰："令君子孙洁白，位登三事，当如此环。"

注释

①弘农：古代郡名，治所在今河南省灵宝市东北。

②华阴山：即今华山。

③巾箱：古时用于放置头巾的小箱子，也可放置书卷等物。

④黄花：菊花。

译文

汉代时弘农郡有一个叫杨宝的人，他九岁时，在华阴山北，看到一只黄雀在和一只鸱枭搏斗。黄雀掉到树下，被蝼蚁围困。杨宝见了，怜悯它，就把它带回来，放在小箱中，用菊花喂它。过了一百多天，黄雀的羽毛长全了，早上飞了出去，傍晚飞回来。一天半夜三更，杨宝在读书，还没有休息，有一个穿黄衣的童子向杨宝拜了两拜，说："我是西王母派来的使者，出使蓬莱，不小心被鸱枭攻击。您出于仁爱之心救我，实在感谢您的大德。"于是将四枚白玉环送给了杨宝，说："会让您的子孙品德高洁，官至三公，就像这白玉环一样。"

隋侯珠

原文

> 隋县溠水侧①，有断蛇丘。隋侯出行②，见大蛇被伤，中断。疑其灵异，使人以药封之，蛇乃能走。因号其处断蛇丘。岁余，蛇衔明珠以报之。珠盈径寸，纯白，而夜有光明，如月之照，可以烛室。故谓之"隋侯珠"，亦曰"灵蛇珠"，又曰"明月珠"。

注释

①溠（zhā）水：河名，又名扶恭河，位于湖北省随州市西北。

②隋侯：西周隋国国君，其封国位于今湖北省随州市一带。

译文

在隋县的溠水旁，有个断蛇丘。隋侯出行时，见一大蛇被砍伤，从身体中间断开。隋侯疑心这蛇灵异，命人给它上药包扎，蛇爬走了。于是就称这个地方叫"断蛇丘"。过了一年多，一条蛇衔着明珠来报答隋侯。明珠直径超过了一寸，纯白色，晚上有光，像月亮一样明亮，能可以照亮屋子。因此称它叫"隋侯珠"，也叫"灵蛇珠"，又叫"明月珠"。

龟报孔愉

卷二十

原文

孔愉，字敬康，会稽山阴人[①]，元帝时以讨华轶功封侯[②]。愉少时尝经行余不亭[③]，见笼龟于路者。愉买之，放于余不溪中[④]。龟中流左顾者数过。及后，以功封余不亭侯。铸印，而龟钮左顾，三铸如初。印工以闻，愉乃悟其为龟之报，遂取佩焉。累迁尚书左仆射[⑤]，赠车骑将军[⑥]。

注释

①会（kuài）稽：古代郡名，秦代所设，因会稽山而得名，位于今江苏东部及浙江西部。山阴：古代县名，秦代所置，因位于会稽山北面得名，后更名绍兴。

②华轶：字颜夏，平原郡人。晋永嘉中任江州刺史。后不服晋元帝命令，被讨伐斩首。

③余不亭：亭名，位于浙江省湖州市吴兴区以北。

④余不溪：东苕溪下游。

⑤尚书左仆射：古代官名。汉成帝时初置尚书五人，一人为仆射，位仅次尚书令，职权渐重。至汉献帝时，置左右仆射。唐宋左右仆射为宰相之职。宋以后废。

⑥赠：赐死者以爵位或荣誉称号。车骑将军：将军的名号，西汉文帝时始置，掌管京师及皇宫兵卫。

译文

孔愉，字敬康，会稽郡山阴县人，晋元帝时因为讨伐华轶有功被封为侯爵。孔愉年轻时曾经路过余不亭，见有人把龟装在笼中卖。孔愉买下了龟，将它放生到东苕溪下游。龟在溪水中从左边回头看了好几次。后来，孔愉因功被封为余不亭侯。铸官印时，龟形印钮铸成了龟头往左看的样子，改铸了三次都是原来的样子。铸印工匠把这事告诉了孔愉，孔愉才明白这是乌龟在报恩，于是拿来印佩带上。孔愉后来连续升宫，当上了尚书左仆射，死后被追封为车骑将军。

古巢老姥

原文

古巢一日江水暴涨[①]，寻复故道。港有巨鱼，重万斤，三日乃死。合郡皆食之，一老姥独不食[②]。忽有老叟曰："此吾子也，不幸罹此祸。汝独不食，吾厚报汝。若东门石龟目赤，城当陷。"姥日往视。有稚子讶之，姥以实告。稚子欺之，以朱傅龟目。姥见，急出城。有青衣童子曰："吾龙之子。"乃引姥登山，而城陷为湖。

注释

①古巢：古代县名，故城在今安徽省巢湖市东北。

②姥（mǔ）：古代对老妇人的称呼。

译文

古巢县有一天江水猛涨，不久后江水又退回到原来的河道。河沟里有一条大鱼，重上万斤，三天才死。全郡百姓都来分吃它，唯独有一个老妇人没有吃。突然有一个老头对这个老妇人说："这是我的儿子，不幸遭遇到这样的灾祸。只有你没有吃，我要重重报答你。如果县城东门的石龟眼睛变为红色，县城就会陷落。"老妇人每天都去看，有个小孩觉得奇怪，老妇人把实情告诉了他。小孩欺骗老妇人，用红颜料涂在石龟眼睛上。老妇人看见石龟眼睛变红了，急忙出城。有穿青衣的童子（对老妇人）说："我是龙的儿子。"他领着老妇人登上高山，县城果然陷落变成了湖泊。

搜神记

蚁王报恩

原文

> 吴富阳县董昭之[①]，尝乘船过钱塘江，中央，见有一蚁，着一短芦，走一头回，复向一头，甚惶遽。昭之曰："此畏死也。"欲取着船。船中人骂："此是毒螫物，不可长，我当蹹杀之[②]！"昭意甚怜此蚁，因以绳系芦着船。船至岸，蚁得出。其夜梦一人，乌衣，从百许人来谢，云："仆是蚁中之王，不慎堕江，惭君济活。若有急难，当见告语。"历十余年，时所在劫盗，昭之被横录为劫主，系狱余杭。昭之忽思蚁王梦，缓急当告，今何处告之？结念之际，同被禁者问之，昭之具以实告。其人曰："但取两三蚁着掌中，语之。"昭之如其言。夜果梦乌衣人云："可急投余杭山中。天下既乱，赦令不久也。"于是便觉，蚁啮械已尽，因得出狱。过江，投余杭山[③]。旋遇赦，得免。

注释

①富阳：古代县名。秦代所设，原名富春县，东晋更名为富阳，至今沿用。
②蹹（tà）：同"踏"字。
③余杭山：山名，又称秦余杭山、万安山。传吴王夫差兵败自杀后葬于此。

译文

吴郡富阳县有人叫董昭之，有一次他乘船过钱塘江，在江中看见有一只蚂蚁爬在一根很短的芦苇上，跑到一头便转身，再向另一头跑，样子显得十分惊慌。董昭之说："这是怕被淹死啊。"他想把蚂蚁捞起来放在船上。船上人骂他道："这是会咬人的毒虫，不能让它活下去，我要踩死它！"董昭之可怜这只蚂蚁，就用绳子把那芦苇缚在船上。船到了岸边，蚂蚁才爬出钱塘江。那天夜里董昭之梦见有人穿着黑衣服，带领一百多人来道谢，说："我是蚂蚁中的王，不小心掉进江中，幸亏您救了我。如果遇到急难事，就告诉我。"过了十多年，当时地方上常有盗贼，董昭之被官府横加罪名，指控为抢劫案首犯，被关在余杭。董昭之忽然想起蚁王曾托梦给他，有急难事可以告诉它，但现在到什么地方去告诉它呢？当他念叨这件事时，一起被囚禁的人问他是什么情况，董昭之详细地把实情说了。那人说："你只要捉两三只蚂蚁放在手掌，告诉它们就可以了。"董昭之照他的话做了。夜里果然梦见穿黑服的人说："你可以赶快逃到余杭山中。天下大乱了，大赦的命令不久就会发布。"于是董昭之便醒了，发现蚂蚁已经把枷锁咬光了，他因而能逃出牢房。他渡过江，逃进余杭山里。不久皇帝大赦天下，他得到了赦免。

义犬救主

原文

孙权时李信纯，襄阳纪南人也①。家养一狗，字曰黑龙，爱之尤甚，行坐相随，饮馔之间，皆分与食。忽一日，于城外饮酒大醉，归家不及，卧于草中。遇太守郑瑕出猎，见田草深，遣人纵火爇之②。信纯卧处恰当顺风。犬见火来，乃以口拽纯衣，纯亦不动。卧处比有一溪，相去三五十步，犬即奔往，入水湿身，走来卧处，周回以身洒之，获免主人大难。犬运水困乏，致毙于侧。俄尔信纯醒来，见犬已死，遍身毛湿，甚讶其事。睹火踪迹，因尔恸哭。闻于太守，太守悯之，曰："犬之报恩，甚于人！人不知恩，岂如犬乎？"即命具棺椁衣衾葬之。今纪南有义犬冢，高十余丈。

注释

①纪南：即郢都，西周时楚国都城。因地处纪山之南，故又名纪南。位于今湖北省荆州市江陵县以北。

②爇（ruò）：焚烧。

译文

孙权时，有个人叫李信纯，是襄阳郡纪南市人。他家里养了条狗，名叫黑龙，他非常喜欢这条狗，他走路、停歇狗都跟着，吃东西时也要分一些给狗。忽然有一天，他在城外喝得酩酊大醉，没来得及回家，就醉倒在草丛中。碰上太守郑瑕出来打猎，见田野里草很长，就命人放火烧草。李信纯躺的地方正是顺风方向。狗见大火烧来，就用嘴扯李信纯的衣服，但李信纯还是不动。他睡的地方旁边有条小溪，相距三五十步，那狗立刻跑过去，跑进溪水中浸湿身子，再跑到李信纯躺的地方，来回用身上的水洒在周围，使主人避免大难。狗来回运水太过疲乏，累死在主人身旁。一会儿李信纯醒来，看见狗已死，浑身的毛都湿漉漉的，十分惊讶。他看到四周火烧的痕迹，明白了过来，失声痛哭。这件事被太守听说了，太守十分怜悯这狗，说："狗懂得报恩，胜过人！人不知道报恩，难道能比得上狗吗？"立即命人备了棺材、丧服把狗葬了。现在的纪南市还有义犬坟，高十多丈。

快犬救主

原文

　　太兴中①，吴民华隆养一快犬，号的尾，常将自随。隆后至江边伐荻②，为大蛇盘绕，犬奋咋蛇。蛇死，隆僵仆无知。犬彷徨涕泣，走还舟，复反草中。徒伴怪之，随往，见隆闷绝，将归家。犬为不食，比隆复苏，始食。隆愈爱惜，同于亲戚。

注释

①太兴：晋元帝司马睿的第二个年号。
②荻：一种多年生草本植物，与芦同类。生长在水边。根茎都有节似竹，叶抱茎生，秋天生紫色或白色、草黄色花穗，茎可以编席箔。

译文

　　晋元帝太兴年间，吴地百姓华隆养了一条跑得很快的狗，名叫的尾，出行常带着它。华隆后来到江边割荻，被一条大蛇缠住，那狗奋力咬蛇。蛇死了，华隆僵倒在地上失去了知觉。狗绕着他哭，跑回船上，又返回草丛中。华隆的同伴觉得奇怪，就跟着它过去，看见华隆闷气昏死，就把他抬回家。狗不吃东西了，等到华隆苏醒了才肯吃。从此华隆更加爱惜的尾，待它像对待亲戚一样。

蝼蛄神

原文

　　庐陵太守太原庞企①，字子及。自言其远祖不知几何世也，坐事系狱，而非其罪，不堪拷掠，自诬服之。及狱将上，有蝼蛄虫行其左右②，乃谓之曰："使尔有神，能活我死，不当善乎？"因投饭与之。蝼蛄食饭尽，去。顷复来，形体稍大。意每异之，乃复与食。如此去来，至数十日间，其大如豚。及竟报，当行刑，蝼蛄夜掘壁根为大孔。乃破械，从之出。去久，时遇赦，得活。于是庞氏世世常以四节祠祀之于都衢处③。后世稍怠，不能复特为馔，乃投祭祀之余以祀之，至今犹然。

注释

①庐陵：古代郡名，治所西昌县（在今江西省吉安市泰和县西北）。

②蝼蛄：昆虫名。生活在泥土中，昼伏夜出，吃农作物嫩茎。通称"蝲蝲蛄"，有的地区叫"土狗子"。

③衢（qú）：大路。

译文

庐陵太守太原郡人庞企，字子及。他自己说他的祖先不知道是哪个朝代的，他被案情牵连入狱，其实那不是他的罪过，他受不了严刑拷打，被迫招供了。等到他的罪案被送上去时，有只蝼蛄在他旁边爬行，于是他对蝼蛄说："如果你有神灵，能救我让我免死，不也很好吗？"接着他就把饭扔给了蝼蛄吃，蝼蛄把饭吃完走了。一会儿蝼蛄又回来了，身体稍微长大了些。他觉得这蝼蛄很奇特，就又给了它食物吃。这样来来去去好几次，到几十天后，那蝼蛄已经和小猪一样大了。到庞企最后被判罪要执行死刑时，那蝼蛄趁着夜色在监狱墙脚下挖了个大洞。庞企砸坏了枷锁，跟着它逃了出去。逃出后过了很长时间，遇到大赦，免了死罪。从此庞家世代于四季在宗庙外的大路上祭祀蝼蛄。到后代渐渐怠慢了，不再特地为蝼蛄准备食物，就拿祭祀祖庙剩下的食物去祭祀蝼蛄，到现在还是这样。

猿母哀子

原文

> 临川东兴有人入山①，得猿子，便将归，猿母自后逐至家。此人缚猿子于庭中树上以示之。其母便搏颊向人，若乞哀状，直是口不能言耳。此人既不能放，竟击杀之。猿母悲唤，自掷而死。此人破肠视之，寸寸断裂。未半年，其家疫死，灭门。

注释

①临川：古代郡名，三国时东吴所设，郡治临汝（今江西省抚州市临川区）。东兴：古代县名，故城在今江西省抚州市黎川县。

译文

临川郡东兴县有人进到山里，抓了一只猿仔，带回了家，猿母就尾随在后面追到了他家。这个人把猿仔绑在院中树上给猿母看。猿母对着那人打自己脸颊，好像是在哀求的样子，只是不能说话罢了。这人不仅没有放猿仔，竟然将它打死了。猿母悲哀地叫着，跳起来后就死了。这个人剖开猿母肚子，看到它的肠子一寸一寸地断了。不到半年，这人家里就遭了瘟疫，全家人都死了。

虞荡猎麈

卷二十

原文

　　冯乘虞荡夜猎①，见一大麈②，射之。麈便云："虞荡，汝射杀我耶。"明晨，得一麈而入，实时荡死。

注释

①冯乘：古代县名，西汉所设，故城在今湖南省江华瑶族自治县涛圩镇。

②麈（zhǔ）：一种鹿，又名驼鹿，民间俗称四不像。

译文

　　冯乘县人虞荡晚上去打猎，看到了一只驼鹿，就用箭射它。驼鹿就说："虞荡，你把我射死了。"第二天早晨，一只驼鹿来到（虞荡）家，当时虞荡就死了。

华亭大蛇

原文

> 吴郡海盐县北乡亭里有士人陈甲[1]，本下邳人[2]。晋元帝时，寓居华亭[3]，猎于东野大薮。欻见大蛇[4]，长六七丈，形如百斛船，玄黄五色，卧冈下。陈即射杀之，不敢说。三年，与乡人共猎，至故见蛇处，语同行曰："昔在此杀大蛇。"其夜梦见一人，乌衣，黑帻，来至其家，问曰："我昔昏醉，汝无状杀我。我昔醉，不识汝面，故三年不相知。今日来就死。"其人即惊觉。明日，腹痛而卒。

注释

①吴郡：古代郡名，郡治吴县（今江苏省苏州市）。海盐：古代县名，位于今浙江省平湖市东南。

②下邳：古代地名。秦代始设县，东汉改县为国，南朝改国为郡。故城在今江苏省徐州市睢宁县西北古邳镇。

③华亭：古代地名。唐代设县，民国时改称松江县，即今上海市松江区。

④欻（xū）：忽然。

译文

吴郡海盐县北乡亭有士人叫陈甲，他本是下邳人。晋元帝时，他客居华亭，在东边郊外的大沼泽中打猎为生。他忽然看到一条大蛇，长六七丈，形状就像一条能装进百斛的船，身上有黑黄五色的花纹，睡在土冈下。陈甲立刻射死了它，不敢和别人说。三年之后，他和同乡一起去打猎，到过去看见蛇的地方，对同行人说："过去我在这里杀死过一条大蛇。"那天夜里他梦见了一个人，穿着黑衣，戴着黑头巾，来到他家，问他说："我在昏醉，你却无缘无故杀死了我。我原先醉了，没能认出你的面目，所以三年来不知道是你。今日你来找死。"陈甲立刻吓醒了。第二天，他肚子疼，后来死了。

邛都老姥

原文

> 邛都县下有一老姥[1]，家贫，孤独。每食，辄有小蛇，头上戴角，在床间，姥怜而饴之食。后稍长大，遂长丈余。令有骏马，蛇遂吸杀之。令因大忿恨，责姥出蛇。姥云在床下，令即掘地。愈深愈大，而无所见。令又

迁怒，杀姥。蛇乃感人以灵言，瞋令②："何杀我母？当为母报仇！"此后每夜辄闻若雷若风。四十许日，百姓相见，咸惊语："汝头那忽戴鱼？"是夜，方四十里与城一时俱陷为湖，土人谓之为"陷湖"，唯姥宅无恙，至今犹存。渔人采捕，必依止宿。每有风浪，辄居宅侧，恬静无他。风静水清，犹见城郭楼橹毕然③。今水浅时，彼土人没水，取得旧木，坚贞光黑如漆。今好事人以为枕，相赠。

注释

①邛都：古代县名，县治在今四川省西昌市东南一带。

②瞋：通"嗔"字。责怪。

③楼橹：古代军中用以瞭望、攻守的无顶盖的高台。建于地面或车、船之上。毕（cè）然：清晰的样子。

译文

邛都县有一位老太太，家里贫穷，孤独无依。每到她吃饭时，总有一条头上长角的小蛇出现在床边，老太太怜悯它就给它食物吃。后来这条蛇渐渐长大了，有一丈多长。邛都县令有一匹骏马，这条蛇吞食了它。县令非常愤恨，令老太太交出蛇。老太太说蛇在床下，县令即令人挖地。洞越挖越深，越挖越大，可就是什么也没发现。县令把愤怒转到了老太太身上，就把老太太杀了。蛇便把自己的灵魂附到了一个凡人身上，怒斥县令说："为什么杀我母亲？我要为母报仇！"从此县令每天夜里总能听到打雷刮风般的声响。过了大约四十天，百姓互相见面，都惊讶地说："你头上怎么突然顶着鱼？"那天夜里，县城周围方圆四十里下陷成了湖泊，当地人称之为"陷湖"，只有老太太住的地方平安无事，那地方到现在还在。之后渔夫捕鱼，一定要到那里住宿。每次遇到风浪，总要把船停在老太太的宅子边，便风平浪静没有危险了。风静水清时，还能看见城墙楼台清清楚楚的样子。现在水浅的时候，当地居民就潜入水中，会捞到些旧的木头，坚固结实，乌黑发亮，像上了漆一样。现在喜欢多事的人还把它做成枕头，作为互相赠送的礼品。

建业妇人

原文

建业有妇人①，背生一瘤，大如数斗囊，中有物如茧栗②，甚众，行即有声。恒乞于市。自言，村妇也，常与姊姒辈分养蚕③。已独频年损耗，因窃其姒一囊茧焚之。顷之，背患此疮，渐成此瘤。以衣覆之，即气闭闷，常露之乃可，而重如负囊。

注释

①建业：古代城名，即今南京。

②茧栗：形容小如茧、栗的东西，常用来形容牛角初生的样子。

③姒（sì）：古代妯娌间，以兄妻为姒，弟妻为娣。

译文

　　建业有一个妇女，背上长了个瘤子，有几斗口袋那么大，里面有东西像茧似栗，非常多，走起路来就发出声响。她总在集市上乞讨。她自言自语说，她是乡村妇女，曾经和姐妹妯娌们养蚕。自己的蚕连年损耗，于是就偷了嫂嫂的一袋蚕茧烧了。不一会儿，背上就长了这个疮，然后就逐渐变成了这个瘤子。要是用衣服盖着，就会立刻觉得气闷，要经常露在外面才行，并且沉得像背着口袋。